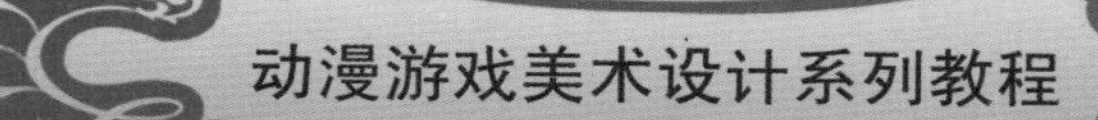
动漫游戏美术设计系列教程

卡通游戏角色贴图设计教程

房晓溪　编著

中国水利水电出版社
www.waterpub.com.cn

内 容 提 要

本书全面讲述了卡通游戏角色贴图设计的基本概念和应用，在3ds max中材质与贴图的创建和编辑都是通过材质编辑器来完成的，并且通过最后的渲染表现出物体表面不同的质地、色彩和纹理。首先讲解了使用材质编辑器制作游戏对象的贴图，并且利用贴图技术来实现很多无法用模型来表现的细节。又具体讲解在Photoshop中绘制宝剑、头盔和铠甲3种道具贴图的方法。进一步通过讲解Q版男主角和女主角的制作方法，将这些内容串起来，形成一个完整的3D制作项目。最后，通过“创建恐龙模型”、“展开恐龙UV”和“绘制恐龙贴图”三部分，完成创建恐龙的任务。

学习完本课程，学员将具备良好的卡通游戏角色贴图设计等理论和实践能力，能够胜任卡通游戏角色贴图设计的职位，具备强劲的就业竞争力。

本书可以作为本科及高职高专学生的教科书，也可以作为希望从事卡通游戏角色贴图设计方面开发的初学者的入门参考书。

图书在版编目（CIP）数据

卡通游戏角色贴图设计教程／房晓溪编著．—北京：中国水利水电出版社，2009

（动漫游戏美术设计系列教程）

ISBN 978-7-5084-6083-3

Ⅰ．卡… Ⅱ．房… Ⅲ．动画—技法（美术）—教材 Ⅳ．J218.7

中国版本图书馆CIP数据核字（2008）第186419号

书　　名	动漫游戏美术设计系列教程 卡通游戏角色贴图设计教程
作　　者	房晓溪　编著
出版发行	中国水利水电出版社（北京市三里河路6号　100044） 网址：www.waterpub.com.cn E-mail：sales@waterpub.com.cn 电话：（010）63202266（总机）、68367658（营销中心）
经　　售	北京科水图书销售中心（零售） 电话：（010）88383994、63202643 全国各地新华书店和相关出版物销售网点
排　　版	北京零视点图文设计有限公司
印　　刷	北京鑫丰华彩印有限公司
规　　格	210mm × 285mm　16开本　11印张　291千字
版　　次	2009年3月第1版　2009年3月第1次印刷
印　　数	0001—4000册
定　　价	48.00元

中国电子视像行业协会
数字艺术设计工程师专业技术资格认证专家委员会

殷均平　宁波大红鹰职业技术学院数码艺术系
胡志毅　浙大传媒学院影视与新媒体系
吴继新　中国美术学院艺术设计职业技术学院
李爱红　中国美院艺术设计职业学院
何清超　杭州汉唐影视动漫有限公司
任利民　浙江理工大学艺术与设计学院
周绍斌　浙江师范大学美术学院
陈凌广　浙江衢州学院艺术系
黄凯　安徽科技工程学院艺术设计系
翁炳峰　福建师范大学美术学院
郑子伟　湄洲湾职业技术学院设计系
毛小龙　江西师范大学美术学院副院长
吴学云　赣西科技职业学院艺术系
项国雄　江西师范大学传播学院
王传东　山东工艺美术学院数字传媒学院
荆雷　山东艺术学院设计学院
张家信　烟台南山学院艺术学院
杨鲁新　青岛恒星职业技术学院动画学院
韩勇　青岛理工大学艺术学院
赵晓春　青岛农业大学传媒学院
于洪涛　济南动漫游戏行业协会
李美生　山东艺术设计学院动画系
朱涛　三峡大学艺术学院艺术系
仇修　湖北美术学院动画学院
房晓溪　武汉传媒学院动画学院
朱明健　武汉理工大学艺术设计学院
雷珺麟　湖南大众传媒职业技术学院动画艺术系
劳光辉　湖南大众传媒职业技术学院
黎青　湘潭大学艺术学院
顾严华　深圳职业技术学院动画学院
何祥文　中山职业学院计算机系
黄迅　广州工业大学艺术设计学院动画系
陈小清　广州美术学院艺术设计系
金城　漫友杂志社
刘洪波　广西柳州城市职业学院艺术系
帅民风　广西师范大学美术学院
邱萍　广西民族大学艺术学院
张礼全　广西工艺美术学校
黎卫　南宁职业技术学院艺术工程系
宁绍强　桂林电子科技大学设计学院
刘永福　广西职业技术学院艺术设计系
黎成茂　桂林电子科技大学设计学院动画系
宋效民　海口经济职业技术学院
杨恩德　重庆科技学院艺术系
贺蜀山　重庆科技学院艺术设计培训中心
袁恩培　重庆大学艺术学院设计系
苏大椿　重庆正大软件职业学院数字艺术系
张继渝　重庆工商大学设计艺术学院
周宗凯　四川美术学院影视动画学院
李宗乐　四川托普信息技术职业学院数字系
邹艳红　四川教育学院美术系
王若鸿　西安工业大学艺术与传媒学院
陈鹏　西安理工大学艺术与设计学院
张辉　西安理工大学艺术与设计学院
庞永红　西北大学艺术学院
丛红艳　西安工程大学

丛书序

创意产业作为在全球化的消费社会的背景中发展起来的新兴经济模式，不仅是可观的新增长点，更因其知识密集、高附加值、高整合的特性，对快速发展中的中国经济的全面协调发展、优化产业结构有着不可低估的作用。动漫游戏是创意产业的主体，动漫游戏专业从业人员必须兼具软件行业专家和艺术家的创造力。随着动漫游戏从电影时代、电视时代、网络时代到现在的移动媒体时代，动漫游戏的表现形式和内容不断发展变化，动漫游戏设计制作、经营的各个环节迅猛发展，带来了动漫游戏人才需求量的巨大缺口，尤其是创作兼技术优异的复合型设计人才更是供不应求。为推动我国动漫游戏产业的发展、培养本土动漫游戏专业人才，作者集多年动漫游戏设计与制作教学和著书的经验推出本套“动漫游戏美术设计系列教程”。

本套“动漫游戏美术设计系列教程”共有10本，使读者循序渐进地掌握动漫游戏美术设计知识及技术。

- 《游戏原画设计教程》
- 《游戏角色原画与界面设计教程》
- 《卡通游戏场景设计教程》
- 《卡通游戏角色贴图设计教程》
- 《卡通游戏角色动画设计教程》
- 《游戏道具设计教程》
- 《游戏材质节点设计教程》
- 《游戏场景灯光设计教程》
- 《写实风格游戏角色制作教程》
- 《写实风格游戏角色动画制作教程》

本套“动漫游戏美术设计系列教程”适合于有志于动漫游戏事业的大中专学生和各个层次的动漫游戏爱好者。

本丛书得到中国电子视像行业协会数字影像推广办公室的大力支持，并将作为其中国数字影像行业人才培养工程数字艺术设计工程师专业技术资格认证指定培训教材。数字影像推广办公室长期以来致力于中国数字影像行业人才培养工程，负责国内数字艺术设计工程师职称（专业技术资格）认证工作（http://dgart.org.cn，peixun3000@163.com）。认证专业方向有：数码影视制作、多媒体艺术设计、室内设计、游戏设计、数字艺术设计、建筑设计、动漫设计、视觉传达设计、平面设计、包装设计、工业设计、计算机辅助设计。

本系列教材所引举例的图片只做教学之用，不能作为任何商业目的，如有违反，所有责任自负。

作者

2008年8月

前　言

卡通游戏角色贴图设计是根据游戏原画对视觉元素进行进一步加工，从而为最后制作出游戏产品的重要过程。在3ds max中材质与贴图的创建和编辑都是通过材质编辑器来完成的，并且通过最后的渲染表现出物体表面不同的质地、色彩和纹理。

本书在内容编排上选择了一些容易理解与掌握的范例，难易度适中，非常适合初学者。

第1章：首先讲解了使用材质编辑器制作游戏对象的贴图，并且利用贴图技术来实现很多无法用模型来表现的细节。

第2章：具体讲解在Photoshop中绘制宝剑、头盔和铠甲3种道具贴图的方法。

第3、4章：通过讲解Q版男主角和女主角的制作方法，将这些内容串起来，形成一个完整的3D制作项目。

第5章：完成创建恐龙的任务，可分为“创建恐龙模型”、“展开恐龙UV”和“绘制恐龙贴图”三部分。

本书在写作过程中得到了我国动漫游戏界很多专家的支持，纪赫男、李可、江波、葛李华、付俊、尤丹、杨明、王伯超、卢娜、张小羽、黄莹、马双梅、吴婷、张莹、王松、安阳、宋忠良参与了本书的编写工作，在此表示衷心感谢。

由于作者水平有限，加之时间仓促，书中疏漏之处在所难免，敬请读者批评指正。

作　者

2009年1月于北京

第1章 游戏中的材质与贴图

在三维场景中，材质与贴图是非常微妙而又充满魅力的一个课题，它在三维作品中起着举足轻重的作用。一个模型如果离开了贴图和材质，即使再精美，也不能反映对象的所有视觉信息；反之，一幅精美的贴图，往往能给模型提供很多无法用模型手段来表现的细节。贴图的来源很多，包括扫描的图片、通过程序计算得到的图形等。

通过本章学习，大家应掌握使用材质编辑器制作贴图并赋予游戏中的对象的方法，并且利用贴图技术来实现很多无法用模型来表现的细节。

1.1 材质编辑器介绍

在 3ds max 中，材质与贴图的创建和编辑都是通过材质编辑器来完成的，并且通过最后的渲染表现出物体表面不同的质地、色彩和纹理。打开材质编辑器的方法有两种：一是单击主工具栏上的“材质编辑器”按钮；二是用快捷键——键盘上的 M 键。材质编辑器面板如图 1-1 所示。

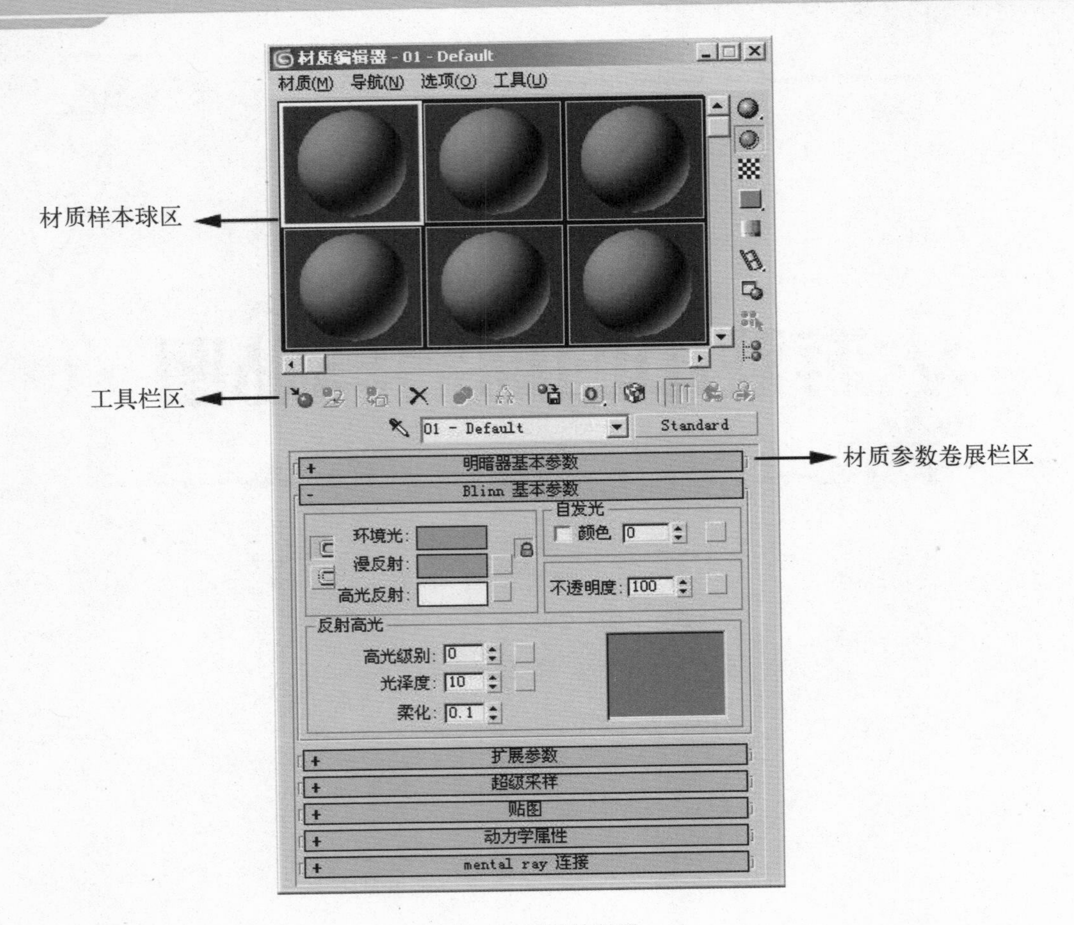

图 1-1 材质编辑器

1.1.1 材质样本球区

材质样本球区包括 6 个样本球（默认）和 9 个控制按钮，具体说明如下：

（采样类型）：控制窗口样本球的显示类型，这里有 3 种显示方式可供选择，用来改变样本球的外形，使材质更好地附在对象表面，如图 1-2 所示。

（背光）：控制材质是否显示背光照射，如图 1-3 所示。

图 1-2 采样类型比较

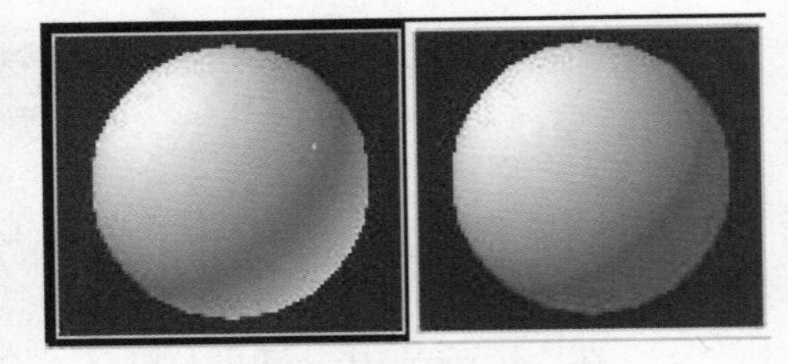

图 1-3 背光效果

（背景）：控制样本球是否显示透明背景，该功能主要针对透明材质，如图 1-4 所示。

（采样 UV 平铺）：控制编辑器中材质重复显示的次数，它有、、和4 种方式可供选择，可影响材质球显示但不影响赋予该材质的物体，比较结果如图 1-5 所示。

（视频颜色检查）：检查无效的视频颜色。

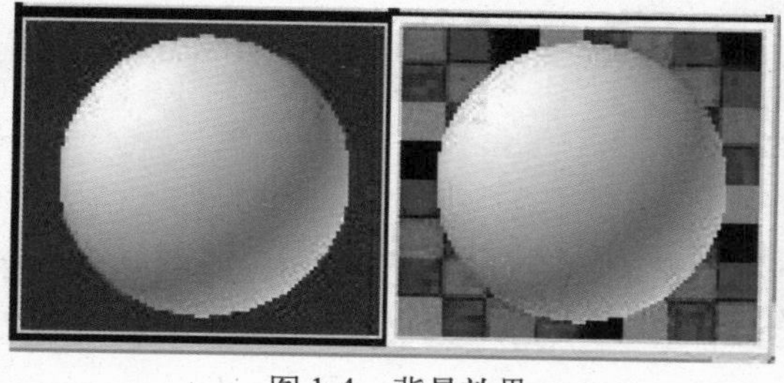

图 1-4　背景效果

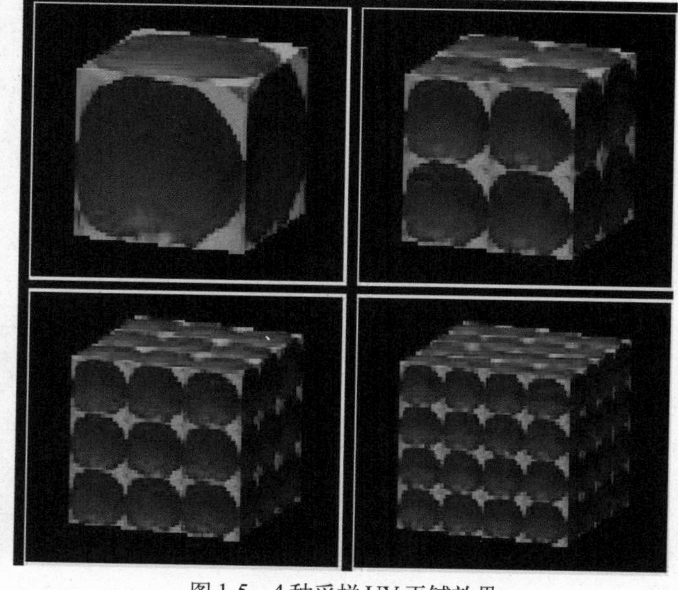

图 1-5　4 种采样 UV 平铺效果

（生成预览）：控制是否能够预览动画材质。

（选项）：单击该按钮，将弹出“材质编辑器选项”对话框，如图 1-6 所示。

在这里可以设定样本球是否“抗锯齿”以及在材质编辑器中显示的“示例窗数目”（3 × 2、5 × 3、6 × 4）。

（按材质选择）：按材质选择物体，单击该按钮，将弹出如图 1-7 所示的“选择对象”对话框。

（材质 / 贴图导航器）：单击此按钮将打开“材质 / 贴图导航器”窗口，如图 1-8 所示。

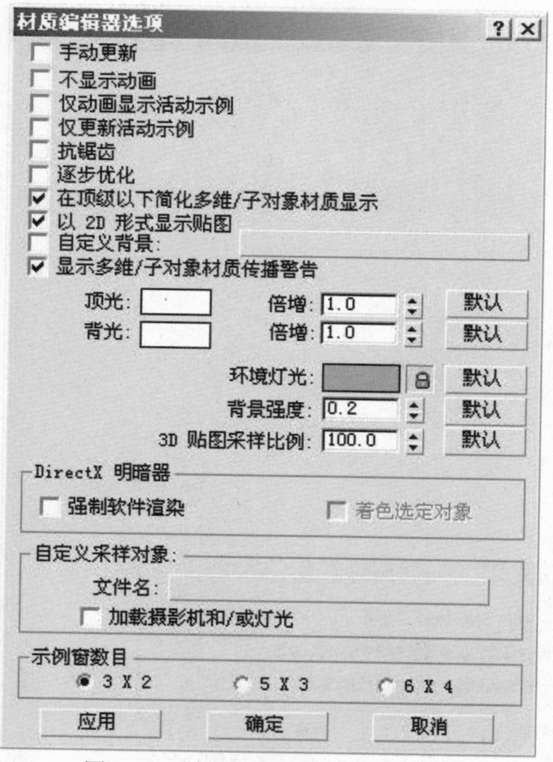

图 1-6　“材质编辑器选项”对话框

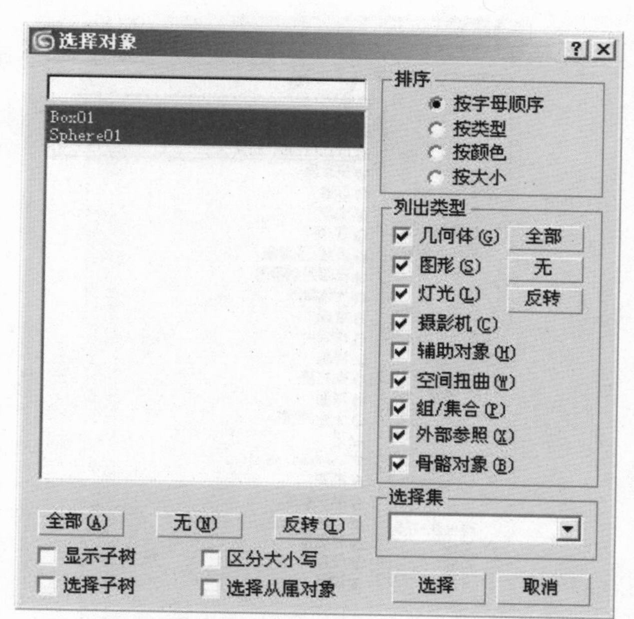

图 1-7　“选择对象”对话框

图 1-8 “材质 / 贴图导航器”窗口

1.1.2 工具栏区

样本窗口的下面为材质编辑器的工具栏，其中陈列着进行材质编辑的常用工具按钮，提供材质的存取功能，具体说明如下：

(获取材质)：选取材质、装入材质或生成新的材质，单击此按钮打开“材质 / 贴图浏览器”窗口，如图 1-9 所示。

(将材质放入场景)：在已经编辑了应用给视窗中对象的材质之后进行更新。

(将材质指定给选定对象)：赋予场景材质，将当前材质赋予场景中选择的对象。此按钮只在选定对象后才有效。

(将材质 / 贴图重置为默认状态)：恢复材质 / 贴图为默认设置，恢复当前样本窗口为默认设置，单击此按钮将弹出如图 1-10 所示的对话框。

(复制材质)：生成同步材质的拷贝，拷贝放在当前窗口中，用在不想用另外的样本窗口处理同一材质的情况下。

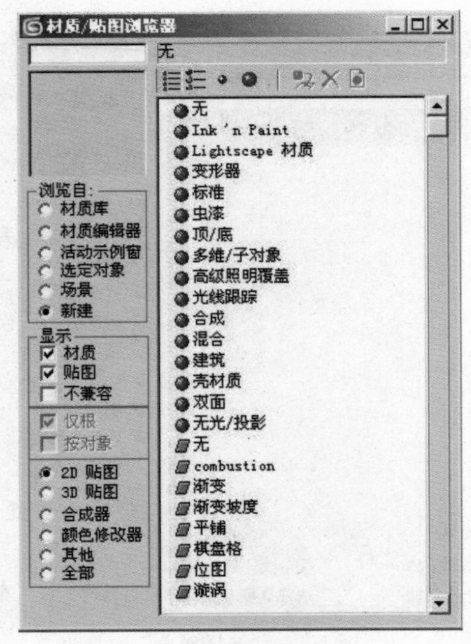

图 1-9 “材质 / 贴图浏览器”窗口

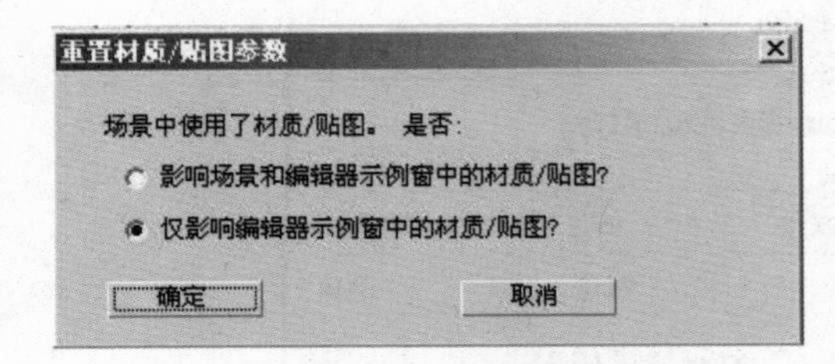

图 1-10 “重置材质 / 贴图参数”对话框

(使唯一)：对于进行关联复制的贴图，可以通过此按钮将贴图之间的关联关系取消，使它们各自独立。

(放入库)：将材质编辑器中的当前材质存入材质库，并且可以通过材质浏览器将此材质存盘，单击此按钮将弹出如图 1-11 所示的对话框。

图 1-11 “入库”对话框

(材质效果通道)：赋给材质通道，用于 Video Post（视频特效）。

(在视窗中显示贴图)：在视窗中显示贴图，选择这个选项将消耗很多显存。

(显示最终效果)：显示最终结果，3ds max 7.0 中的很多材质是由基本材质和贴图材质组成的，利用此按钮可以在样本窗口中显示最终的结果。

(转到父级)：回到上一级，3ds max 7.0 中很多材质有几个级别，利用此按钮可以在处理同级材质时进入上级材质。

(转到下一个同级项)：进入同级别材质。

1.1.3 材质参数卷展栏区

本节以“标准”材质为例介绍一下材质参数卷展栏的使用。标准材质卷展栏包括“明暗器基本参数”卷展栏、“扩展参数”卷展栏、“超级采样”卷展栏、“贴图”卷展栏和“动力学属性”卷展栏。下面具体介绍游戏中常用的“明暗器基本参数”、“基本参数”和“贴图”3 个卷展栏。

1．“明暗器基本参数”卷展栏

对材质着色器基本参数的设置主要通过“明暗器基本参数”卷展栏来完成，“明暗器基本参数”卷展栏如图 1-12 所示。

3ds max 7.0 的明暗类型有“各向异性”、Blinn、“金属”、“多层”、Oren-Nayar-Blinn、Phong、Strauss 和“半透明明暗器”8 种，如图 1-13 所示。当选择不同的明暗模式类型时，下边的基本参数卷展栏也会随之发生变化。

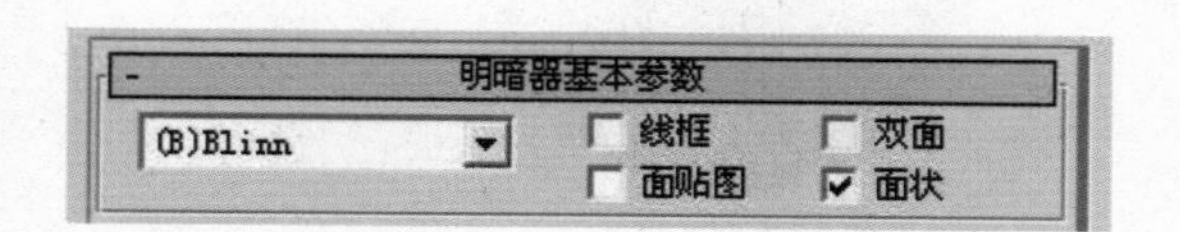

图 1-12 “明暗器基本参数”卷展栏

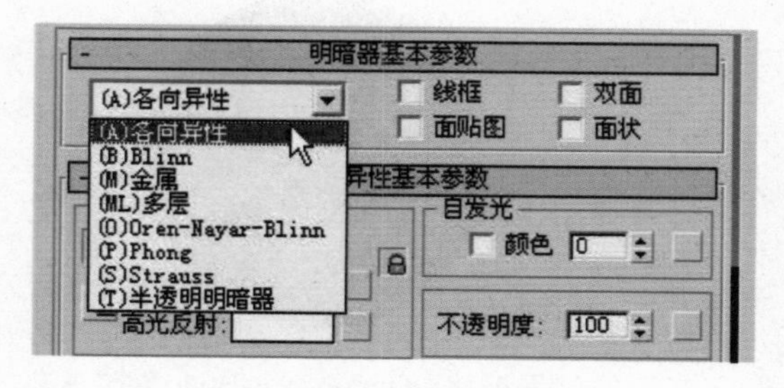

图 1-13 8 种明暗类型

其各项参数的意义如下：

- 各向异性：适用于椭圆形表面，这种情况有“各向异性”高光。如果为头发、玻璃或磨沙金属建模，这些高光很有用，如图 1-14 所示。

- Blinn：适用于圆形物体，这种情况高光要比 Phong 着色柔和，如图 1-15 所示。
- 金属：适用于金属表面，如图 1-16 所示。

图 1-14 “各向异性”明暗类型

图 1-15 Blinn 明暗类型

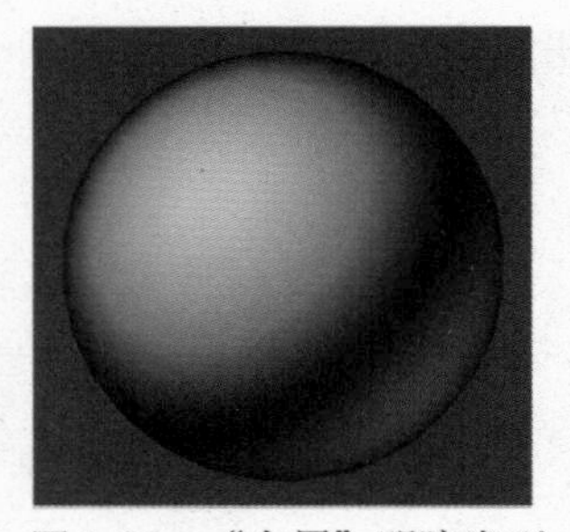

图 1-16 “金属”明暗类型

- 多层：适用于比各向异性更复杂的高光，如图 1-17 所示。

图 1-17 “多层”明暗类型

- Oren-Nayar-Blinn：它是对 Blinn 明暗器的改变。该明暗器包含附加的“高级漫反射”，适用于无光表面（如纤维或赤土），如图 1-18 所示。
- Phong：它是最常用也是最费时的一种着色方式，以光滑的方式进行着色，效果柔和细腻，一般用于塑料、纸张以及皮肤等物体表面的着色，如图 1-19 所示为 Phong 着色方式。

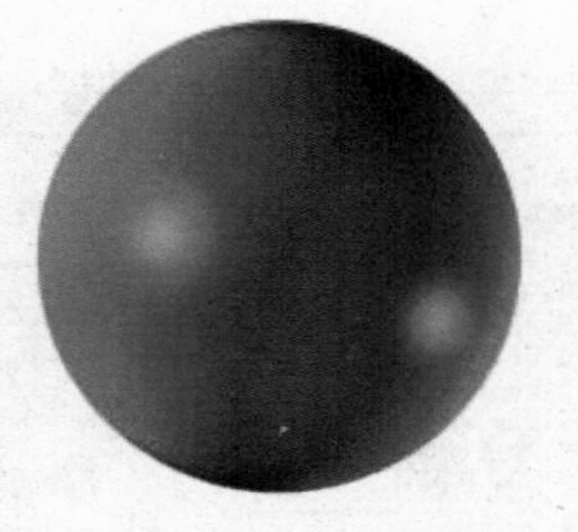

图 1-18 Oren-Nayar-Blinn 明暗类型

图 1-19 Phong 明暗类型

- Strauss：主要用于制作类似云的材质效果，比如天空中一层一层的云以及水面上一层一层的波浪等，如图 1-20 所示为 Strauss 着色方式。
- 半透明：与 Blinn 着色类似，“半透明”明暗器也可用于指定半透明，这种情况下光线穿过材质时会散开，如图 1-21 所示。

图 1-20 Strauss 明暗类型

图 1-21 “半透明”明暗类型

这几种着色方式的选择取决于场景中所构建的角色需求。当需要创建玻璃或塑料物体时，可选择Phong或Blinn着色方式；如果要使物体具有金属质感，则选择Metal着色方式。在完成着色类型的选择后，着色基本参数卷展栏下的卷展栏会自动切换为与着色方式相应的卷展栏。在这一卷展栏内可对材质部件颜色、漫反射颜色、反光、不透明度进行设置。

在“明暗器基本参数”卷展栏中，另外有“线框”、“双面”、“面贴图”和“面状”4个选项，通过对这4个选项的设置，可使同一材质实现不同的渲染效果。

- 线框：选中此选项时，物体将以线框的方式进行渲染，以便更好地观察造型对象内部的结构，如图1-22所示。
- 双面：选中此选项时将渲染对象表面法线两侧的面，如图1-23所示，这将花费更多的渲染时间。

图 1-22 “线框”渲染效果

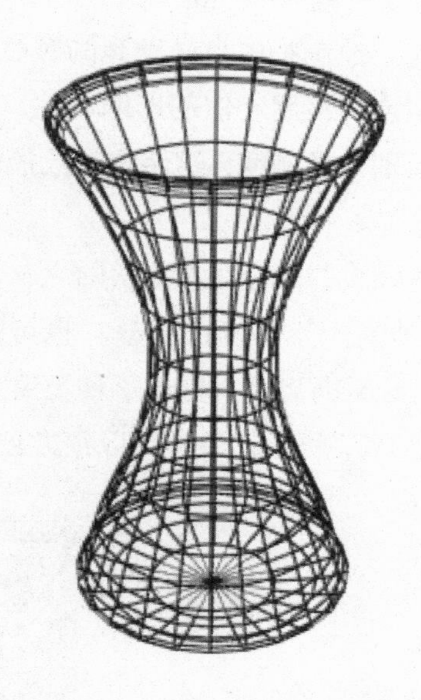

图 1-23 “双面”渲染效果

- 面贴图：将材质应用到几何体的每个面，如图1-24所示。如果材质是贴图材质，则不需要贴 图坐标，贴图会自动应用到对象的每一面。
- 面状：将贴图应用到对象的每一个小平面上，如图1-25所示。

图 1-24　“面贴图”渲染效果

图 1-25　“面状”渲染效果

2.“基本参数”卷展栏

针对不同的“明暗器”类型会显示出相应的“基本参数”卷展栏，它用来设置材质的颜色、反光度、透明度等，并指定用于材质各种组件的贴图。下面以“Blinn 基本参数”卷展栏为例具体说明。Blinn 基本参数卷展栏如图 1-26 所示。

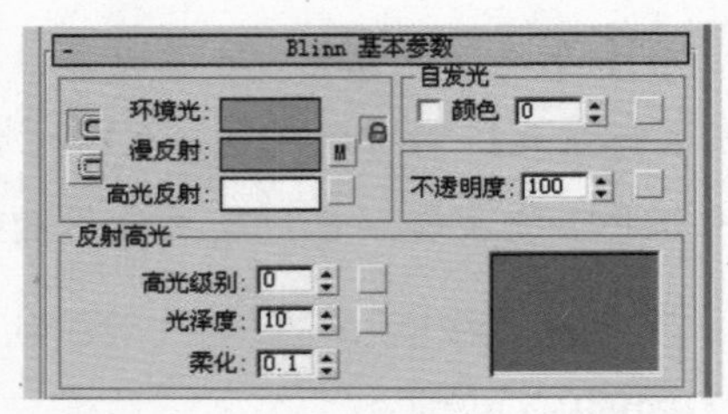

图 1-26　“Blinn 基本参数”卷展栏

- 环境光：控制在远离光源的阴暗区域显示的颜色。
- 漫反射：控制整个对象的色调。
- 高光反射：控制高光区的颜色。
- 自发光：控制物体自己发光的颜色。
- 不透明度：设置物体的透明属性，100 时为完全不透明，0 为完全透明。
- 高光级别 + 光泽度：这两个参数控制了高光曲线的形状，它是控制高光将怎样显示的最好工具。

3.“贴图”卷展栏

组成物体材质的成分很多。实际上，可以把一幅贴图赋予其成分，比如可以用贴图来替换“环境光”、“漫反射”或“高光”等颜色成分。也可以用贴图来影响材质的自发光度、改变材质的不透明度等。

同时 3ds max 也为用户提供了种类繁多的贴图效果控制，共有 12 种。展开材质编辑器下方的“贴图”卷展栏，如图 1-27 所示。用户可以很方便地选择所需要的贴图效果类型来设置贴图材质。

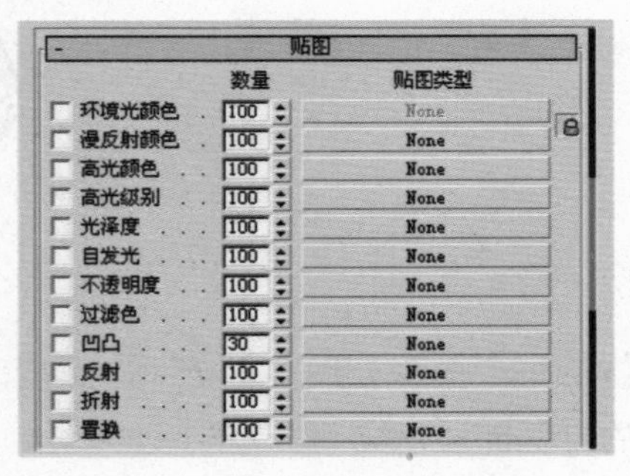

图 1-27　“贴图”卷展栏

其各项参数的意义如下：

- 环境光颜色：将贴图应用于材质的阴影区。
- 漫反射颜色：将贴图应用于材质的过渡区。
- 高光颜色：将贴图应用于材质的高光区，从而产生高亮的镜面效果。
- 高光级别：将贴图应用于材质的高光区，根据高光区的强度来调整贴图的效果。
- 光泽度：将贴图应用于材质的光泽区域。
- 自发光：将贴图应用于控制对象的自发光效果。
- 不透明度：设置对象的透明效果。
- 过滤色：将位图用于改变透明材质背后的对象颜色。
- 凹凸：将位图用于使对象的表面产生三维效果。
- 反射：将位图用作对象的反射。
- 折射：将位图用作对象的折射。
- 置换：按照图片的黑白灰色调的深浅值置换成挤压力度值，从而对对象产生性质替换的一种贴图方式，形象地说就是利用图片的明暗关系做出隆起或者凹陷的效果。一般应用在NURBS对象或多边形对象上，作用和“凹凸”贴图比较类似。

1.2 贴图类型

当打开“材质/贴图浏览器”时，可以看到在对话框中列出了很多贴图类型，如图1-28所示。这些贴图分为“2D贴图”、“3D贴图”、“合成器”、“颜色修改器”和“其他”五大类，下面具体讲解游戏中常用的位图贴图类型，并对其他贴图类型做一个简单的介绍。

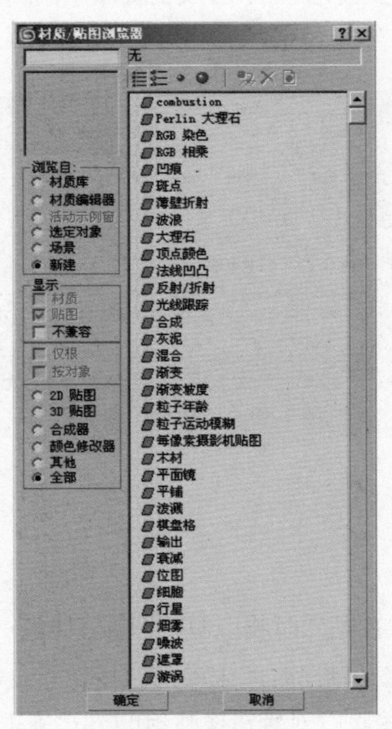

图1-28 贴图类型

1.2.1 游戏中“位图”贴图的应用

指定“位图”贴图的方法是：在每一个贴图通道的右侧都有一个None按钮，表示还未设置贴图。单击None按钮，然后在弹出的“材质/贴图浏览器”对话框中选择“位图”选项，单击“确定”按钮。接着在弹出的“选择位图图像文件”对话框中选择相应的贴图，如图1-29所示，单击“打开”按钮。

图1-29 “选择位图图像文件”对话框

“位图”贴图类型中包括“坐标”、“噪波”、“位图参数”、“时间”和“输出”5个卷展栏，下面具体讲解。

1．“坐标”卷展栏

“坐标”卷展栏如图1-30所示。它的参数用于对模型表面贴图的位置、重复次数、排列方式等效果进行设置。

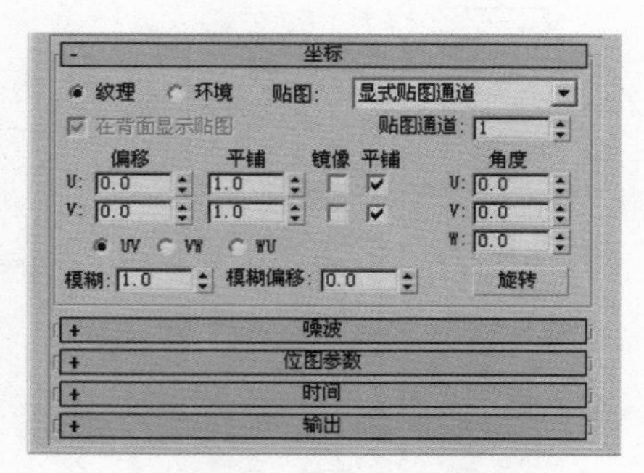

图1-30 “坐标”卷展栏

其各项参数的意义如下：

- 纹理：设置进行贴图的材质。
- 环境：用于环境设置。
- 偏移：用于定义贴图的位置，在贴图时将以UVW轴来替代一般平常所使用的XYZ轴。轴向名称之所以变换是为了避免用户在定义轴向时产生混乱。
- 镜像：选取此复选框时，系统将以对轴镜像映射的方式来进行剩余空间的填补。

- 平铺：用于设置贴图的重复次数。
- 角度：用于设置贴图的放置角度。
- 模糊：在贴图时，将贴图进行朦胧效果处理。
- 模糊偏移：将贴图进行平移朦胧效果处理。

如图 1-31 至图 1-33 所示为正常贴图、镜像贴图和平铺贴图 3 种不同方式的渲染结果。

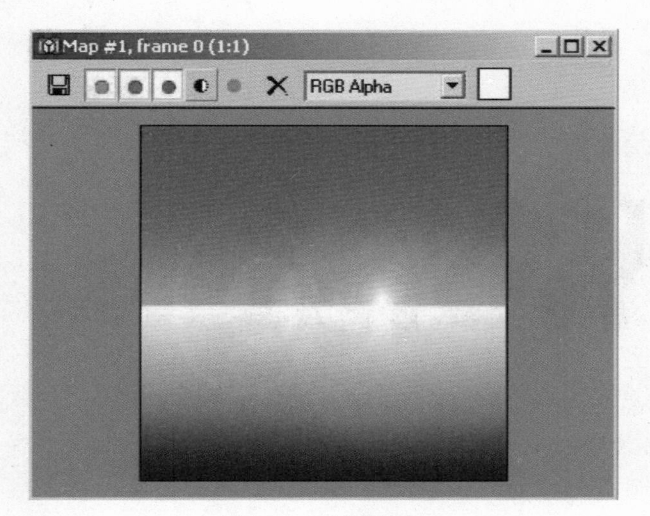

图 1-31　正常贴图

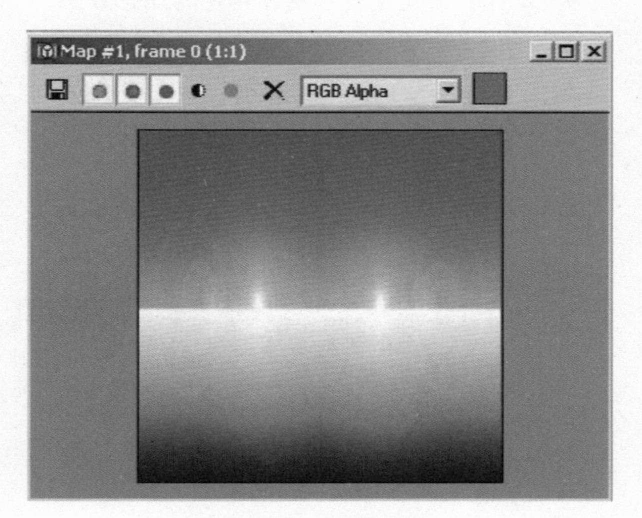

图 1-32　镜像贴图

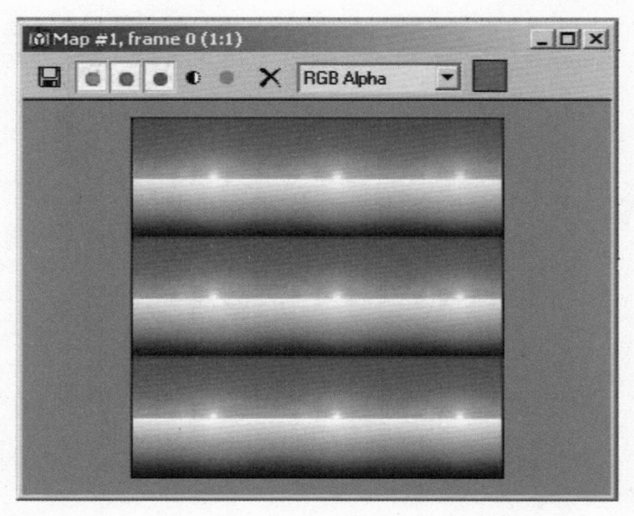

图 1-33　平铺贴图

2．“噪波”卷展栏

“噪波”卷展栏如图 1-34 所示。它主要用于设置贴图的噪声化，以免贴图过于完美而不真实。其各项参数的意义如下：

- 启用：用于确定是否启动噪声效果。
- 数量：设置噪声化的程度。
- 级别：设置噪声化的次数，次数越多得到的噪声化效果越明显。
- 大小：设置噪声化效果的大小。

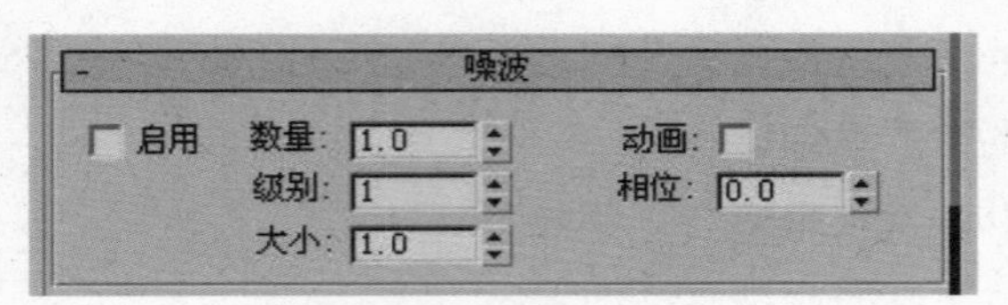

图 1-34　“噪波”卷展栏

- 动画：确定是否启动噪声化的动态效果。
- 相位：设置噪声动态效果的相位。

如图 1-35 所示为选中“启用”复选项后的噪波效果。

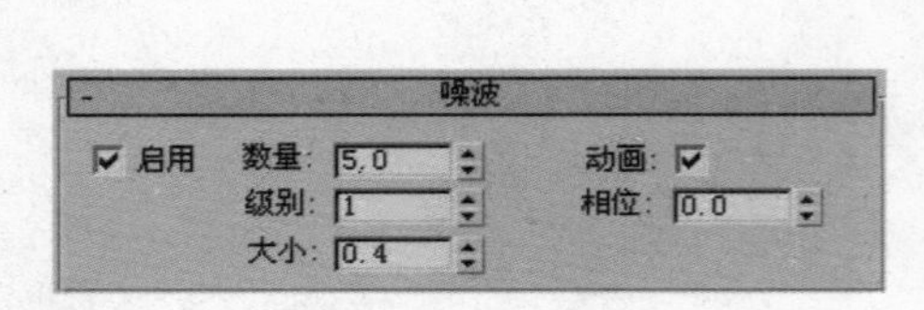

图 1-35　噪波效果

3．“位图参数”卷展栏

“位图参数”卷展栏如图 1-36 所示。

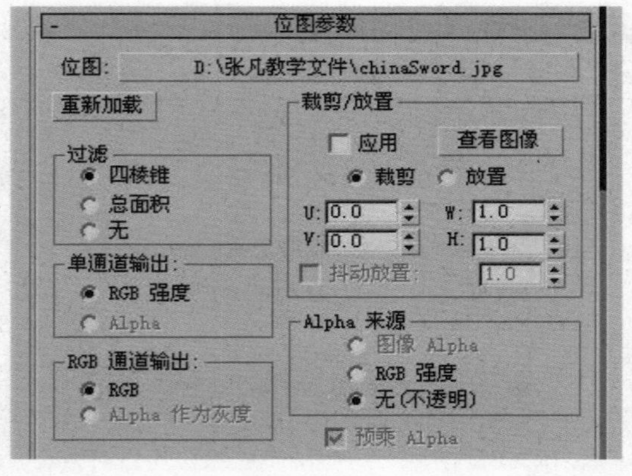

图 1-36　“位图参数”卷展栏

其各项参数的意义如下：

- 重新加载：若贴图在使用过程中被重新编辑过而与原贴图不同，单击此按钮可以重新再装入一次贴图。
- “过滤”选项组：包括“四棱锥”、“总面积”和“无”3 种方式进行贴图过滤，以达到自动边缘柔和化的效果。其中“总面积”能得到最佳效果，但是其所花费的时间较“四棱锥”要高出数倍；“无”表示不进行过滤。
- “单颜色通道输出”选项组：包括“RGB 强度”和 Alpha 两个单选按钮。“RGB 强度”是以 RGB 作为颜色通道输出，此为一般贴图所惯用的选项；Alpha 是以附加颜色通道作为输出来源，但是一般贴图都是扫描得到的，故都不会有 8 位的附加颜色通道存在。

- “Alpha 来源”选项组：包括“图像 Alpha”、“RGB 强度”和“无（不透明）”3 个单选按钮。“图像 Alpha”是以 Alpha 通道作为附加颜色通道的来源；“RGB 强度”表示以单色贴图作为其附加颜色通道标准；“无（不透明）”表示无附加颜色通道来源。

4. “时间”卷展栏

“时间”卷展栏如图 1-37 所示。当贴图是动态图像文件时，用户可以利用它来设置有关图像播放时间及方式的参数。

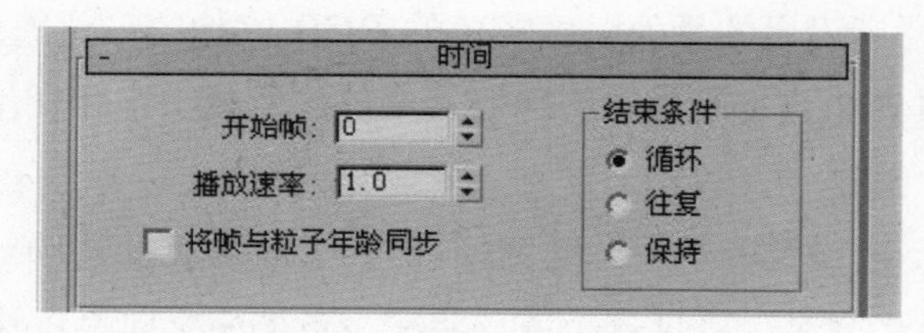

图 1-37 “时间”卷展栏

其各项参数的意义如下：

- 开始帧：设置有关图像播放的起始位置。
- 播放速率：设置有关图像播放的速度比例。
- “结束条件”选项组：包括“循环”、“往复”和“保持”3 个单选按钮。“循环”表示图像会不断重复播放；“往复”表示图像会正向播放与反向播放不断交替使用；“保持”表示播放结束后图像会停止不动。

5. “输出”卷展栏

“输出”卷展栏如图 1-38 所示，可以设置贴图出现在屏幕上的各项参数。

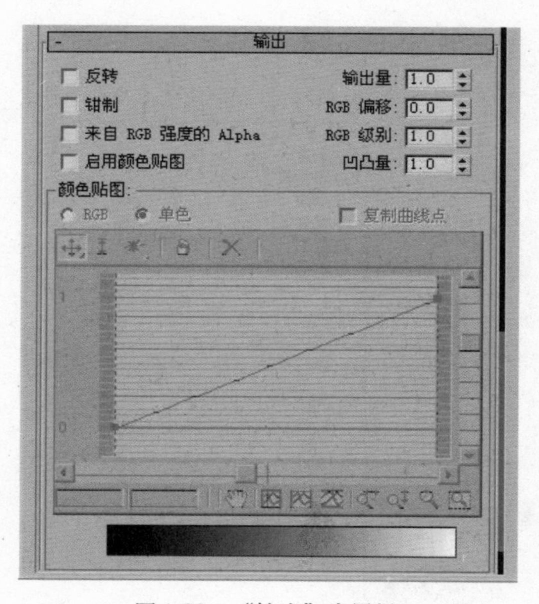

图 1-38 “输出”卷展栏

其各项参数的意义如下：

- 反转：反转贴图的色调，使之类似彩色照片的底片。
- 钳制：启用此选项后，参数会将颜色的值限制于不超过 1.0。当增加 RGB 级别时启用此选项，但此贴图不会显示出自发光。

- 来自 RGB 强度的 Alpha：启用此选项后，会根据在贴图中 RGB 通道的强度生成一个 Alpha 通道。黑色变得透明而白色变得不透明，中间值根据它们的强度变得半透明。
- 启用颜色贴图：启用此选项将使用颜色贴图。
- 输出量：控制要混合为合成材质的贴图数量，对贴图中的饱和度和 Alpha 值产生影响。默认设置为 1.0。
- RGB 级别：根据微调器所设置的量使贴图颜色的 RGB 值加倍，此选项对颜色的饱和度产生影响。最终贴图会完全饱和并产生自发光效果。降低这个值，将减少饱和度使贴图的颜色变灰。默认设置为 1.0。
- RGB 偏移：根据微调器所设置的量增加贴图颜色的 RGB 值，此选项对色调的值产生影响。最终贴图会变成白色并有自发光效果。降低这个值，将减少色调使之向黑色转变。默认值为 0.0。

1.2.2 其他贴图类型

3ds max 除了“位图”贴图以外还有其他一些贴图类型，下面就按“2D 贴图”、“3D 贴图”、“合成器”、“颜色修改器”和“其他”5 种贴图类型来简单介绍一下。

1. 2D 贴图类型

2D 贴图是二维图像，它们通常贴图到几何对象的表面，或用作环境贴图来为场景创建背景。2D 贴图类型除了前面介绍的“位图”贴图外，还包括 combustion、渐变、渐变坡度、平铺、棋盘格和漩涡 6 种贴图，如图 1-39 所示。

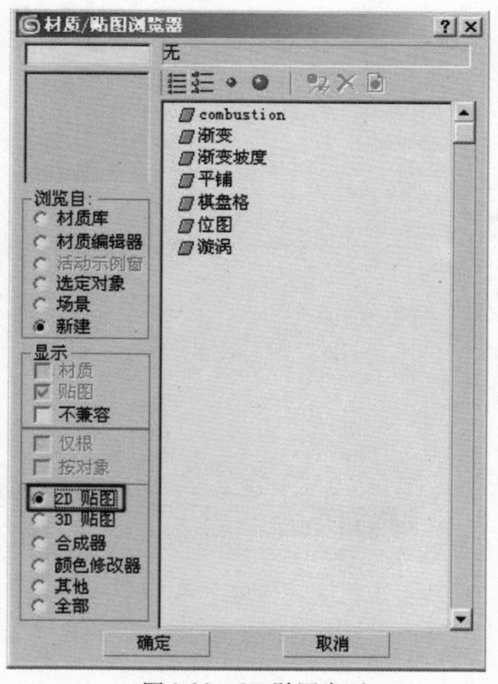

图 1-39 2D 贴图类型

（1）Combustion 贴图。与 Discreet combustion 产品配合使用，可以在位图或对象上直接绘制并且在“材质编辑器”和视口中看到效果更新。该贴图可以包括其他 combustion 效果。绘制并且可以将其他效果设置为动画。

（2）“渐变”贴图。“渐变”贴图用于创建 3 种颜色的线性或径向坡度，如图 1-40 所示。渐变贴图用于停止信号灯，以及用于场景的背景。

（3）“渐变坡度”贴图。“渐变坡度”是与“渐变”贴图相似的 2D 贴图。它从一种颜色到另一种颜色进行着色。在这个贴图中，可以为渐变指定任何数量的颜色或贴图，如图 1-41 所示。它有许多用于高度自定义渐变的控件。几乎任何“渐变坡度”参数都可以设置动画。

图 1-40 “渐变”贴图效果

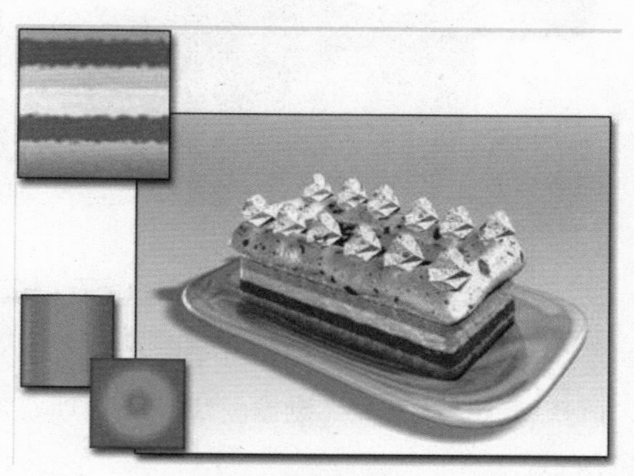

图 1-41 “渐变坡度”贴图效果

（4）“平铺”贴图。使用“平铺”程序贴图，可以创建砖、彩色瓷砖或材质贴图，如图 1-42 所示。

（5）“棋盘格”贴图。“棋盘格”贴图是将两色的棋盘图案应用于材质，如图 1-43 所示。默认方格贴图是黑白方块图案。组件方格既可以是颜色，也可以是贴图。

图 1-42 “平铺”贴图效果

图 1-43 “棋盘格”贴图效果

（6）“漩涡”贴图。它生成的图案类似于两种口味冰淇淋的外观，如图 1-44 所示。如同其他双色贴图一样，任何一种颜色都可用其他贴图替换。

2．3D 贴图类型

3D 贴图是根据程序以三维方式生成的图案。3D 贴图类型包括 Perlin 大理石、凹痕、斑点、波浪、大理石、灰泥、粒子年龄、粒子运动模糊、木材、泼溅、衰减、细胞、行星、烟雾和噪波 15 种贴图，如图 1-45 所示。

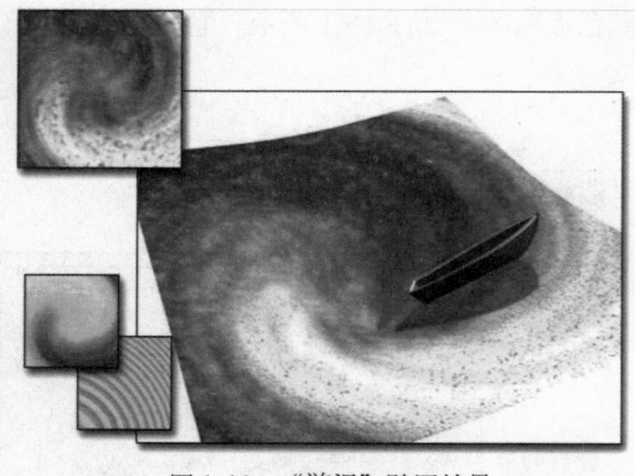

图 1-44 “漩涡”贴图效果

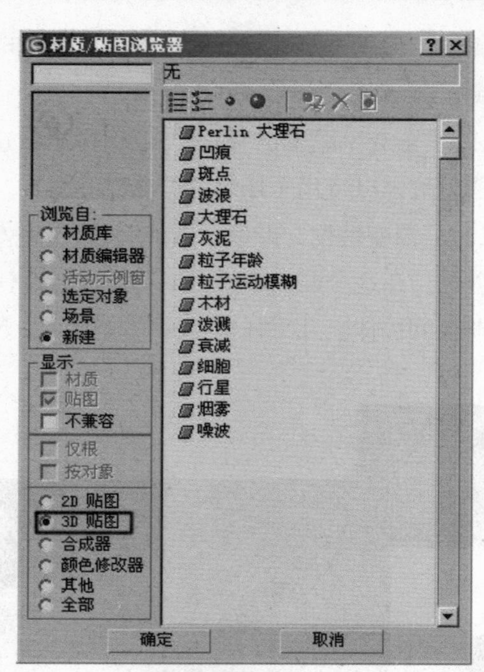

图 1-45 3D 贴图类型

（1）“Perlin 大理石”贴图。“Perlin 大理石”贴图使用“Perline 湍流”算法生成大理石图案，如图 1-46 所示。

（2）“凹痕”贴图。“凹痕”贴图主要用于表现路面、岩石的表面或者腐蚀的金属表面。其默认参数就是对这个用途的优化。用作凹凸贴图时，“凹痕”在对象表面提供了三维的凹痕效果。可编辑参数控制大小、深度和凹痕效果的复杂程度。图 1-47 中凹痕贴图为左边的茶杯提供纹理；右边的茶杯具有相同的图案，但没有凹痕。

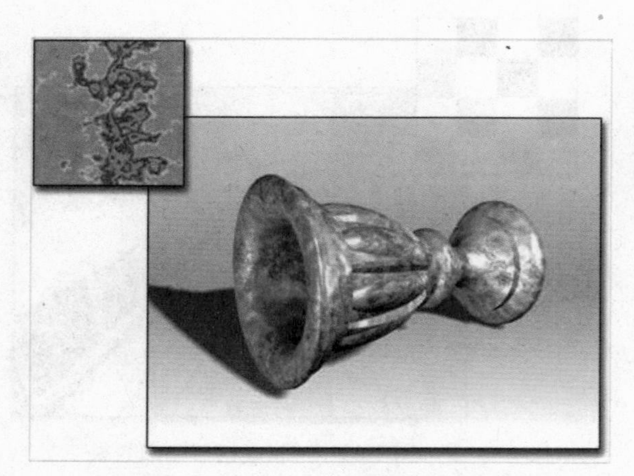

图 1-46 “Perlin 大理石”贴图效果

图 1-47 “凹痕”贴图效果

（3）“斑点”贴图。“斑点”贴图用于生成斑点的表面图案，如图 1-48 所示。该图案用于漫反射贴图和凹凸贴图，以创建类似花岗岩的表面和其他图案的表面。

（4）“波浪”贴图。“波浪”贴图用于生成水花或波纹效果，如图 1-49 所示。它生成一定数量的球形波浪中心并将它们随机分布在球体上，可以控制波浪组数量、振幅和波浪速度。此贴图相当于同时具有漫反射和凹凸效果的贴图。在与不透明贴图结合使用时，它也非常有用。

图 1-48 "斑点"贴图效果

图 1-49 "波浪"贴图效果

（5）"大理石"贴图。"大理石"贴图是针对彩色背景生成带有彩色纹理的大理石曲面，如图 1-50 所示。

（6）"灰泥"贴图。"灰泥"贴图用于生成一个表面图案，如图 1-51 所示。该图案对于凹凸贴图创建灰泥表面的效果非常有用。

图 1-50 "大理石"贴图效果

图 1-51 "灰泥"贴图效果

（7）"粒子年龄"贴图。"粒子年龄"贴图用于粒子系统。使用"粒子年龄"贴图可随着时间的推移更改粒子的外观，如图 1-52 所示。通常，可以将"粒子年龄"贴图指定为漫反射贴图或在"粒子流"中指定为材质动态操作符。它是基于粒子的寿命更改粒子的颜色（或贴图）。系统中的粒子以一种颜色开始，在指定的年龄开始更改为第 2 种颜色（通过插补），然后在消亡之前再次更改为第 3 种颜色。

（8）"粒子运动模糊"贴图。使用"粒子运动模糊"贴图可以使粒子随着移动逐渐模糊，如图 1-53 所示。

"粒子运动模糊"贴图用于粒子系统。该贴图基于粒子的运动速率更改其前端和尾部的不透明度。该贴图通常用作不透明贴图，但是为了获得特殊效果，可以将其作为漫反射贴图。

（9）"木材"贴图。"木材"贴图主要用于生成木纹或者其他一些条纹，如图 1-54 所示。

（10）"泼溅"贴图。"泼溅"贴图用于生成形状表面图案，如图 1-55 所示。该图案对于漫反射贴图创建类似于泼溅的图案非常有用。

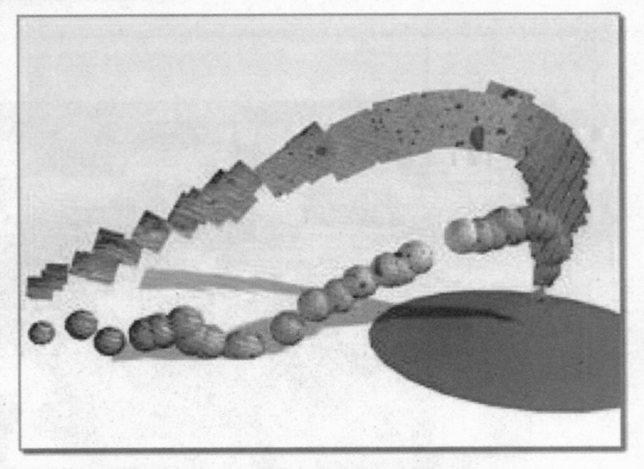

图 1-52 “粒子年龄”贴图效果

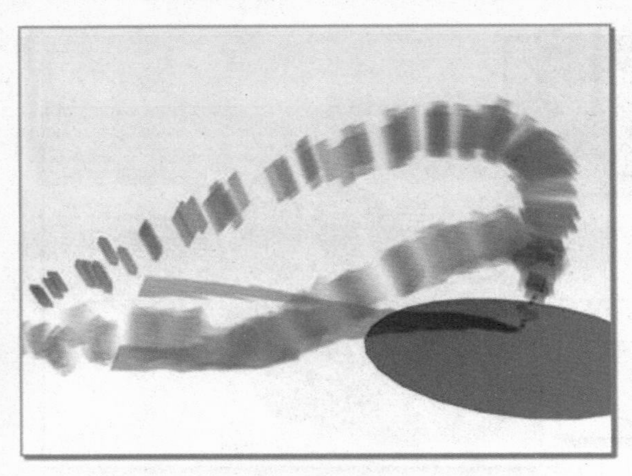

图 1-53 “粒子运动模糊”贴图效果

图 1-54 “木材”贴图效果

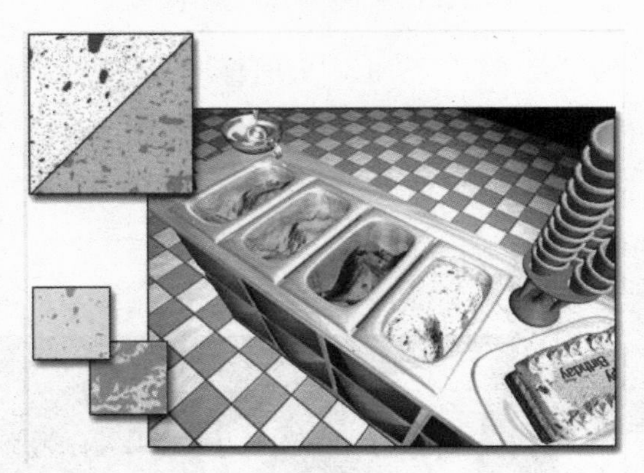

图 1-55 “泼溅”贴图效果

（11）“衰减”贴图。“衰减”贴图用于创建半透明的外观，如图 1-56 所示。

（12）“细胞”贴图。“细胞”贴图用于生成各种视觉效果的细胞图案，如图 1-57 所示，包括马赛克瓷砖、鹅卵石表面，甚至海洋表面。

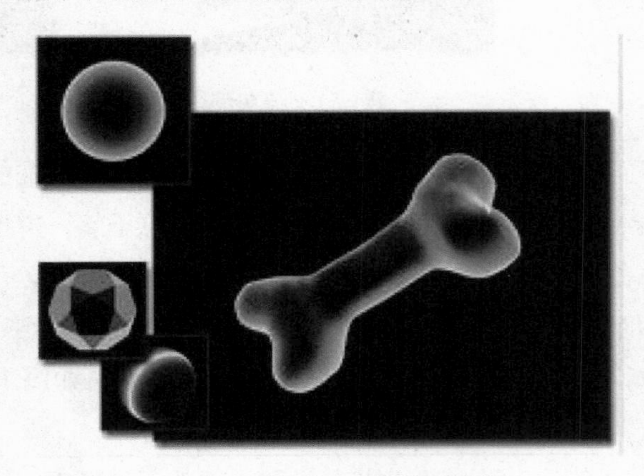

图 1-56 “衰减”贴图效果

图 1-57 “细胞”贴图效果

（13）“行星”贴图。“行星”贴图可以用来表现一些从宇宙中俯瞰星球的效果，其中的颜色设置包括了海洋部分和陆地部分的颜色设定，但不能在其中添加贴图，如图 1-58 所示。

（14）“烟雾”贴图。“烟雾”贴图主要设计用于设置动画的不透明贴图，以模拟一束光线中的烟雾效果或其他云状流动贴图效果，如图 1-59 所示。

图 1-58 “行星”贴图效果

图 1-59 “烟雾”贴图效果

（15）“噪波”贴图。“噪波”贴图是基于两种颜色或材质的交互创建曲面的随机扰动。图 1-60 中的街道边缘为噪波贴图。

图 1-60 “噪波”贴图效果

3．“合成器”贴图类型

合成器专用于合成其他颜色或贴图。在图像处理中，合成图像是指将两个或多个图像叠加以将其组合。“合成器”贴图类型包括“RGB 相乘”、“合成”、“混合”和“遮罩” 4 种，如图 1-61 所示。

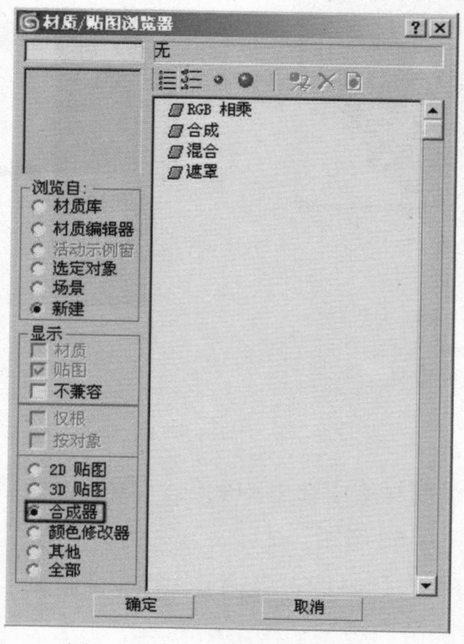

图 1-61 “合成器”贴图类型

（1）“RGB 相乘”贴图。“RGB 相乘”贴图通常用于凹凸贴图，此贴图通过将 RGB 值相乘组合两个贴图。对于每个像素，一个贴图的红色相乘将使第二个贴图的红色加倍，同样相乘蓝色使蓝色加倍，相乘绿色使绿色加倍，效果如图 1-62 所示。

（2）“合成”贴图。“合成”贴图类型由其他贴图组成，这些贴图使用 Alpha 通道彼此覆盖。对于这类贴图，应使用已经包含 Alpha 通道的叠加图像，效果如图 1-63 所示。

图 1-62 “RGB 相乘”贴图效果

图 1-63 “合成”贴图效果

（3）“混合”贴图。使用“混合”贴图可以组合两种贴图或颜色。“混合”贴图类似于“合成”贴图，只是采用“混合量”值来结合颜色或贴图，所以没有 Alpha 通道，效果如图 1-64 所示。

（4）“遮罩”贴图。“遮罩”贴图本身就是一个贴图，用于控制第二个贴图应用于表面的位置，效果如图 1-65 所示。

图 1-64 “混合”贴图效果

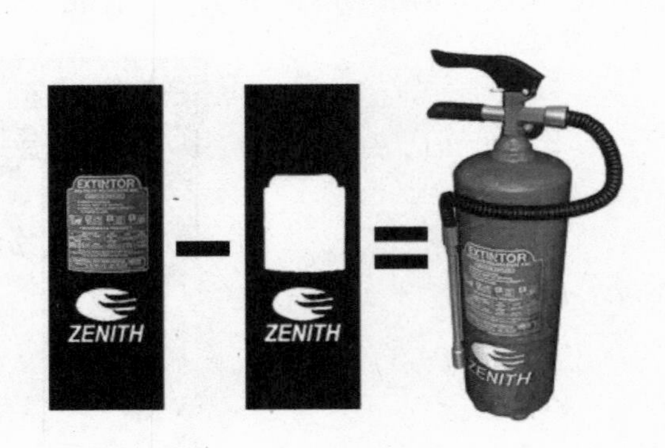

图 1-65 “遮罩”贴图效果

4.“颜色修改器”贴图类型

使用“颜色修改器”贴图可以改变材质中像素的颜色。“颜色修改器”贴图类型包括“RGB 染色”、“顶点颜色”和“输出”3 种贴图，如图 1-66 所示。

（1）“RGB 染色”贴图。“RGB 染色”贴图可以调整图像中 3 种颜色通道的值。3 种色样代表 3 种通道。更改色样可以调整其相关颜色通道的值，效果如图 1-67 所示。

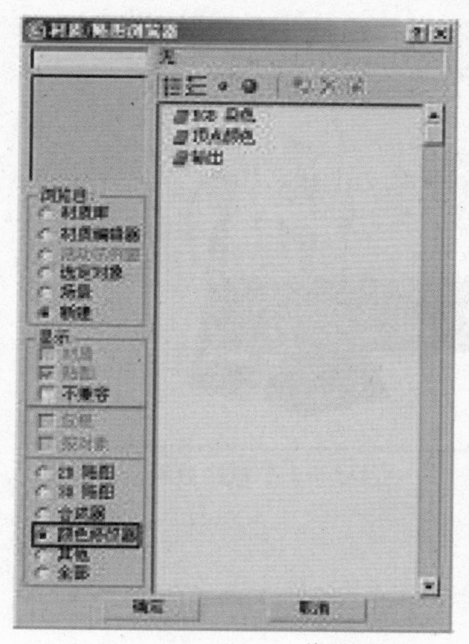

图 1-66　“颜色修改器”贴图类型

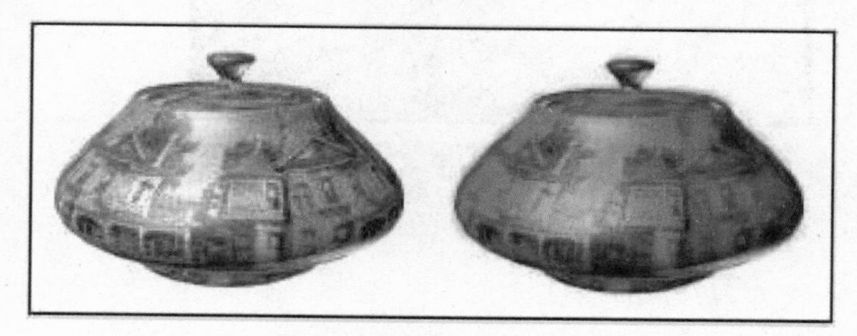
图 1-67　“RGB 染色”贴图效果

（2）“顶点颜色”贴图。“顶点颜色”贴图设置应用于可渲染对象的顶点颜色。顶点颜色指定主要用于特殊的应用中，例如游戏引擎，也可以使用它来创建彩色渐变的表面效果。

（3）“输出”贴图。使用“输出”贴图，可以将输出设置应用于没有这些设置的程序贴图，如方格或大理石。

5．“其他”贴图类型

（1）“平面镜”贴图。“平面镜”贴图用于生成平面的反射，效果如图 1-68 所示。可以将其指定面，而不是作为整体指定给对象。

（2）“光线跟踪”贴图。“光线跟踪”贴图用于创建精确的、全部光线跟踪的反射和折射，效果如图 1-69 所示。

图 1-68　“平面镜”贴图效果

图 1-69　“光线跟踪”贴图效果

（3）“反射 / 折射”贴图。“反射 / 折射”贴图用于基于周围的对象和环境自动生成反射和折射，效果如图 1-70 所示。

（4）“薄壁折射”贴图。“薄壁折射”贴图用于自动生成折射，通过模拟折射材质（如玻璃或水）看到对象和环境，效果如图 1-71 所示。

图 1-70　“反射 / 折射”贴图效果

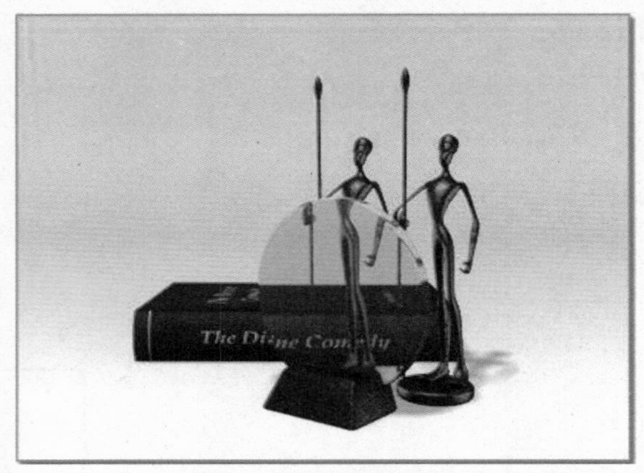

图 1-71　“薄壁折射”贴图效果

1.3　材质类型

材质是给对象赋予质感的功能。进一步来说，材质类型用于制作并具体设置这一质感。一个材质类型可以包含多个贴图类型，但是贴图类型中不包含材质类型。换句话来说，贴图类型相当于树叶，材质类型相当于树干。3ds max 提供了 15 种材质，如图 1-72 所示。游戏中使用的是“标准”和“多维 / 子对象”两种材质，其中对于“标准”材质，前面在介绍材质参数卷展栏时已经进行了详细的讲解，本节就不作为重点了。本节将主要讲解一下“多维 / 子对象”材质类型，并对其他材质类型作一个简单的介绍。

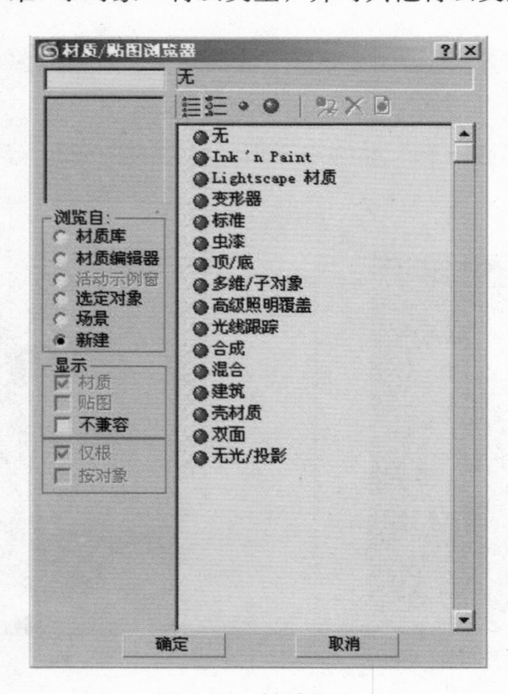

图 1-72　材质类型

1.3.1　游戏中“标准”材质的应用

标准材质是“材质编辑器”示例窗中的默认材质。标准材质类型为表面建模提供了非常直观的方式。在现实世界中，表面的外观取决于它如何反射光线。在 3ds max 中，标准材质模拟表面的反射属性。如果不使用贴图，标准材质会为对象提供单一统一的颜色。

1.3.2 游戏中“多维 / 子对象”材质的应用

“多维 / 子对象”材质的使用范围非常广泛，它的作用就是在同一个对象上的不同部位赋予各种不同的材质。在使用“多维 / 子对象”材质时要选中对象中需要赋予材质的部分，并指定它的 ID 号。

“多维 / 子对象基本参数”卷展栏如图 1-73 所示。

图 1-73 “多维 / 子对象基本参数”卷展栏

其主要参数的意义如下：

- 设置数量：设置使用材质的个数，默认为 10 种材质。单击“设置数量”按钮，在弹出的对话框中设定数量后单击“确定”按钮。
- 添加：增加新的材质，如果已经给对象指定了若干材质 ID，并且已经没有多余可使用的材质 ID 的情况下，单击“添加”按钮即可增加一个新的材质。
- 删除：删除所选定的材质，在删除的同时材质也就失去了作用。
- ID：材质的编号。
- 名称：给材质指定名称。在场景中如果使用的材质很多时，为了方便查找、修改或管理材质，就要在这里使用相应的名称来进行区分。即使在材质不是很多时，也要养成编制名称的习惯。
- 子材质：给相应的 ID 指定材质。
- 颜色：在不指定材质的情况下，也可以修改对象的漫反射颜色。
- 启用 / 禁用：它决定是否使用相应 ID 中的材质。

图 1-74 所示为“多维 / 子对象”材质的应用效果。

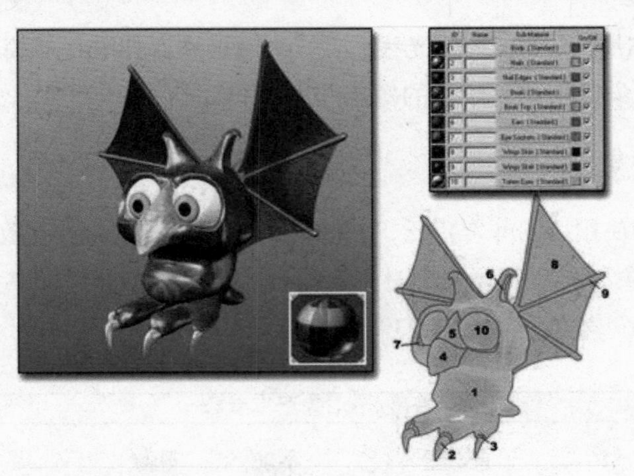

图 1-74　“多维 / 子对象”材质效果

1.3.3　其他类型材质

3ds max 除了“标准”和“多维 / 子对象”材质以外还有其他 13 种材质类型，下面就来简单介绍一下。

1．Ink′n Paint 材质

Ink′n Paint 材质用于创建卡通效果。与其他大多数材质提供的三维真实效果不同，Ink′n Paint 材质提供了带有“墨水”边界的平面着色。图 1-75 所示为 Ink′n Paint 材质的应用效果。

图 1-75　Ink′n Paint 材质效果

2．Lightscape 材质

Lightscape 材质用于设置要在现有 Lightscape 光能传递网格中使用的 3ds max 7.0 材质的光能传递行为。

3．“变形器”材质

“变形器”材质与“变形”修改器相辅相成。它可以用来创建角色脸颊变红的效果，或者使角色在抬起眼眉时前额出现褶皱。使用“变形”修改器中的通道微调器，材质可以被混合，就像几何体通过“变形”修改器来进行混合或变形。

4．“虫漆”材质

“虫漆”材质通过叠加将两种材质混合。图 1-76 所示为“虫漆”材质的应用效果。

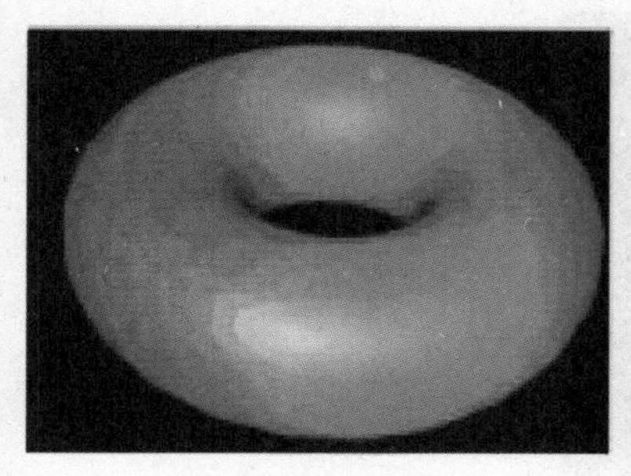

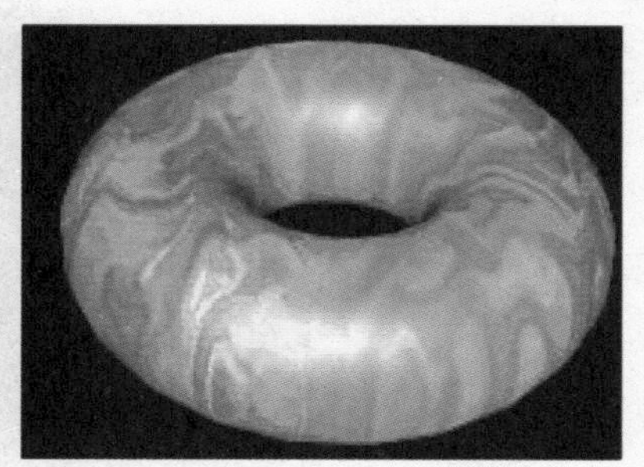

原图　　“虫漆”材质　　与50%的虫漆颜色混合值组合后的材质

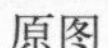

图1-76 “虫漆”材质效果

5.“顶/底”材质

使用“顶/底”材质可以向对象的顶部和底部指定两个不同的材质。可以将两种材质混合在一起。图1-77所示为“顶/底”材质的应用效果。

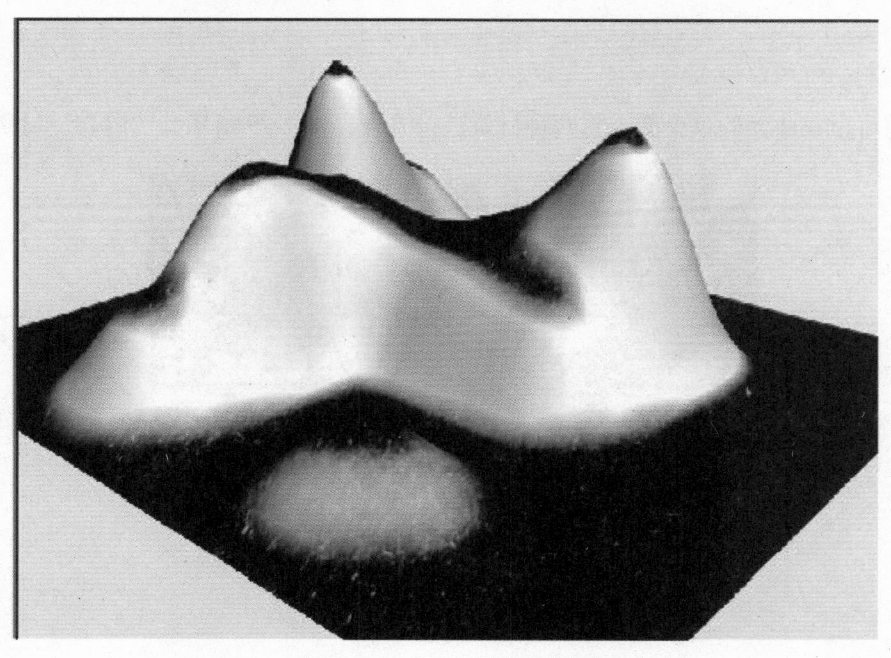

图1-77 “顶/底”材质效果

6.“高级照明覆盖”材质

“高级照明覆盖”材质可以直接控制材质的光能传递属性。“高级照明覆盖”材质通常是基础材质的补充，基础材质可以是任意可渲染的材质。“高级照明覆盖”材质对普通渲染没有影响，它主要影响光能传递解决方案或光跟踪。

7.“光线跟踪”材质

“光线跟踪”材质是高级表面着色材质。它与标准材质一样，能支持漫反射表面着色，支持雾、颜色密度、半透明、荧光以及其他特殊效果。它还能创建完全光线跟踪的反射和折射。

用“光线跟踪”材质生成的反射和折射比用“反射/折射”贴图更精确。渲染光线跟踪对象会比使用“反射/折射”更慢。另一方面，“光线跟踪”对于渲染3ds max 7.0场景是优化的。通过将特定的对象排除在光线跟踪之外，可以在场景中进一步优化。如图1-78所示为“光线跟踪”材质的应用效果。

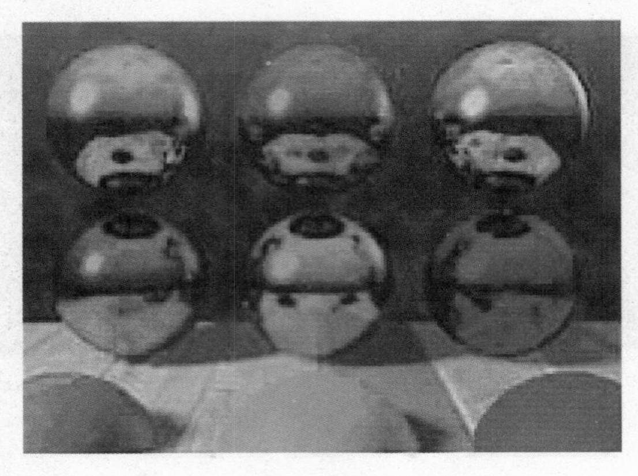

图 1-78　“光线跟踪”材质效果

8．“合成”材质

“合成”材质是能够合成 10 种材质的材质类型。这种材质不仅能够合成几种类型的材质，同时还能合成动画。

9．“混合”材质

“混合”材质可以在曲面的单个面上将两种材质进行混合。图 1-79 所示为“混合”材质的应用效果。

图 1-79　“混合”材质效果

10．“建筑”材质

“建筑”材质的设置是物理属性，因此当与光度学灯光和光能传递一起使用时，其能够提供最逼真的效果。

11．“壳”材质

“壳”材质用于纹理烘焙。壳材质是其他材质（如多维 / 子对象）的容器。该材质还可以用于控制在渲染中使用的材质。

12．“双面”材质

顾名思义，“双面”材质就是在对象的两面都赋予材质，而且可以赋予不同的材质，一般用来表现瓶子的内壁和外壁不同材质的效果。图 1-80 所示为“双面”材质的应用效果。

13．“无光 / 投影”材质

“无光 / 投影”材质的作用是隐藏场景中的对象，而且在渲染时也无法看到，它不会对背景进行遮挡，但对场景中的其他对象却起着遮挡作用，而且还可以表现出自身投影和接受投影的效果。

图 1-80 “双面”材质效果

1.4 “UV 贴图”和“UV 展开”在游戏中的应用

为制作的模型赋予材质贴图，增加更多的细节与质感。当然不能将贴图直接赋予模型的表面，因为在场景中模型是三维物体，而游戏中使用的材质贴图都是位图，属于二维贴图，是由 Photoshop 等平面软件绘制加工而成的。直接将二维材质贴图赋予到三维模型的表面，三维模型并不能随我们所愿地显示出贴图上的固定位置。而在游戏制作中都是将角色或道具等的画面绘制在一个图像文件中，所以要控制三维模型的面显示贴图上的某一部分。为了能够控制多边形模型显示固定的贴图内容，在三维软件中是靠为多边形模型添加一种UV信息来解决的。UVW坐标类似于XYZ坐标，不同之处是为了区分于场景中的坐标表示方法，在三维软件中可以使用UV坐标编辑器来对模型UV进行编辑，在UV坐标编辑器中，就像是另一个空间，只不过这个空间也是用二维空间来表示，因为要在这个二维空间中将三维模型的UV进行编辑展平，当UV坐标编辑器中模型的UV放到调整后的位置上时，如果模型被赋予了二维材质贴图，则模型相对应的UV面将显示出贴图上相应的图像。

1.4.1 展开宝剑 UV

本节将对宝剑（具体制作过程请见第 2 章）进行展开 UV 操作，具体操作步骤如下：

（1）打开“宝剑.max”文件，如图 1-81 所示。

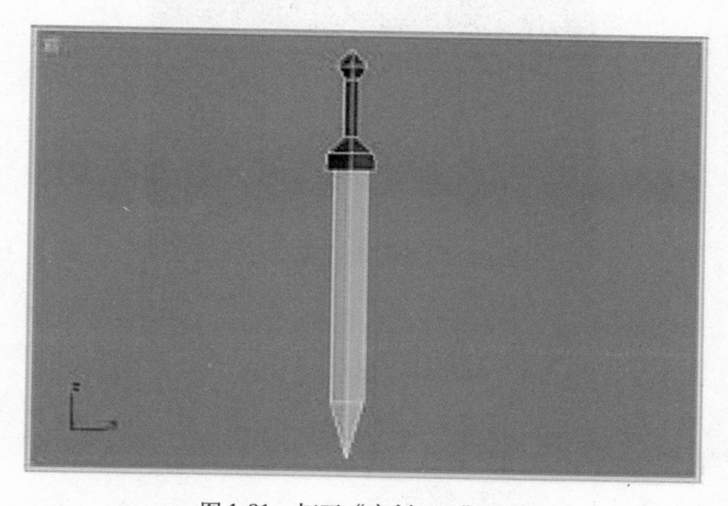

图 1-81 打开“宝剑.max”文件

（2）将剑柄和剑身附加成一个整体，结果如图 1-82 所示。

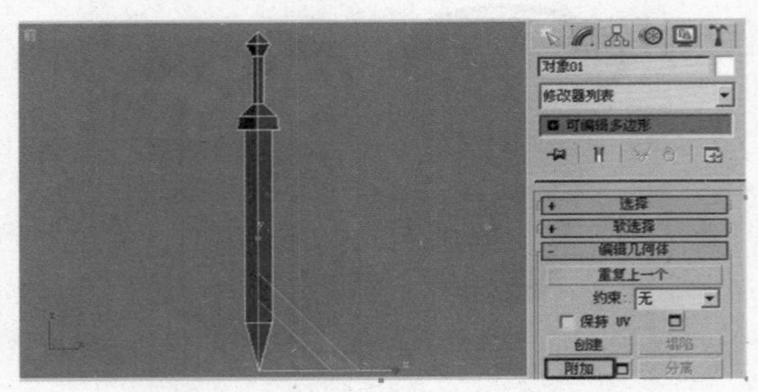

图 1-82　将剑身和剑柄附加成整体

（3）执行修改器中的“UVW 展开”命令，然后进入“选择面”级别，取消勾选“忽略背面”复选项。接着在前视图中框选剑身多边形，单击“子对象参数”区域中的 Y 单选按钮后再单击“平面贴图”按钮，如图 1-83 所示。

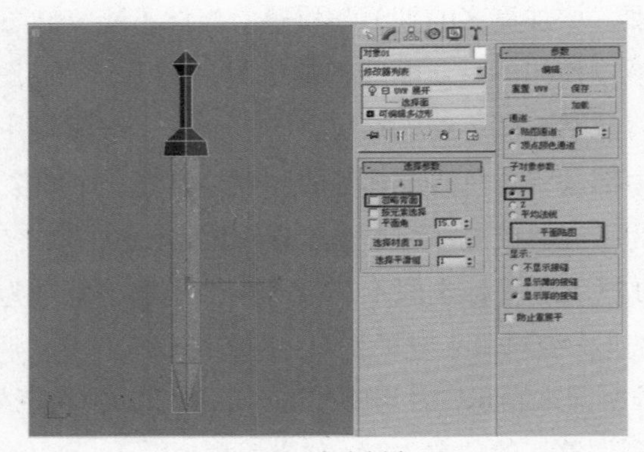

图 1-83　赋予剑身 UV

（4）单击“编辑”按钮，然后在弹出的“编辑 UVW”窗口中，利用“自由形式模式”按钮对剑身 UV 进行旋转和缩放操作，如图 1-84 所示。接着单击“编辑”按钮，退出“编辑 UVW”窗口。

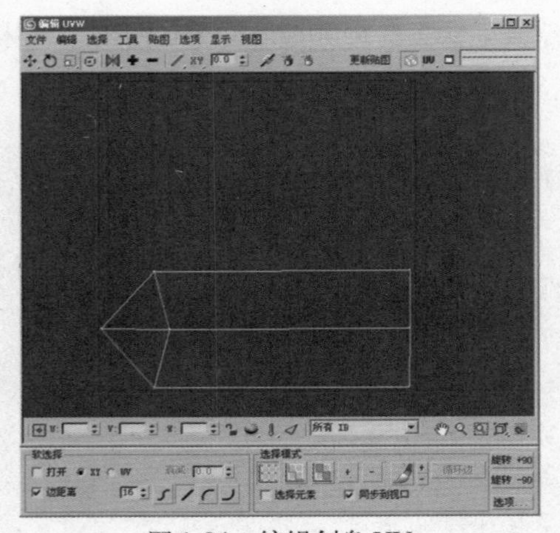

图 1-84　编辑剑身 UV

利用“自由形式模式”工具放在 4 个角上可以进行缩放操作，如图 1-85 所示；放在 4 个中点上可以进行旋转操作，如图 1-86 所示。

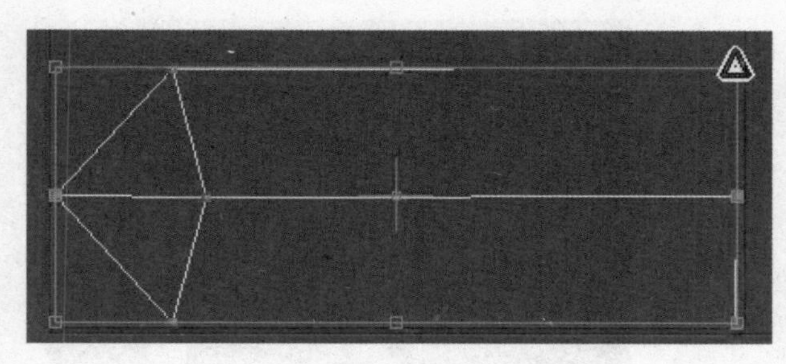

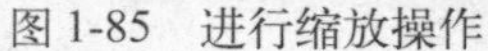
图 1-85 进行缩放操作

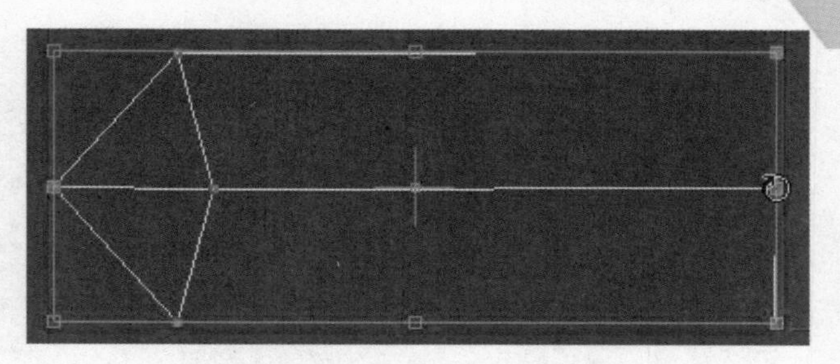

图 1-86 进行旋转操作

（5）同理，框选剑柄中部的多边形，进行展开 UV 操作，如图 1-87 所示。

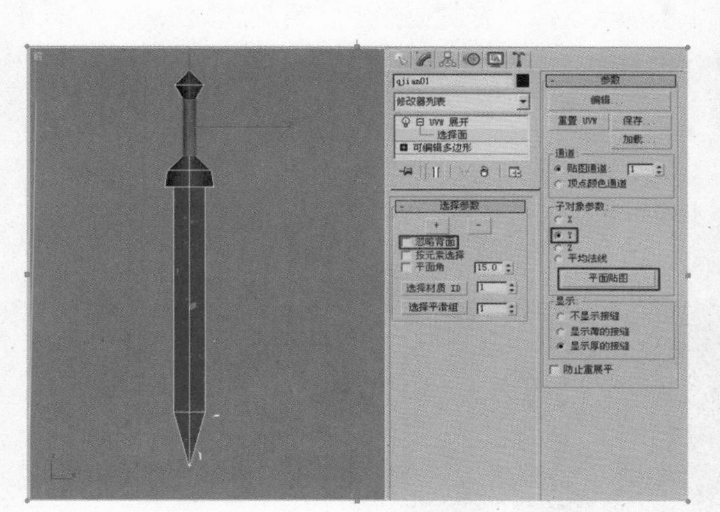

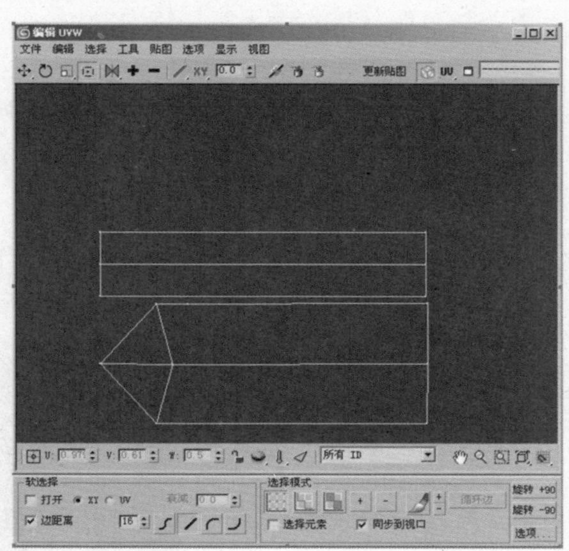

图 1-87 编辑剑柄中部 UV

（6）同理，框选剑柄护手部分的多边形，进行展开 UV 操作，如图 1-88 所示。

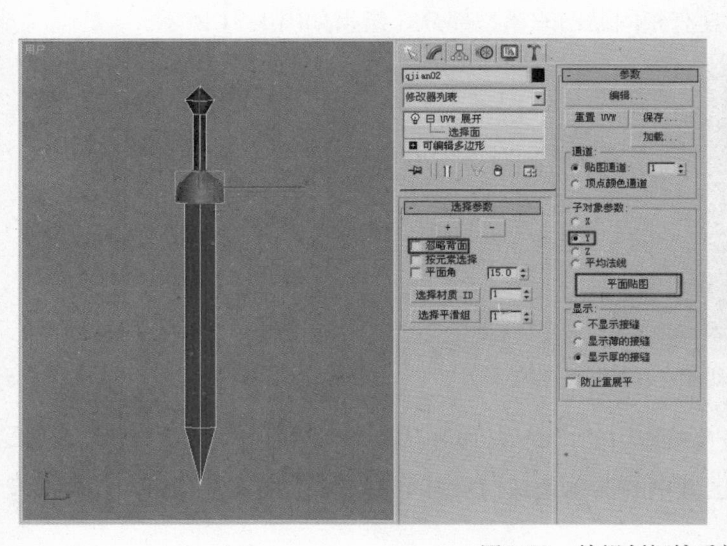

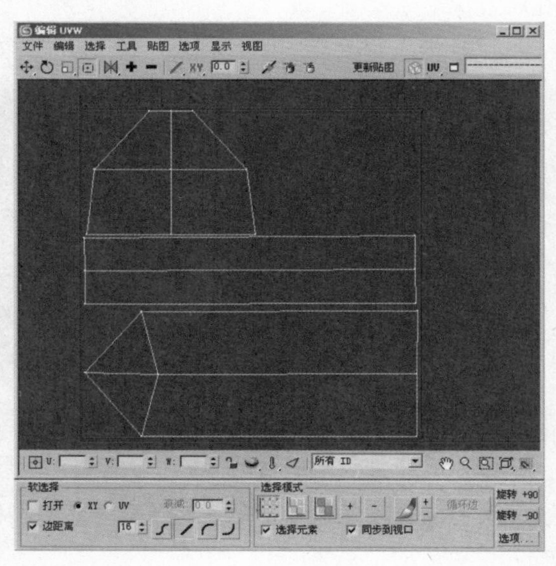

图 1-88 编辑剑柄护手部分 UV

（7）同理，框选剑柄尾部的多边形，进行展开 UV 操作，如图 1-89 所示。

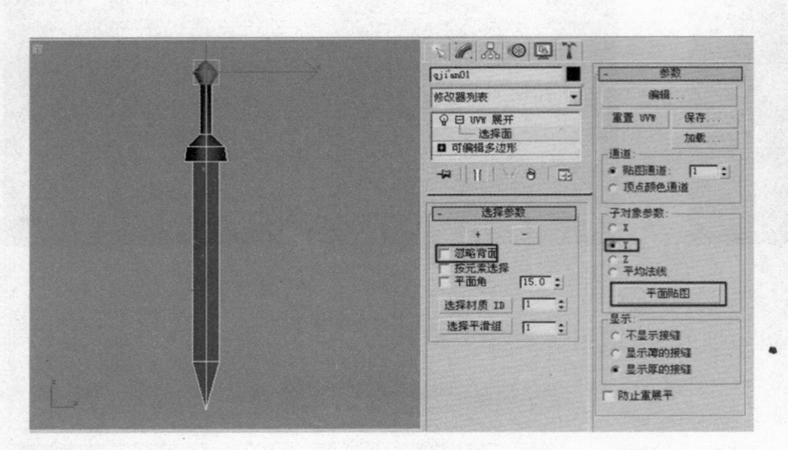
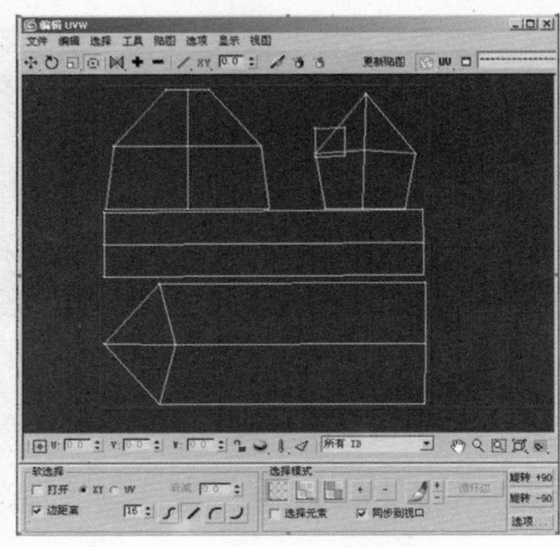

图 1-89　编辑剑柄尾部 UV

1.4.2　展开头盔 UV

本节将对头盔进行展开 UV 操作，具体操作步骤如下：

（1）打开“头盔.max”文件，如图 1-90 所示。

图 1-90　打开“头盔.max”文件

（2）进入修改器中的“顶点”级别，删除具有相同贴图的模型部分，结果如图 1-91 所示。

图 1-91　删除具有相同贴图的部分

（3）展开头盔上头钉的 UV，方法是：执行修改器中的“UVW 展开”命令，然后进入“选择面”级别，选中头钉位置的多边形，单击“子对象参数”区域中的 Y 单选按钮后再单击“平面贴图”按钮，如图 1-92 所示。

（4）单击“编辑”按钮，然后在弹出的“编辑 UVW”窗口中，利用“自由形式模式”按钮对头盔上头钉部分的 UV 进行旋转和缩放操作。接着单击“过滤选定面”按钮，只显示头钉的 UV，如图 1-93 所示。

图 1-92　赋予头盔上的头钉 UV

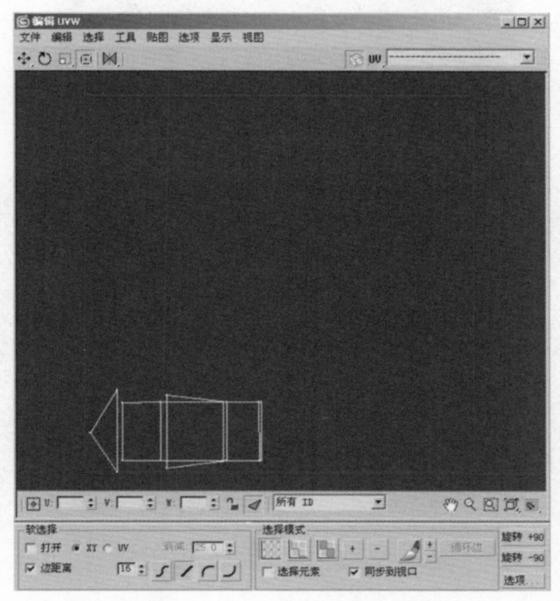

图 1-93　头盔上头钉部分的 UV

（5）同理，展开头盔上护脸部分的 UV，结果如图 1-94 所示。

图 1-94　展开头盔护脸部分的 UV

（6）单击“编辑”按钮，然后在弹出的“编辑 UVW”窗口中，利用“自由形式模式”按钮对护脸部分的 UV 进行旋转和缩放操作，如图 1-95 所示。

（7）同理，展开头盔侧面角部分的 UV，结果如图 1-96 所示。

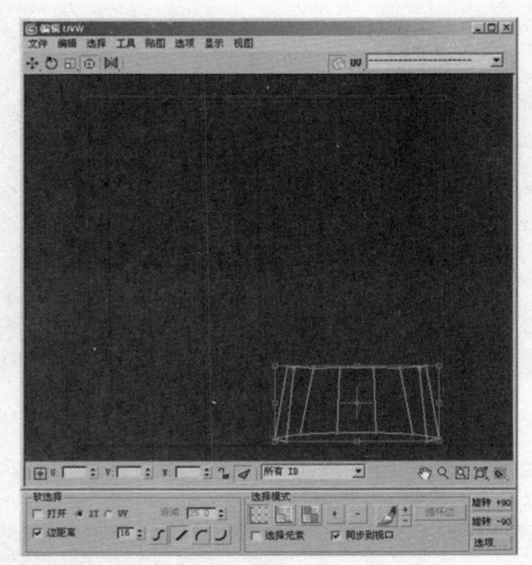

图 1-95　编辑护脸部分的 UV

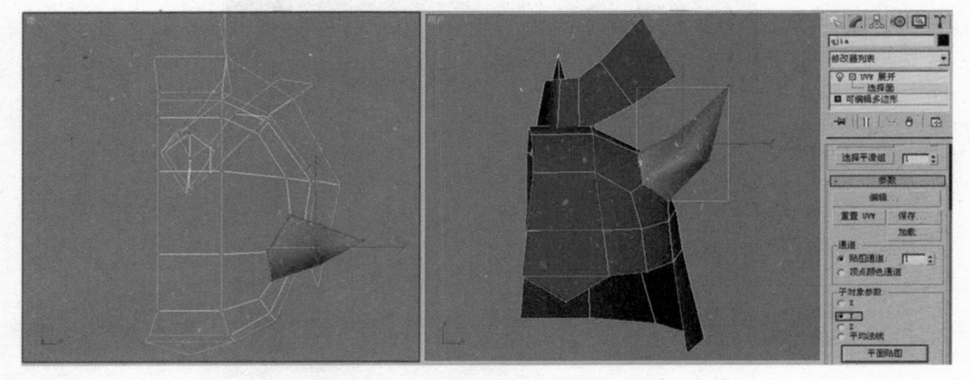

图 1-96　展开侧面角部分的 UV

（8）单击“编辑”按钮，然后在弹出的“编辑 UVW”窗口中，利用“自由形式模式”按钮对侧面角部分的 UV 进行旋转和缩放操作，如图 1-97 所示。

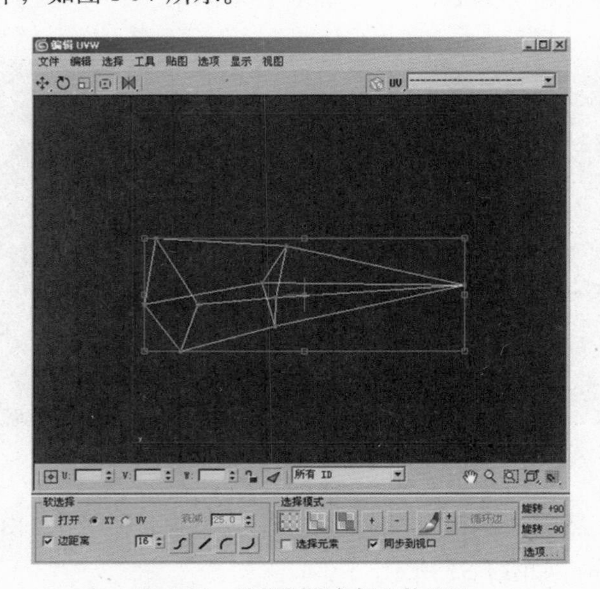

图 1-97　编辑侧面角部分的 UV

（9）同理，展开头盔环形部分的UV，结果如图1-98所示。

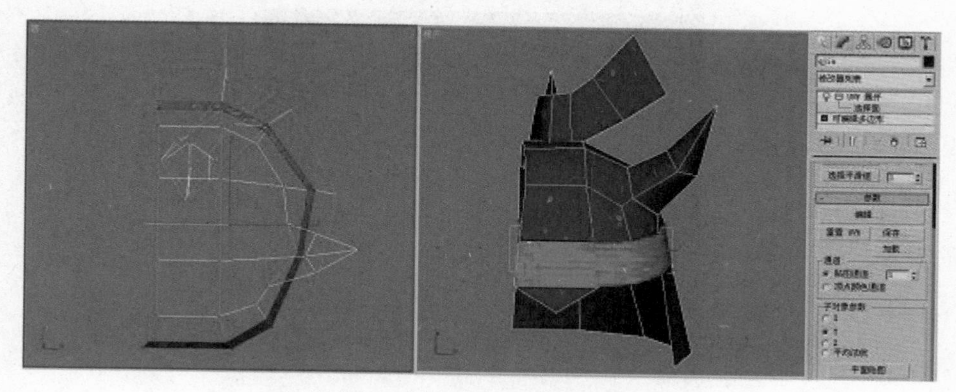

图1-98 展开头盔环形部分的UV

（10）单击“编辑”按钮，然后在弹出的“编辑UVW”窗口中，利用“自由形式模式”按钮对头盔环形部分的UV进行旋转和缩放操作，如图1-99所示。

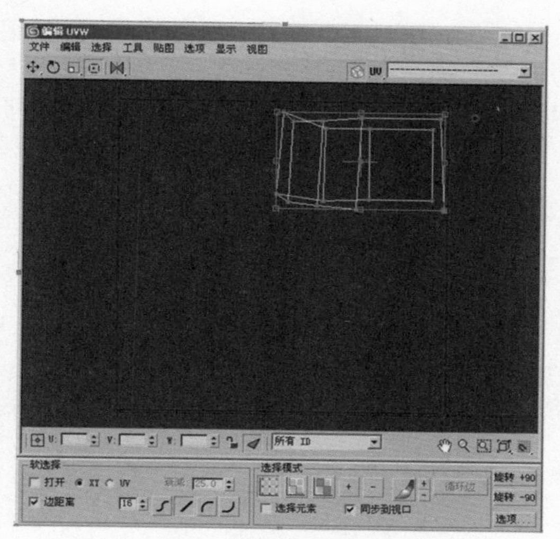

图1-99 编辑环形部分的UV

（11）同理，展开头盔右侧部分的UV，如图1-100所示。

图1-100 展开头盔右侧部分的UV

（12）单击“编辑”按钮，然后在弹出的“编辑UVW”窗口中，利用“自由形式模式”按钮对头盔右侧部分的UV进行旋转和缩放操作，如图1-101所示。

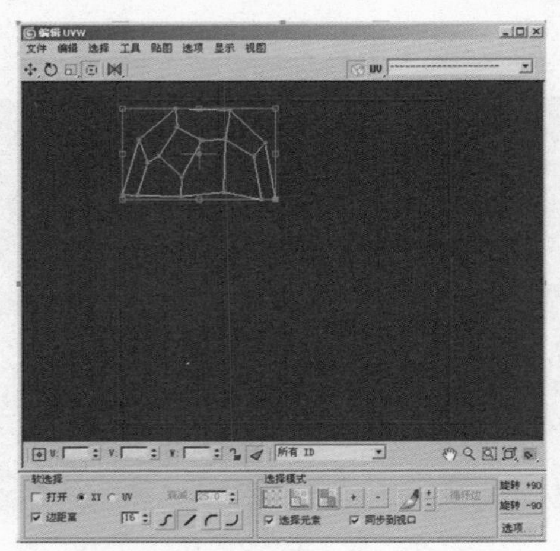

图 1-101 编辑头盔右侧部分的 UV

（13）同理，展开飘带和后面角的UV。再次单击“过滤选定面”按钮，显示出所有的UV，结果如图1-102所示。

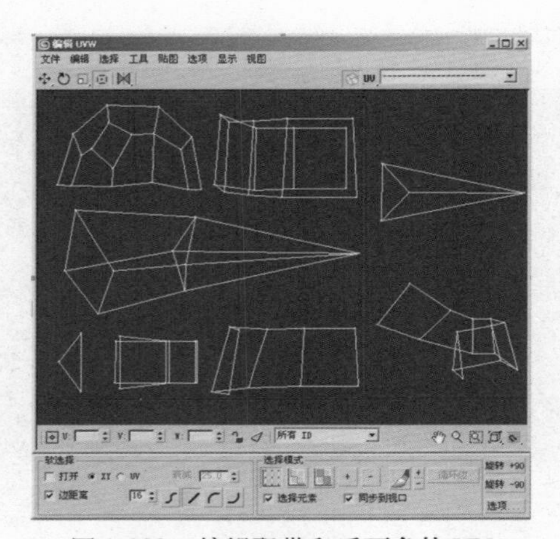

图 1-102 编辑飘带和后面角的 UV

由于飘带和后面角的贴图可以从前面展开的UV贴图中得到，为了便于观察，可将飘带和后面角的UV先移到矩形框的外面。

1.4.3 展开铠甲 UV

本节将对制作的铠甲进行展开UV操作，具体操作步骤如下：

（1）打开“铠甲.max”文件，如图1-103所示。

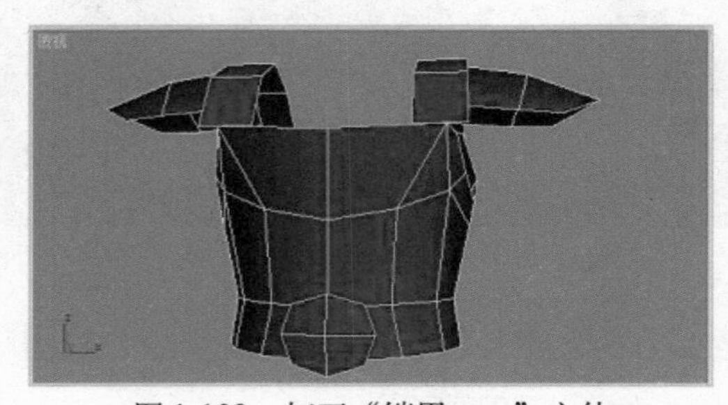

图 1-103 打开“铠甲.max”文件

（2）进入修改器中的“顶点”级别，删除具有相同贴图的模型部分，结果如图 1-104 所示。

图 1-104　删除具有相同贴图的部分

（3）展开笑脸部分的 UV，方法是：执行修改器中的“UVW 展开”命令，然后进入“选择面”级别，选中笑脸部分的多边形，单击“子对象参数”区域中的 Y 单选按钮后再单击“平面贴图”按钮，如图 1-105 所示。

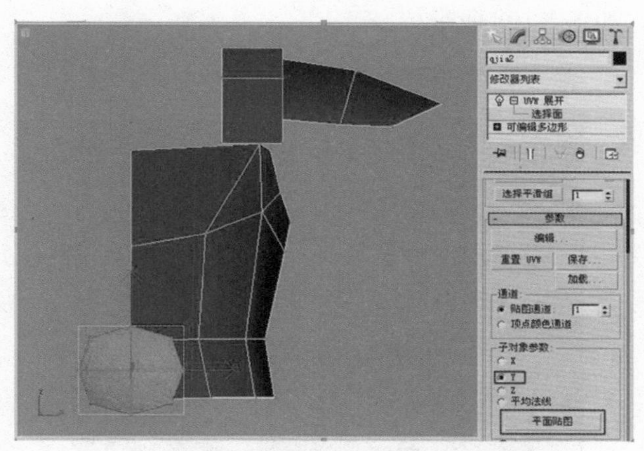

图 1-105　赋予笑脸部分的 UV

（4）单击“编辑”按钮，然后在弹出的“编辑 UVW”窗口中，利用“自由形式模式”按钮对铠甲笑脸部分的 UV 进行旋转和缩放操作。接着单击“过滤选定面”按钮，只显示笑脸的 UV，如图 1-106 所示。

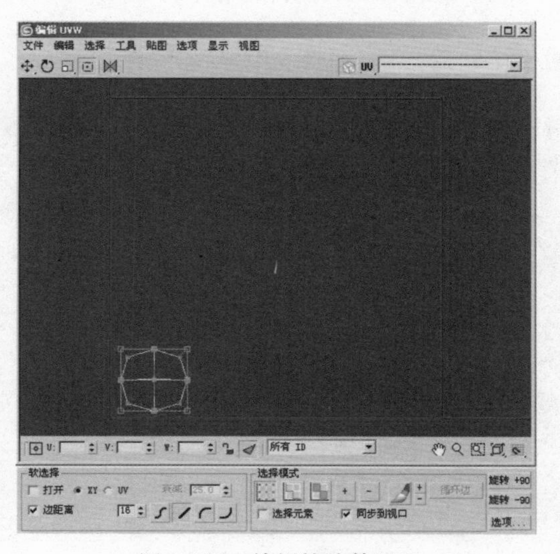

图 1-106　编辑笑脸的 UV

（5）同理，展开铠甲背带部分的UV，结果如图1-107所示。

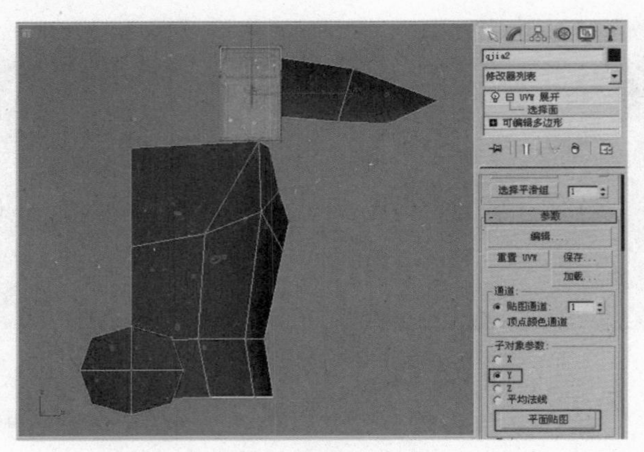

图1-107　展开铠甲背带部分的UV

（6）单击“编辑”按钮，然后在弹出的“编辑UVW”窗口中，利用“自由形式模式”按钮对背带部分的UV进行旋转和缩放操作，如图1-108所示。

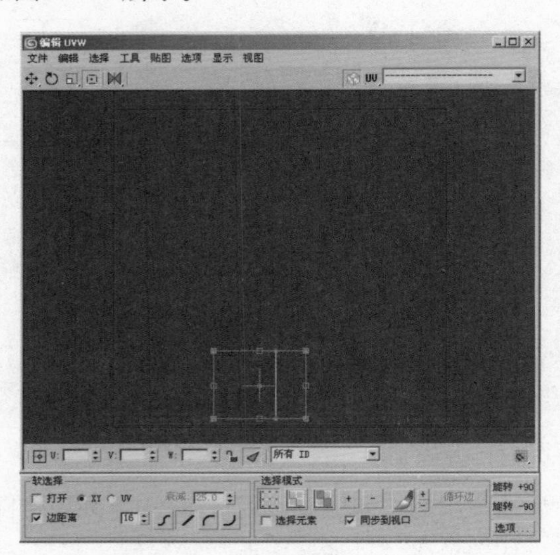

图1-108　编辑背带部分的UV

（7）同理，展开铠甲与胳膊相接处的UV，结果如图1-109所示。

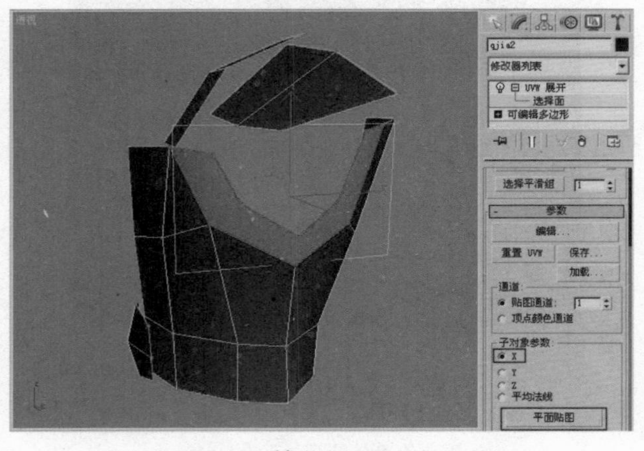

图1-109　展开铠甲与胳膊相接处的UV

（8）单击“编辑”按钮，然后在弹出的“编辑UVW”窗口中，利用“自由形式模式”按钮对铠甲与胳膊相接处的UV进行旋转和缩放操作，如图1-110所示。

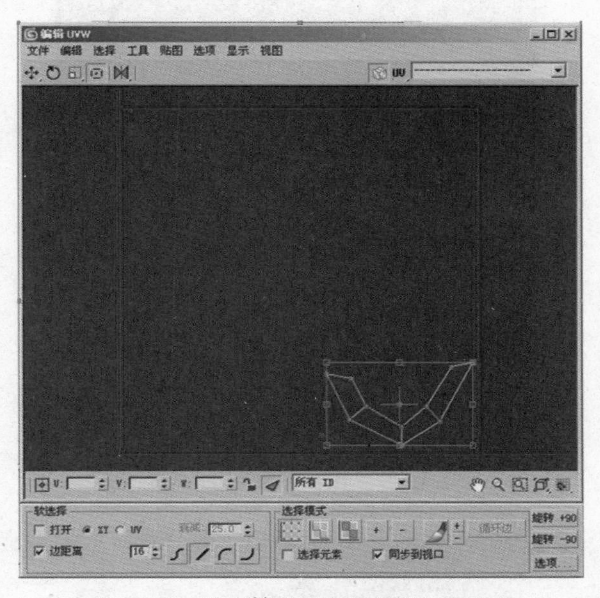

图1-110 编辑铠甲与胳膊相接处的UV

（9）同理，展开铠甲护肩部分的UV，结果如图1-111所示。

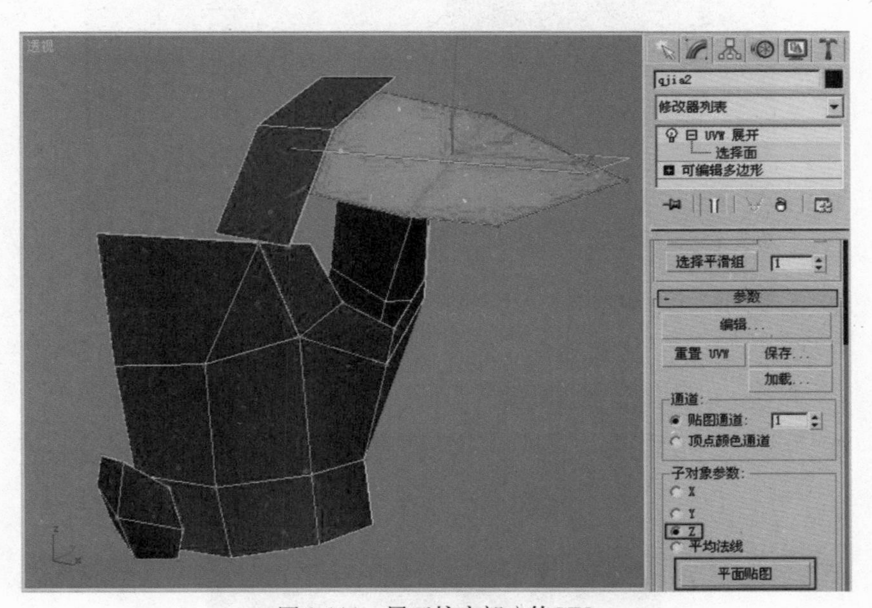

图1-111 展开护肩部分的UV

（10）单击“编辑”按钮，然后在弹出的“编辑UVW”窗口中，利用“自由形式模式”按钮对护肩部分的UV进行旋转和缩放操作，如图1-112所示。

（11）同理，展开腰带部分的UV，结果如图1-113所示。

（12）单击“编辑”按钮，然后在弹出的“编辑UVW”窗口中，利用“自由形式模式”按钮对腰带部分的UV进行旋转和缩放操作，如图1-114所示。

（13）同理，展开铠甲前面部分的UV，结果如图1-115所示。

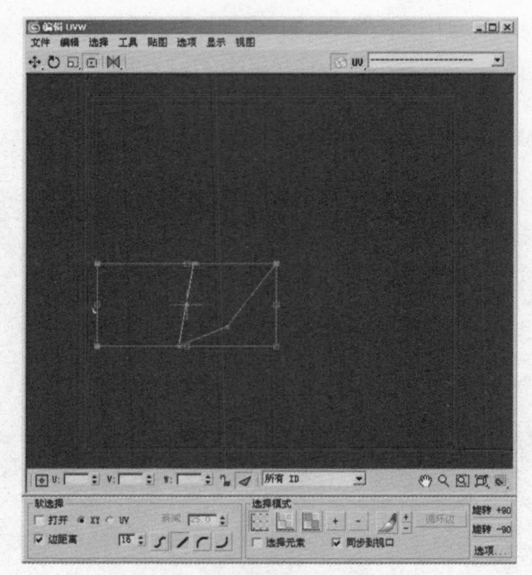

图 1-112　编辑护肩部分的 UV

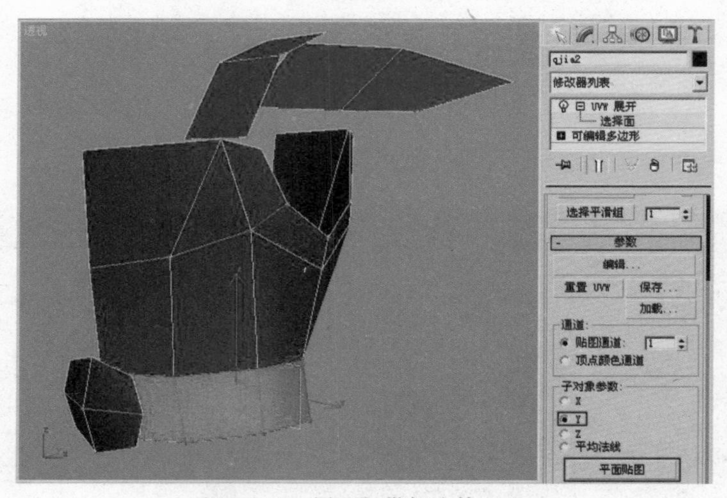

图 1-113　展开腰带部分的 UV

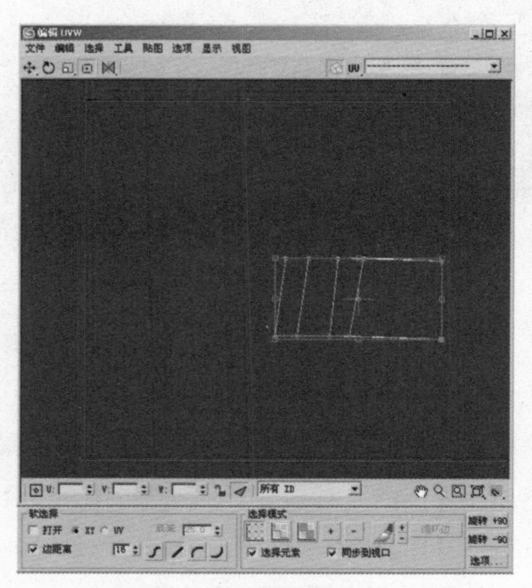

图 1-114　编辑腰带部分的 UV

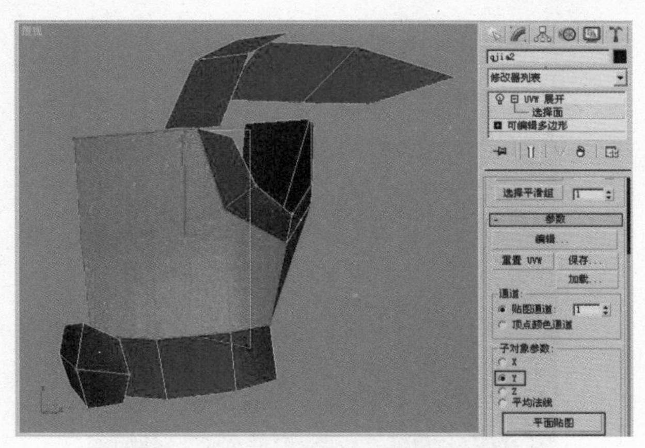

图 1-115 展开铠甲前面部分的 UV

（14）单击“编辑”按钮，然后在弹出的“编辑 UVW”窗口中，利用“自由形式模式”按钮对铠甲前面部分的 UV 进行旋转和缩放操作，如图 1-116 所示。

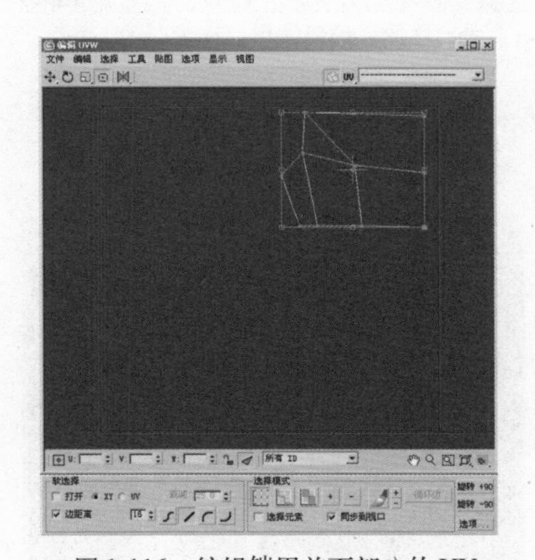

图 1-116 编辑铠甲前面部分的 UV

（15）同理，展开铠甲后面部分的 UV，结果如图 1-117 所示。

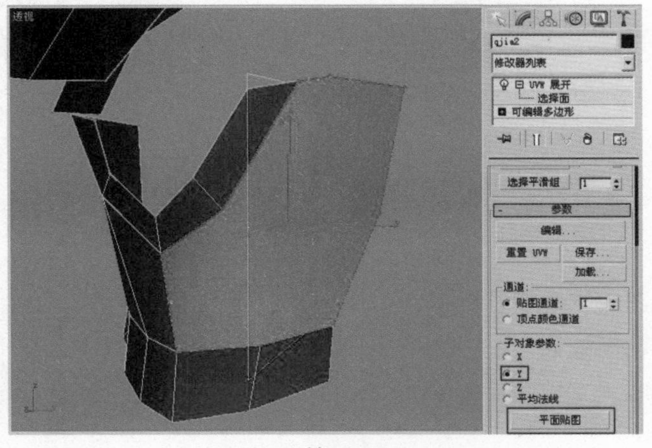

图 1-117 展开铠甲后面部分的 UV

（16）单击“编辑”按钮，然后在弹出的“编辑 UVW”窗口中，利用“自由形式模式”按钮对铠甲后面部分的 UV 进行旋转和缩放操作，如图 1-118 所示。

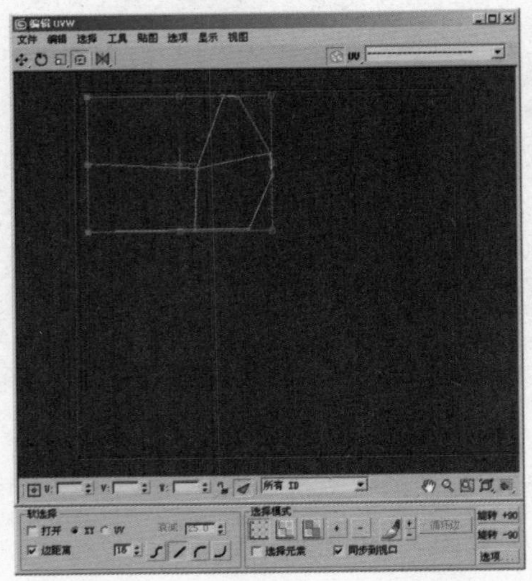

图 1-118　编辑铠甲后面部分的 UV

（17）至此，铠甲 UV 展开完毕。单击“过滤选定面”按钮，显示出铠甲所有的 UV，结果如图 1-119 所示。

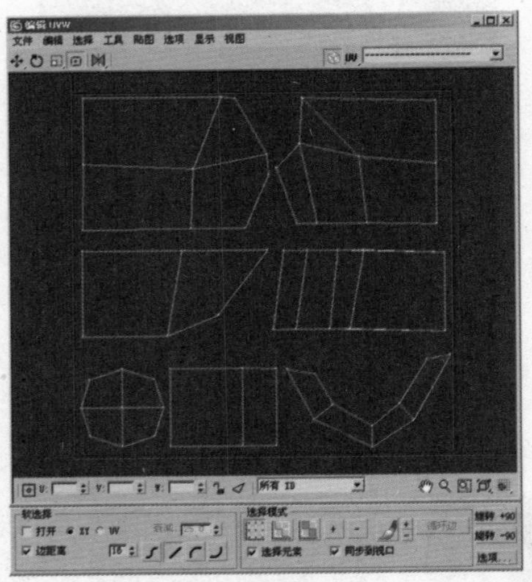

图 1-119　铠甲的整体 UV

课后练习

1．如何将材质赋予视图中的模型？
2．如何在视图中显示贴图效果？
3．进行头盔 UV 的展开。
4．进行铠甲 UV 的展开。
5．进行法杖 UV 的展开。
6．进行狼牙棒 UV 的展开。

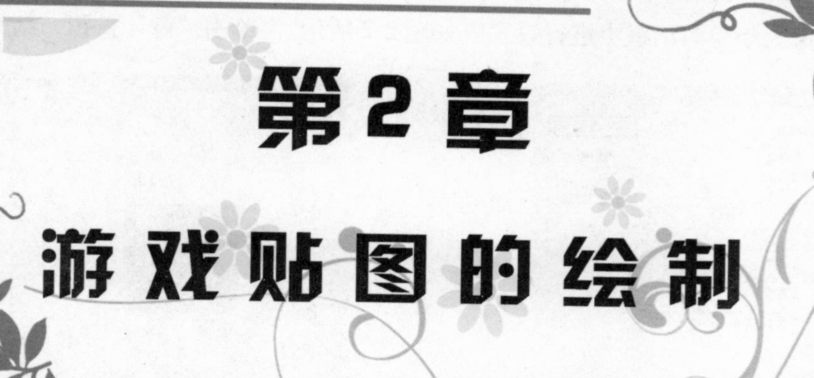

第2章 游戏贴图的绘制

本章将具体讲解在 Photoshop 中绘制宝剑、头盔和铠甲 3 种道具贴图的方法。

2.1 宝剑贴图的绘制

绘制宝剑贴图包括“提取宝剑 UV 线框”、“绘制宝剑贴图”和“调整宝剑 UV” 3 部分。

2.1.1 提取宝剑 UV 线框

（1）在 3ds max 7.0 的“编辑 UVW”面板中，利用 PrintScreen 键拷贝。

（2）启动 Photoshop CS，单击“文件”→“新建”命令新建一个文件。接着按快捷键 Ctrl+V 将拷贝文件粘贴到当前文件中。最后利用工具栏中的“裁切工具”裁切出所需部分，结果如图 2-1 所示。

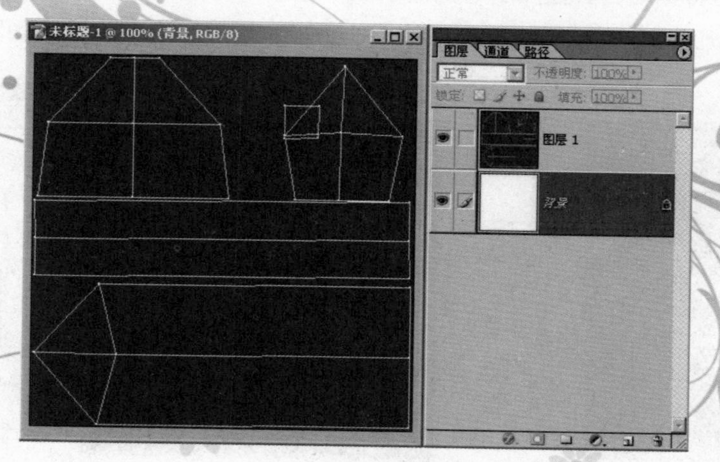

图 2-1 裁切后的效果

（3）为了节省资源，将文件大小设置为128像素×128像素。方法是：单击“图像”→“图像大小”命令，在弹出的“图像大小”对话框中进行设置（如图2-2所示），单击“好”按钮，结果如图2-3所示。

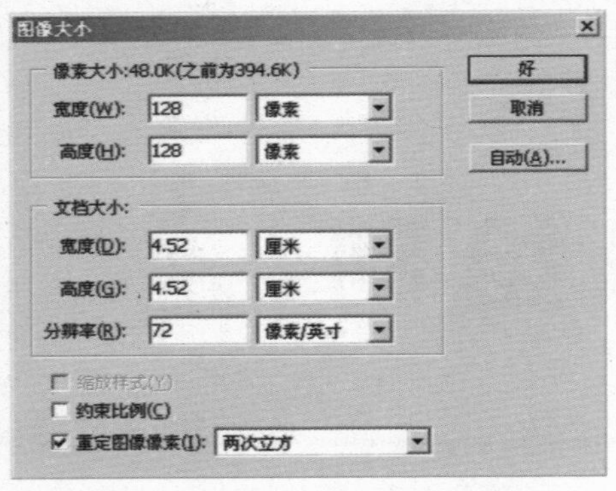

图2-2 “图像大小”对话框

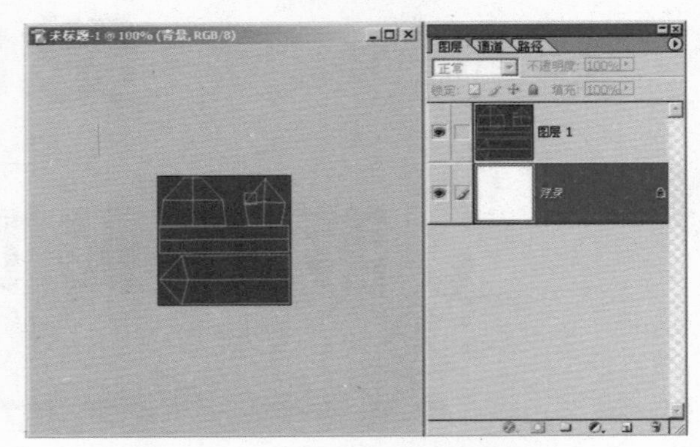

图2-3 处理后的效果

在游戏中使用的贴图尺寸最小为32像素×32像素，最大为512像素×512像素，另外还有64像素×64像素、128像素×128像素和256像素×256像素3种尺寸可供选择。

（4）提取出线框。方法是：在“图层”面板中，将“背景”层拖到 按钮上，从而删除背景层，此时图层分布如图2-4所示。单击“选择”→“色彩范围”命令，接着利用“吸管工具”吸取深灰色部分，如图2-5所示，单击“好”按钮。此时，白色的线框成为了选区，如图2-6所示。

图2-4 删除背景层

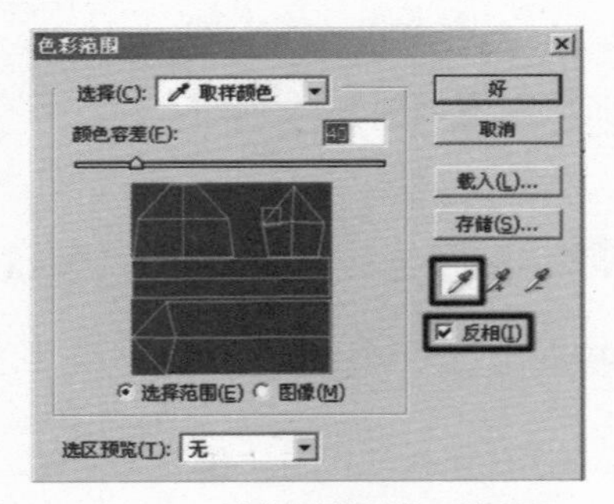

图2-5 “色彩范围”对话框

（5）在“图层1”名称上右击，在弹出的快捷菜单中选择“通过剪切的图层”选项，从而白色线框分离出来。然后按快捷键Ctrl+D取消选区。接着回到“图层1”，用黑色填充，结果如图2-7所示。

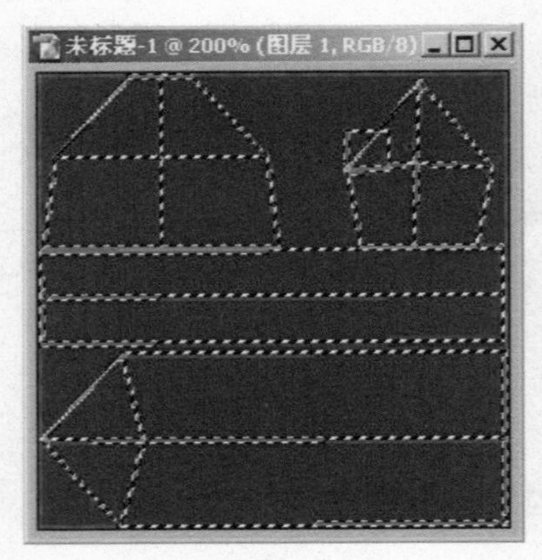

图2-6 创建的选区

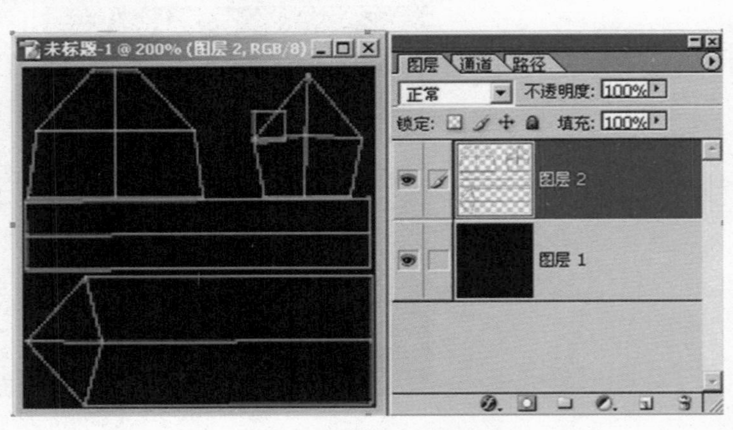

图2-7 分离出的线框

2.1.2 绘制宝剑贴图

（1）铺底色。方法是：分别新建“图层 3”和“图层 4”，然后利用工具箱中的“矩形选框工具”创建选区，接着分别用白色 RGB(255,255,255)和红色 RGB(185,45,15)填充选区，结果如图 2-8 所示。

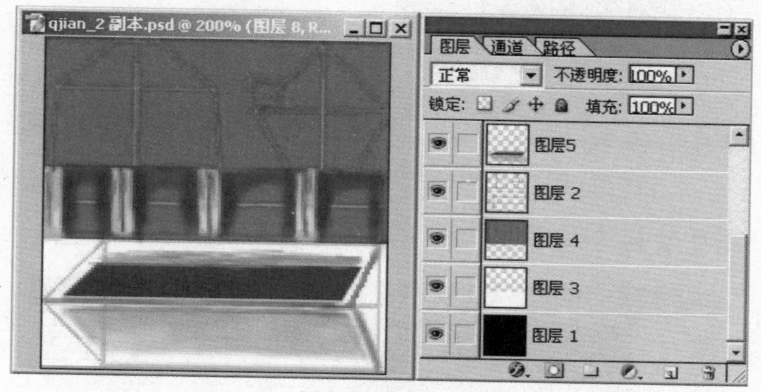

图 2-8 铺底色

（2）绘制剑身凸起。方法是：新建“图层 5”，利用工具箱中的“画笔工具”（调节前景色为 RGB(105, 115,125)）绘制剑身的凸起，然后隐藏“图层 2”，结果如图 2-9 所示。

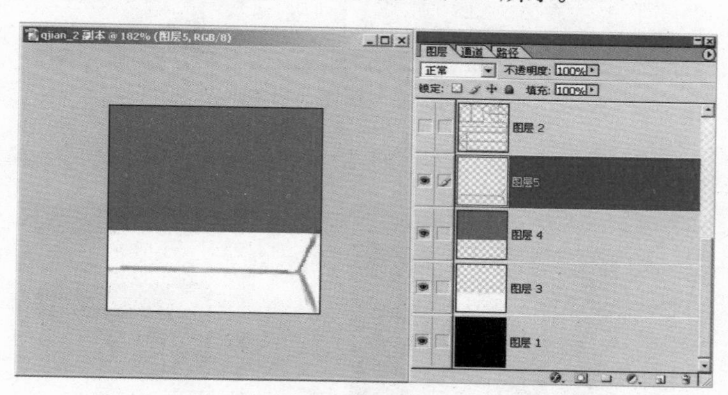

图 2-9 绘制剑身凸起

（3）同理，利用“画笔工具”在“图层 5”中绘制剑身两侧的贴图，结果如图 2-10 所示。

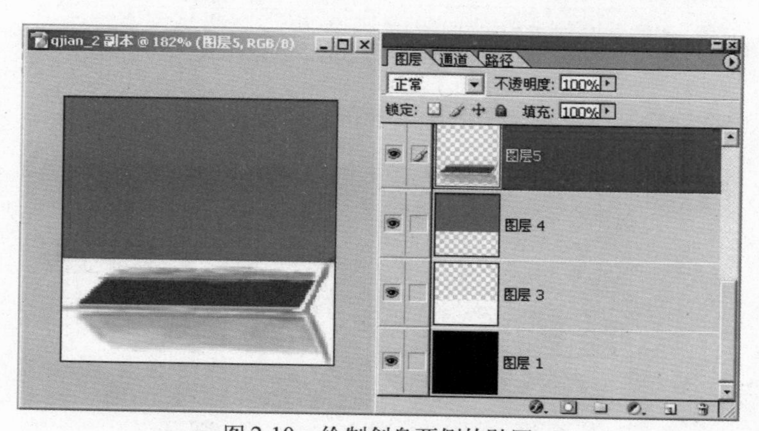

图 2-10 绘制剑身两侧的贴图

（4）新建“图层 6”，利用画笔工具绘制剑柄上手握处的金黄色装饰部位，结果如图 2-11 所示。

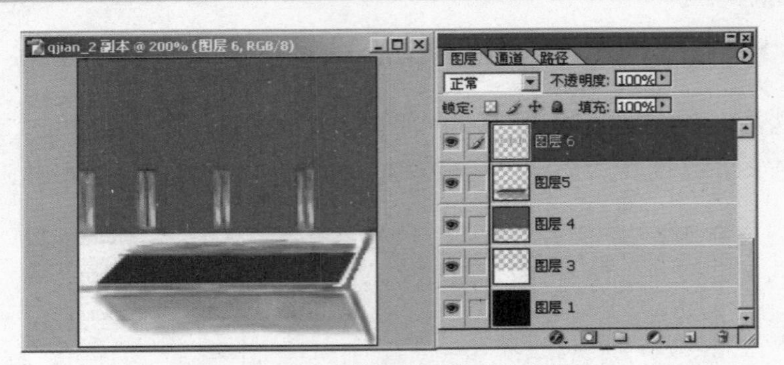

图 2-11　绘制剑柄处的金黄色部位

（5）在“图层 6”中继续绘制剑柄上的阴影，结果如图 2-12 所示。

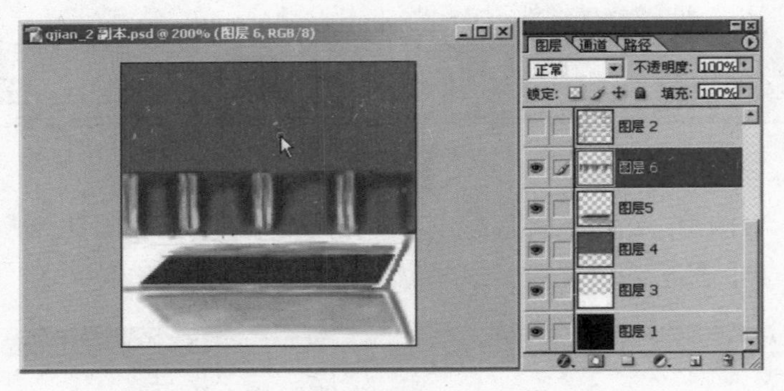

图 2-12　绘制剑柄上的阴影

（6）新建“图层 7”，利用画笔工具绘制剑柄护手和尾部的高光区域，结果如图 2-13 所示。

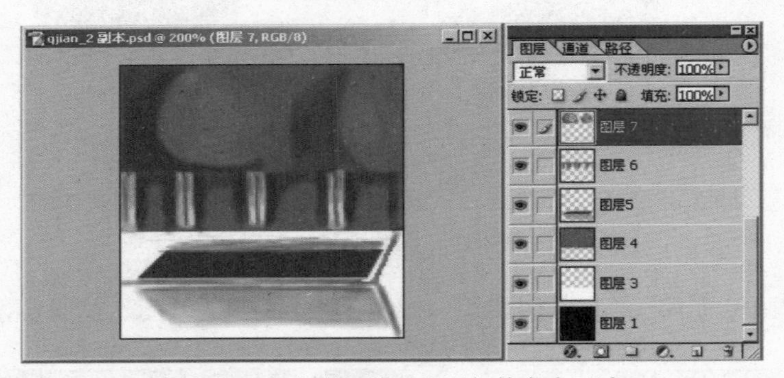

图 2-13　绘制剑柄护手和尾部的高光区域

（7）在“图层 7”中继续绘制剑柄护手上的金黄色部分，结果如图 2-14 所示。

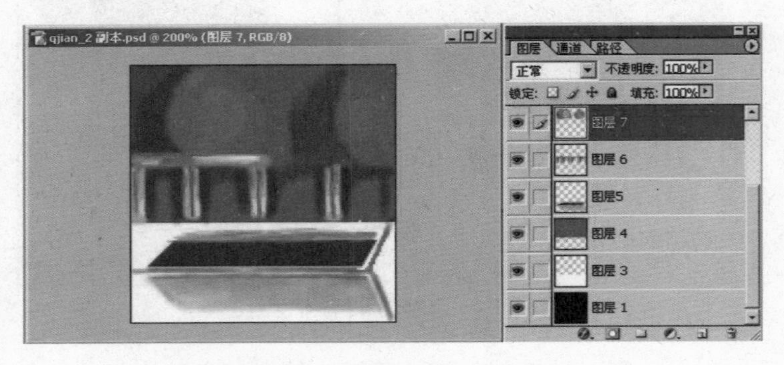

图 2-14　绘制剑柄护手上的金黄色部分

（8）新建“图层 8”，绘制剑柄护手和尾部的花纹。然后单击“图层 2”前面的小方块，重新显现出“图层 2”，结果如图 2-15 所示。

图 2-15　绘制剑柄护手和尾部的花纹

绘制贴图时应该超过线框，不要压线。

（9）将绘制好的贴图进行输出。方法是：重新隐藏“图层 2”，然后单击“文件”→“存储为”命令，将文件存储为“宝剑.jpg”文件。

游戏中使用的贴图有 JPG、PNG 和 TGA 三种格式。

2.1.3　调整宝剑 UV

（1）回到 3ds max 7.0，单击工具栏中的“材质编辑器”按钮，进入材质编辑器。然后选择一个空白的材质球，指定给它“宝剑.jpg”图片，如图 2-16 所示。

（2）单击按钮，将该材质赋予场景中的宝剑模型。最后单击修改器中“UV 展开”中的“编辑”按钮，在弹出的“编辑 UVW”窗口中进一步调整 UV，如图 2-17 所示。

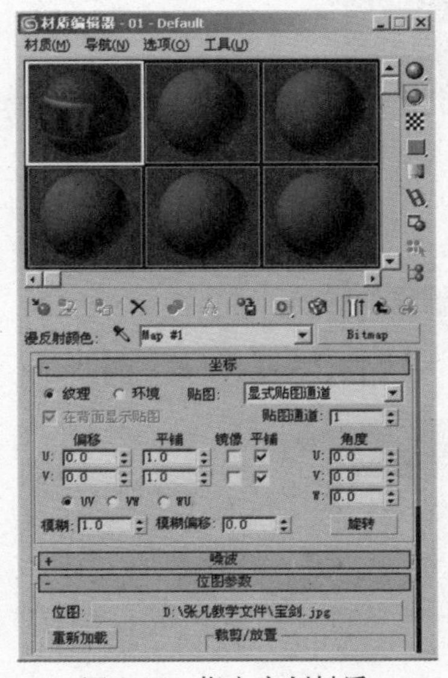

图 2-16　指定宝剑材质

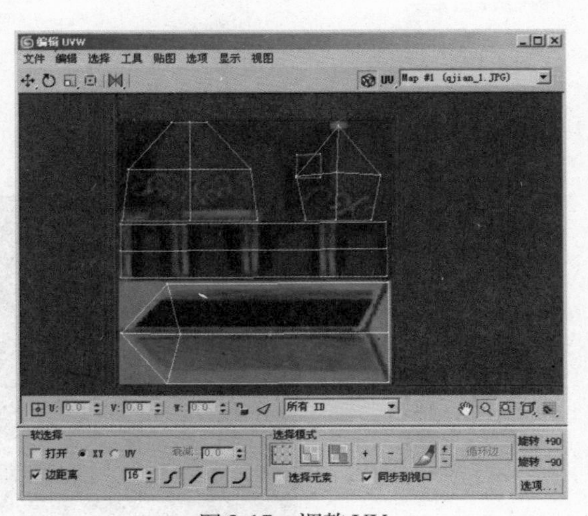

图 2-17　调整 UV

至此，整个宝剑道具制作完毕，最终效果如图 2-18 所示。

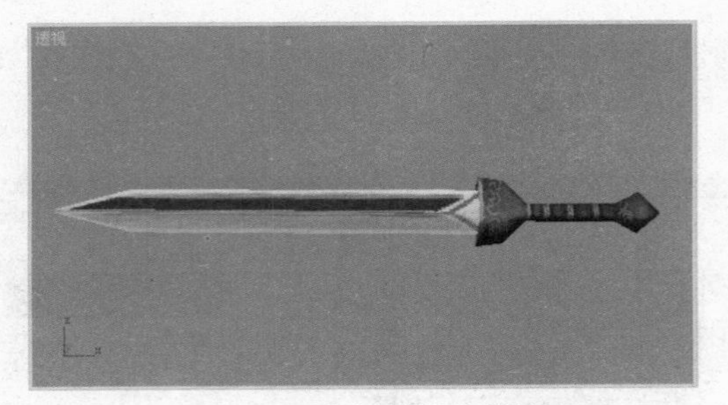

图 2-18　宝剑的最终效果

2.2　头盔贴图的绘制

绘制头盔贴图包括“提取头盔 UV 线框”、“绘制头盔贴图”和“调整头盔 UV”3 部分。

2.2.1　提取头盔 UV 线框

（1）在 3ds max 7.0 的“编辑 UVW”窗口中，利用 PrintScreen 键拷贝。

（2）启动 Photoshop CS，然后单击“文件”→“新建”命令新建一个文件。接着按快捷键 Ctrl+V 将拷贝文件粘贴到当前文件中。最后利用工具栏中的“裁切工具”裁切出所需部分。

（3）为了节省资源，将文件大小设置为 128 像素 × 128 像素。方法是：单击“图像”→“图像大小”命令，在弹出的“图像大小”对话框中进行设置（如图 2-19 所示），单击“好”按钮，结果如图 2-20 所示。

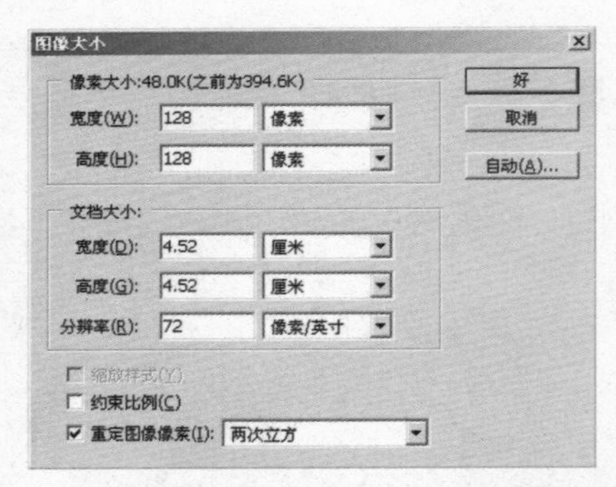

图 2-19　“图像大小”对话框

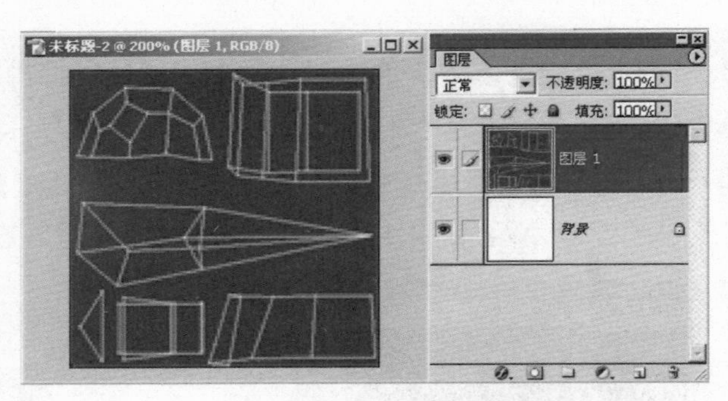

图 2-20　处理后的效果

（4）提取出线框，如图 2-21 所示。

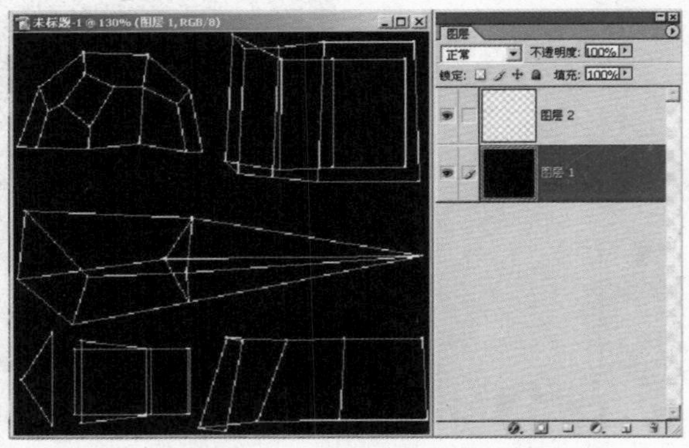

图 2-21　分离出的线框

2.2.2　绘制头盔贴图

（1）铺底色。方法是：根据线框，分别新建“图层 2 ”至“图层 6”，然后分别创建矩形选区并用相应的底色进行填充，结果如图 2-22 所示。

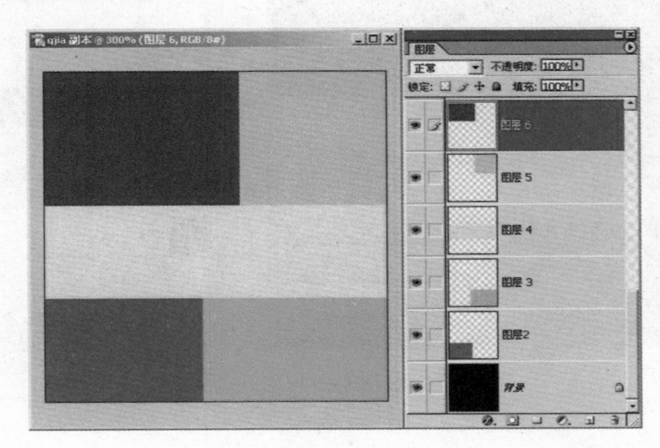

图 2-22　铺底色

（2）利用工具箱中的“画笔工具”在“图层 2”上绘制头钉贴图，如图 2-23 所示。

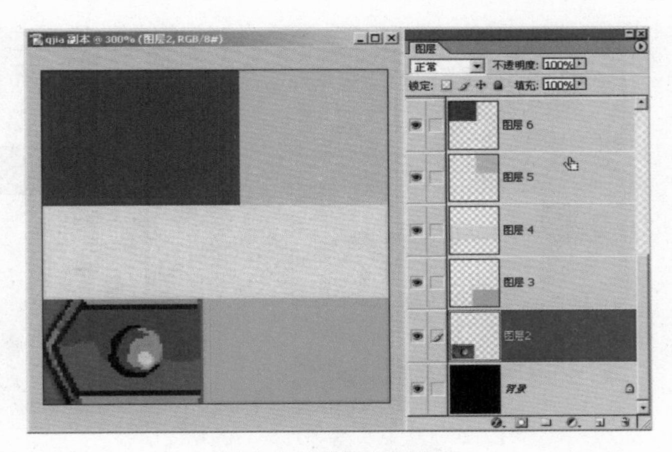

图 2-23　绘制头钉贴图

（3）利用“画笔工具”在“图层 3”上绘制护头部分的贴图，如图 2-24 所示。

图 2-24　绘制护头部分的贴图

（4）在“图层4”上绘制头盔上的侧面角部分的贴图，结果如图2-25所示。

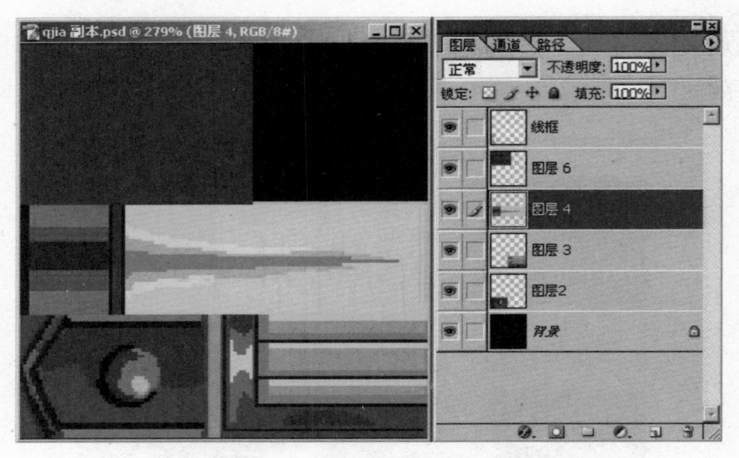

图2-25　绘制侧面角部分的贴图

背面角部分的贴图与侧面角部分的贴图相似，将根据它进行展开。

（5）在“图层5”上绘制头盔环形部分的贴图，结果如图2-26所示。

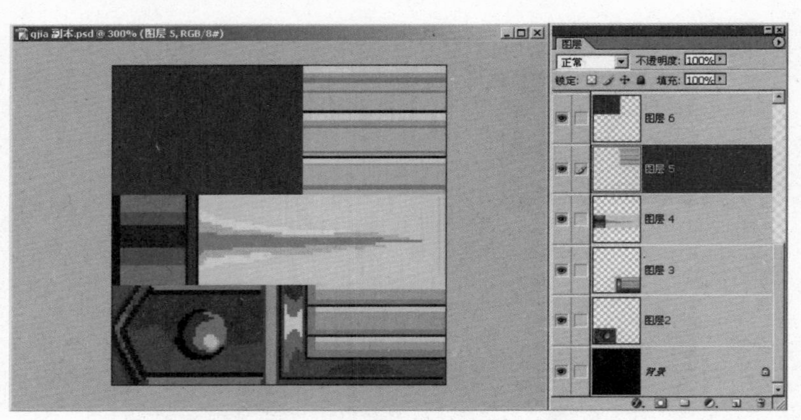

图2-26　绘制头盔环形部分的贴图

（6）在“图层6”上利用“画笔工具”绘制头盔侧面的贴图，结果如图2-27所示。

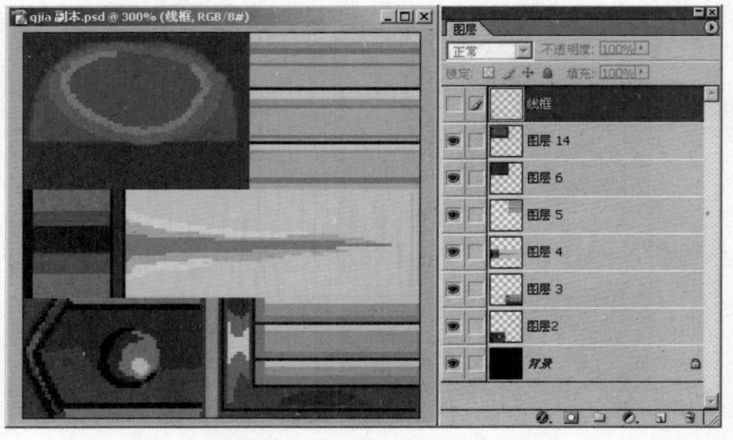

图2-27　绘制头盔侧面的贴图

（7）将绘制好的贴图进行输出。方法是：单击“文件”→“存储为”命令，将文件存储为“头盔.jpg”文件。

此时一定要隐藏“线框”层。

2.2.3 调整头盔 UV

（1）回到 3ds max 7.0，单击工具栏中的“材质编辑器”按钮，进入材质编辑器。然后选择一个空白的材质球，指定给它“头盔.jpg”图片，如图 2-28 所示。接着单击按钮，将该材质赋予场景中的头盔模型。

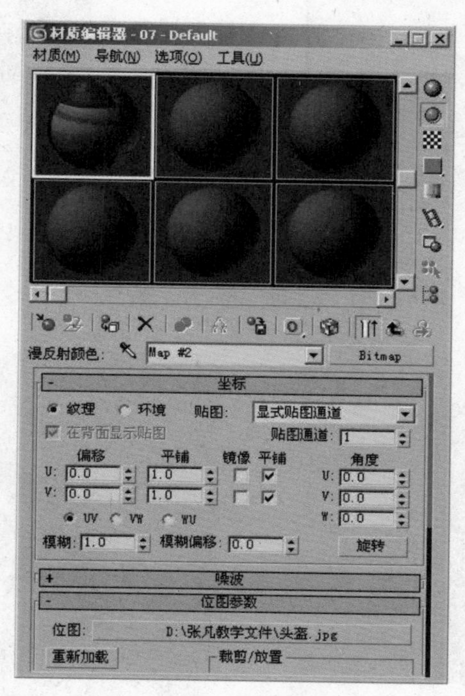

图 2-28 指定头盔材质

（2）调整头盔和侧面角的 UV。方法是：单击修改器中“UV 展开”中的“编辑”按钮，在弹出的“编辑 UVW”窗口中调整侧面头盔和侧面角的 UV，如图 2-29 所示。

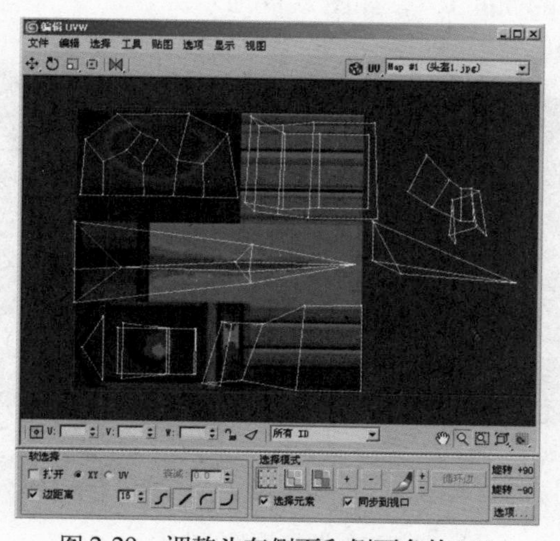

图 2-29 调整头盔侧面和侧面角的 UV

（3）调整护头的UV。方法是：选中图2-30所示的面，单击“平均法线”单选按钮后再单击“平均贴图”按钮，重展该部分的UV。然后单击“编辑”按钮，在弹出的“编辑UVW”窗口中单击按钮，以面子对象形式显示效果，从而便于观察，结果如图2-31所示。

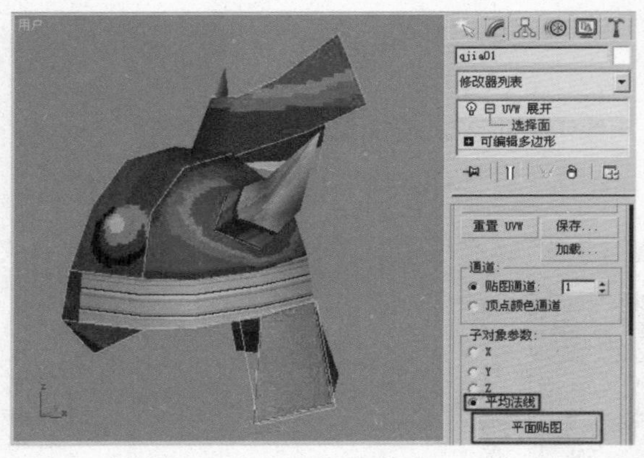

图2-30　重展护头UV

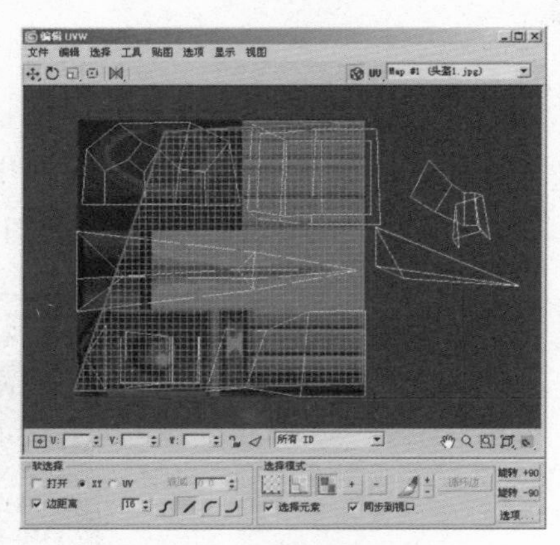

图2-31　重展后的UV

（4）单击按钮后，调整UV。然后再次单击按钮显示效果，如图2-32所示，结果如图2-33所示。

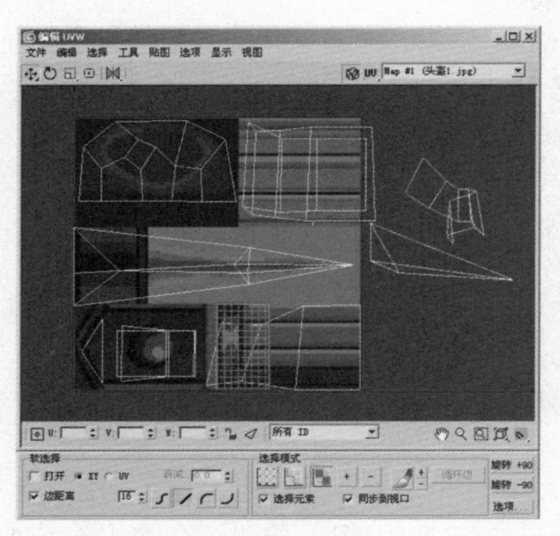

图2-32　调整护头的UV

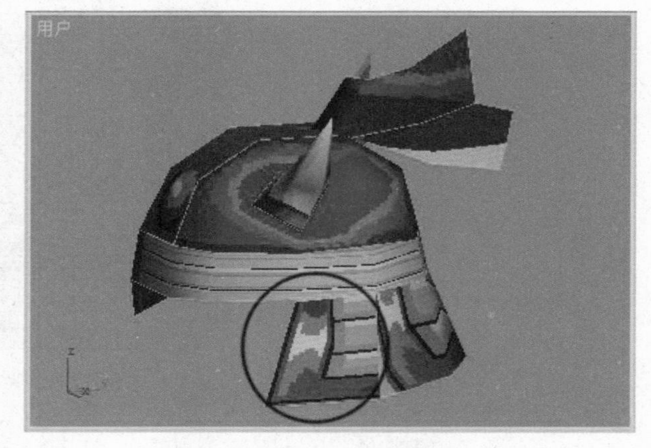

图2-33　调整UV后的效果

（5）分别调整侧面3个护头的面的UV，如图2-34所示。

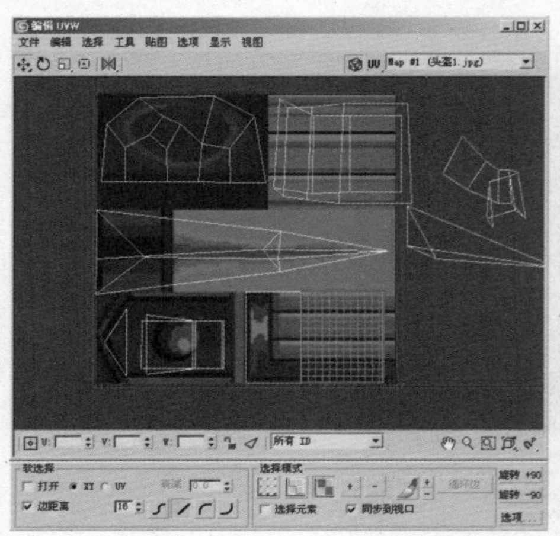

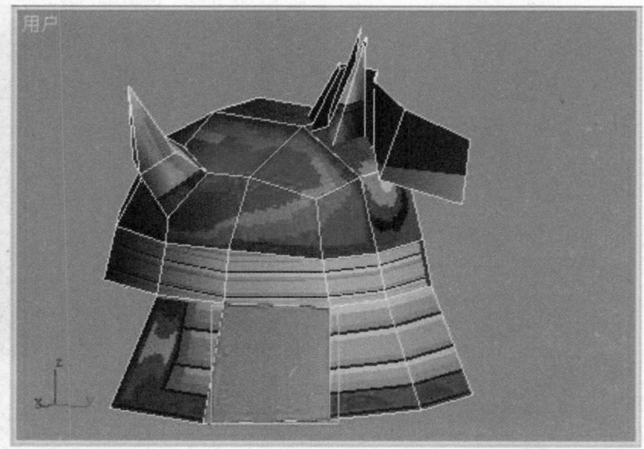

图2-34　调整侧面护头的UV

此时侧面护头的3个面的UV是重合的。

（6）调整侧面环形部分的贴图UV，结果如图2-35所示。

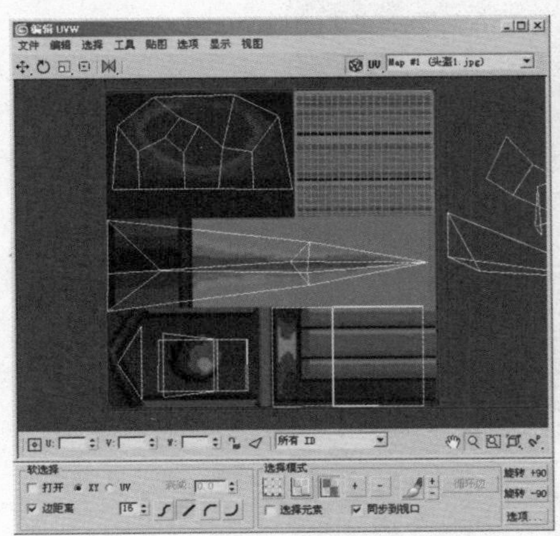

图2-35　调整侧面环形部分的UV

（7）调整头钉部分的贴图UV。方法是：选中如图2-36所示的面，单击“平均法线”单选按钮后再单击“平均贴图”按钮，从而重展该面的UV。

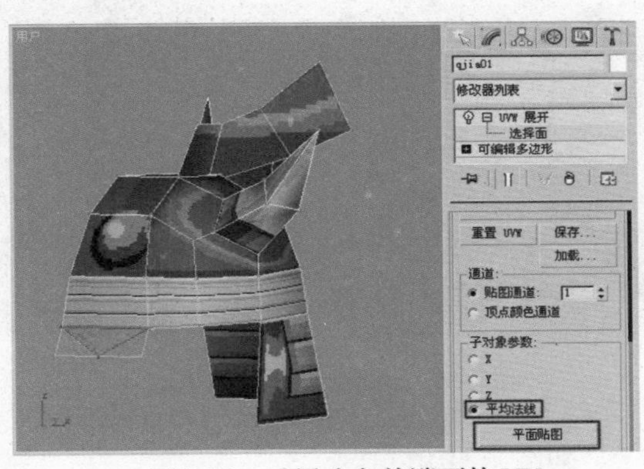

图2-36　重展头盔前端面的UV

（8）单击编辑”按钮，在弹出的“编辑UVW”窗口中调整UV，如图2-37所示，结果如图2-38所示。

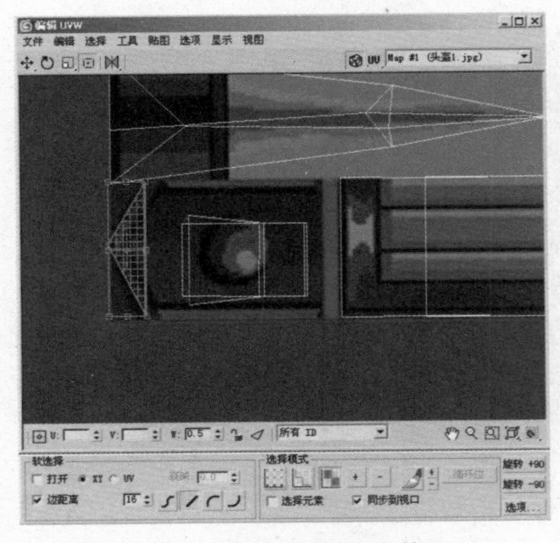

图2-37　调整头盔前端面的UV

图2-38　调整UV后的效果

（9）调整头钉其他面的UV，如图2-39所示，结果如图2-40所示。

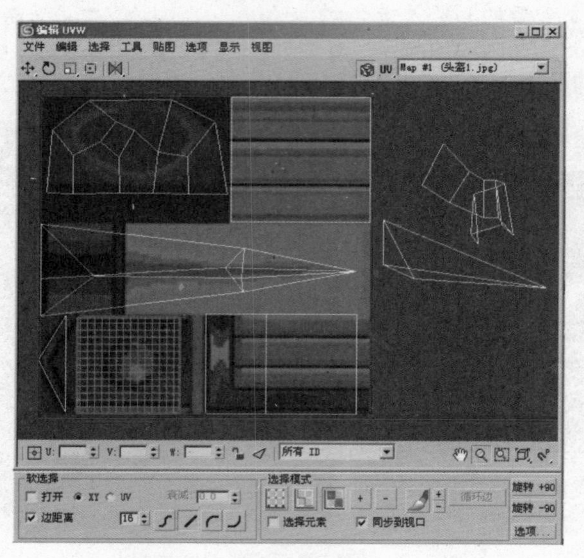

图2-39 调整头钉其他面的UV

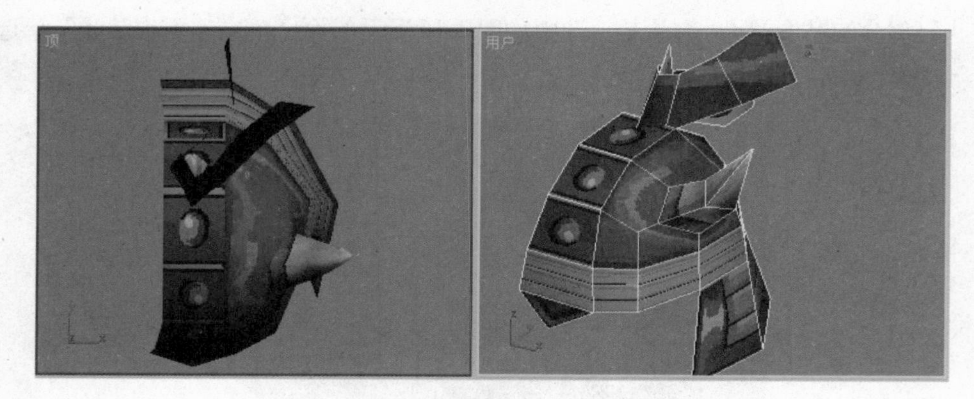

图2-40 调整UV后的效果

（10）调整飘带部分的贴图UV，如图2-41所示。

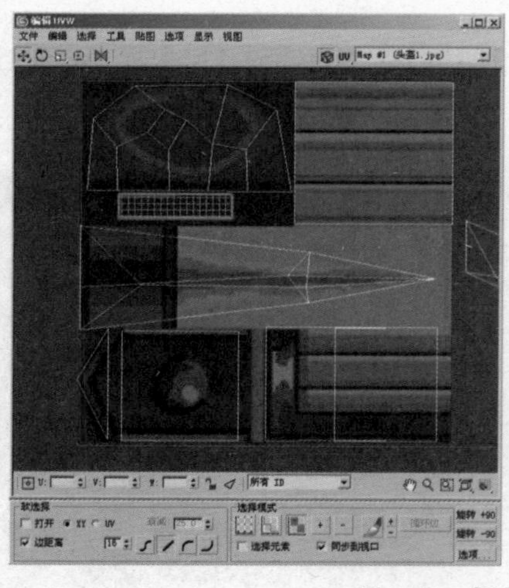
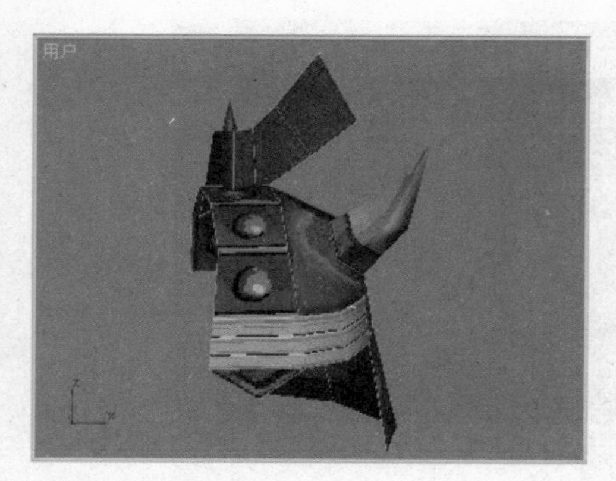

图2-41 调整飘带部分的贴图UV

（11）调整背面角部分的贴图UV，如图2-42所示。

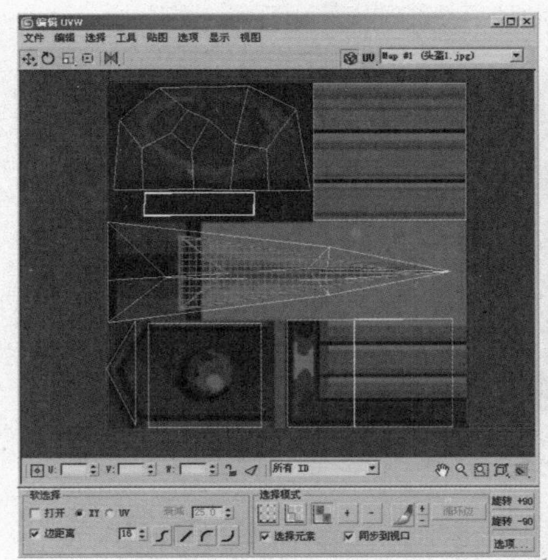
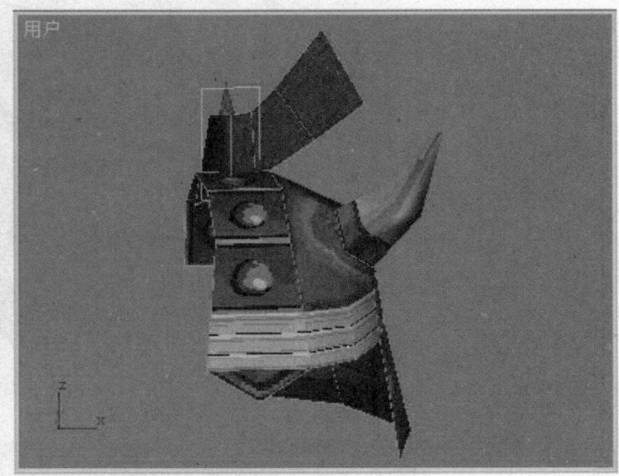

图 2-42 调整背面角部分的贴图 UV

（12）将其换为可编辑的多边形。

（13）镜像出头盔的其余部分。方法是：选中如图 2-43 所示的多边形，然后单击“分离”按钮，在弹出的如图 2-44 所示的“分离”对话框中单击“确定”按钮。

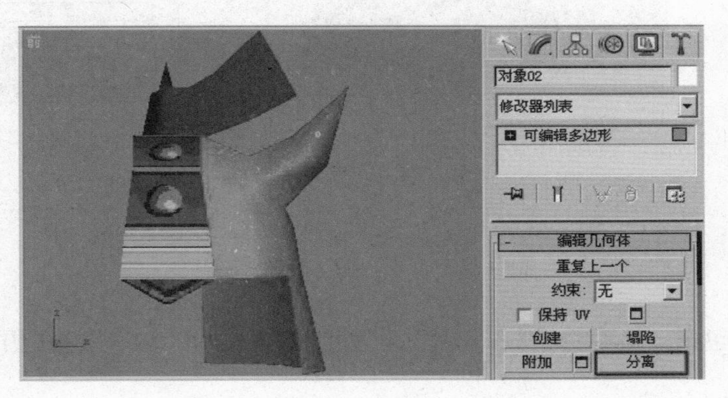

图 2-43 选中多边形

（14）单击工具栏中的“镜像”按钮，在弹出的对话框中进行设置（如图 2-45 所示），单击“确定”按钮，从而镜像出另一侧。

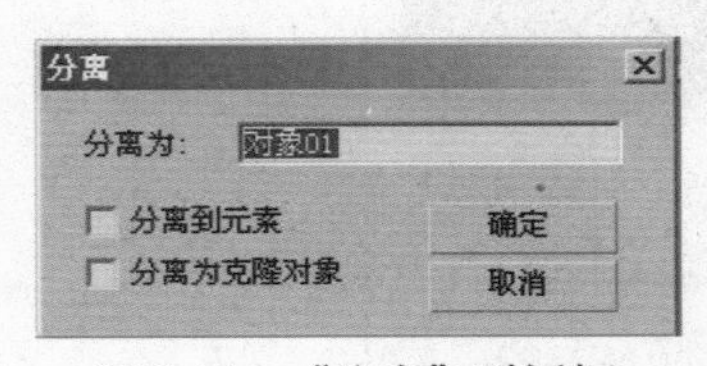

图 2-44 “分离”对话框

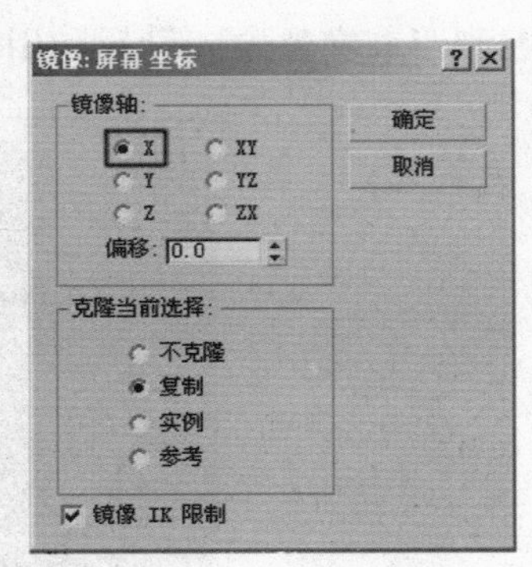

图 2-45 “镜像”对话框

（15）将头盔各部分进行组合和焊接。方法是：利用“附加”工具将头盔各部分附加成一个整体，结果如图 2-46 所示。然后进入“顶点”级别，框选全部顶点后单击“焊接”按钮，将接缝处的顶点进行焊接，结果如图 2-47 所示。

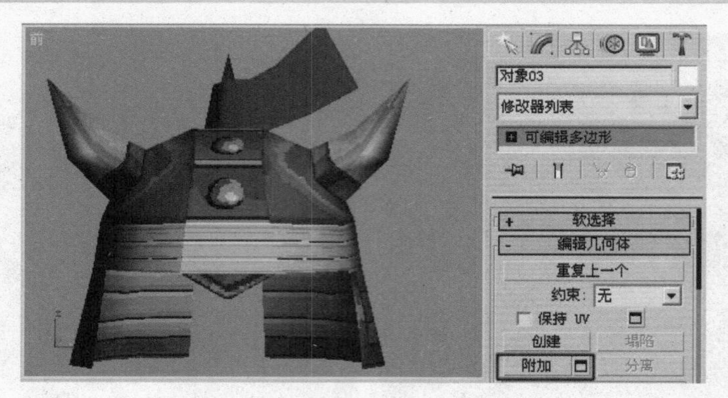

图 2-46　镜像后效果

图 2-47　焊接顶点的效果

2.3　铠甲贴图的绘制

绘制铠甲贴图包括“提取铠甲 UV 线框”、“绘制铠甲贴图”和“调整铠甲 UV”3 部分。

2.3.1　提取铠甲 UV 线框

（1）在 3ds max 7.0 的“编辑 UVW”窗口中，利用 PrintScreen 键拷贝。

（2）启动 Photoshop CS，然后单击“文件”→“新建”命令新建一个文件。接着按快捷键 Ctrl+V 将拷贝文件粘贴到当前文件中。最后利用工具栏中的“裁切工具”裁切出所需部分，结果如图 2-48 所示。

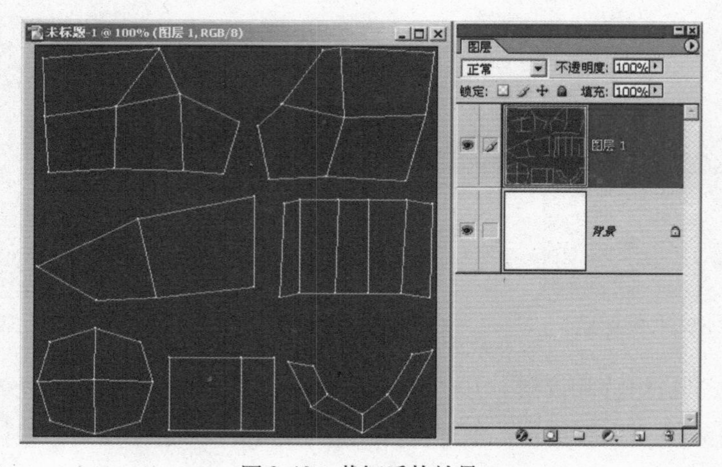

图 2-48　裁切后的效果

（3）为了节省资源，将文件大小设置为128像素×128像素。方法是：单击“图像”→“图像大小”命令，在弹出的“图像大小”对话框中进行设置（如图2-49所示），单击“好”按钮，结果如图2-50所示。

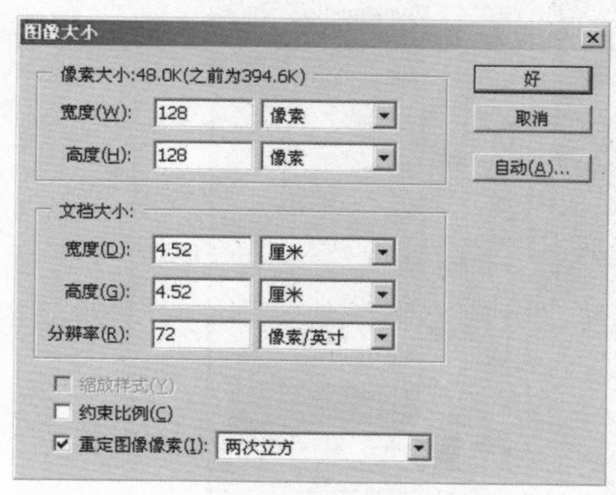

图2-49 “图像大小”对话框

图2-50 处理后的效果

（4）提取出线框，如图2-51所示。

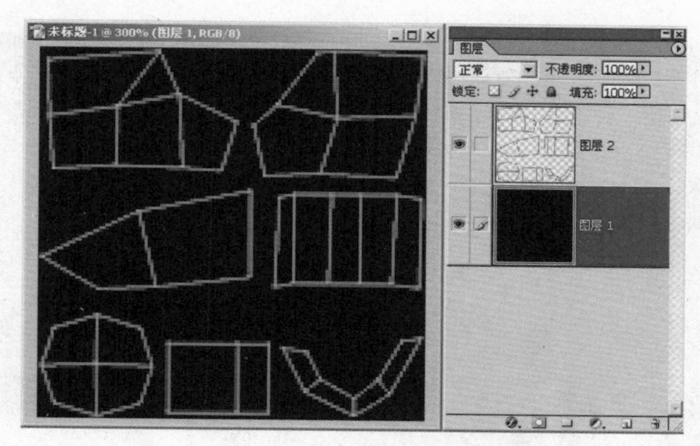

图2-51 分离出的线框

2.3.2 绘制铠甲贴图

（1）铺底色。方法是：根据线框，分别新建“图层3”至“图层9”，然后分别创建矩形选区并用相应的底色进行填充，结果如图2-52所示。

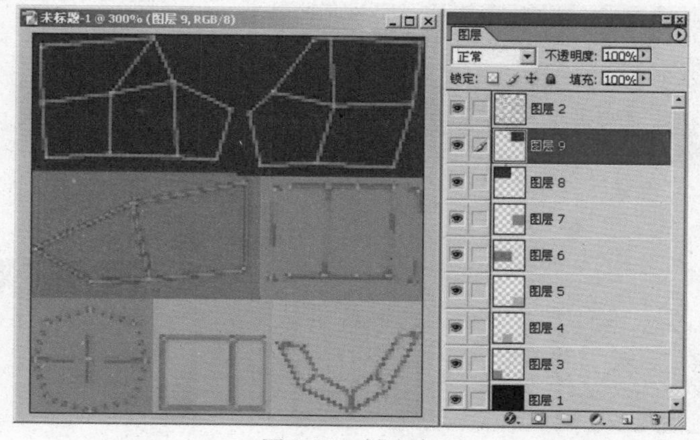

图2-52 铺底色

（2）利用工具箱上的“画笔工具”在“图层 3”上绘制笑脸贴图，如图 2-53 所示。

图 2-53　绘制笑脸贴图

（3）利用画笔工具在“图层 4”上绘制背带部分的贴图，如图 2-54 所示。

图 2-54　绘制背带部分的贴图

（4）在“图层 5 ”上绘制铠甲胳膊接口处的贴图，结果如图 2-55 所示。

图 2-55　绘制铠甲胳膊接口处的贴图

背面角的贴图与侧面角的贴图相似，将根据它进行展开。

（5）在“图层6”上绘制护肩部分的贴图，结果如图2-56所示。

图2-56 绘制护肩部分的贴图

（6）在“图层7”上利用画笔工具绘制腰带侧面的贴图，结果如图2-57所示。

图2-57 绘制腰带侧面的贴图

（7）在“图层8”上利用画笔工具绘制铠甲前面部分的贴图，结果如图2-58所示。

图2-58 绘制铠甲前面部分的贴图

（8）在“图层 9”上利用画笔工具绘制铠甲后面部分的贴图，结果如图 2-59 所示。

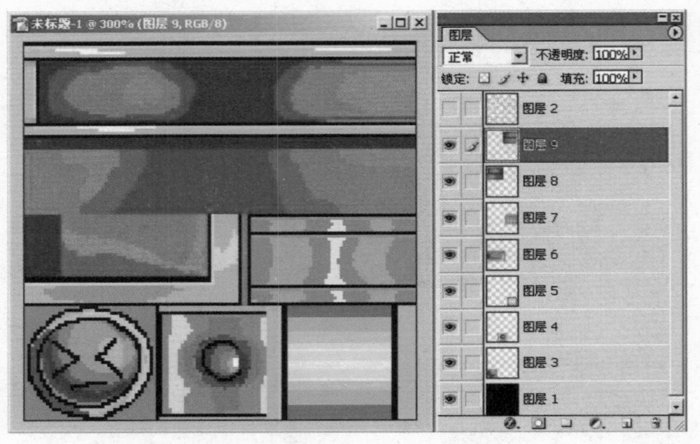

图 2-59　绘制铠甲后面部分的贴图

（9）将绘制好的贴图进行输出。方法是：单击“文件”→“存储为”命令，将文件存储为“铠甲.jpg”文件。

此时一定要隐藏“线框”层。

2.3.3　调整铠甲 UV

（1）回到 3ds max 7.0，单击工具栏中的“材质编辑器”按钮，进入材质编辑器。然后选择一个空白的材质球，指定给它“铠甲.jpg”图片。接着单击按钮，将该材质赋予场景中的铠甲模型。

（2）调整铠甲各部分的 UV。方法是：单击修改器中“UVW 展开”中的“编辑”按钮，在弹出的“编辑 UV”窗口中分别调整各部分的 UV，如图 2-60 所示，结果如图 2-61 所示。

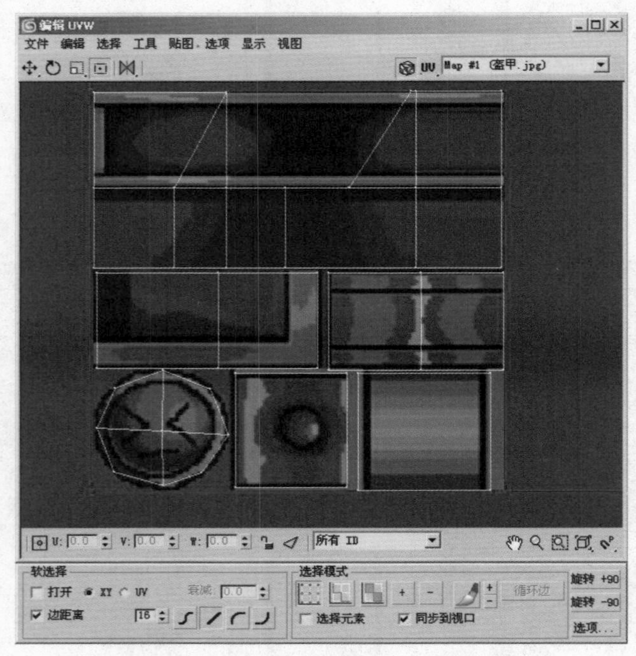

图 2-60　调整铠甲 UV

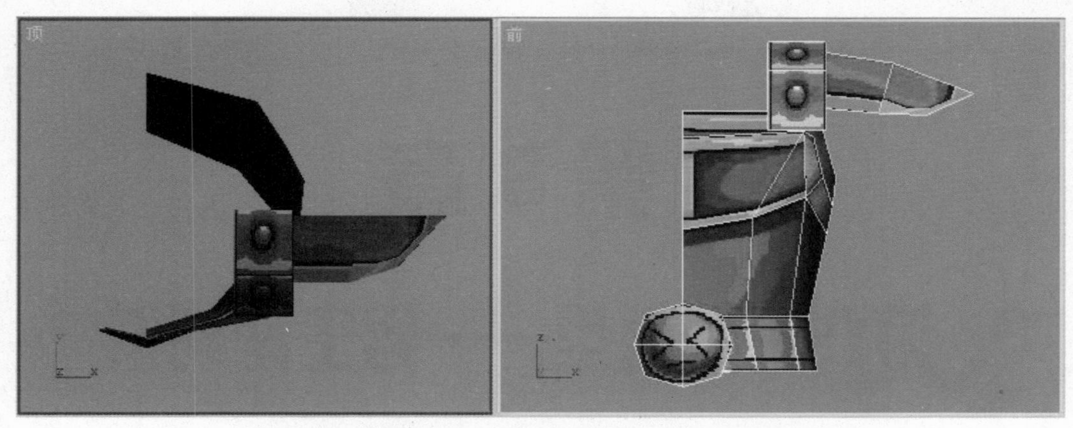

图 2-61 调整贴图后的效果

（3）镜像出铠甲的其他部分，然后进行顶点的焊接，结果如图 2-62 所示。

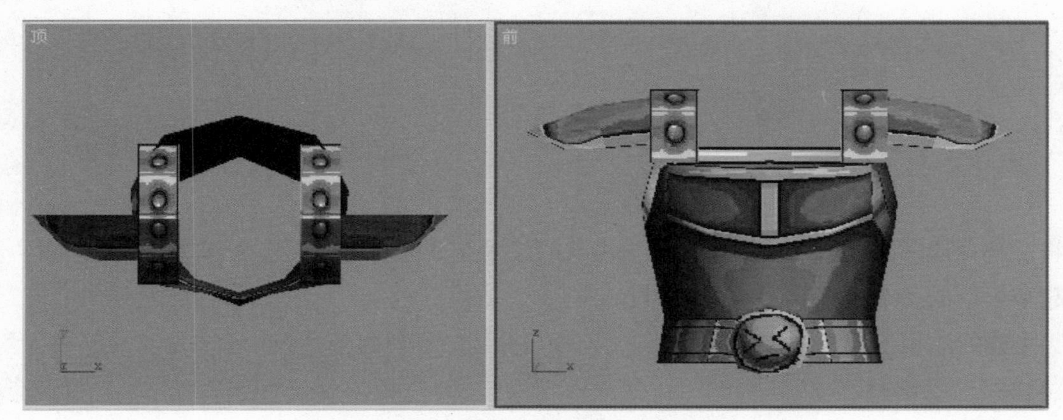

图 2-62 镜像并焊接顶点的效果

课后练习

1．在游戏中常用的贴图尺寸有几种?
2．在 Photoshop 中绘制头盔的贴图。
3．在 Photoshop 中绘制铠甲的贴图。
4．在 Photoshop 中绘制法杖的贴图。
5．在 Photoshop 中绘制狼牙棒的贴图。

第3章

游戏角色模型——男主角制作

本章将讲解Q版男主角的制作方法，里面涉及的技术在前面两章中已经全部介绍过，本章主要是将这些内容串起来，形成一个完整的3D制作项目。

创建男主角的原画依据如图3-1所示，创建过程可分为“创建男主角人物模型”、“展开男主角UV”和“绘制男主角贴图”3部分。

图3-1　男主角原画

3.1　创建男主角人物模型

男主角人物模型分为头颈部、躯干上部、上肢、躯干下部、下肢、腰带、耳朵和头发8部分。

3.1.1　制作头颈部

（1）单击“文件”→“重置”命令，重置场景。

（2）单击（创建）→（几何体）中的 长方体 按钮，然后在前视图中创建一个正方体，参数设置及结果如图3-2所示。

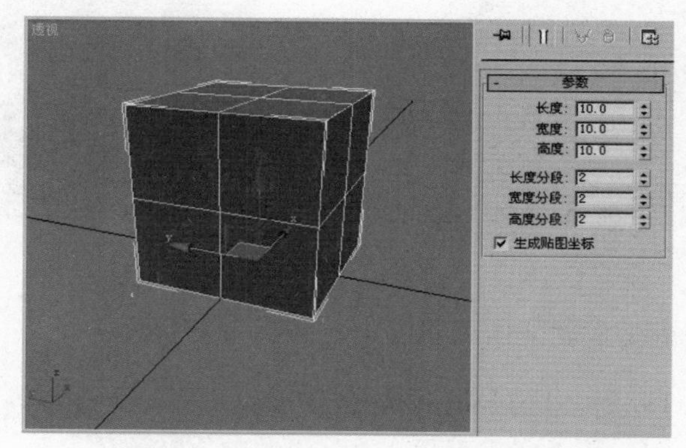

图3-2　创建正方体

（3）将其转换为可编辑的多边形，然后删除一半，结果如图3-3所示。

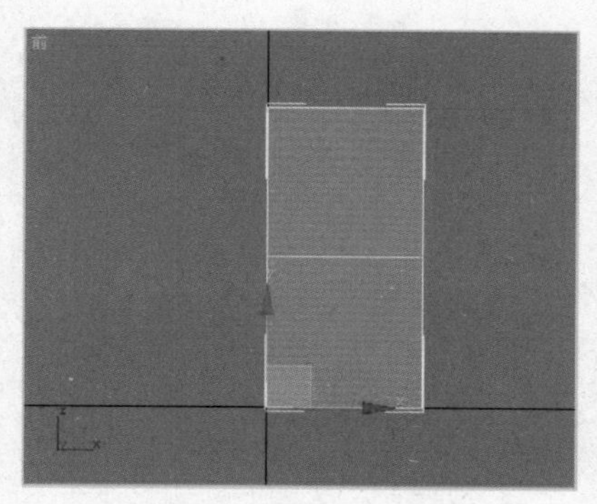

图3-3　删除一半模型

（4）执行修改器中的“对称”命令，对称出另一半。然后进入“可编辑多边形”的“顶点”级别，显示出最终结果，如图3-4所示。

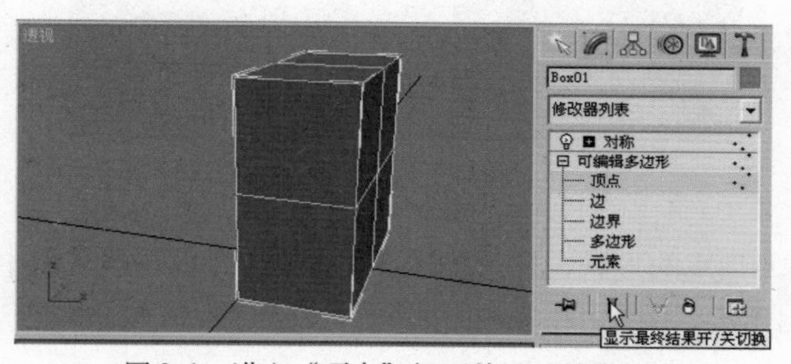

图3-4　进入“顶点”级别并显示最终结果

（5）调整头部的大体形状。方法是：首先在前视图中调整顶点的位置，如图 3-5 所示，然后在右视图中调整形状，如图 3-6 所示。

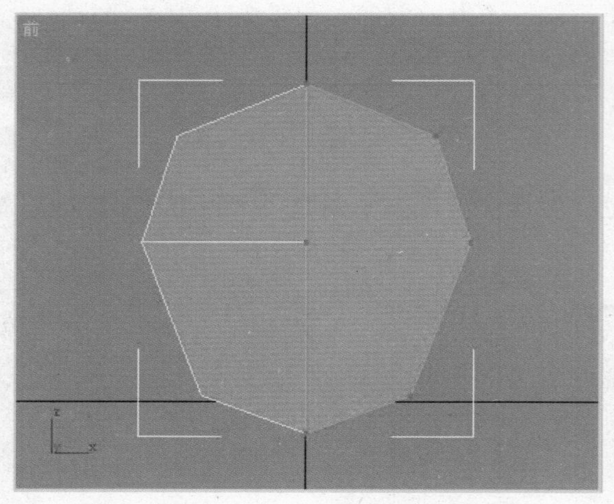

图 3-5　在前视图中调整形状

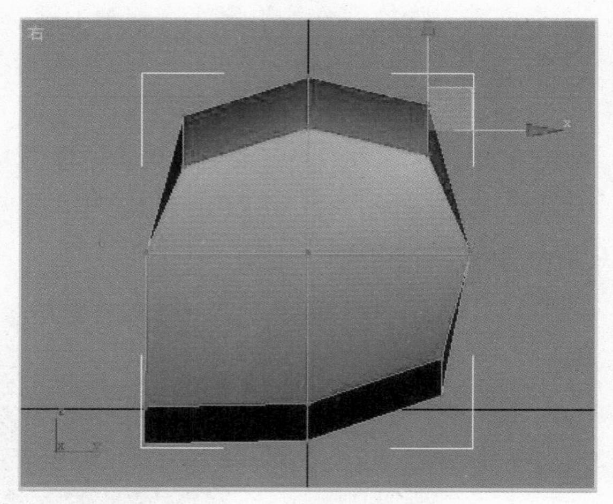

图 3-6　在右视图中调整形状

（6）在透视图和前视图中进一步调整顶点的位置，如图 3-7 所示。

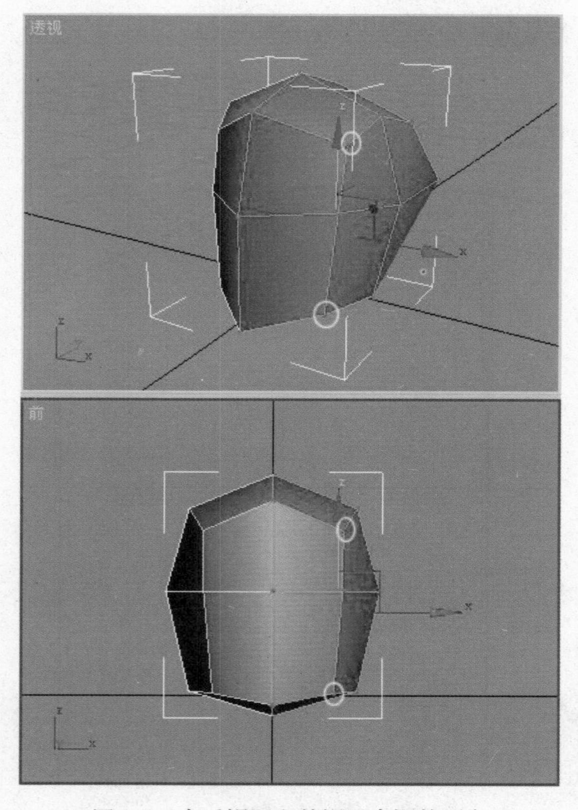

图 3-7　在透视图和前视图中调整顶点

（7）旋转透视图调整侧面顶点的形状，结果如图 3-8 所示。然后在顶视图中调整形状，如图 3-9 所示。

（8）利用“剪切”工具切割出下颚和脖子所需的细节，如图 3-10 所示。然后在右视图中调整形状，如图 3-11 所示。

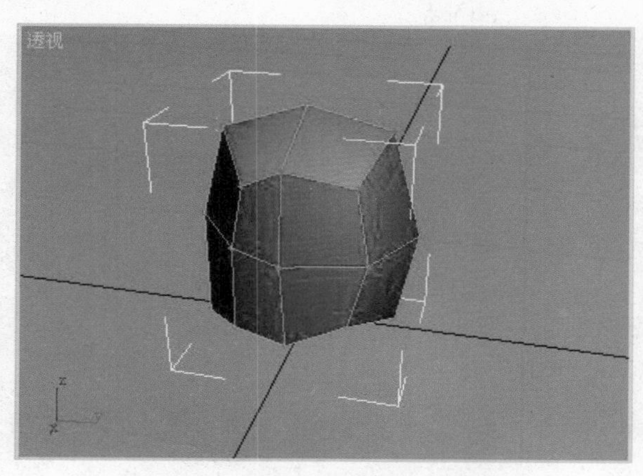

图 3-8 调整侧面顶点形状

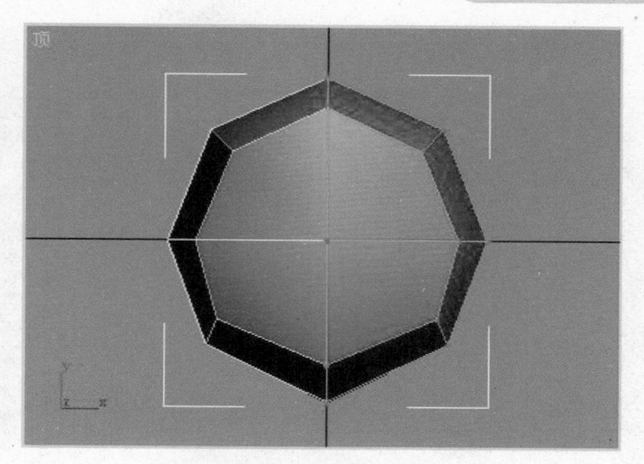

图 3-9 在顶视图中调整形状

图 3-10 切割出下颚和脖子所需的细节

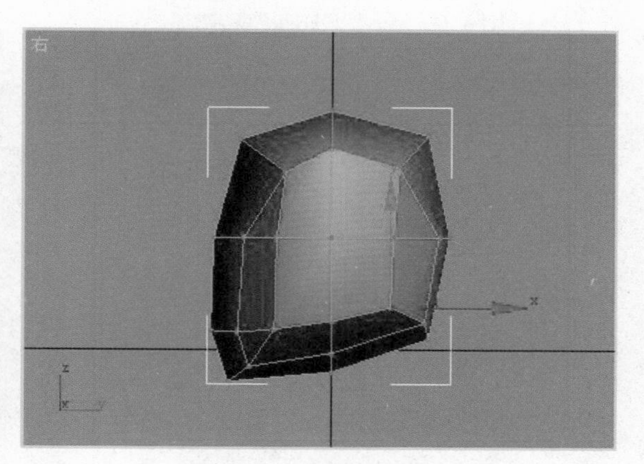

图 3-11 在右视图中调整形状

（9）调整出眼睛的大体位置。方法是：在前视图中利用“快速切片”工具切割出一条水平线，如图 3-12 所示。

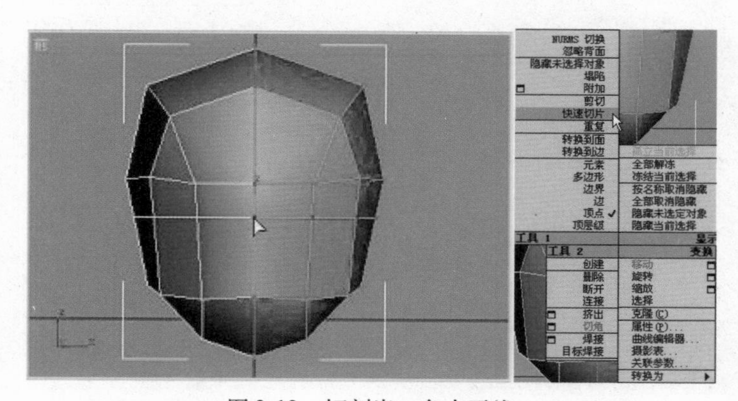

图 3-12 切割出一条水平线

（10）选中眼部位置的顶点，单击“切角”按钮，如图 3-13 所示。然后对其进行切角处理，并根据原画调整顶点的位置，结果如图 3-14 所示。

（11）进一步调整眼部的形状。方法是：利用“剪切”工具切割出一条线，如图 3-15 所示；然后对相应的顶点进行“目标焊接”处理，如图 3-16 所示；接着调整形状后选中相应的边，如图 3-17 所示，进行“移除”处理。

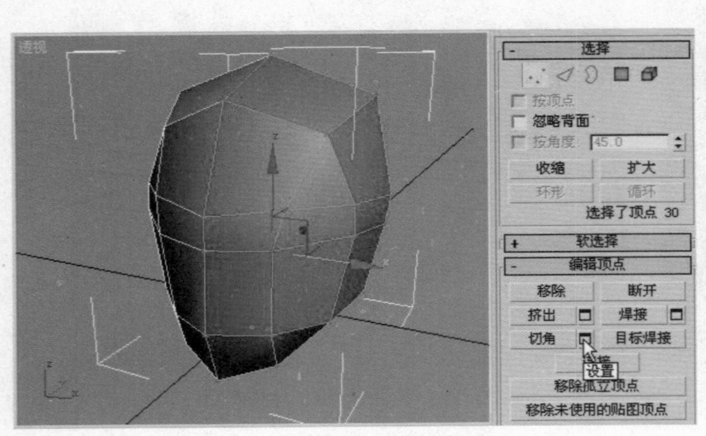

图 3-13　单击“切角”按钮

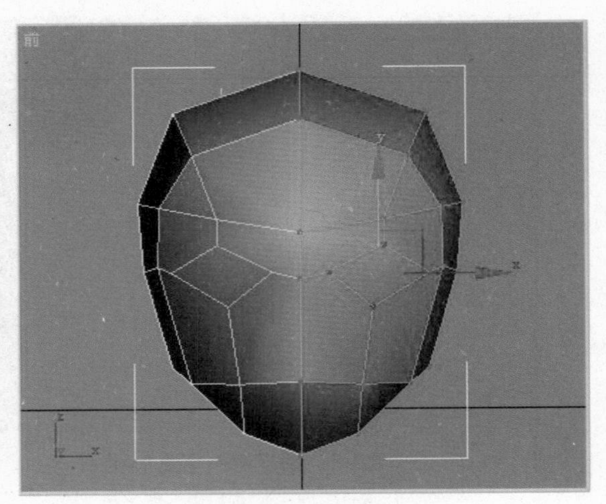

图 3-14　调整“切角”后顶点的位置

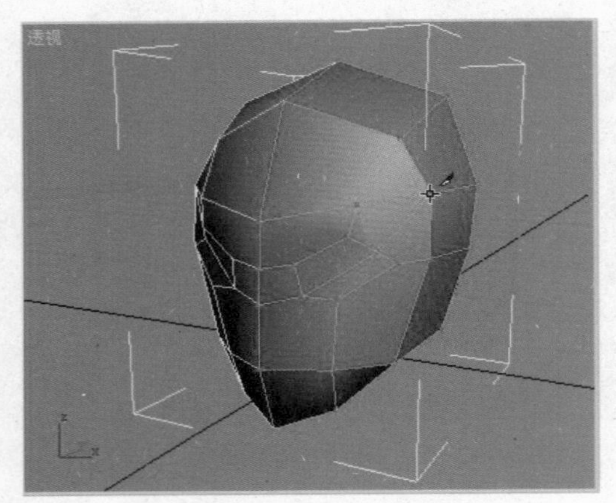

图 3-15　切割出一条线

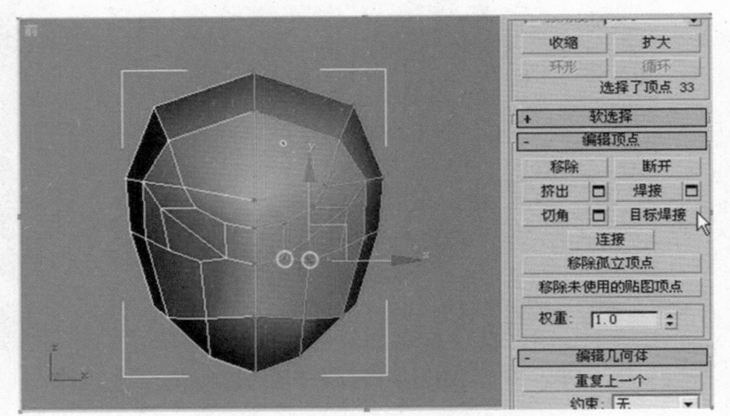

图 3-16　对相应顶点进行“目标焊接”处理

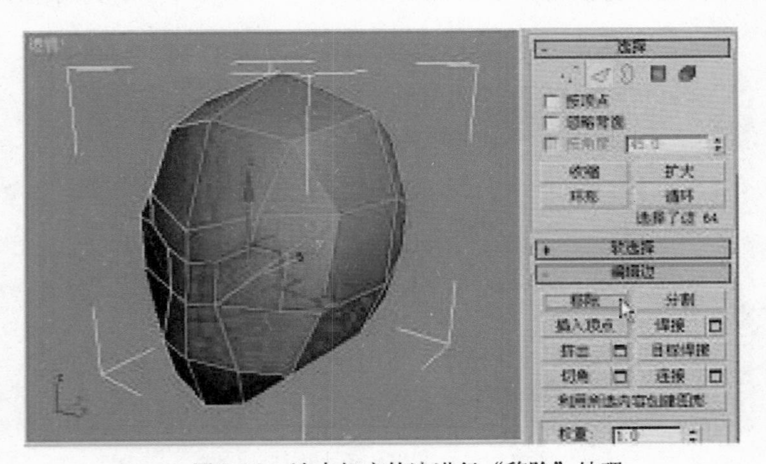

图 3-17　选中相应的边进行“移除”处理

（12）对人头进行光滑处理。方法是：进入“多边形”级别后选中视图中所有的多边形，如图 3-18 所示；然后单击“清除全部”按钮，如图 3-19 所示；接着统一给一个平滑组，如图 3-20 所示。

（13）制作脖子部分。方法是：首先将头部转换为可编辑的多边形，然后利用“切割”工具对脖子部分进行进一步切割，如图 3-21 所示；接着选中脖子部分要“挤出”的多边形，如图 3-22 所示，进行“挤出”处理，结果如图 3-23 所示。

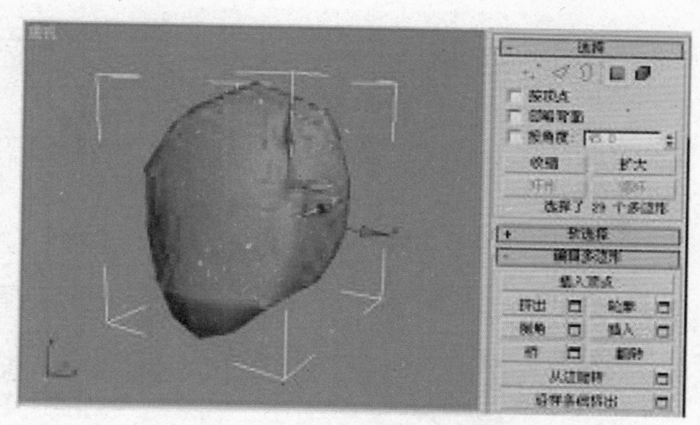

图 3-18 选中视图中所有的多边形

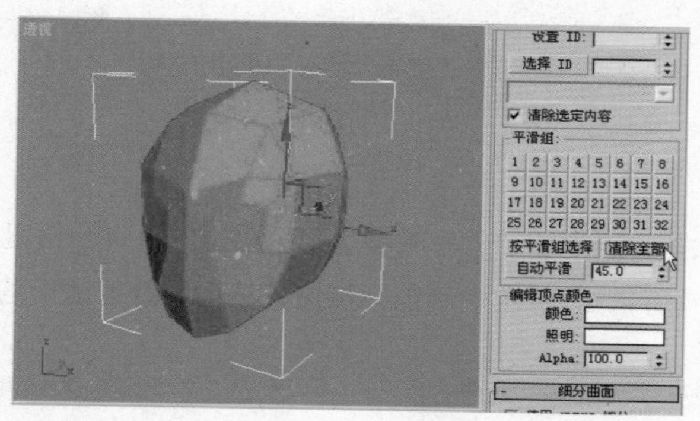

图 3-19 单击“清除全部”按钮清除全部光滑组

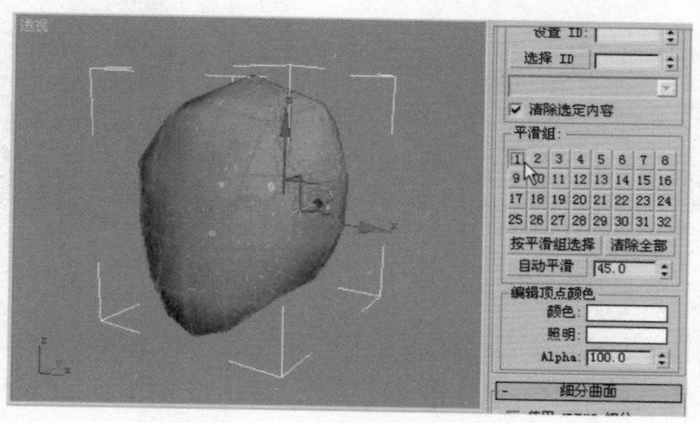

图 3-20 统一给一个平滑组

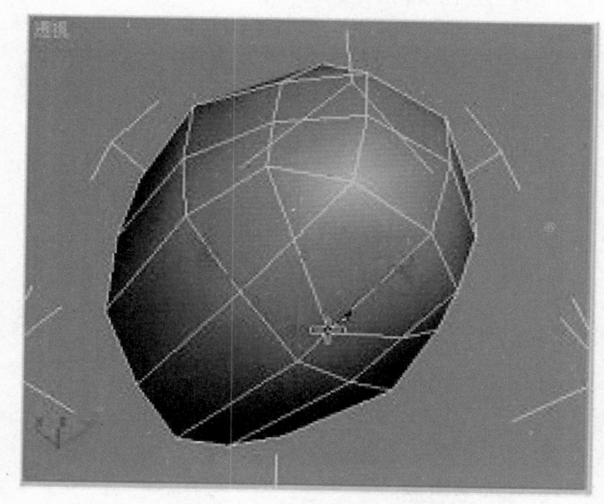

图 3-21 “切割”出脖子的线

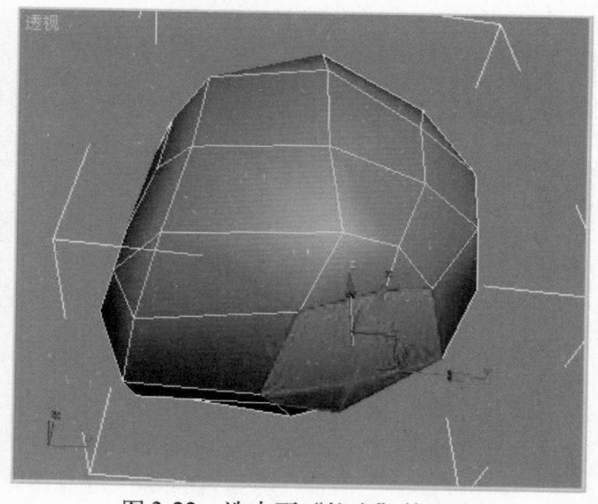

图 3-22 选中要“挤出”的多边形

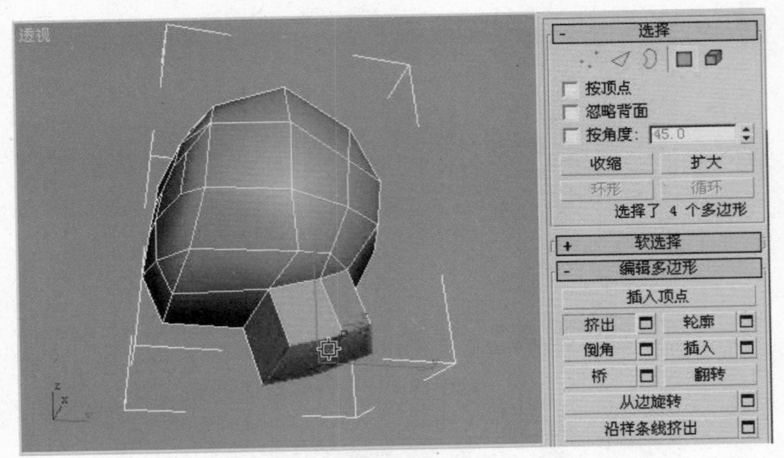

图 3-23 “挤出”脖子的大体形状

3.1.2 制作躯干上部

（1）制作脖子部分。方法是：选中脖子部分的多边形，单击“分离”按钮，在弹出的“克隆部分网格”对话框中进行设置（如图 3-24 所示），单击“确定”按钮；然后调整分离后的围脖形状，如图 3-25 所示。

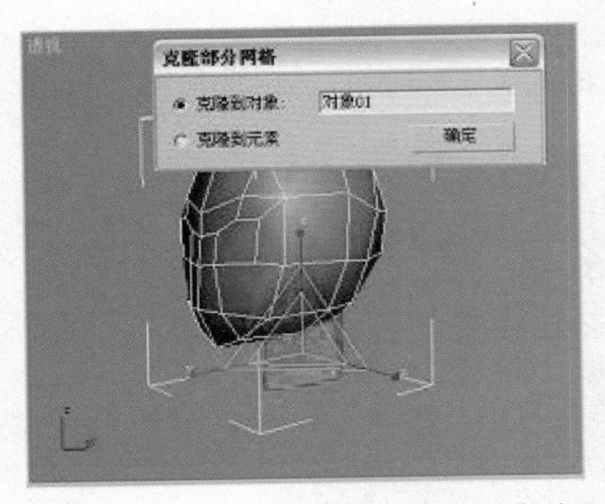

图 3-24 对选中的多边形进行“分离”处理

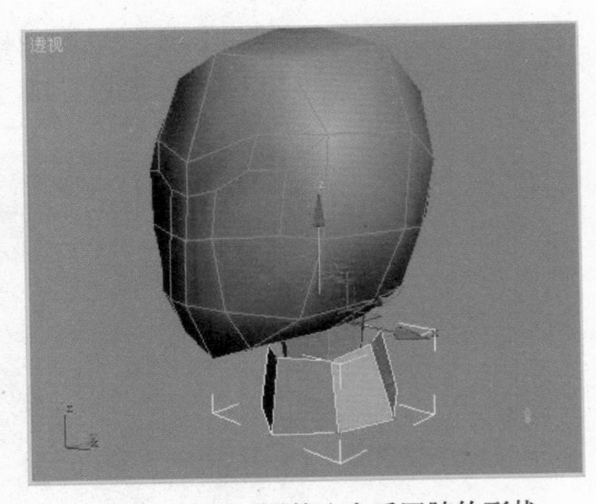

图 3-25 调整分离后围脖的形状

（2）分别选中围脖和脖子底部的多边形，如图 3-26 所示，进行删除处理。

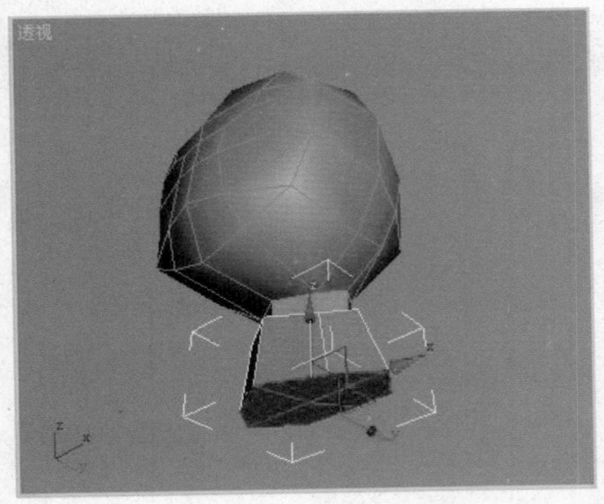

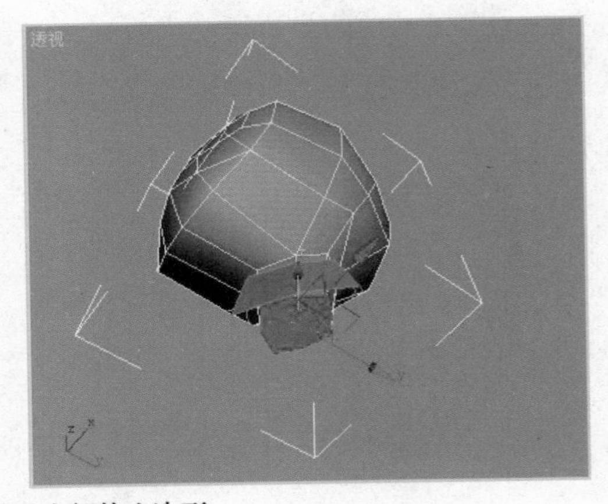

图 3-26 选中围脖和脖子底部的多边形

（3）进入“边界”级别，选中围脖下面的边界，利用工具，配合 Shift 键进行挤出，结果如图 3-27 所示。然后调整形状后删除一半，结果如图 3-28 所示。

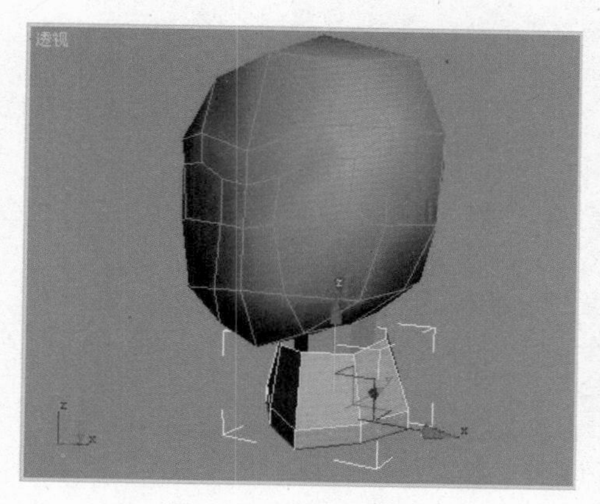

图 3-27　挤出边界

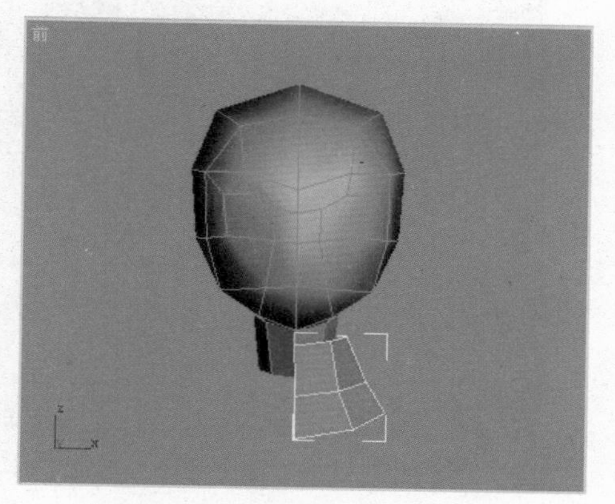

图 3-28　调整形状后删除模型的一半

（4）执行修改器中的“对称”命令对称出围脖的另一半，如图 3-29 所示。然后进一步调整形状后将其转换为可编辑的多边形，结果如图 3-30 所示。

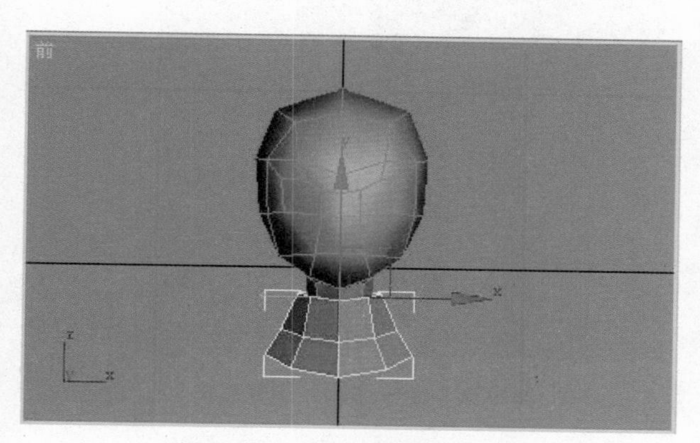

图 3-29　对称出围脖的另一半

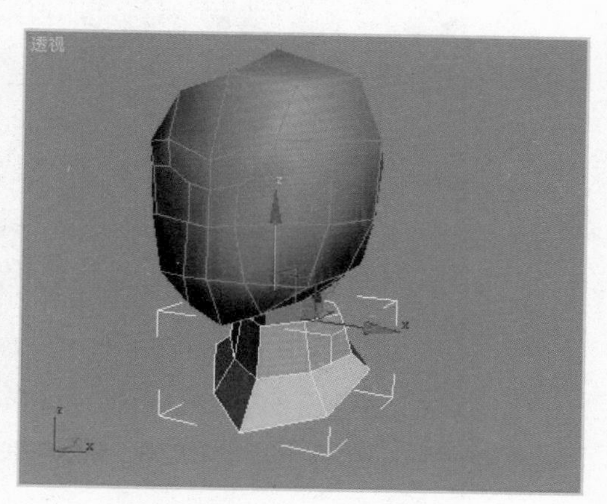

图 3-30　进一步调整形状

（5）制作躯干主体的大体形状。方法是：根据原画进一步对边界进行挤出处理，结果如图 3-31 所示；然后删除躯干主体的一半，结果如图 3-32 所示；接着利用修改器中的“对称”命令对称出另一半躯干主体模型，结果如图 3-33 所示。

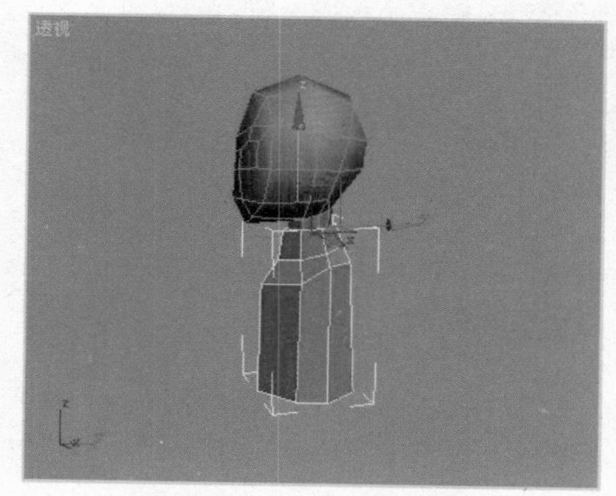

图 3-31　挤出躯干主体

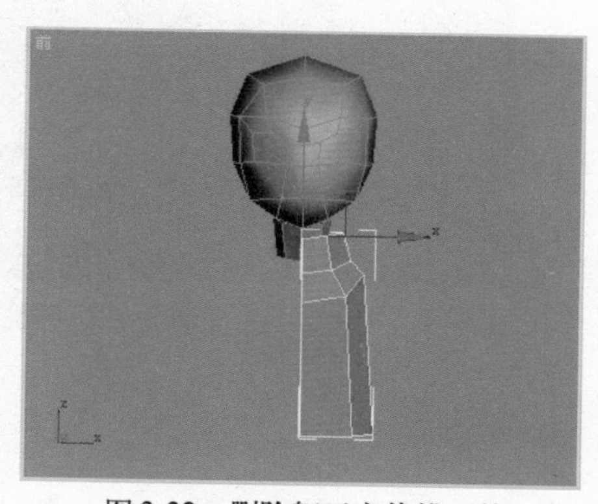

图 3-32　删除躯干主体模型的一半

（6）根据原画对躯干主体底端进行适当的缩放，结果如图 3-34 所示。

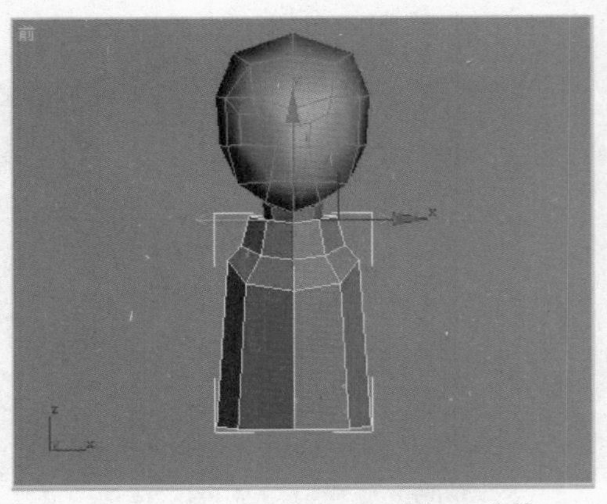

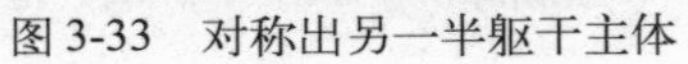

图 3-33　对称出另一半躯干主体

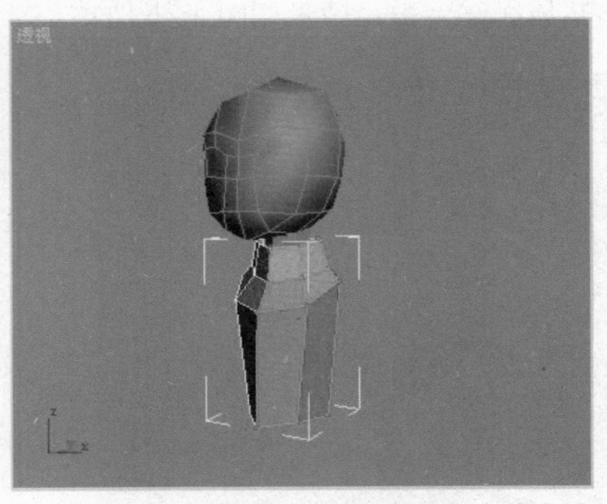

图 3-34　根据原画适当缩放躯干主体底端

（7）切割躯干主体与上肢相接部分的线。方法是：首先利用“快速切片”工具切割出一条水平线，如图 3-35 所示；然后利用“切割”工具继续切线并调整形状，如图 3-36 所示。

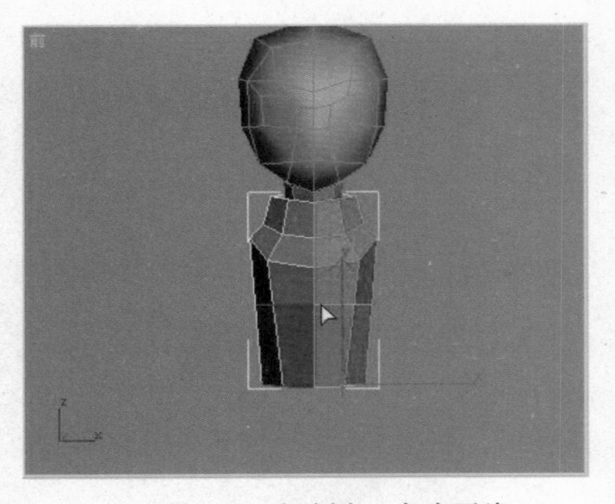

图 3-35　切割出一条水平线

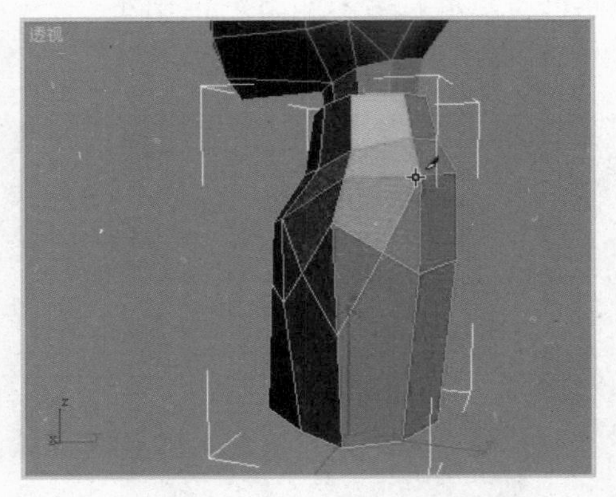

图 3-36　继续切割并调整形状

（8）调整躯干主体与上肢相接部分的顶点，如图 3-37 所示。

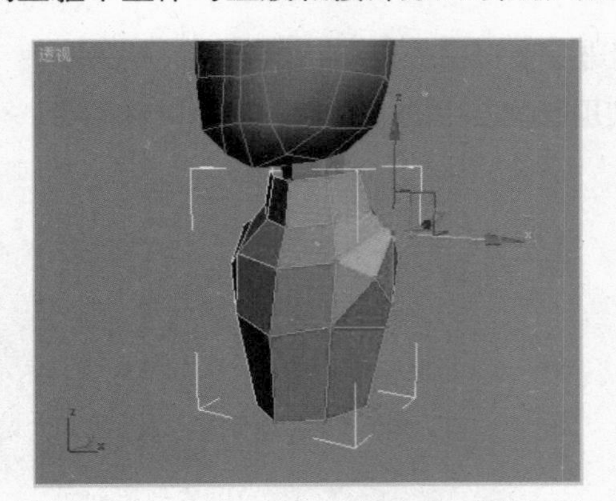

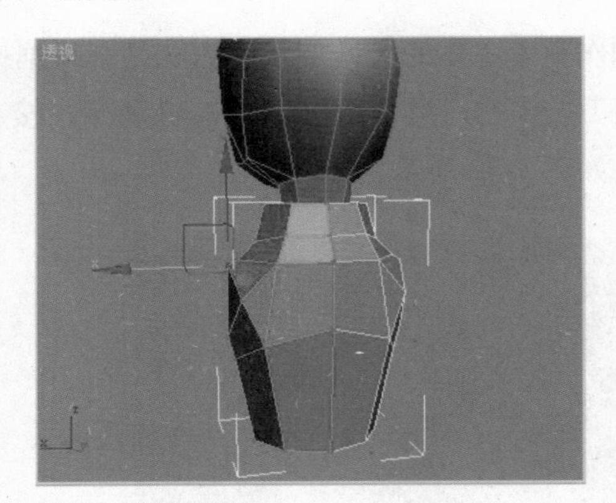

图 3-37　调整躯干主体与上肢相接部分的顶点

3.1.3　制作上肢

（1）选中如图 3-38 所示的面，进行“挤出”处理，结果如图 3-39 所示。

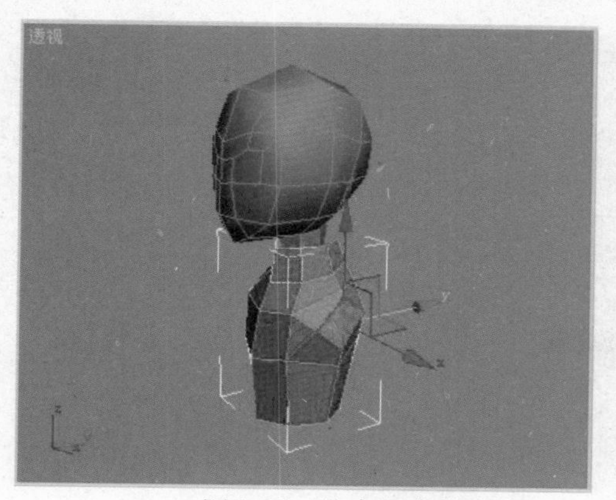

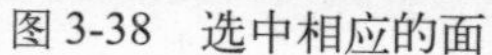
图 3-38 选中相应的面

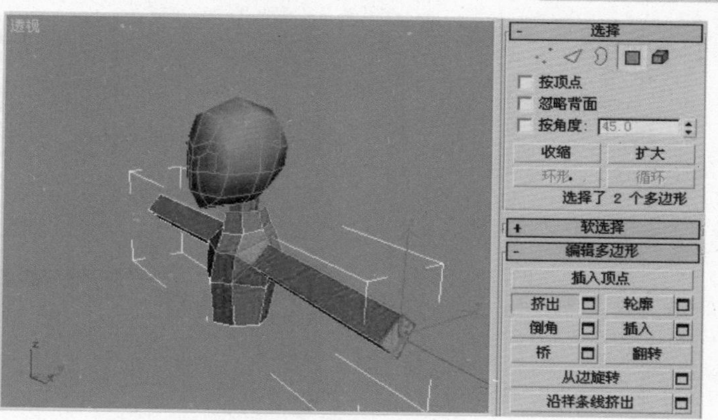

图 3-39 进行“挤出”处理

(2) 通过“连接”工具在手臂上添加 4 条线，结果如图 3-40 所示。

(3) 适当缩放第二排的顶点，从而形成肘部，结果如图 3-41 所示。

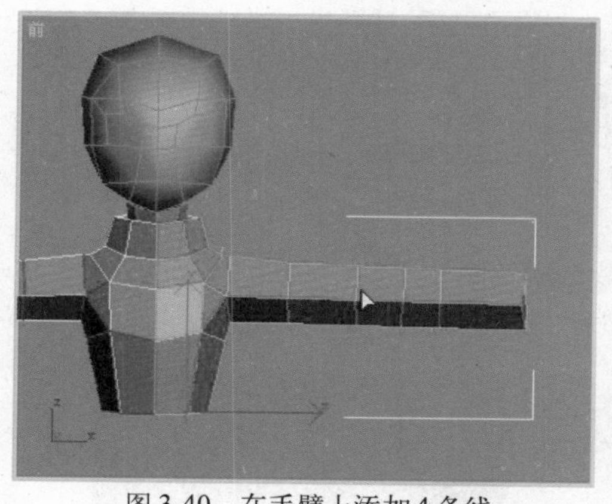

图 3-40 在手臂上添加 4 条线

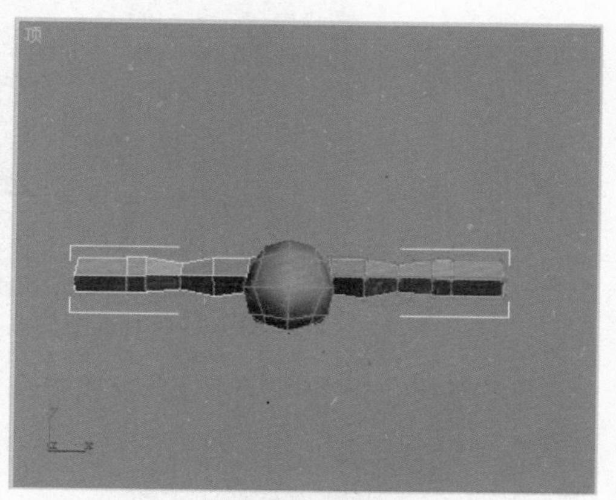

图 3-41 制作肘部

(4) 利用“切割”工具布设出三角肌的结构线，然后调整顶点的位置从而形成三角肌，结果如图 3-42 所示。

图 3-42 制作三角肌

(5) 制作护腕。方法是：利用“快速切片”工具在手臂上继续切割出一条线，如图 3-43 所示；然后选中多边形进行“挤出”处理，结果如图 3-44 所示。

(6) 制作腕部。方法是：选中多边形，如图 3-45 所示，然后进行“挤出”处理，结果如图 3-46 所示；利用“目标焊接”工具对相应顶点进行焊接，结果如图 3-47 所示；然后利用“快速切片”工具添加一条线并适当缩放，从而形成腕部；接着适当地旋转上肢，结果如图 3-48 所示。

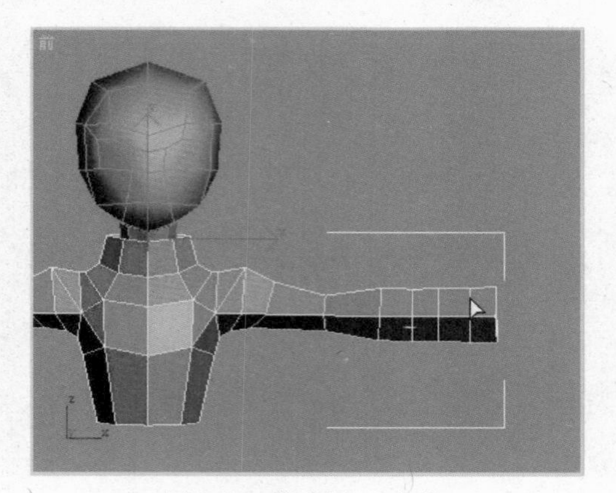

图 3-43　切割出一条线

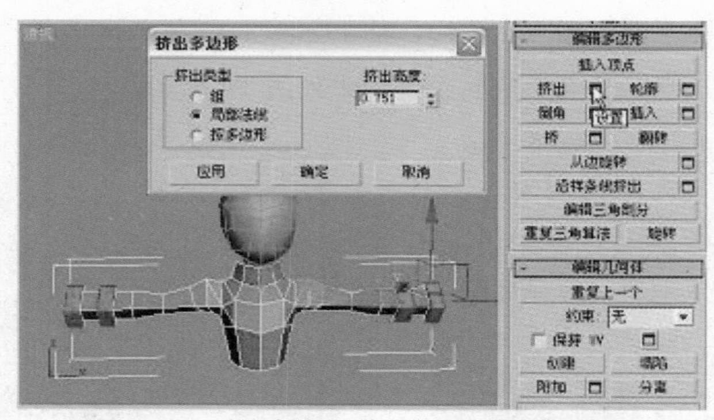

图 3-44　对选中的多边形进行“挤出”处理

图 3-45　选中多边形

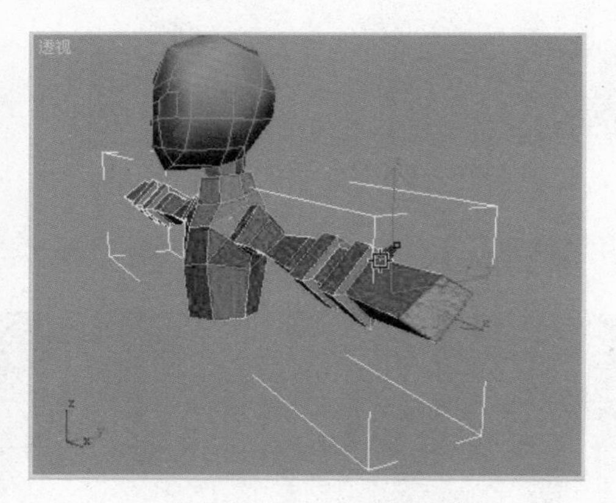

图 3-46　挤出后的效果

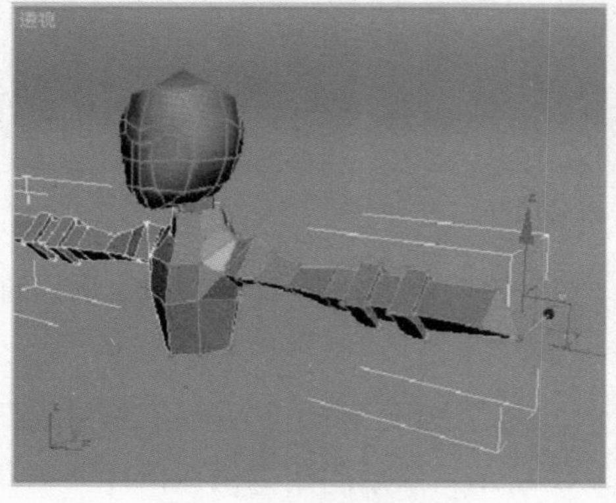

图 3-47　焊接顶点

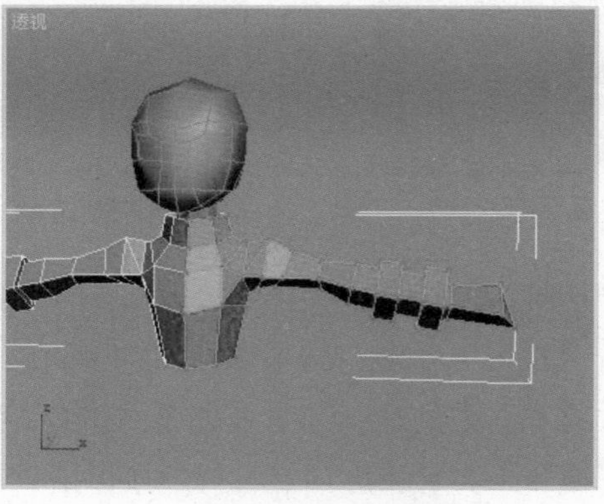

图 3-48　制作腕部

3.1.4　制作躯干下部

（1）将模型转换为可编辑的多边形。然后利用工具，配合Shift键挤出腰带和臀部的大体位置，结果如图3-49所示。接着利用“创建”工具创建臀部的截面，结果如图3-50所示。

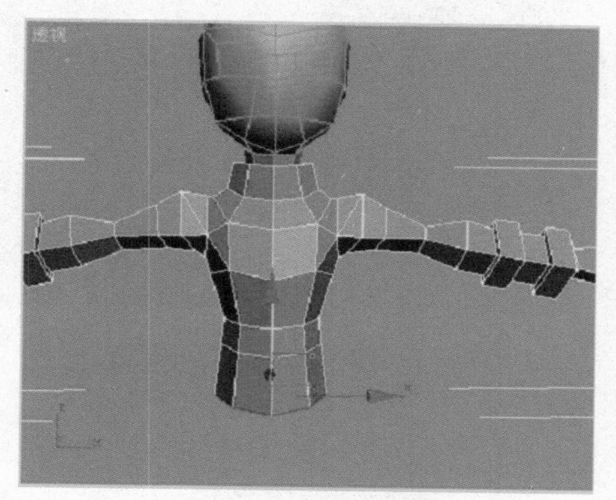

图3-49　挤出腰带和臀部

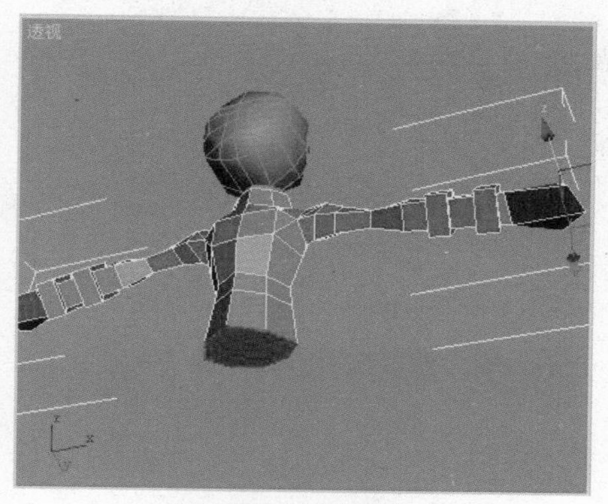

图3-50　创建臀部的截面

（2）利用“切割”工具在臀部截面上布线，如图3-51所示。

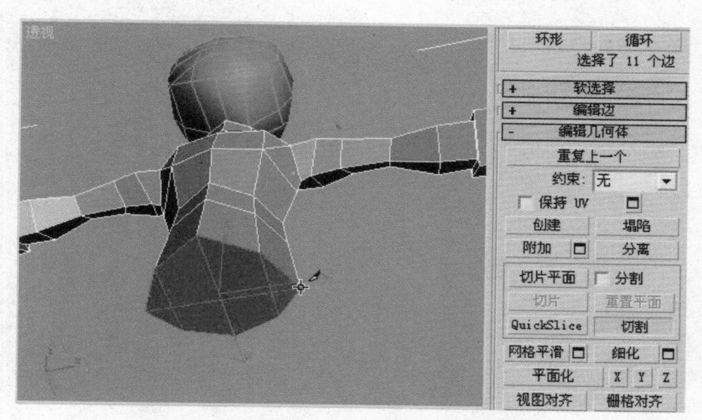

图3-51　在臀部的截面上布线

（3）删除躯干主体的一半，然后利用修改器中的“对称”命令对称出另一半躯干，并利用“切割”工具布线，如图3-52所示。接着继续切割出“胯”的大体位置，如图3-53所示。

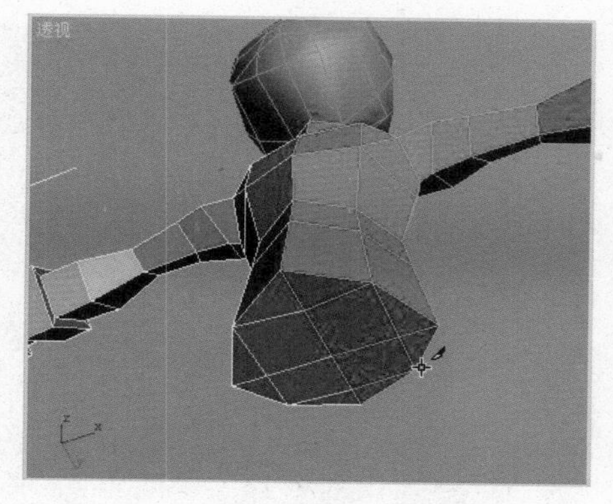

图3-52　“切割”线

图3-53　切割出“胯”的大体位置

（4）调整顶点的形状，从而形成胯部的弯曲，结果如图3-54所示。

（5）旋转透视图，然后调整顶点的位置，从而形成臀部，结果如图3-55所示。

图 3-54　调整出胯部的弯曲

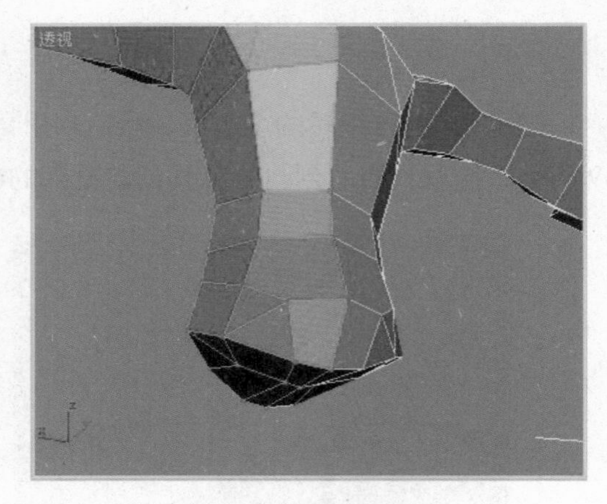

图 3-55　制作出臀部

3.1.5　制作下肢

（1）选中多边形，如图 3-56 所示。然后进行挤出处理，并适当缩放，结果如图 3-57 所示。

图 3-56　选中多边形

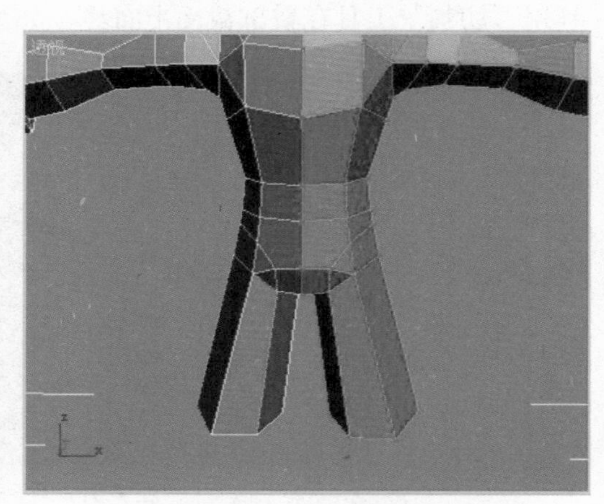

图 3-57　进行挤出处理并适当缩放

（2）利用“切割”工具继续布线，如图 3-58 所示。然后调整顶点的位置，如图 3-59 所示。

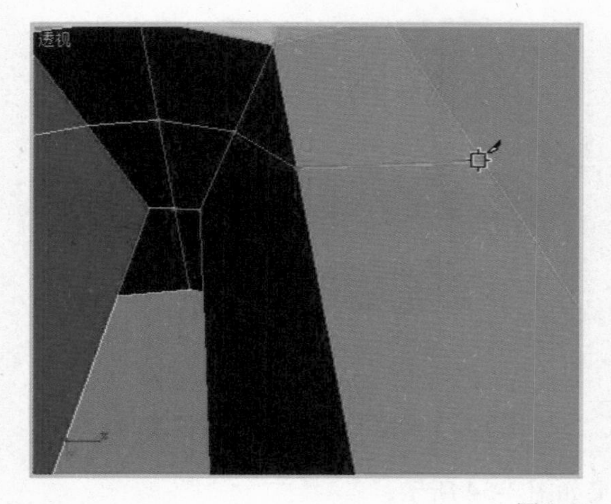

图 3-58　继续布线

（3）利用“挤出”工具对腿底部的多边形进行两次挤出，然后进行适当缩放，结果如图 3-60 所示。

图 3-59 调整顶点的位置

图 3-60 进行两次挤出并适当缩放

（4）为了节省面，利用“目标焊接”工具对相应的顶点进行焊接，结果如图 3-61 所示。

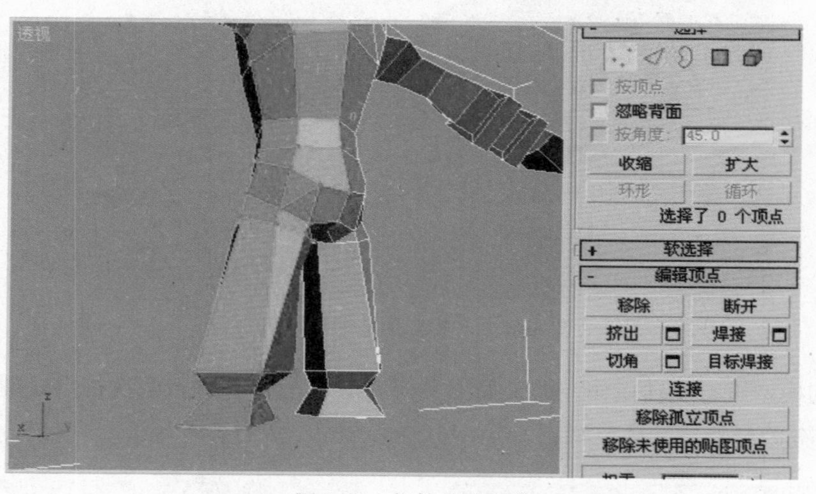

图 3-61 焊接相应顶点

（5）再次进行挤出操作。然后选中挤出的多边形，利用“分离”工具进行分离，如图 3-62 所示，结果如图 3-63 所示。

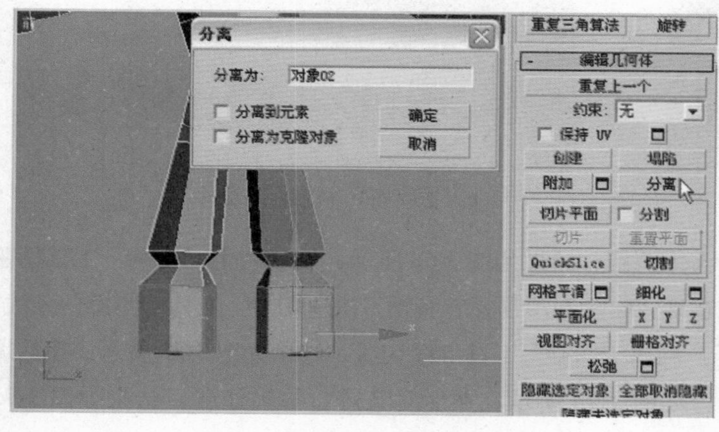

图 3-62 对挤出的多边形进行分离

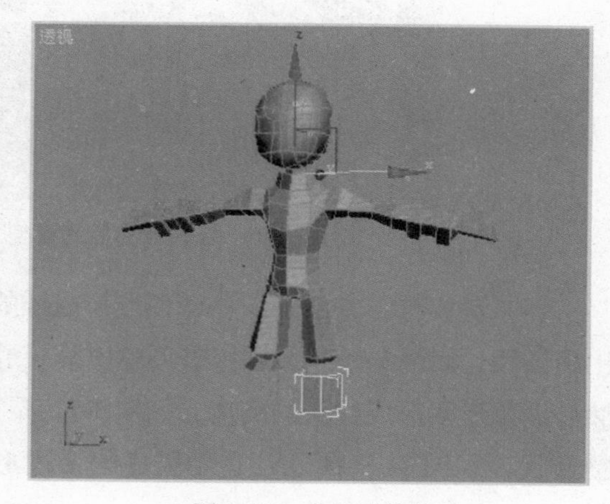

图 3-63 分离后的效果

(6) 为了便于操作，将轴心点调节到分离后的模型中央，如图 3-64 所示。

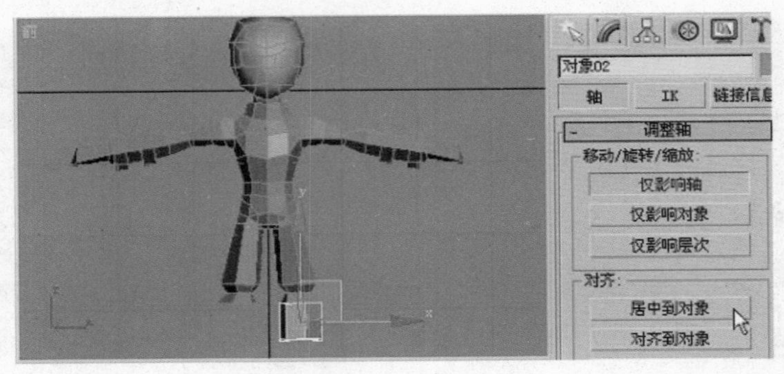

图 3-64　调整轴心点

(7) 利用“目标焊接”工具对相应顶点进行焊接操作，结果如图 3-65 所示。

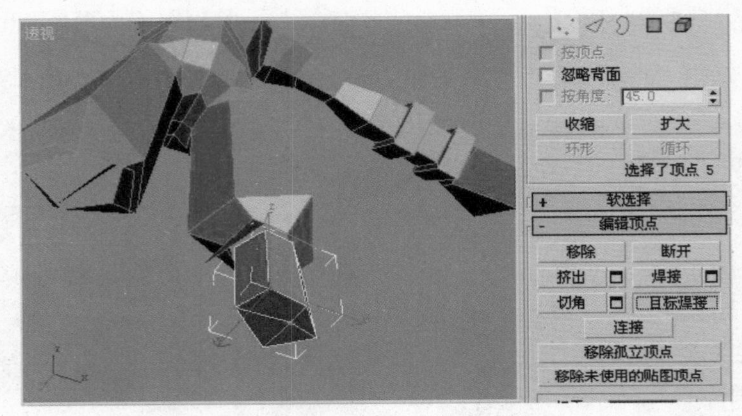

图 3-65　对相应顶点进行焊接

(8) 将分离后的模型进行旋转操作，结果如图 3-66 所示。然后再进行两次挤出处理，并进行相应的缩放，结果如图 3-67 所示。

图 3-66　旋转分离后的模型

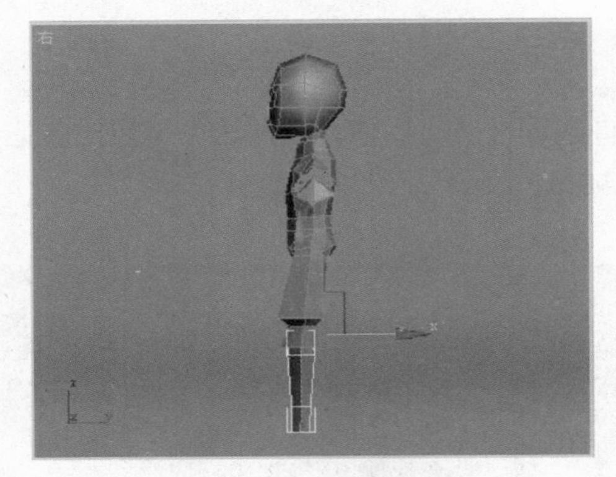

图 3-67　挤出并缩放

(9) 制作鞋。方法是：移动顶点形成鞋的大体范围，结果如图 3-68 所示；然后利用“切割”工具切割出两条线，如图 3-69 所示；接着调整出鞋头的宽度，如图 3-70 所示；利用“快速切片”工具切割出一条线，然后调整形状形成鞋头的高度，如图 3-71 所示；利用“切割”工具继续切线，结果如图 3-72 所示；然后调整形状，如图 3-73 所示；选中鞋底的多边形，如图 3-74 所示；然后对其进行挤出处理，结果如图 3-75 所示。

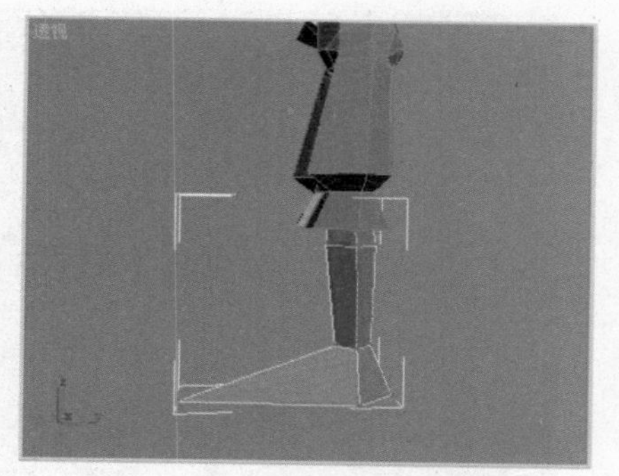
图 3-68 调整出鞋的大体范围

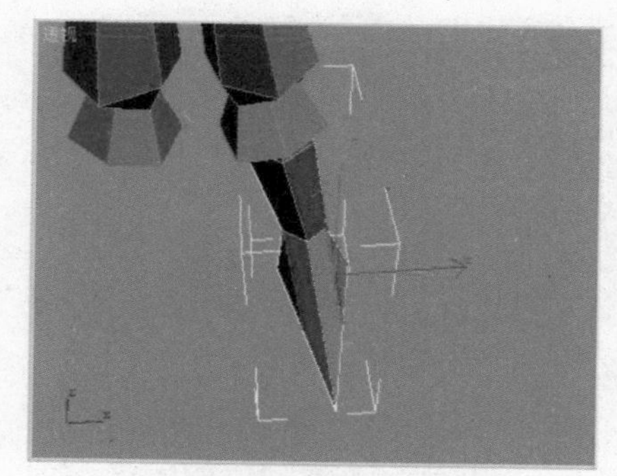
图 3-69 切割出两条线

图 3-70 调整出鞋头的宽度

图 3-71 调整出鞋头的高度

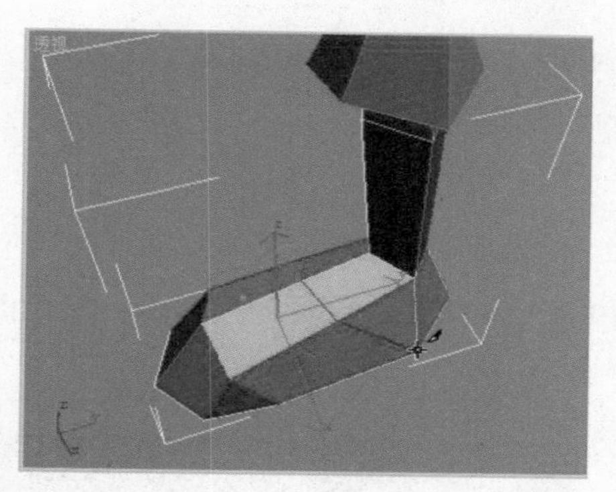

图 3-72 继续切线

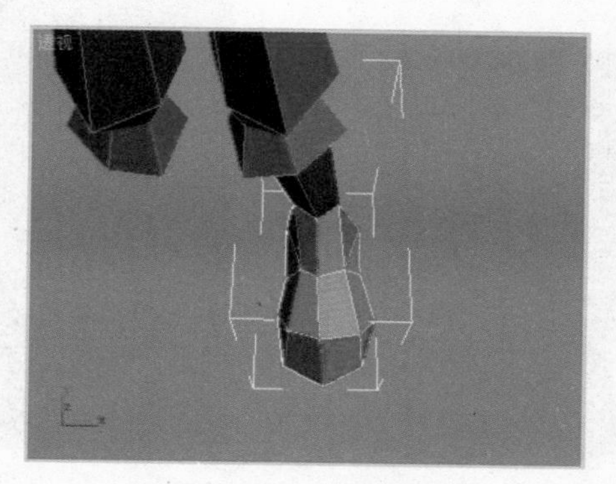
图 3-73 调整形状

（10）对腿的轴心点进行归零处理，然后利用修改器中的“对称”命令对称出另一侧的腿，结果如图 3-76 所示。

图 3-74　选中鞋底的多边形

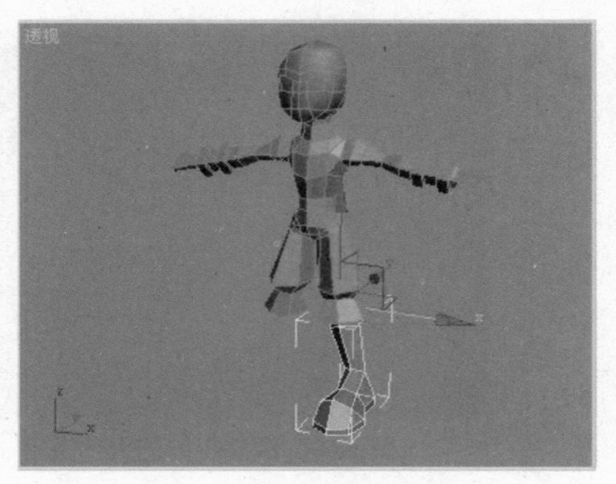

图 3-75　挤出鞋底

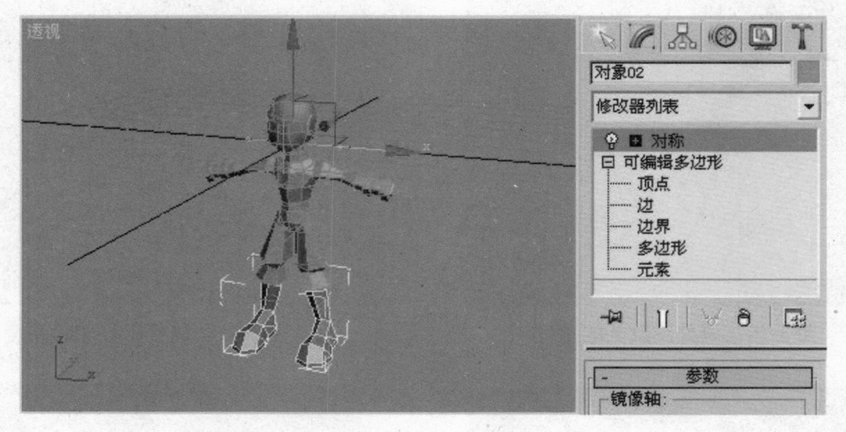

图 3-76　对称出另一侧的腿

3.1.6　制作腰带

（1）制作腰带扣。方法是：利用“平面”创建腰带扣的大体形状，如图 3-77 所示；然后调整形状使之与腰部相匹配，如图 3-78 所示。

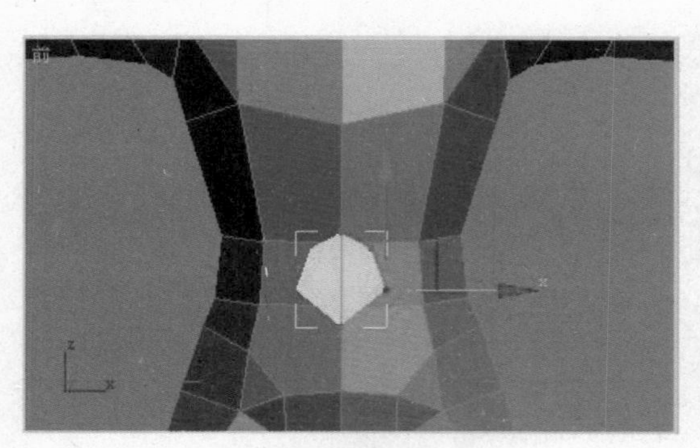

图 3-77　创建腰带扣

图 3-78　调整腰带扣的形状

（2）制作腰带上的飘带。方法是：利用“平面”制作出飘带的大体形状，如图 3-79 所示；然后利用工具镜像出另一侧的飘带，如图 3-80 所示。

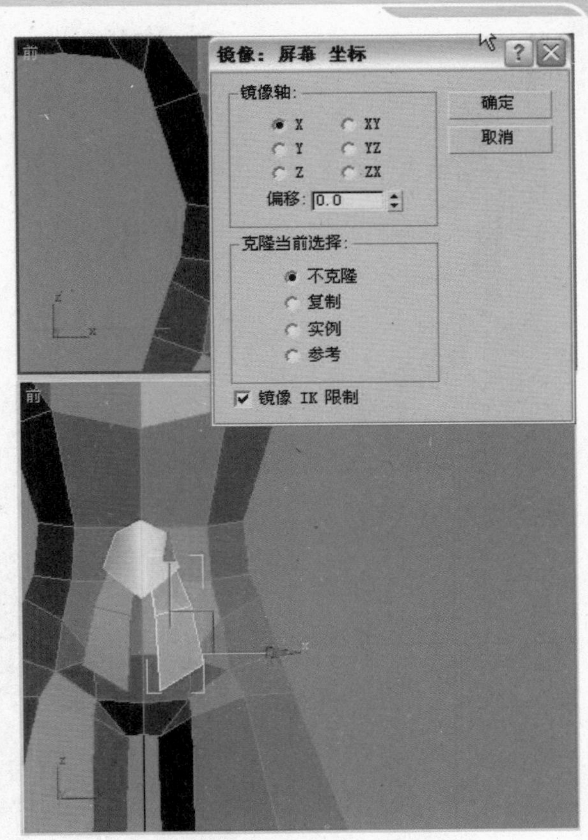

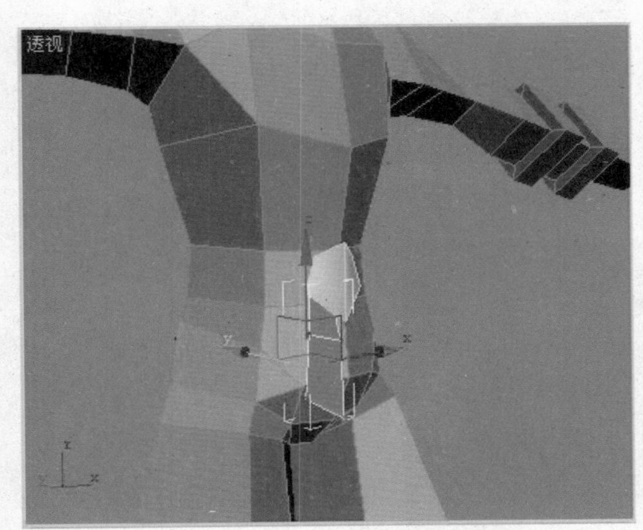

图 3-79 制作出飘带的大体形状

图 3-80 镜像出另一侧的飘带

3.1.7 制作耳朵

（1）在前视图中创建一个长方体，如图 3-81 所示。

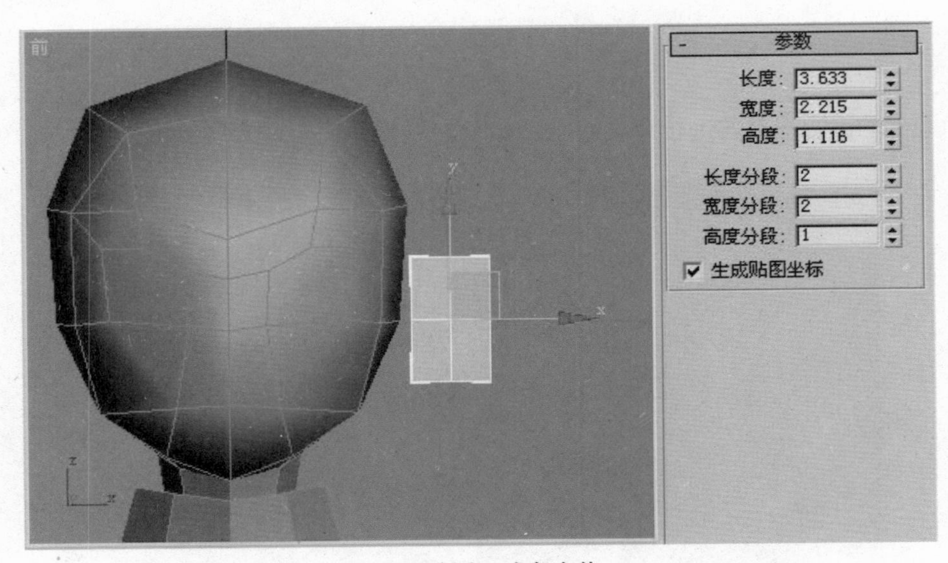

图 3-81 创建一个长方体

（2）将其转换为可编辑多边形，然后调整出耳朵的形状，如图 3-82 所示。

（3）将其移动到适当的位置，如图 3-83 所示。

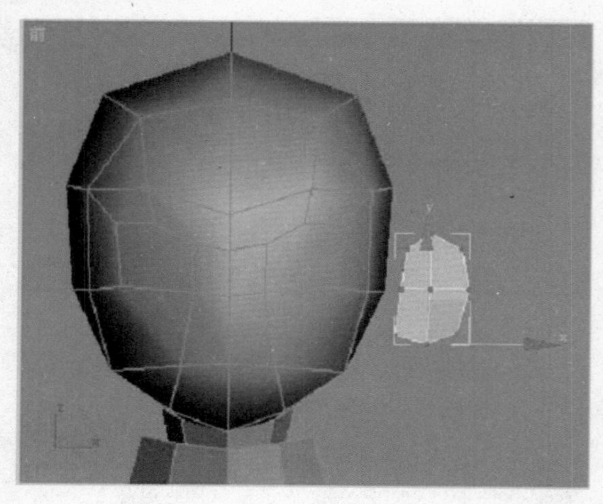

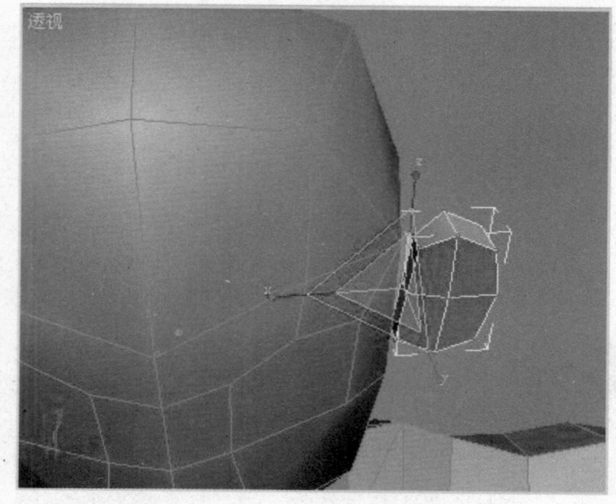

图 3-82　调整出耳朵的形状

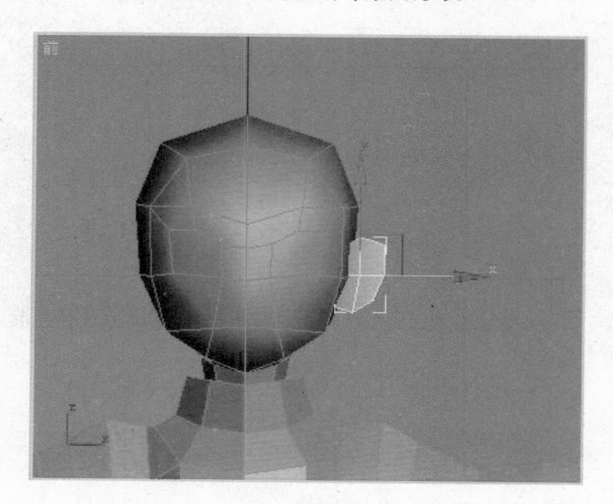

图 3-83　将耳朵放置到适当位置

3.1.8　制作头发

（1）选中颈部的多边形对其进行分离处理，如图 3-84 所示。

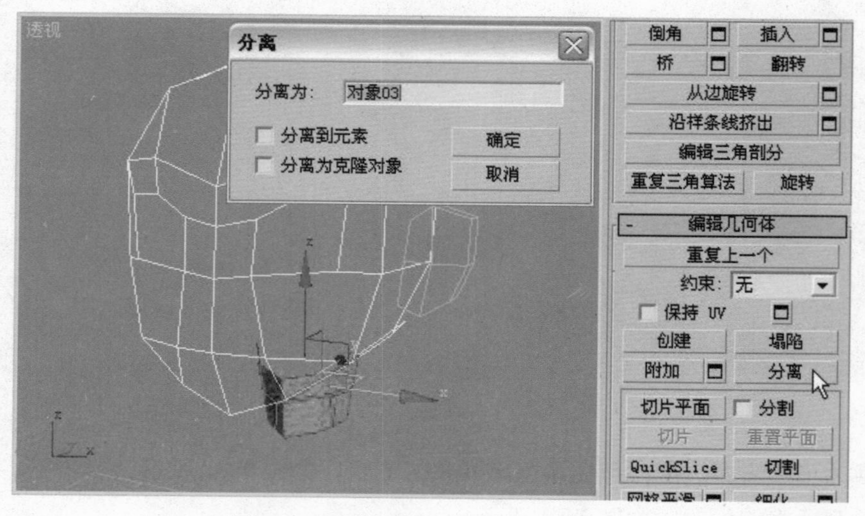

图 3-84　对颈部的多边形进行分离处理

（2）删除头部模型的一半，如图 3-85 所示，然后对称出另一半模型，如图 3-86 所示。

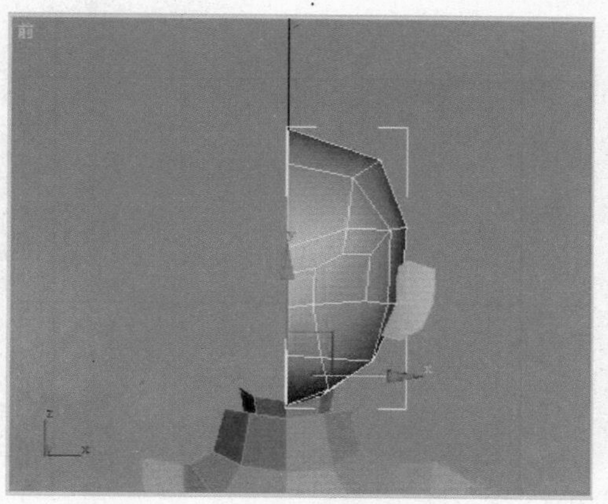

图 3-85 删除头部模型的一半

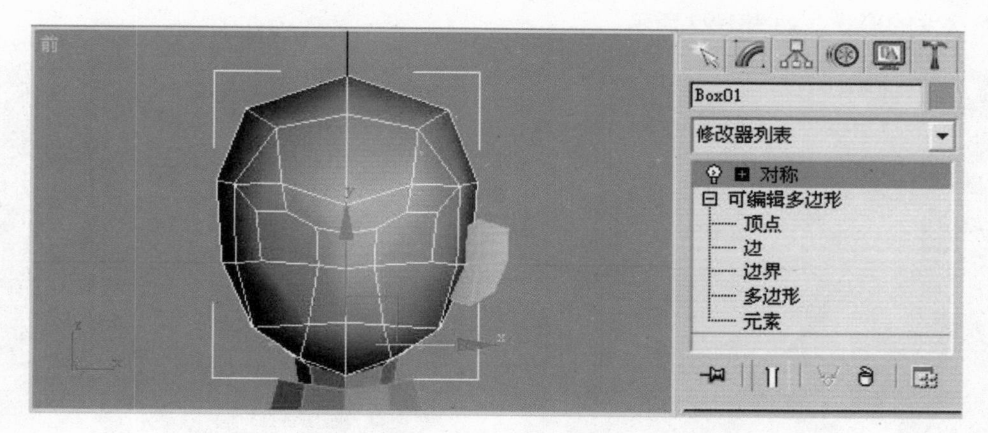

图 3-86 对称出另一半模型

（3）为了方便操作，将耳朵隐藏起来，如图 3-87 所示。

（4）利用“切割”工具切割出耳朵部分的线，如图 3-88 所示；然后将其转换为可编辑的多边形，如图 3-89 所示。

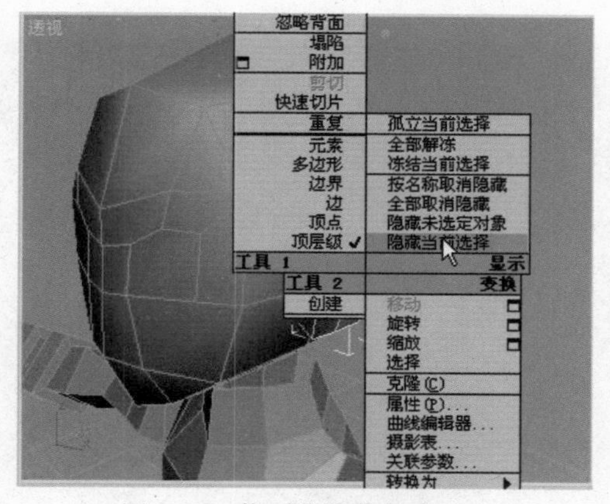

图 3-87 将耳朵隐藏起来

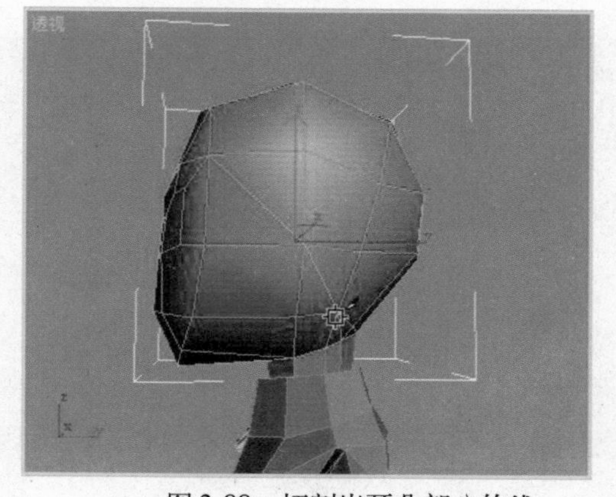

图 3-88 切割出耳朵部分的线

（5）选中头部的多边形，如图 3-90 所示，然后将其分离出来。接着通过“挤出”命令对其进行挤出处理，从而形成头发的厚度，如图 3-91 所示。

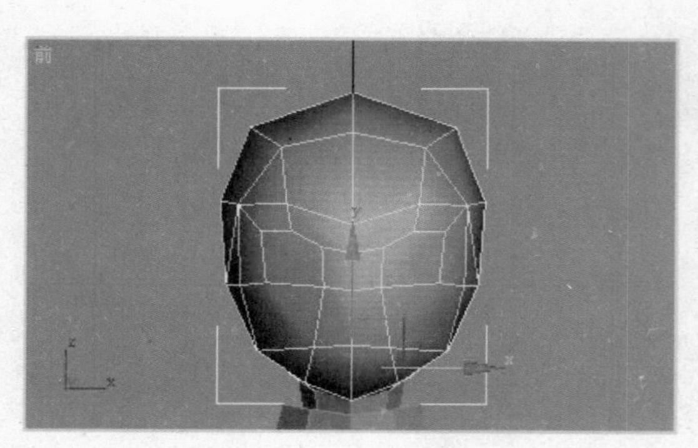

图 3-89　将其转换为可编辑的多边形

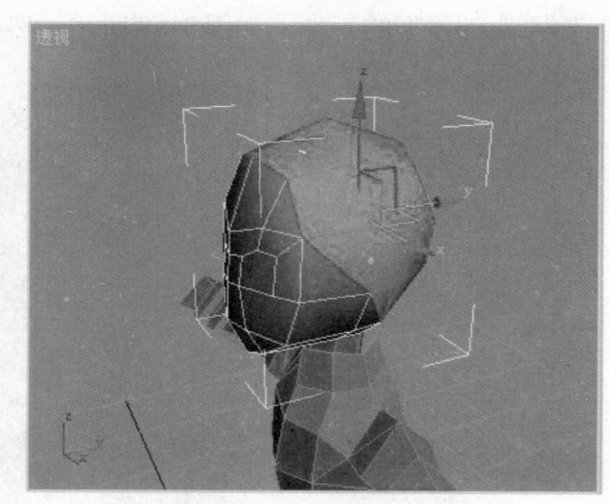

图 3-90　选中头部的多边形

（6）调整头发的形状，如图 3-92 所示。

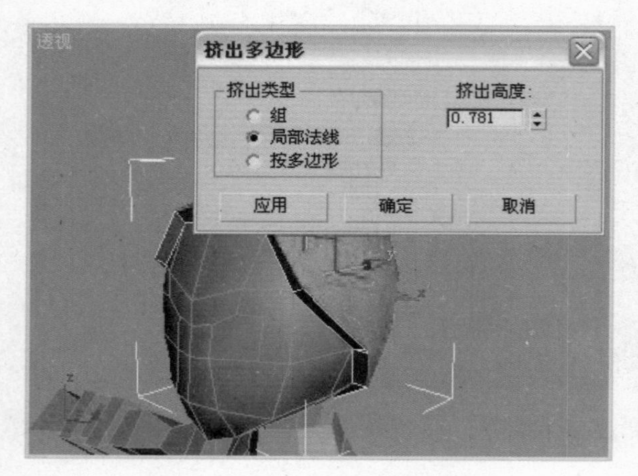

图 3-91　挤出头发的厚度

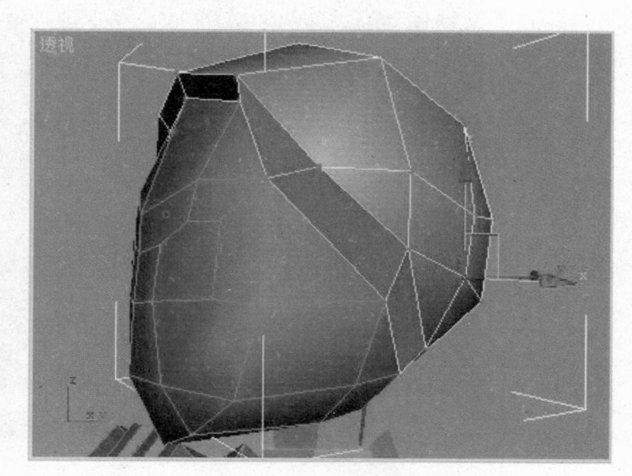

图 3-92　调整头发的形状

（7）选中头发前部的多边形，如图 3-93 所示，然后通过修改器中的“挤出”命令按多边形方式对其进行挤出处理，如图 3-94 所示。

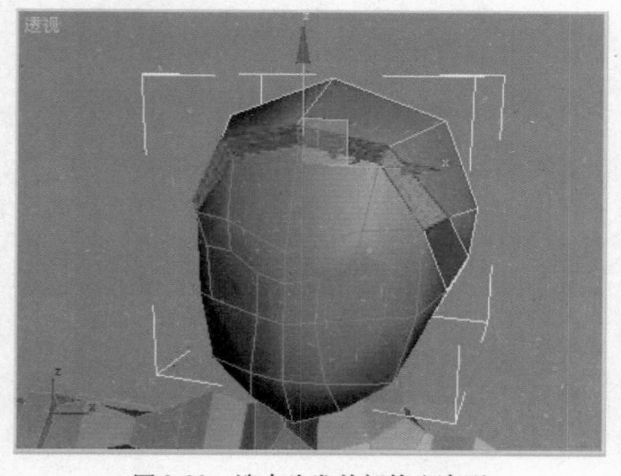

图 3-93　选中头发前部的多边形

图 3-94　挤出后的效果

（8）将挤出后的多边形前部顶点进行塌陷，结果如图 3-95 所示。

图 3-95 塌陷后的效果

（9）根据头发调整形状，如图 3-96 所示。

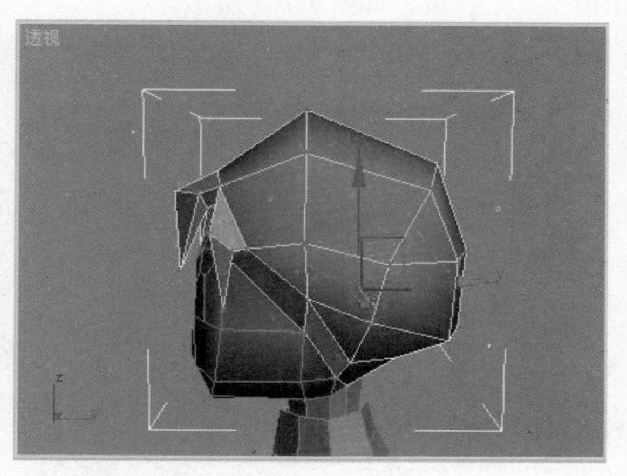

图 3-96 调整头发的形状

（10）将耳朵显现出来，然后通过修改器中的“对称”命令对称出另一侧的耳朵，结果如图 3-97 所示。

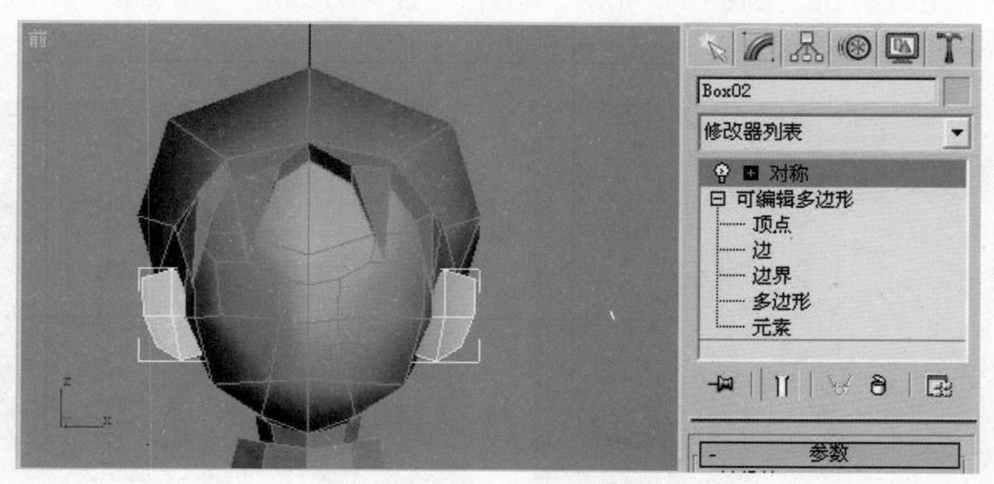

图 3-97 对称出另一侧的耳朵

（11）制作头发的中缝。方法是：通过“切割”工具切割出头发的中缝，如图 3-98 所示；然后调整顶点的位置，如图 3-99 所示。

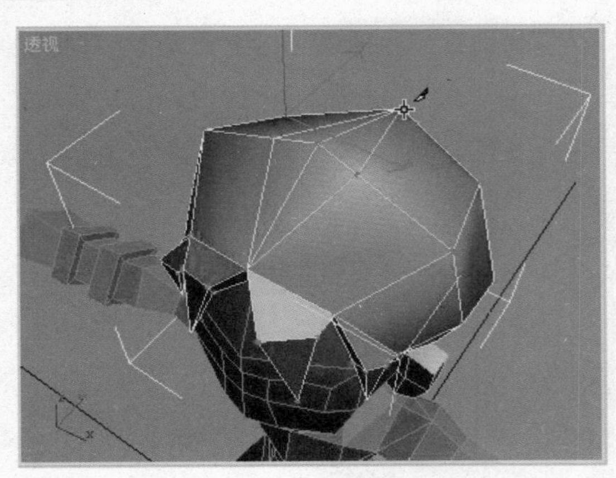

图 3-98　切割出头发的中缝

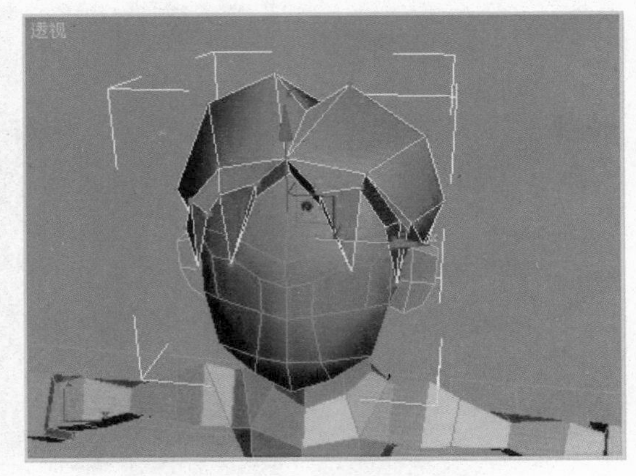

图 3-99　调整顶点位置

（12）将模型各个部分结合成一个整体，如图 3-100 所示。然后制作出头发顶部的 3 缕竖起的头发，接着赋予模型一个材质，如图 3-101 所示。

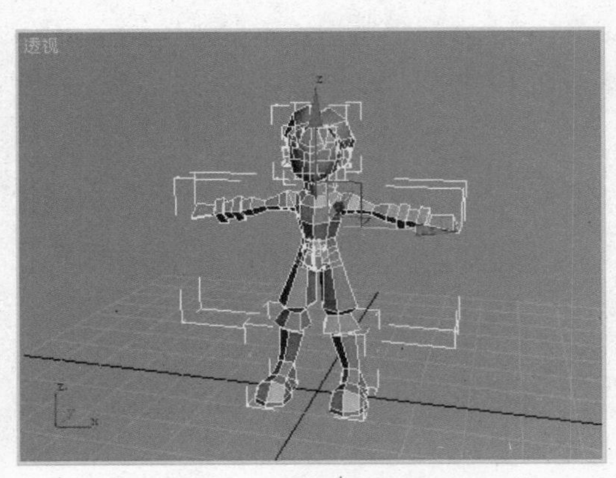

图 3-100　将模型结合成一个整体

图 3-101　制作竖起的头发并赋予材质

（13）选中所有的多边形，如图 3-102 所示，然后给一个统一的光滑组。接着选中所有的顶点，对顶点进行焊接，结果如图 3-103 所示。

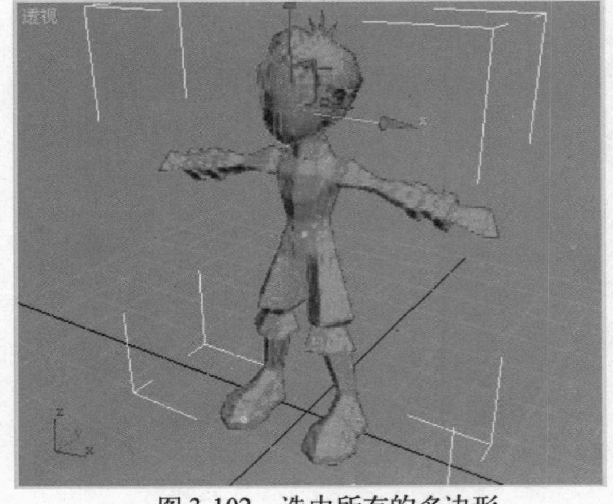

图 3-102　选中所有的多边形

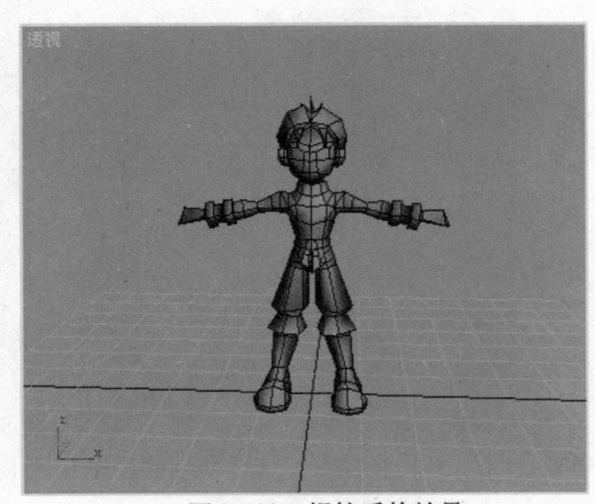

图 3-103　焊接后的效果

至此，整个男主角的模型创建完毕。

3.2　展开男主角UV

本节将根据原图对模型进行UV展开，展开UV包括分离模型和对分离后的模型分别进行UV展开两个环节。

3.2.1　将各部分的模型进行分离

（1）选中左侧耳朵的模型，如图3-104所示，然后进行删除，结果如图3-105所示。

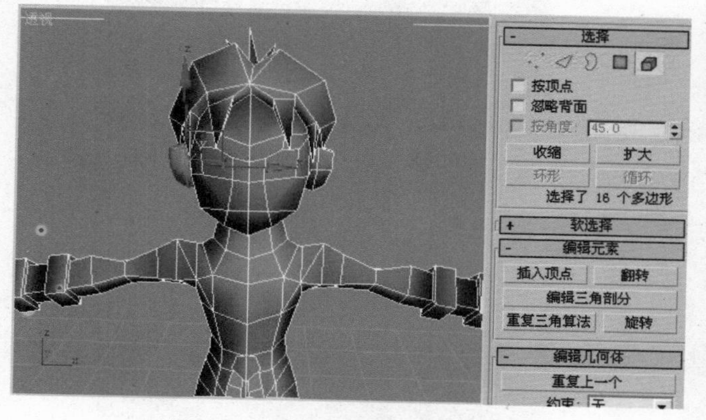

图3-104　选中左侧耳朵的模型

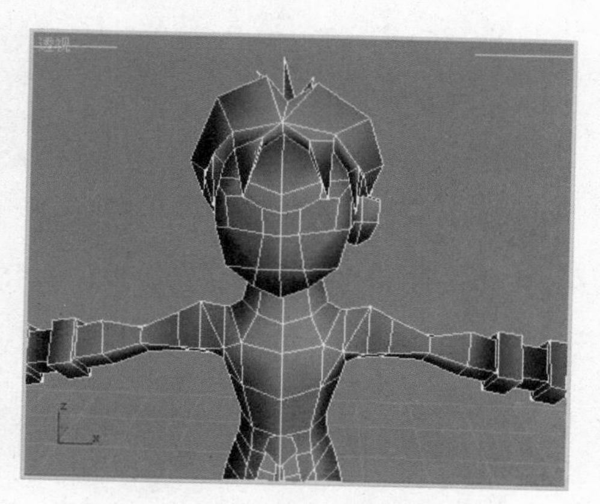

图3-105　删除左侧耳朵

（2）选中腰带扣和飘带的模型，通过分离工具进行分离，如图3-106所示。

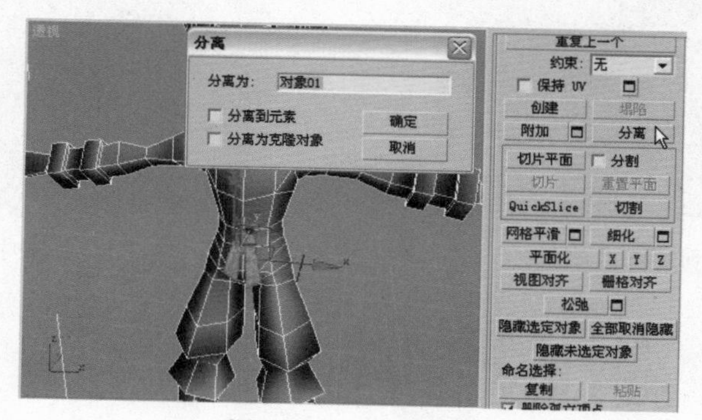

图3-106　分离腰带

（3）选中右侧耳朵，进行分离，如图3-107所示。

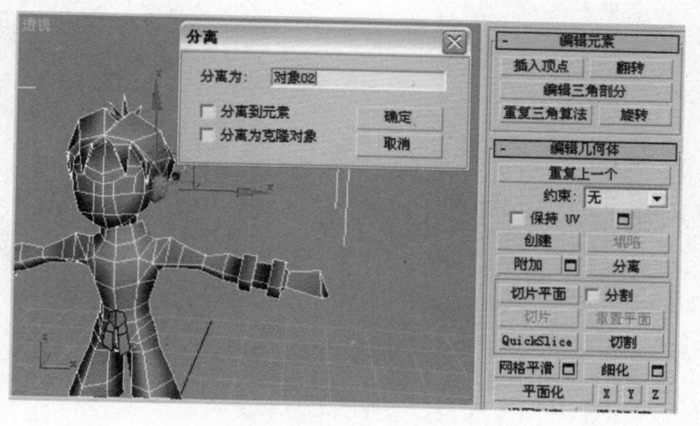

图3-107　分离右侧耳朵

（4）同理，删除左下肢的脚，并将右下肢进行分离，结果如图 3-108 所示。

（5）选中躯干左侧顶点，如图 3-109 所示，然后进行删除。

图 3-108　分离右下肢

图 3-109　选中躯干左侧顶点

（6）选中颈部的多边形，如图 3-110 所示，然后进行分离。

（7）选中脸部的多边形，如图 3-111 所示，然后进行分离。

图 3-110　选中颈部的多边形

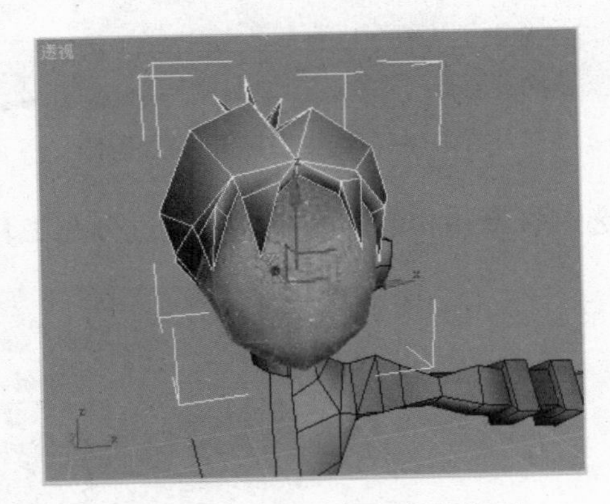

图 3-111　选中脸部的多边形

（8）选中上肢的多边形，如图 3-112 所示，然后进行分离。

（9）选中围脖的多边形，如图 3-113 所示，然后进行分离。

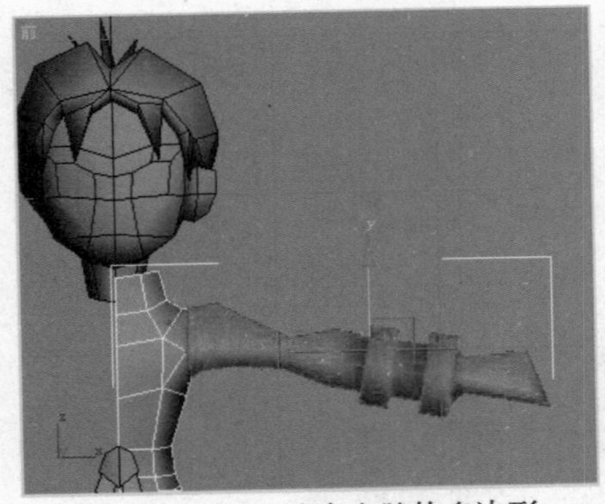

图 3-112　选中上肢的多边形

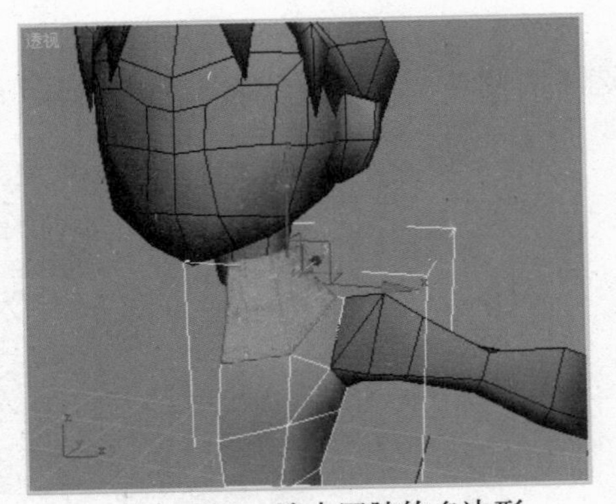

图 3-113　选中围脖的多边形

（10）选中衣服的多边形，如图 3-114 所示，然后进行分离。

（11）选中腰带的多边形，如图 3-115 所示，然后进行分离。

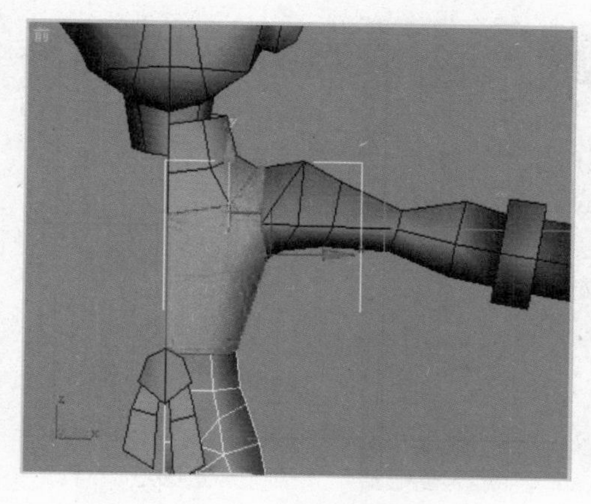
图 3-114　选中衣服的多边形

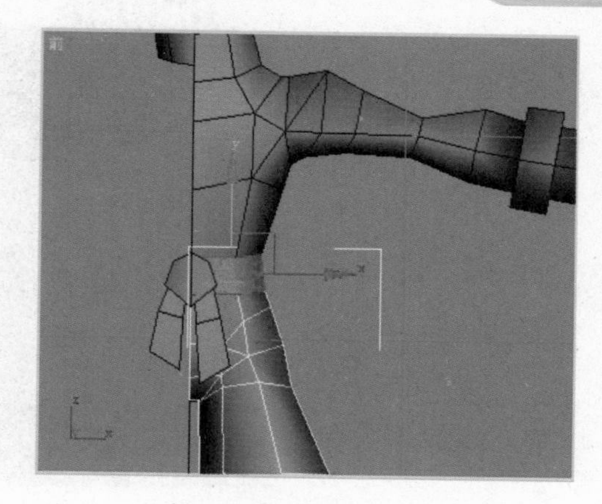
图 3-115　选中腰带的多边形

（12）选中裤腿的多边形，如图 3-116 所示，然后进行分离。

（13）选中小腿的多边形，如图 3-117 所示，然后进行分离。

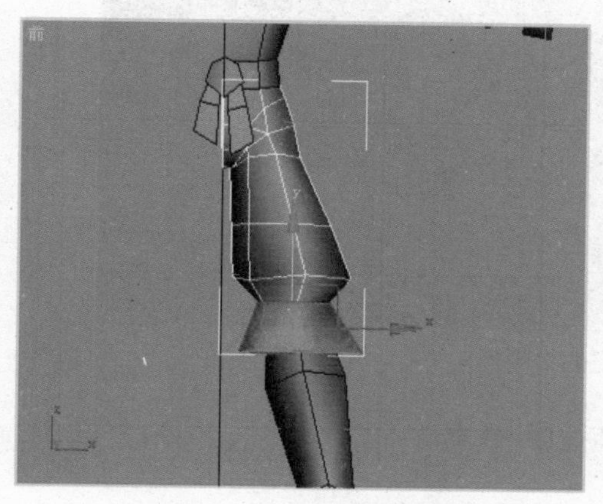
图 3-116　选中裤腿的多边形

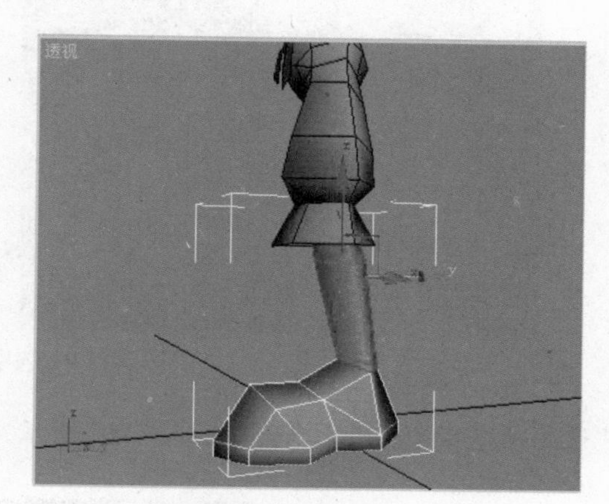
图 3-117　选中小腿的多边形

（14）选中手的多边形，如图 3-118 所示，然后进行分离。

（15）选中上臂的多边形，如图 3-119 所示，然后进行分离。

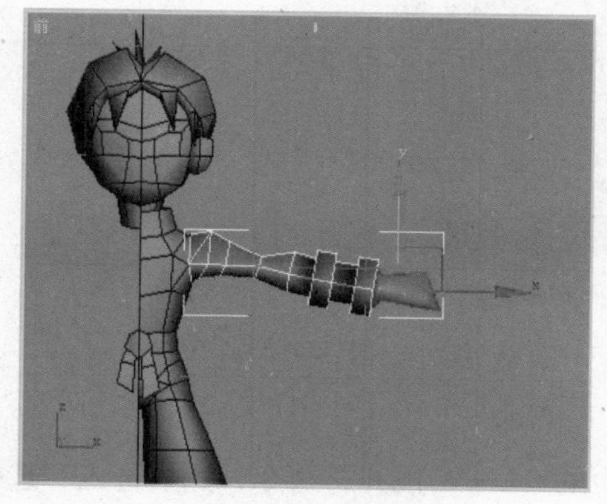
图 3-118　选中手的多边形

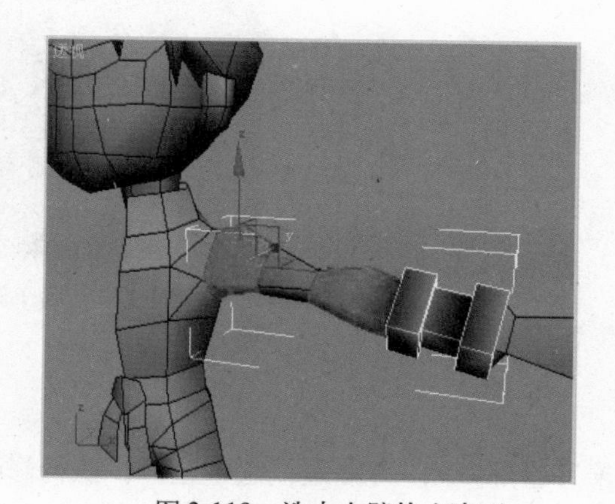
图 3-119　选中上臂的多边形

（16）选中衣服前面的多边形，如图 3-120 所示，然后进行分离。

（17）选中飘带的多边形，如图 3-121 所示，然后进行分离。

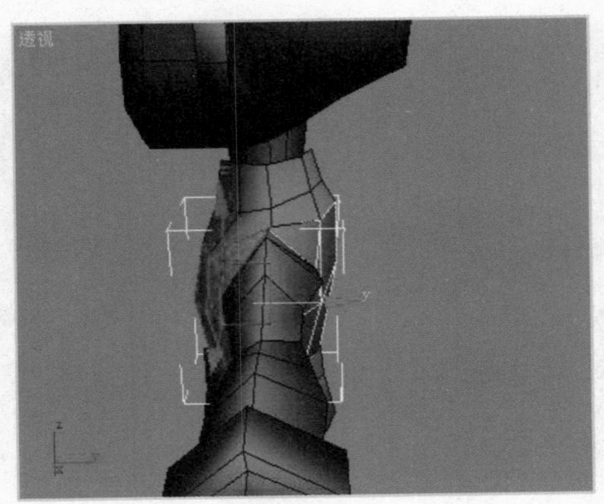

图 3-120 选中衣服前面的多边形

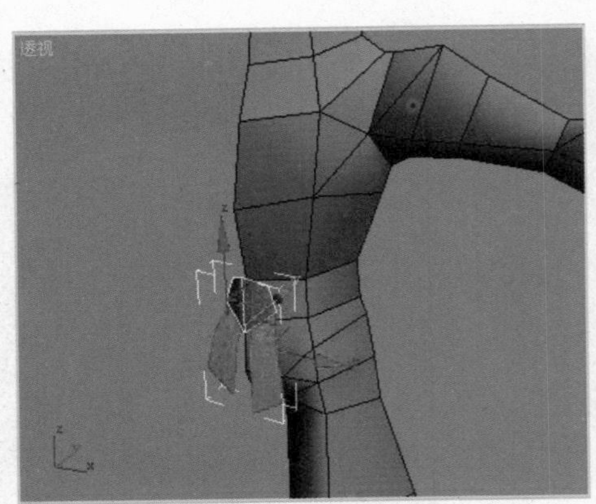

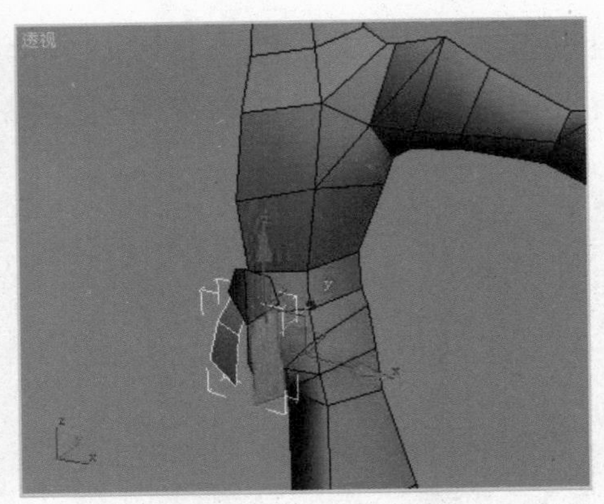

图 3-121 选中飘带的多边形

（18）选中裤子前部的多边形，如图 3-122 所示，然后进行分离。

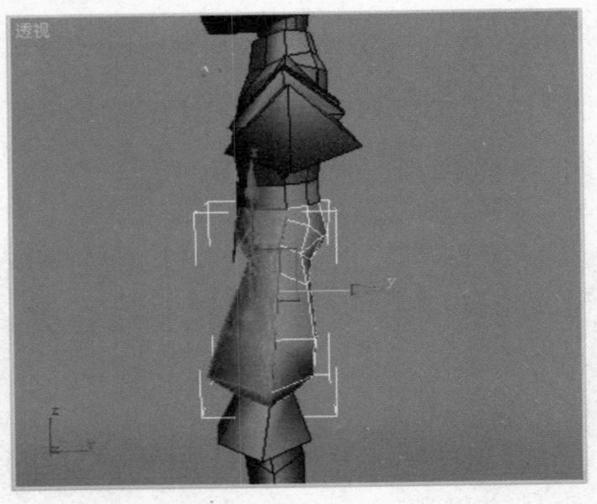

图 3-122 选中裤子前部的多边形

3.2.2 进行 UV 展开

（1）展开脸部 UV。方法是：选中脸部，执行修改器中的“UVW 展开”命令，然后进入“选择面”级别，按快捷键 Ctrl+A 全选脸部的所有面；接着单击“子对象参数”区域中的 Y 单选按钮后再单击“平面贴图”按钮，如图 3-123 示；最后单击“编辑”按钮，在弹出的“编辑 UVW”窗口中，利用“自由形式模式”按钮对脸部的 UV 进行缩放操作，如图 3-124 所示。

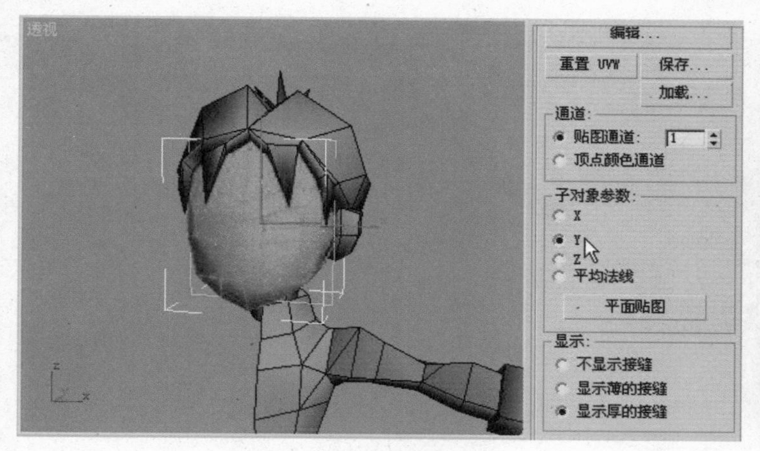

图 3-123　展开脸部的 UV

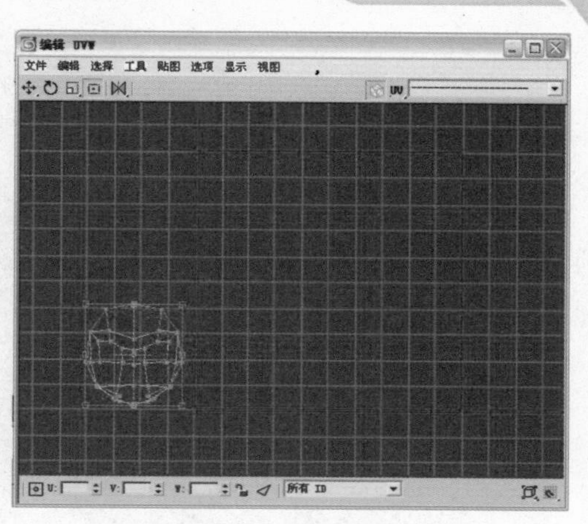

图 3-124　编辑脸部的 UV

（2）同理，展开并编辑头发的 UV，如图 3-125 所示。

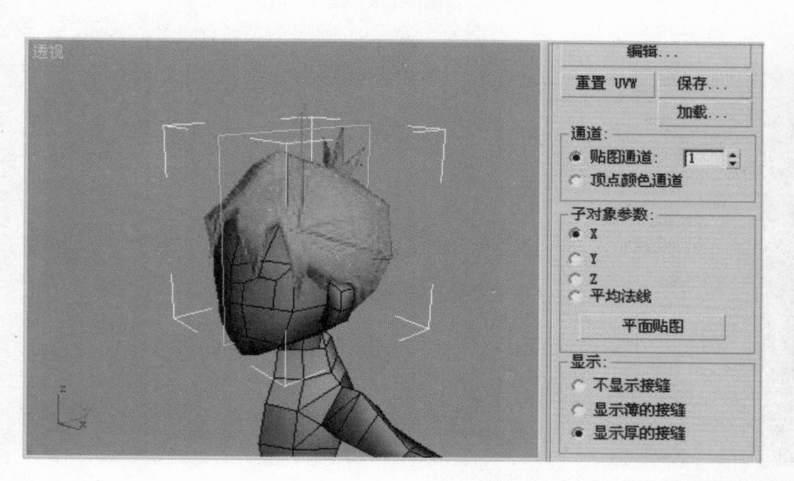

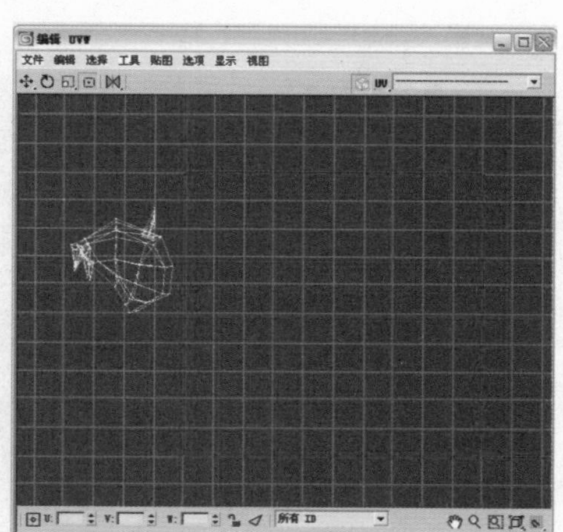

图 3-125　展开并编辑头发的 UV

（3）展开并编辑耳朵的 UV，如图 3-126 所示。

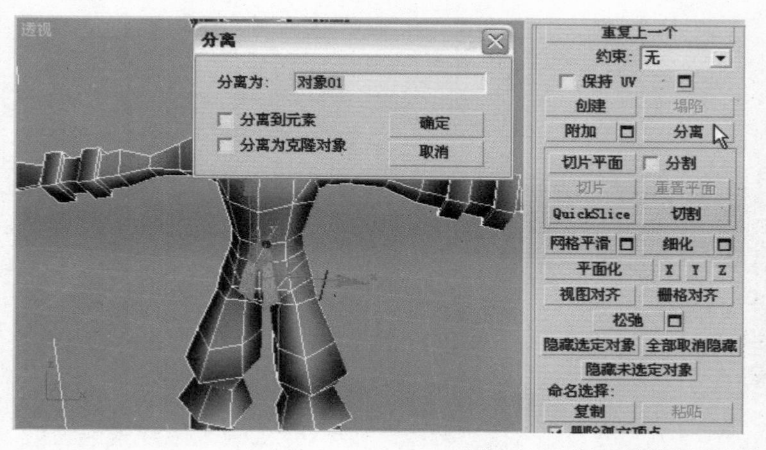

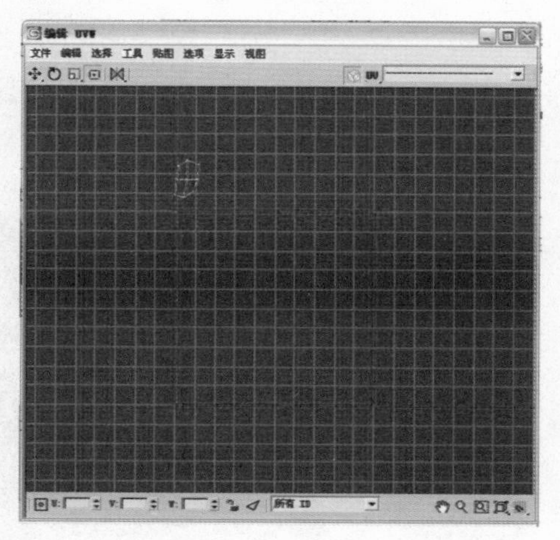

图 3-126　展开并编辑耳朵的 UV

（4）展开并编辑颈部的 UV，如图 3-127 所示。

（5）展开并编辑围脖的 UV，如图 3-128 所示。

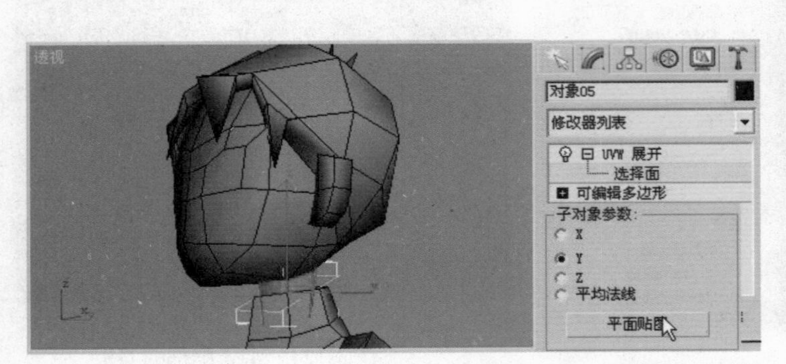

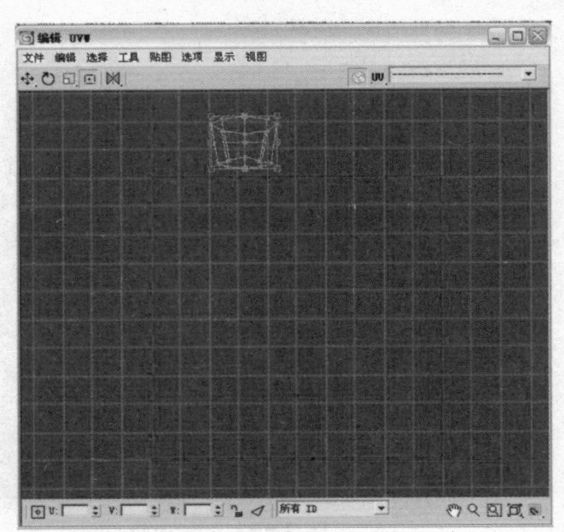

图 3-127　展开并编辑颈部的 UV

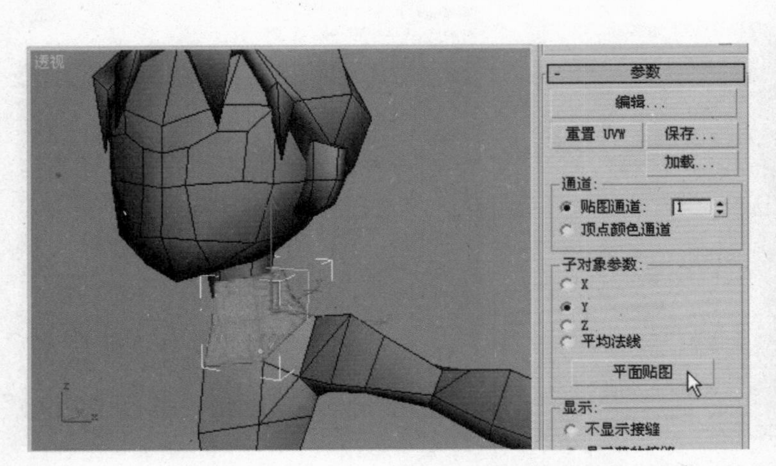

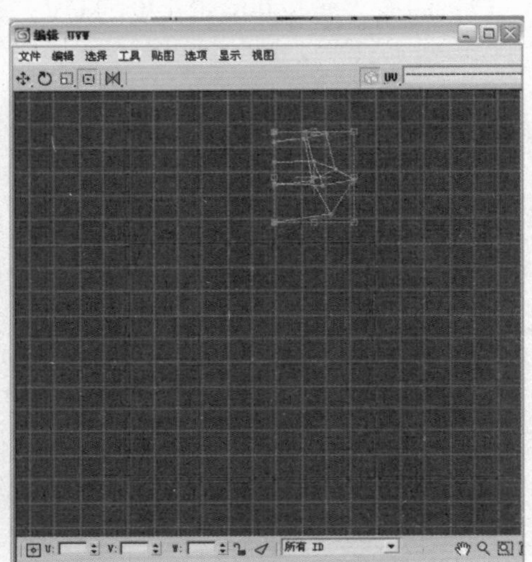

图 3-128　展开并编辑围脖的 UV

（6）展开并编辑衣服的 UV，如图 3-129 所示。

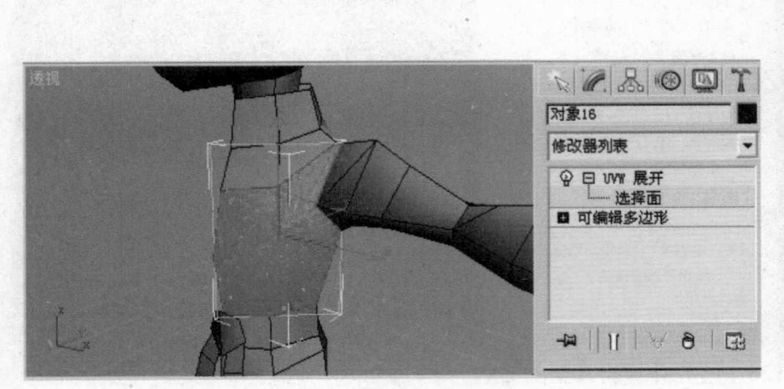

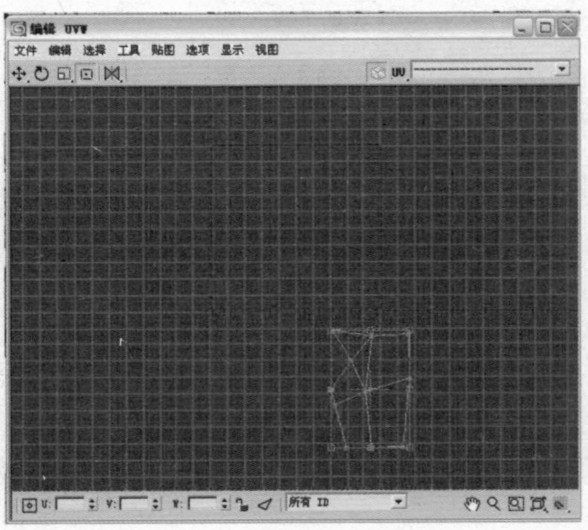

图 3-129　展开并编辑衣服的 UV

（7）展开并编辑上臂的 UV，如图 3-130 所示。

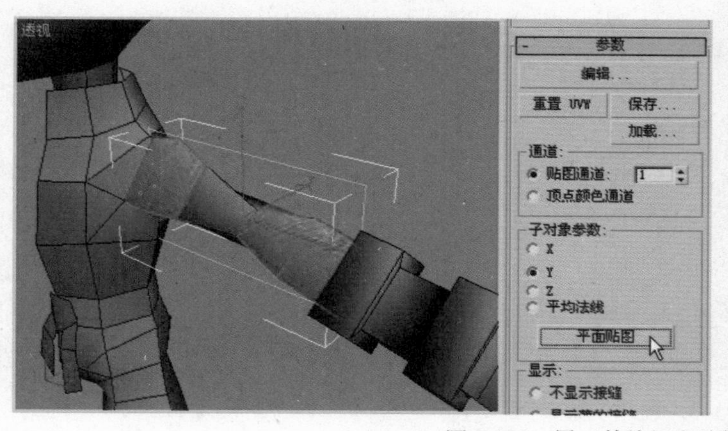

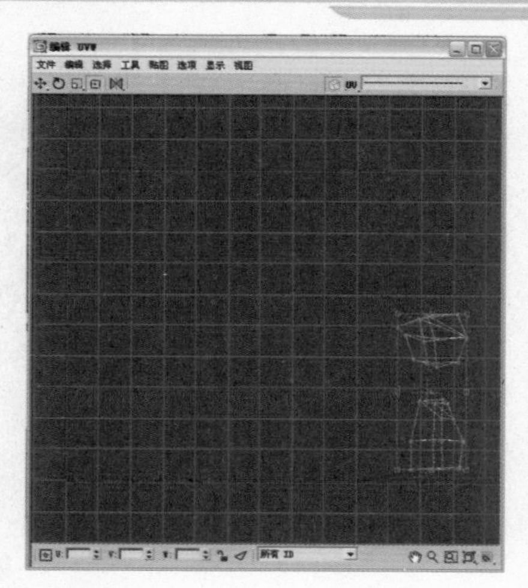

图 3-130　展开并编辑上臂的 UV

（8）展开并编辑护肩的 UV，如图 3-131 所示。

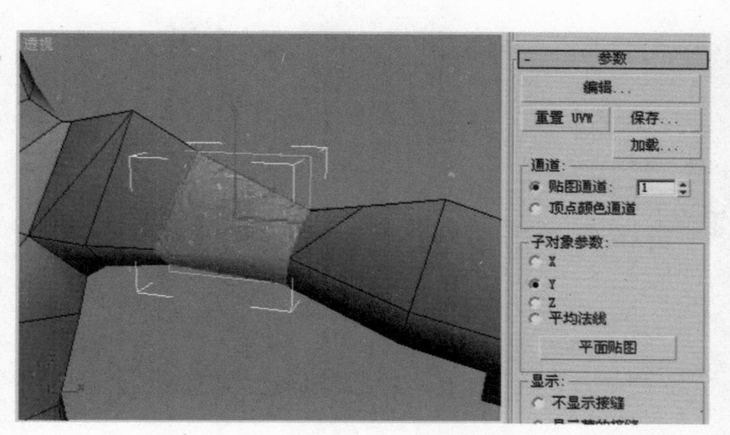

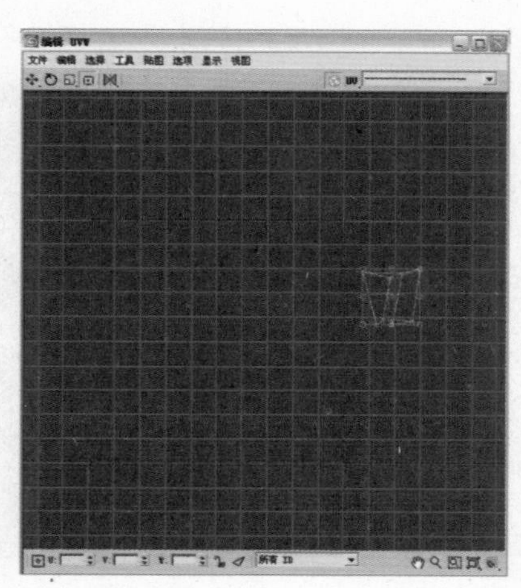

图 3-131　展开并编辑护肩的 UV

（9）展开并编辑护腕的 UV，如图 3-132 所示。

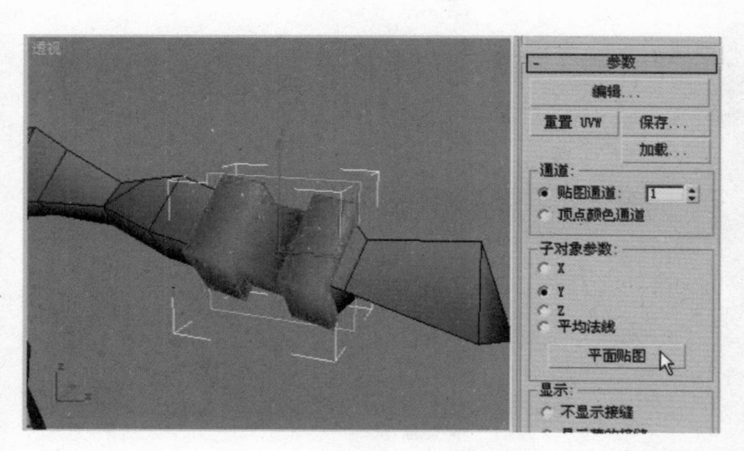

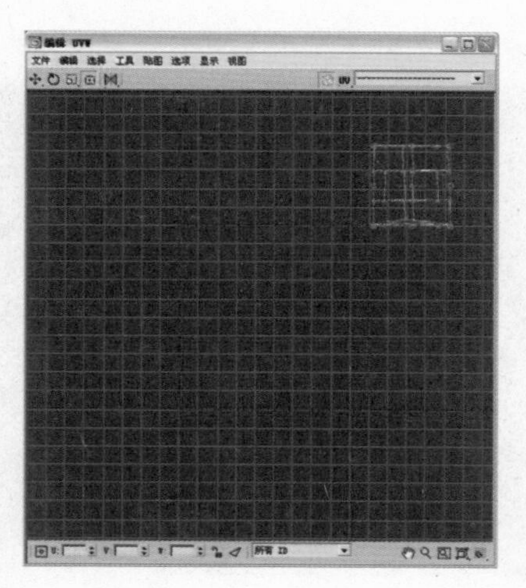

图 3-132　展开并编辑护腕的 UV

（10）展开并编辑手的 UV，如图 3-133 所示。

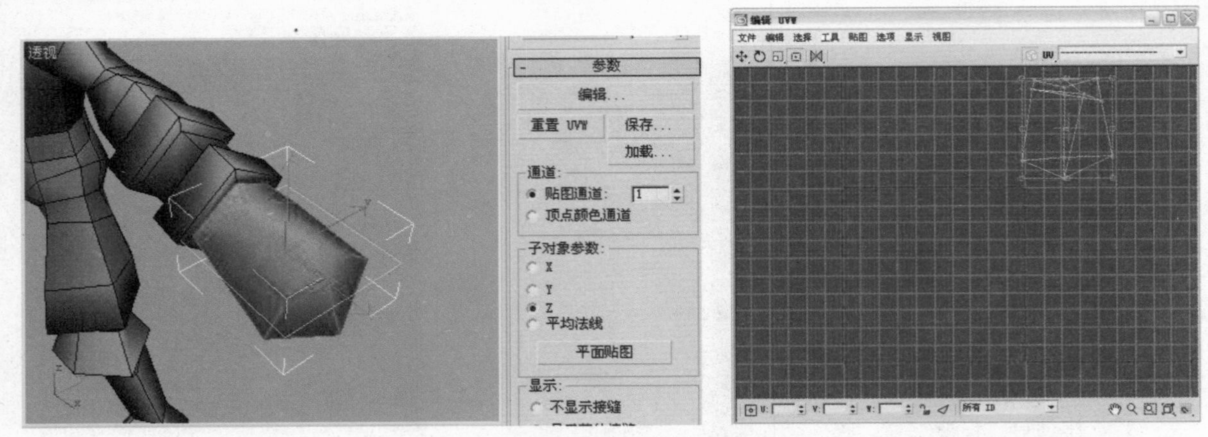

图 3-133　展开并编辑手的 UV

（11）展开并编辑腰带的 UV，如图 3-134 所示。

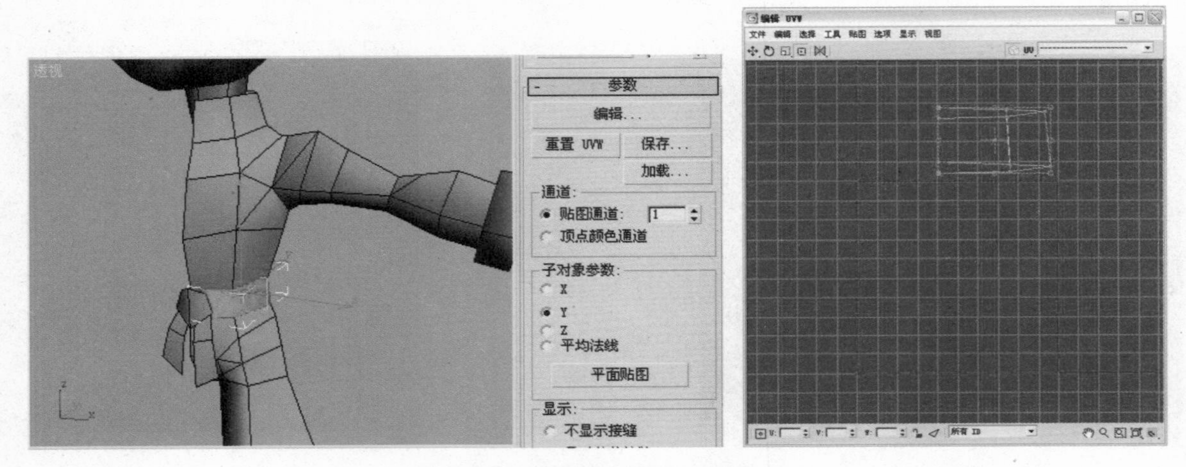

图 3-134　展开并编辑腰带的 UV

（12）展开并编辑腰带扣的 UV，如图 3-135 所示。

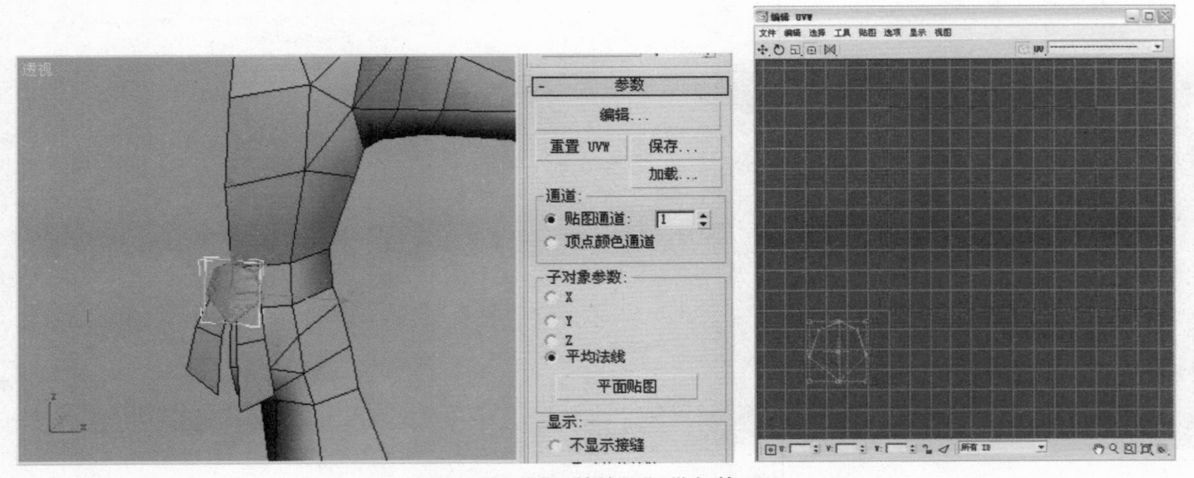

图 3-135　展开并编辑腰带扣的 UV

（13）展开并编辑左侧飘带的 UV，如图 3-136 所示。

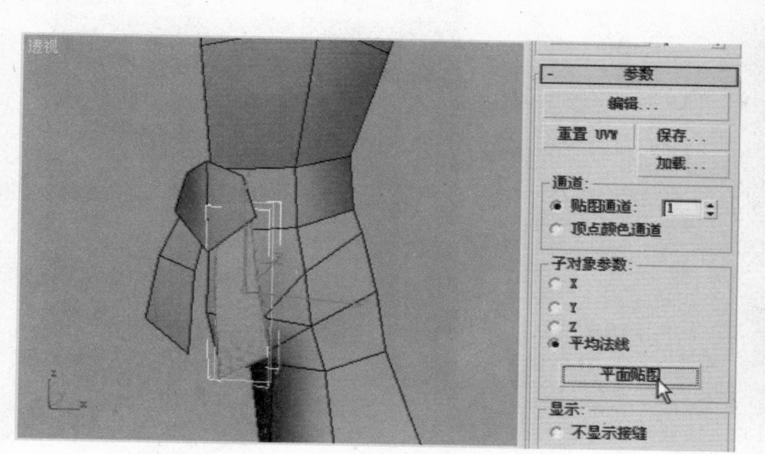

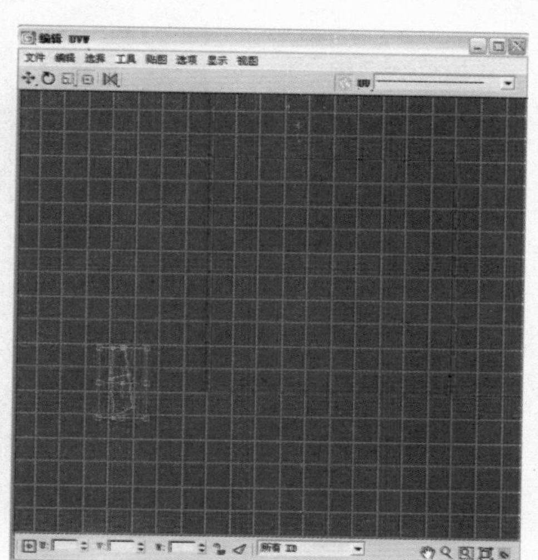

图 3-136　展开并编辑左侧飘带的 UV

（14）右击修改器中的“UVW 展开”命令，从弹出的快捷菜单中选择“复制”选项，如图 3-137 所示；然后选中右侧飘带，在修改器中进行粘贴，如图 3-138 所示。

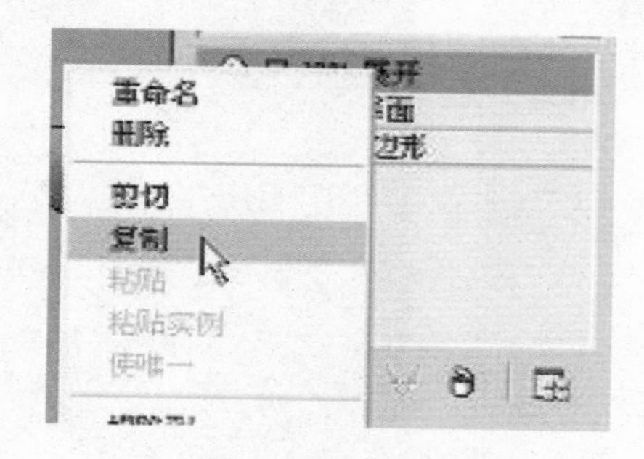

图 3-137　复制修改器

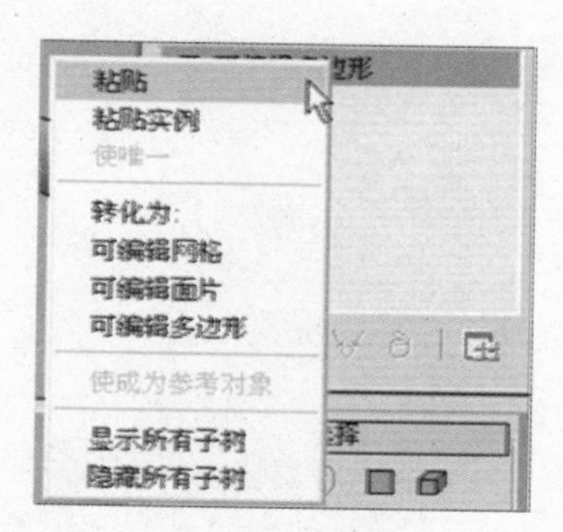

图 3-138　粘贴修改器

（15）展开并编辑裤子前面的 UV，如图 3-139 所示。

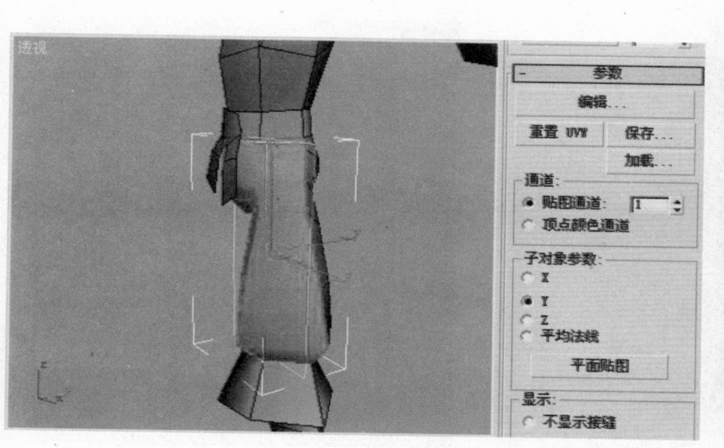

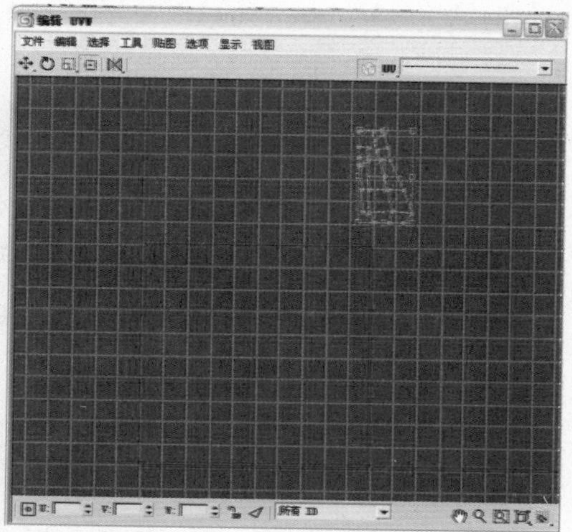

图 3-139　展开并编辑裤子前面的 UV

（16）展开并编辑裤子后面的 UV，如图 3-140 所示。

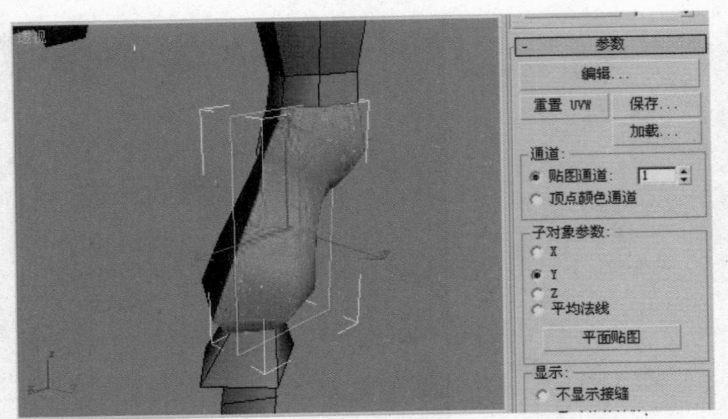

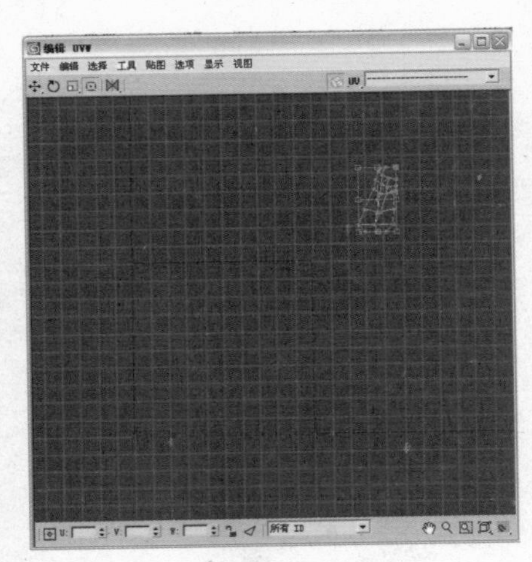

图 3-140　展开并编辑裤子后面的 UV

（17）展开并编辑裤腿的 UV，如图 3-141 所示。

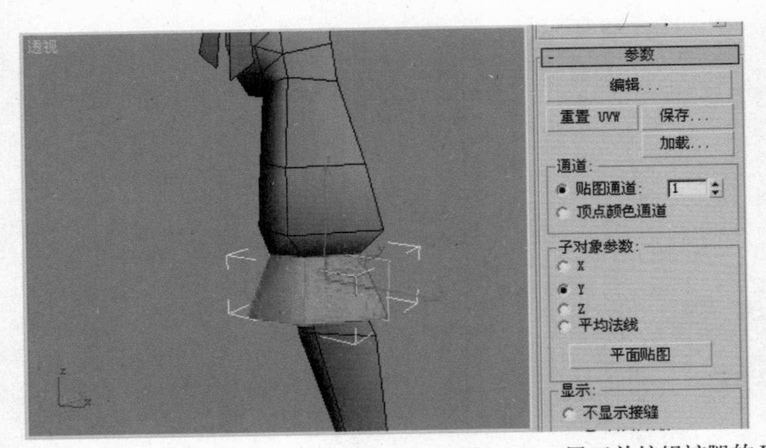

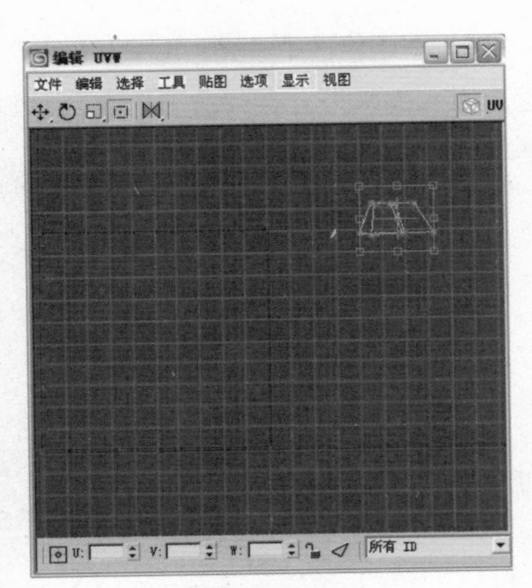

图 3-141　展开并编辑裤腿的 UV

（18）展开并编辑小腿的 UV，如图 3-142 所示。

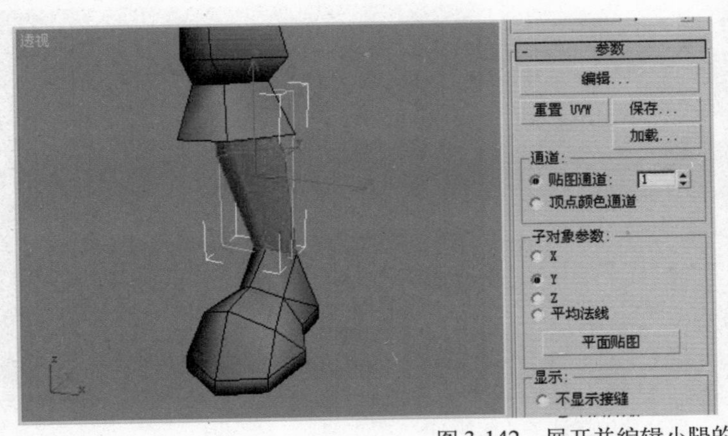

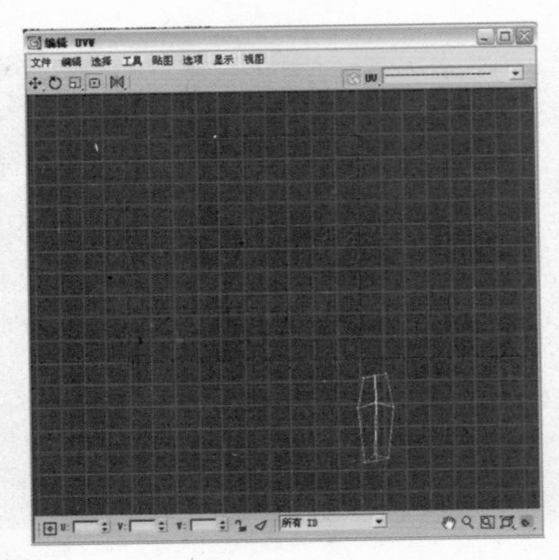

图 3-142　展开并编辑小腿的 UV

（19）展开并编辑鞋子的 UV，如图 3-143 所示。

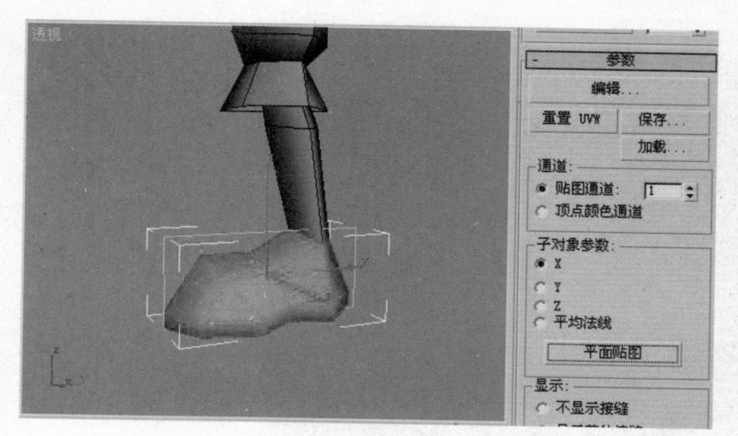
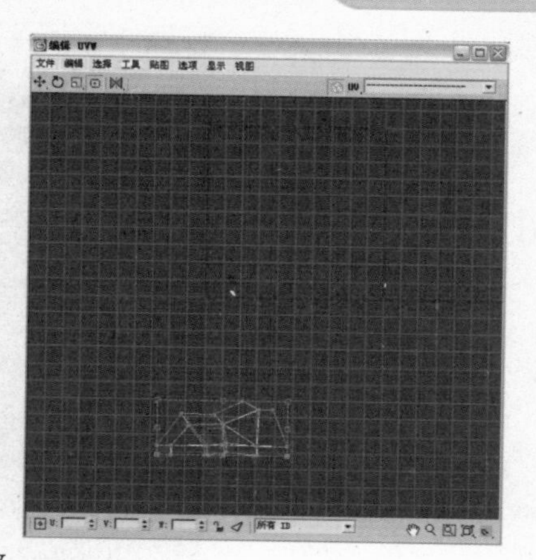

图 3-143 展开并编辑鞋子的 UV

（20）选中脸部，将其转换为可编辑的多边形，然后通过“附加”工具将所有模型结合成一个整体，如图 3-144 所示。

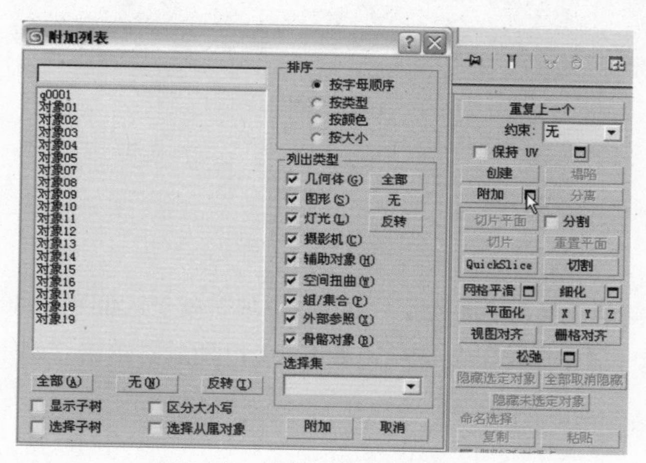

图 3-144 将模型结合成一个整体

（21）执行修改器中的“UVW 展开”命令，如图 3-145 所示；然后单击“编辑”按钮，弹出“编辑 UVW”窗口，如图 3-146 所示。

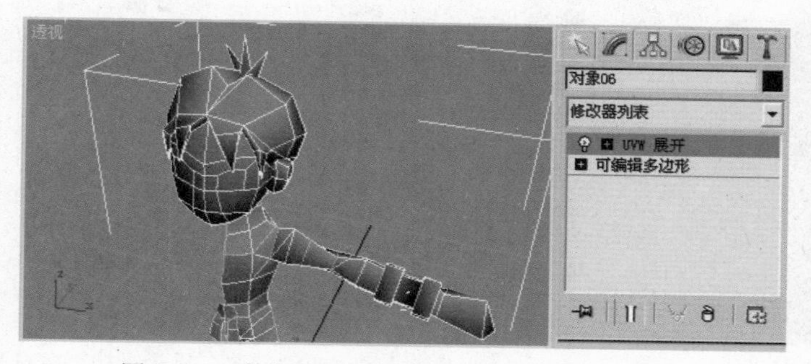

图 3-145 执行修改器中的“UVW 展开”命令

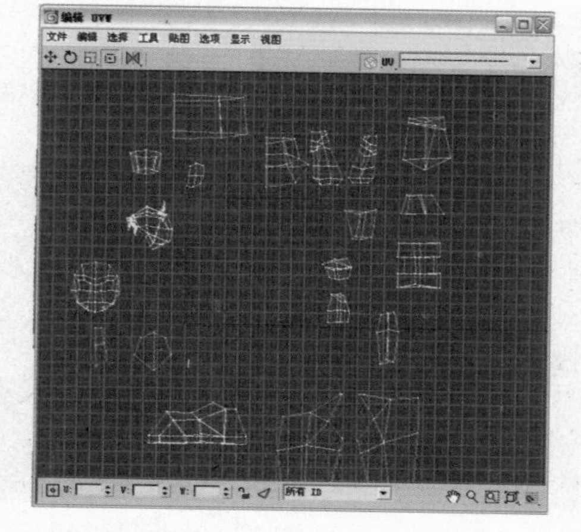

图 3-146 “编辑 UVW”窗口

（22）编辑 UV 如图 3-147 所示，使之充满矩形框。

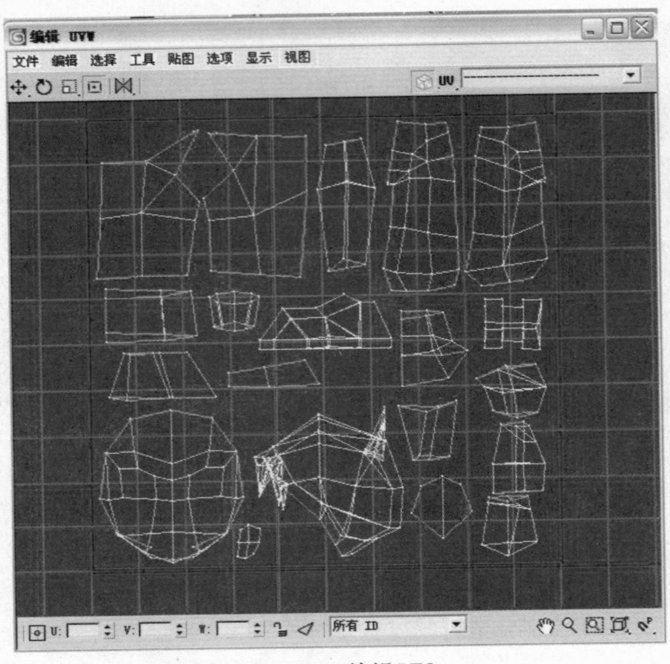

图 3-147　编辑 UV

3.3　绘制男主角贴图

（1）取消栅格显示。方法是：单击“选项”→“高级选项”命令，如图 3-148 所示；然后在弹出的“展开选项”对话框中取消勾选“显示栅格”复选项，如图 3-149 所示，单击“确定”按钮，结果如图 3-150 所示。

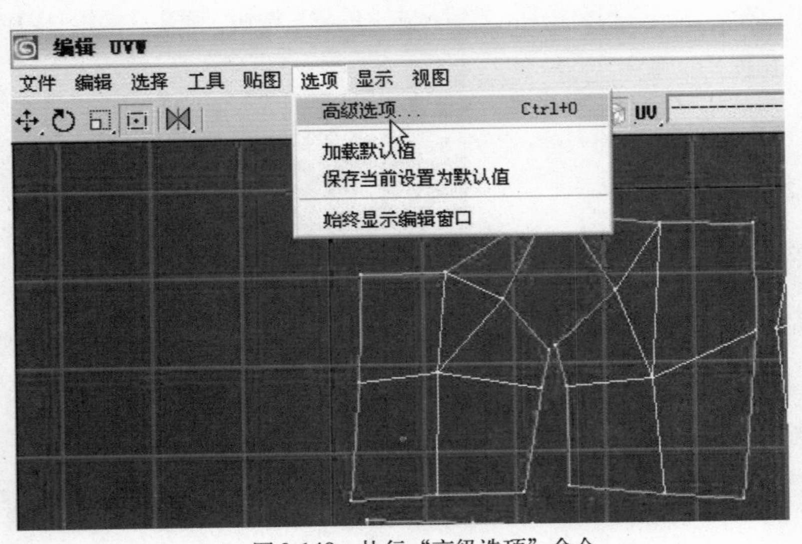

图 3-148　执行“高级选项”命令

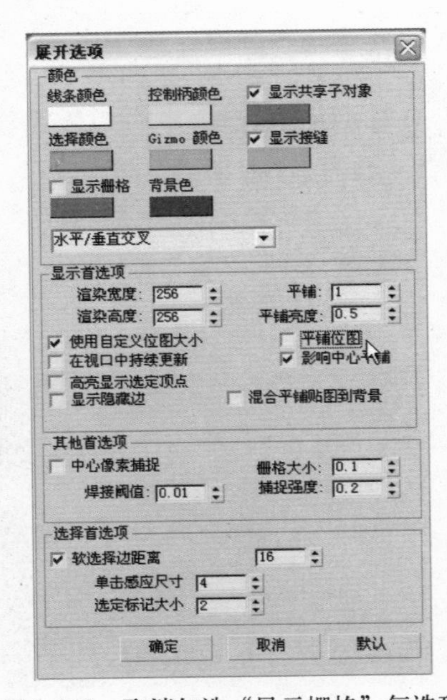

图 3-149　取消勾选“显示栅格”复选项

（2）利用 PrintScreen 键拷屏。

（3）启动Photoshop CS，单击“文件”→“新建”命令新建一个文件。接着按快捷键Ctrl+V将拷屏文件粘贴到当前文件中。最后利用工具栏中的裁切工具裁切出所需部分，结果如图3-151所示。

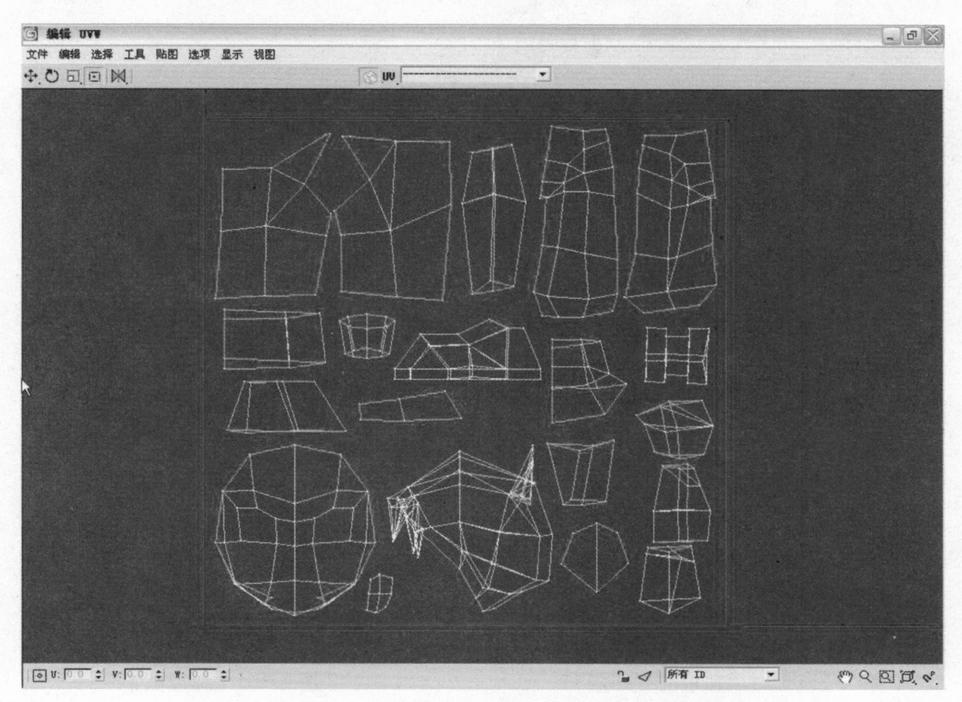

图3-150　取消“显示栅格”复选项后的效果

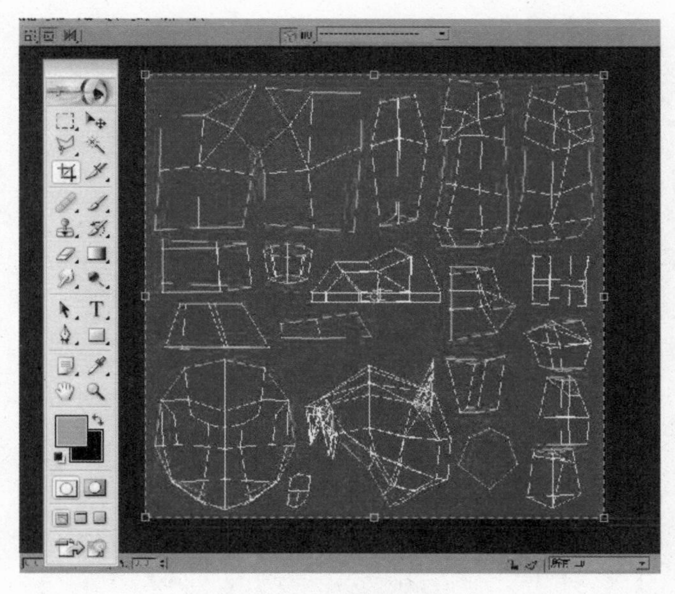

图3-151　裁切出所需区域

（4）单击“图像”→“图像大小”命令，在弹出的对话框中调整大小如图3-152所示，单击“好”按钮。

（5）新建“图层1”，然后将“背景”层命名为“图层0”并移动到“图层1”上方，如图3-153所示。接着用黑色填充“图层1”，结果如图3-154所示。

（6）单击“选择”→“色彩范围”命令提取线框，如图3-155所示。

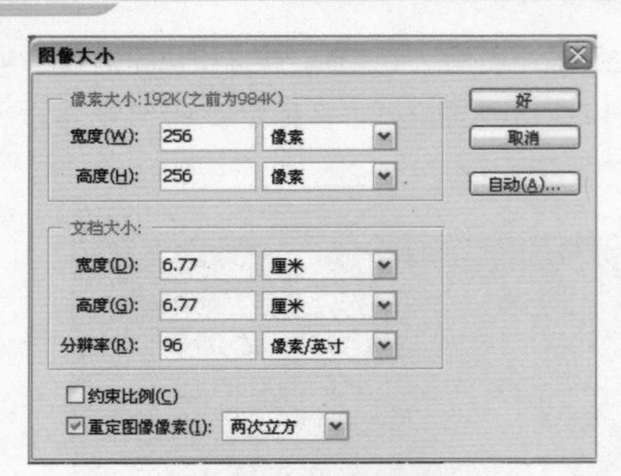

图 3-152 重新设置图像大小

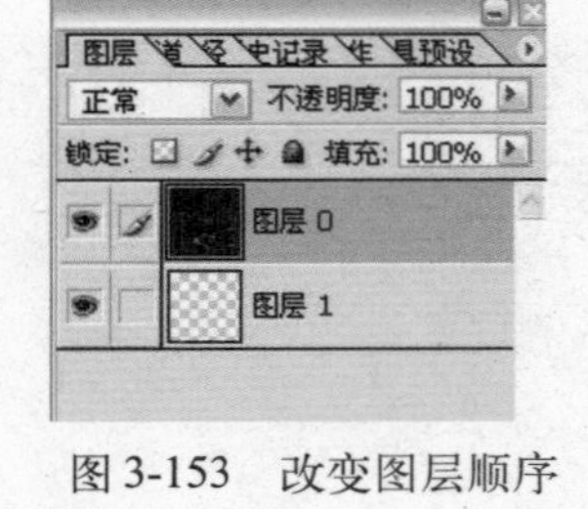

图 3-153 改变图层顺序

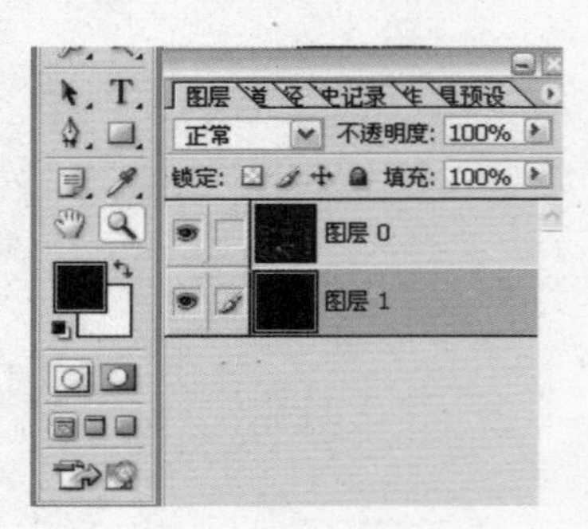

图 3-154 用黑色填充“图层 1”

图 3-155 提取线框

（7）分别新建图层，然后对每个图层进行铺底色，结果如图 3-156 所示。

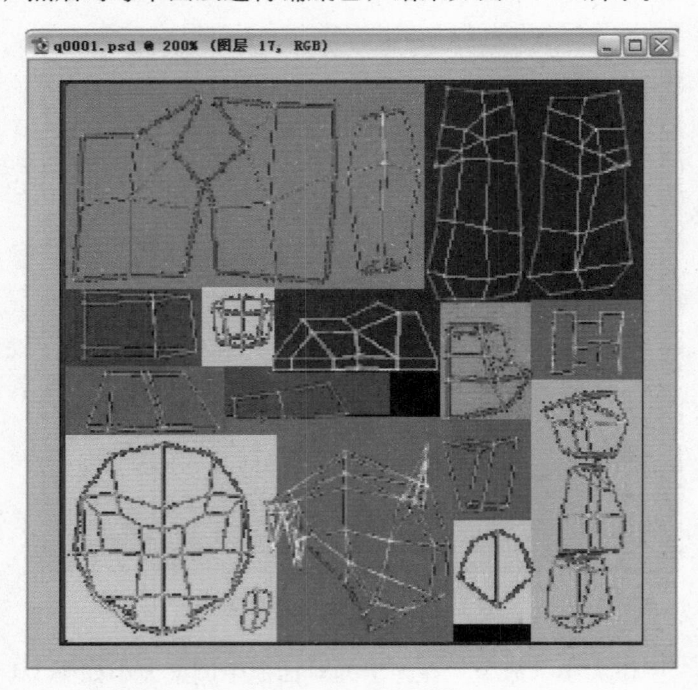

图 3-156 进行铺底色

（8）绘制脸部贴图。方法是：在脸部底色所在的“图层 2”上方新建“图层 18”，如图 3-157 所示；然后利用画笔工具根据原图进行绘制，如图 3-158 所示；新建“图层 19”，逐步绘制脸部的细节，如图 3-159 所示。

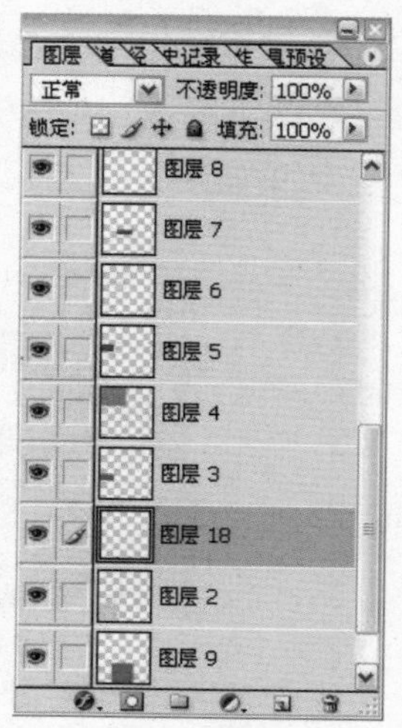

图 3-157　新建“图层 18”

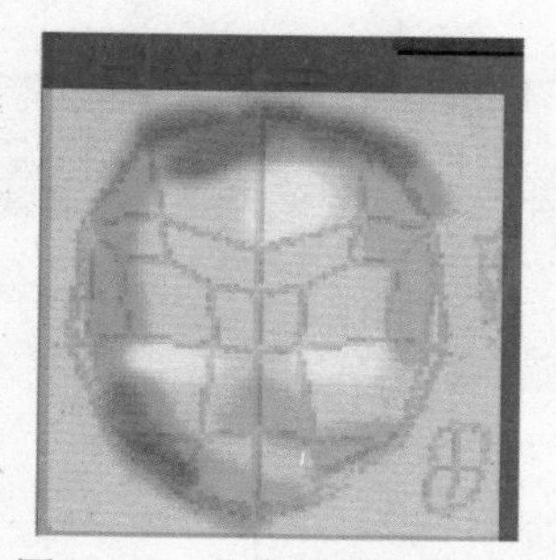
图 3-158　绘制脸部周围颜色

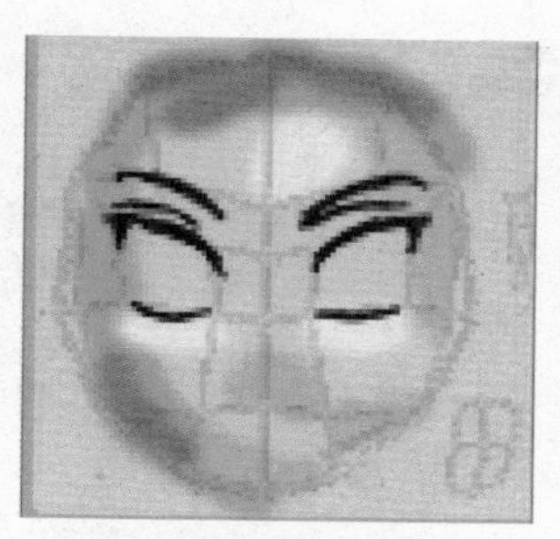
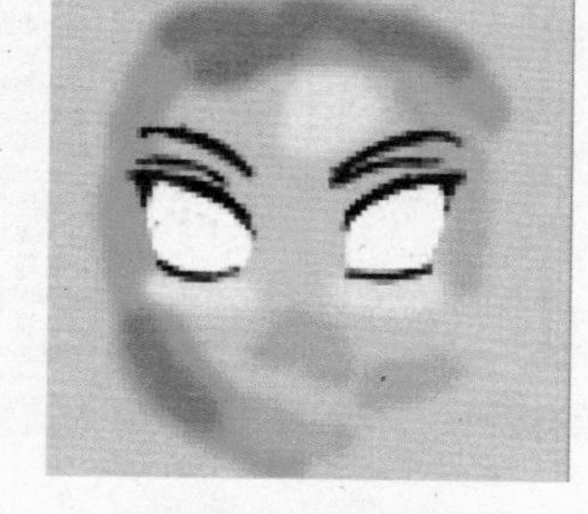
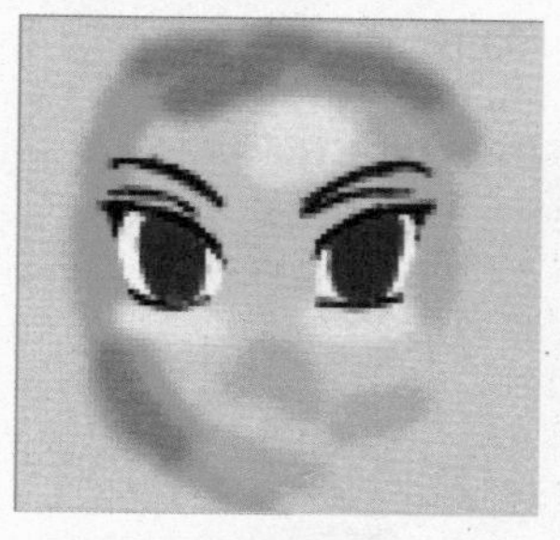
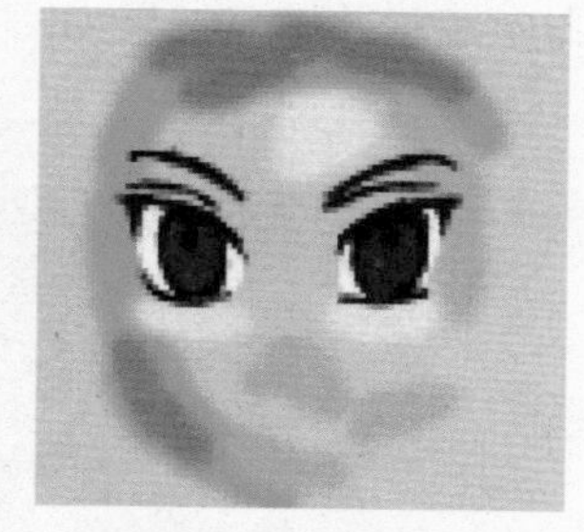
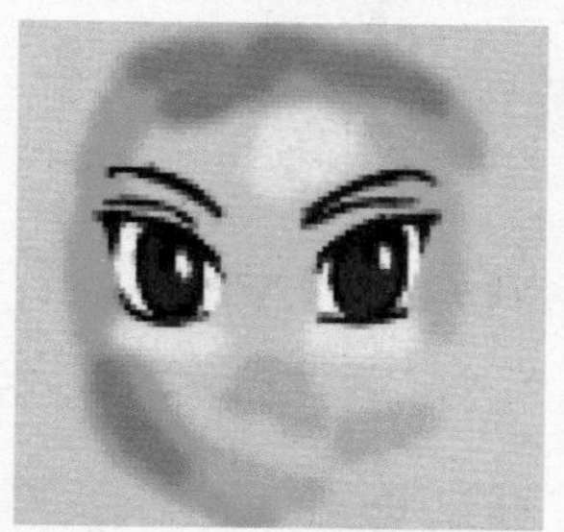
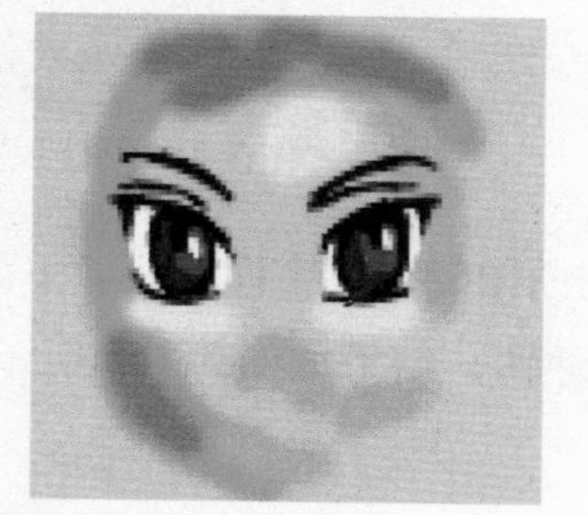
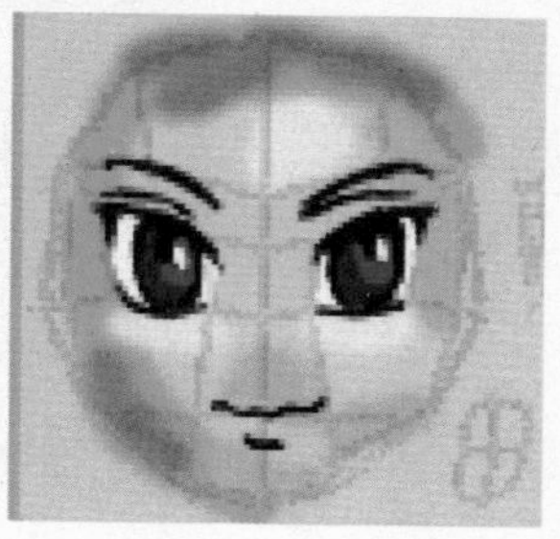

图 3-159　逐步绘制脸部细节

（9）将文件保存为 q001.psd 文件，然后回到 3ds max 7.0 中，在材质编辑器中选择模型的材质球，单击“漫反射”右侧的按钮，如图 3-160 所示；接着在弹出的“材质 / 贴图浏览器”对话框中选择“位图”，如图 3-161 所示；最后在弹出的对话框中选择保存的 q001.psd 文件，结果如图 3-162 所示。

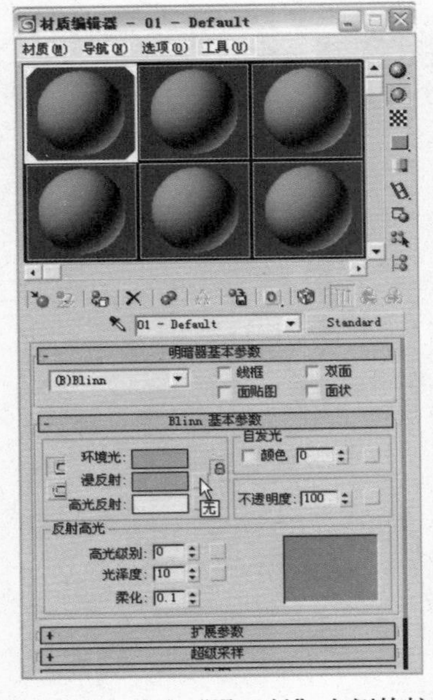

图 3-160 单击“漫反射”右侧的按钮

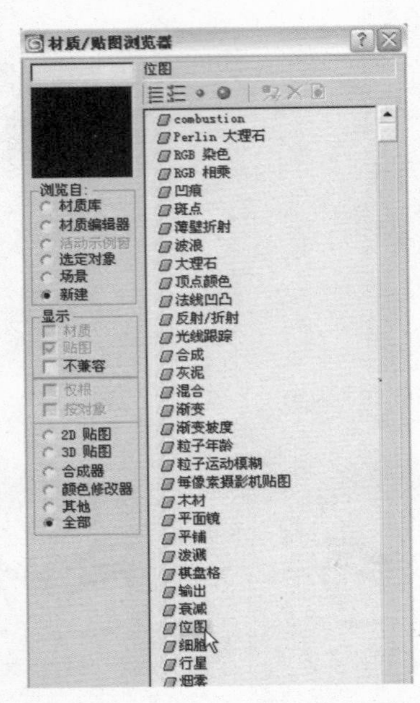

图 3-161 选择“位图”选项

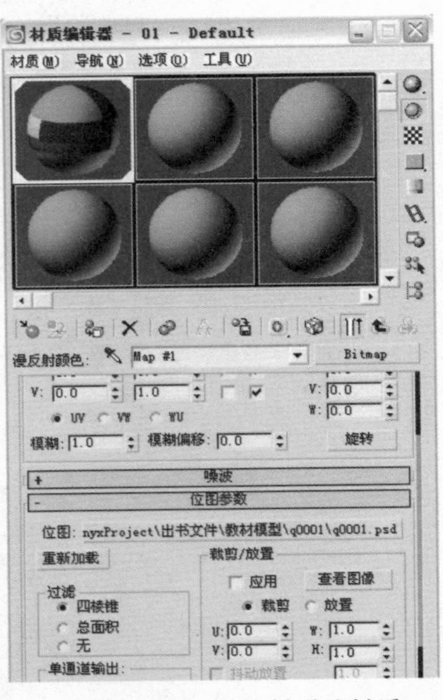

图 3-162 赋给材质球材质

（10）单击按钮，在视图中显示效果，结果如图 3-163 所示。

图 3-163 在视图中显示贴图效果

（11）此时人脸贴图与原图的水平方向相反，下面回到“编辑 UVW”窗口，单击按钮，如图 3-164 所示，从而将贴图方向水平翻转，结果如图 3-165 所示。

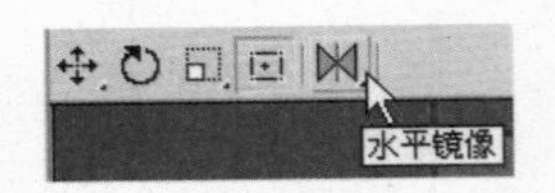

图 3-164 将贴图方向水平翻转

图 3-165 翻转贴图后的效果

（12）对称出躯干的另一半。方法是：将选中的躯干与头颈部进行分离，如图3-166所示；执行修改器中的“对称”命令对称出另一半模型，结果如图3-167所示；然后将所有模型重新结合成一个整体；接着执行修改器中的“UVW展开”命令。

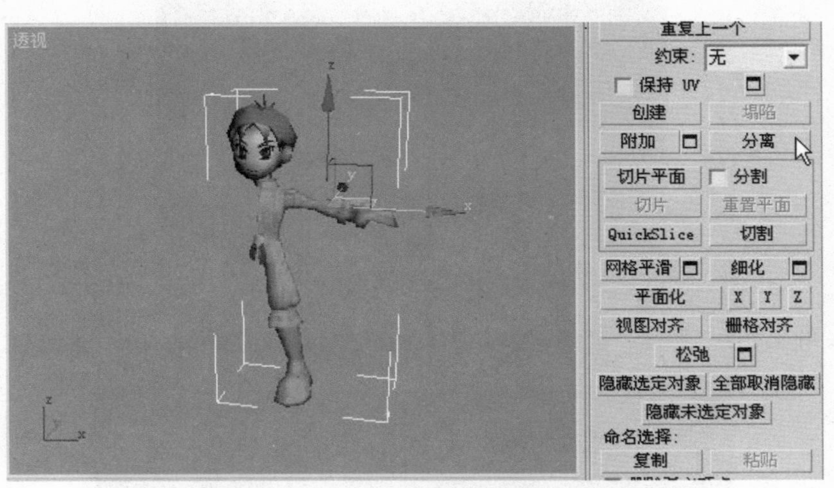

图3-166　将躯干与头颈部进行分离

图3-167　“对称”出另一侧模型

（13）绘制裤腿贴图。方法是：回到Photoshop中，在裤腿底色所在的“图层3”上新建“图层21”，如图3-168所示；然后利用画笔工具根据原图进行绘制，如图3-169所示；接着利用涂抹工具对其进行涂抹，结果如图3-170所示。

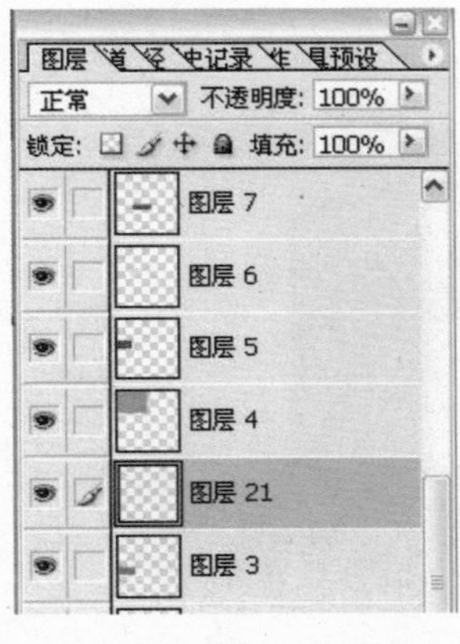

图3-168　新建“图层21”

图3-169　绘制裤腿贴图

图 3-170　对裤腿贴图进行模糊处理

（14）回到 3ds max 7.0 中，在“编辑 UVW”窗口中调整裤腿 UV 的形状，如图 3-171 所示。

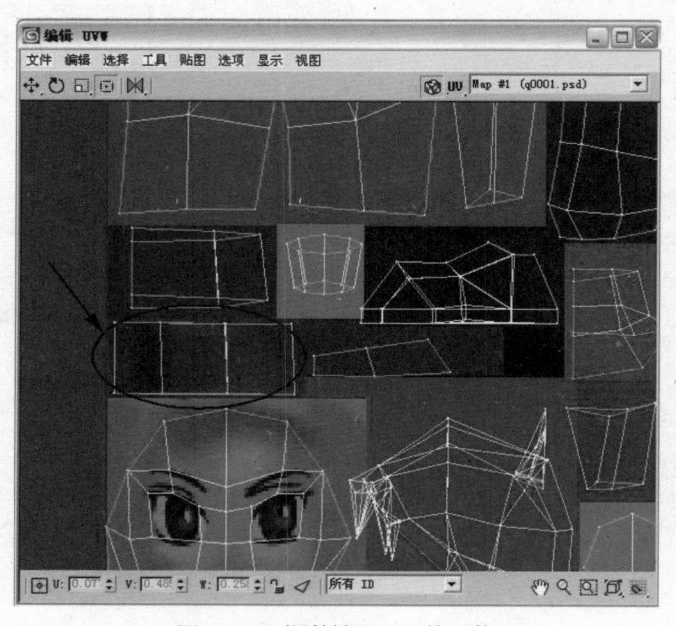

图 3-171　调整裤腿 UV 的形状

（15）绘制腰带贴图。方法是：回到 Photoshop 中，然后在腰带底色所在的“图层 5”上方新建“图层 22”，如图 3-172 所示；然后利用画笔工具根据原图进行绘制，如图 3-173 所示；接着利用涂抹工具对其进行涂抹，结果如图 3-174 所示。

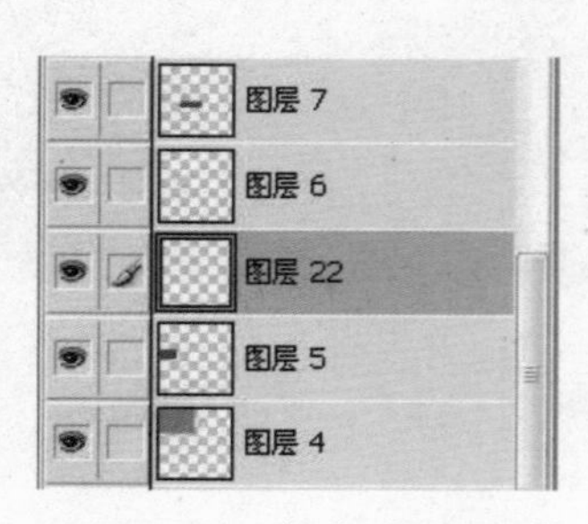

图 3-172　新建“图层 22”

图 3-173　绘制腰带贴图

图 3-174　对腰带贴图进行模糊处理

（16）回到 3ds max 7.0 中，在“编辑 UVW”窗口中调整腰带 UV 的形状，如图 3-175 所示。

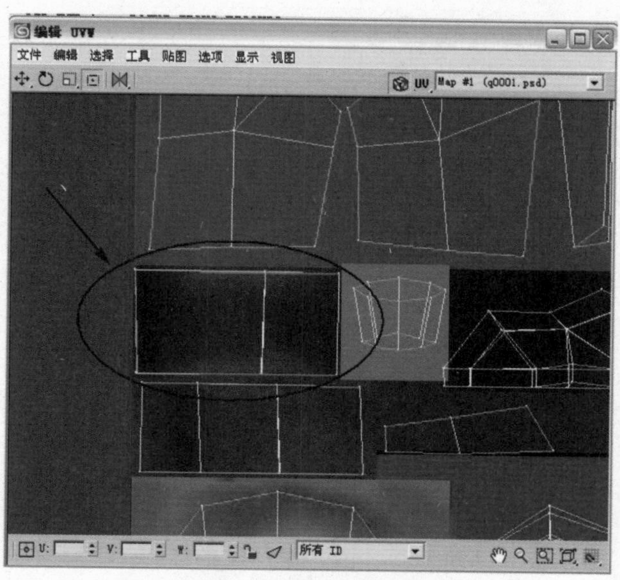

图 3-175　调整腰带 UV 的形状

（17）绘制颈部贴图。方法是：回到 Photoshop 中，在颈部底色所在的“图层 6”上方新建“图层 23”，如图 3-176 所示；然后利用画笔工具根据原图进行绘制，如图 3-177 所示；接着利用涂抹工具对其进行涂抹，结果如图 3-178 所示。

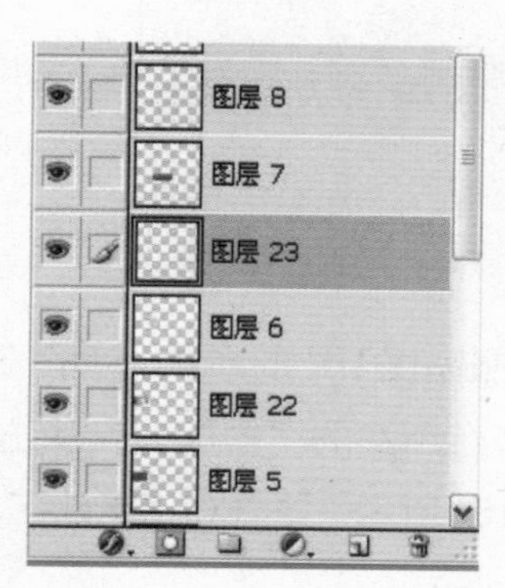

图 3-176　新建“图层 23”

图 3-177　绘制“颈部”贴图

图 3-178　对贴图进行模糊处理

（18）回到 3ds max 7.0 中，在“编辑 UVW”窗口中调整颈部 UV 的形状，如图 3-179 所示。

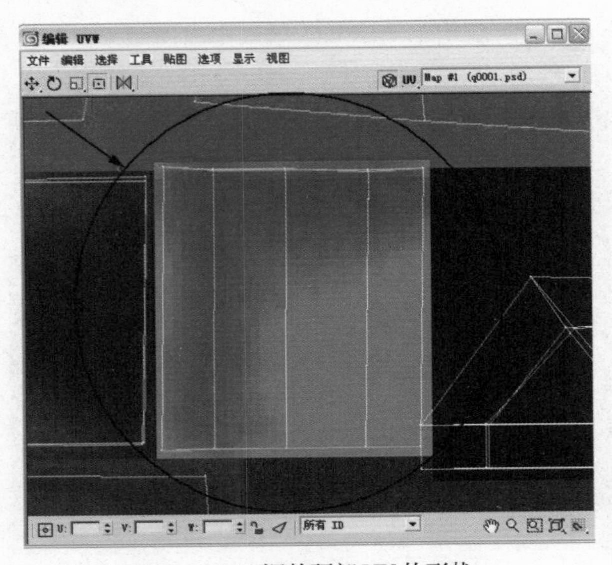

图 3-179　调整颈部 UV 的形状

（19）绘制衣服贴图。方法是：回到 Photoshop 中，在衣服底色所在的“图层 4”上方新建“图层 24”，如图 3-180 所示；然后利用画笔工具根据原图进行绘制，如图 3-181 所示。

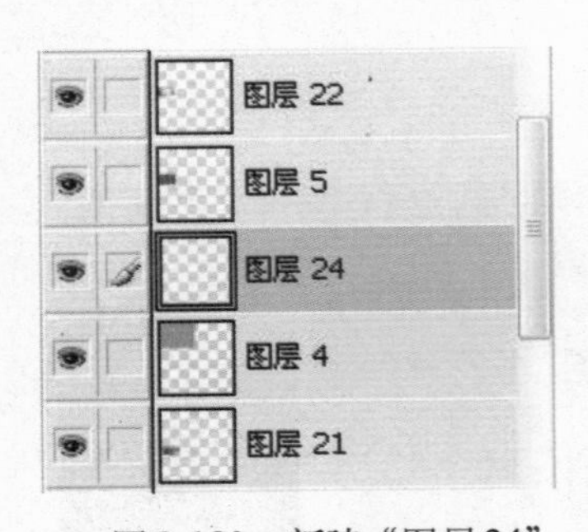

图 3-180　新建“图层 24”

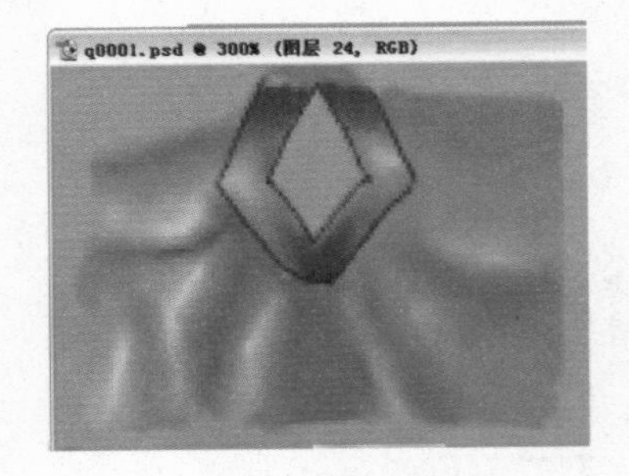

图 3-181　绘制衣服贴图

（20）回到 3ds max 7.0 中，在“编辑 UVW”窗口中调整衣服贴图 UV 的形状，如图 3-182 所示。

（21）绘制绑腿贴图。方法是：回到 Photoshop 中，在绑腿底色所在的“图层 11”上方新建“图层 25”，如图 3-183 所示；然后利用画笔工具根据原图进行绘制，如图 3-184 所示；接着利用涂抹工具对其进行涂抹，结果如图 3-185 所示。

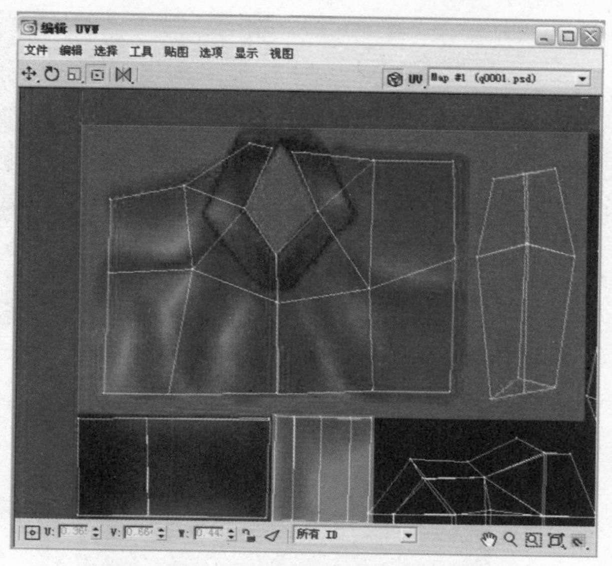

图 3-182　调整衣服贴图 UV 的形状

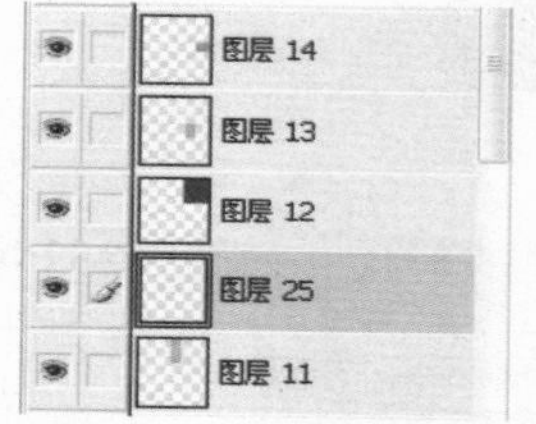

图 3-183　新建“图层 25”

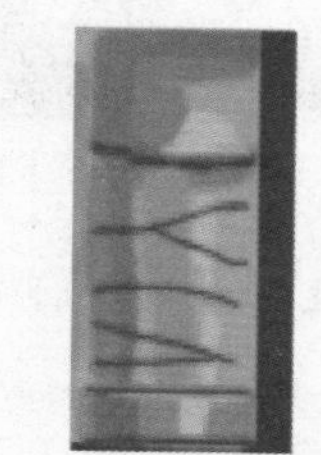

图 3-184　绘制绑腿贴图

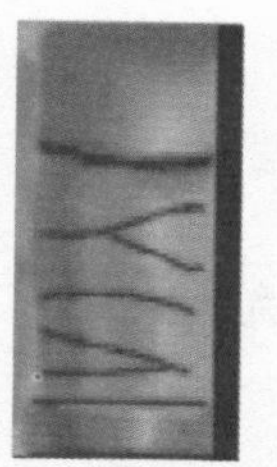

图 3-185　对绑腿贴图进行涂抹

（22）回到 3ds max 7.0 中，在“编辑 UVW”窗口中单击 按钮，将绑腿的 UV 水平翻转，结果如图 3-186 所示。然后调整绑腿 UV 的形状，如图 3-187 所示。

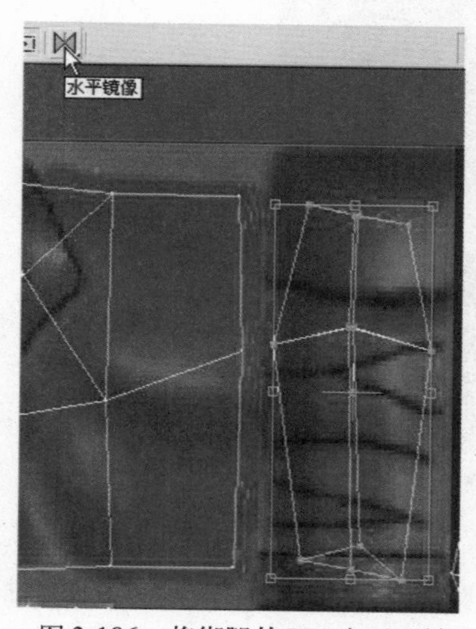

图 3-186　将绑腿的 UV 水平翻转

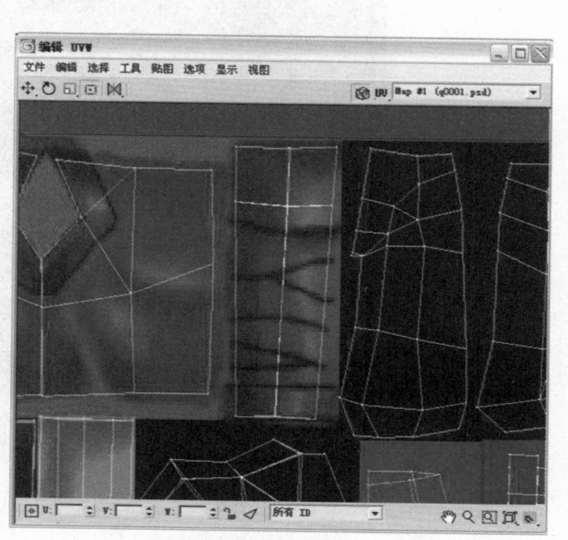

图 3-187　调整绑腿 UV 的形状

（23）绘制鞋子的贴图。方法是：回到 Photoshop 中，在鞋子底色所在的“图层 10”上方新建“图层 26”，如图 3-188 所示；然后利用画笔工具根据原图进行绘制，如图 3-189 所示；接着利用涂抹工具对其进行涂抹，结果如图 3-190 所示。

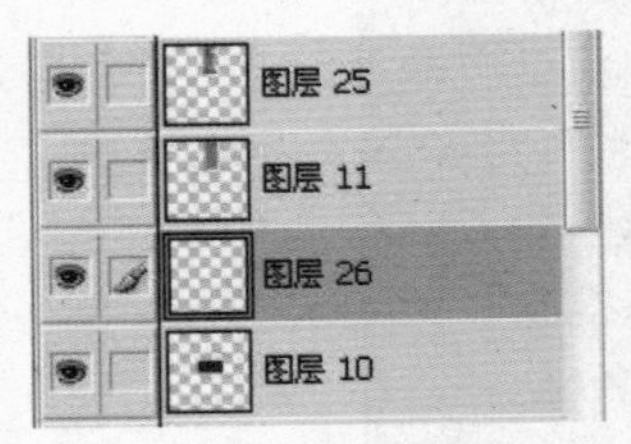

图 3-188　新建“图层26”

图 3-189　绘制鞋子贴图

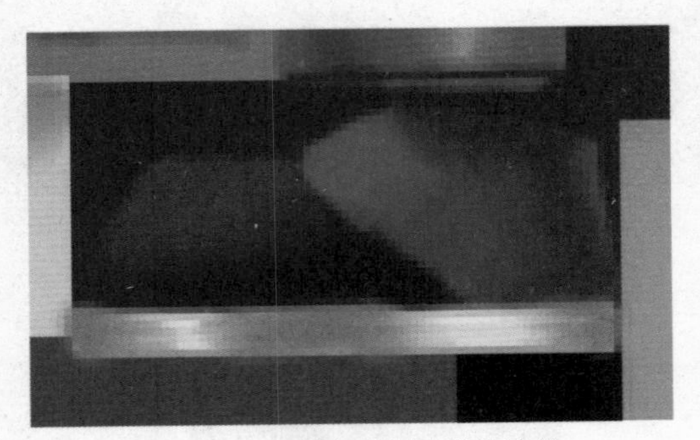

图 3-190　对鞋子贴图进行涂抹

（24）回到 3ds max 7.0 中，在“编辑 UVW”窗口中调整鞋子 UV 的形状，如图 3-191 所示。

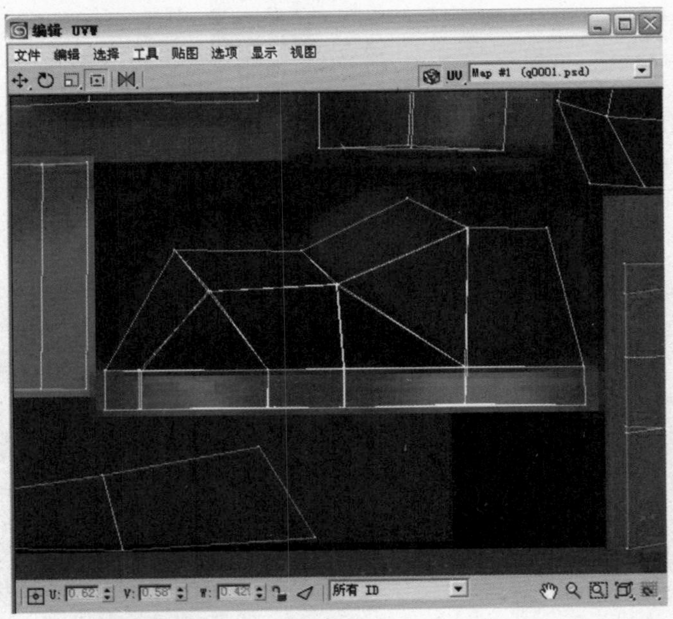

图 3-191　调整鞋子 UV 的形状

（25）绘制耳朵贴图。方法是：回到 Photoshop 中，在“图层 18”上利用画笔工具根据原图绘制耳朵的贴图，如图 3-192 所示。

（26）此时耳朵前后面贴图是一致的，这是不正确的，下面就来解决这个问题。回到 3ds max 7.0 中，选中耳朵后面的面，如图 3-193 所示，单击“平面贴图”按钮。然后单击“编辑”按钮，在弹出的“编辑 UVW”窗口中调整耳朵后面的 UV，如图 3-194 所示。

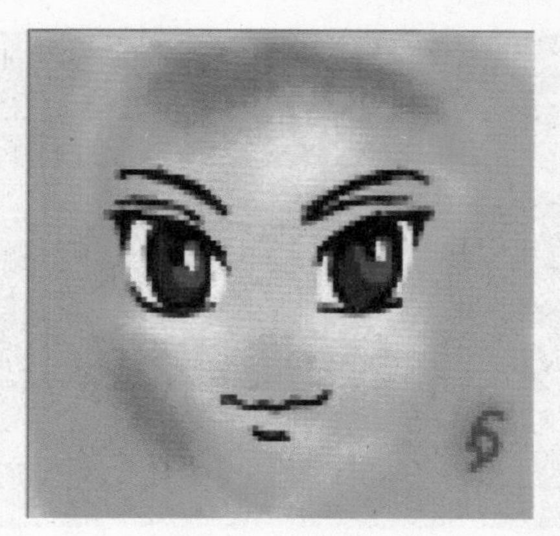

图 3-192 绘制耳朵贴图

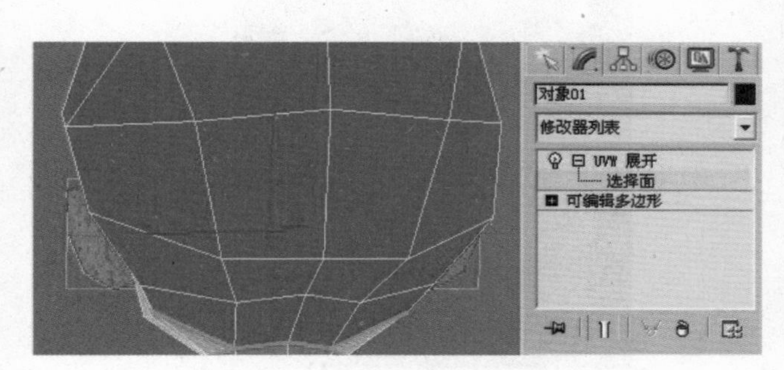

图 3-193 选中耳朵后面的面

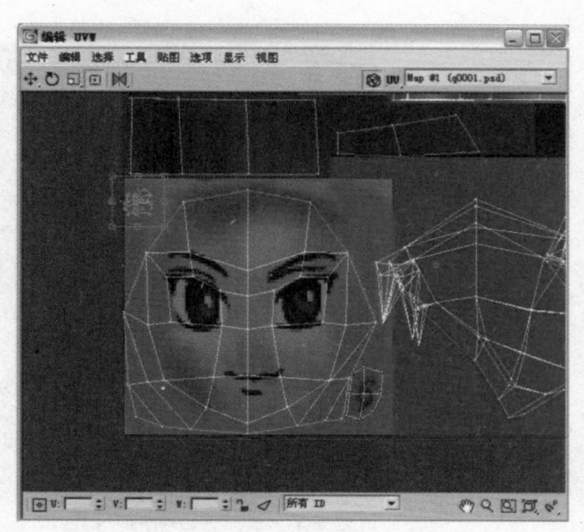

图 3-194 调整耳朵后面的UV

（27）绘制腰带的飘带贴图。方法是：回到Photoshop中，在腰带飘带底色所在的“图层7”上方新建“图层27”，如图3-195所示；然后利用画笔工具根据原图绘制飘带的贴图，如图3-196所示。

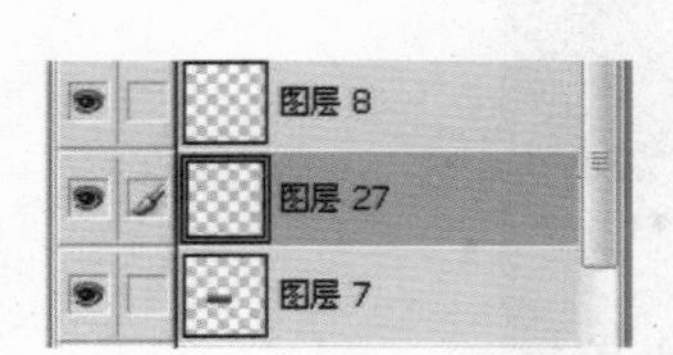

图 3-195 新建“图层27”

图 3-196 绘制飘带贴图

（28）回到3ds max 7.0中，在“编辑UVW”窗口中调整飘带UV的形状，如图3-197所示。

（29）绘制围脖的贴图。方法是：回到Photoshop中，在围脖底色所在的图层上方新建图层；然后利用画笔工具根据原图绘制围脖的贴图，如图3-198所示；接着利用涂抹工具对其进行涂抹，结果如图3-199所示。

图 3-197　编辑飘带的 UV

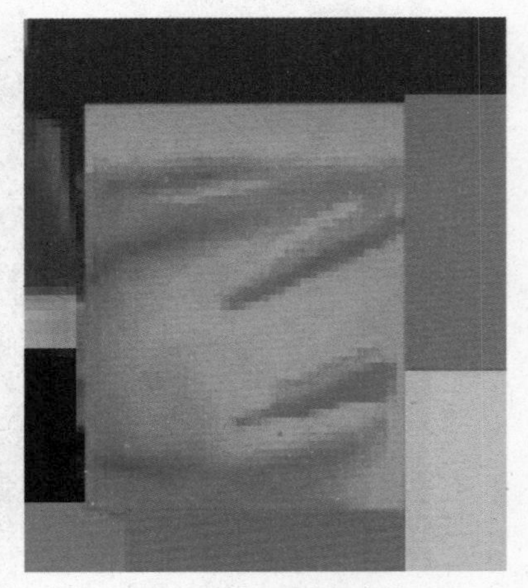

图 3-198　绘制围脖的贴图

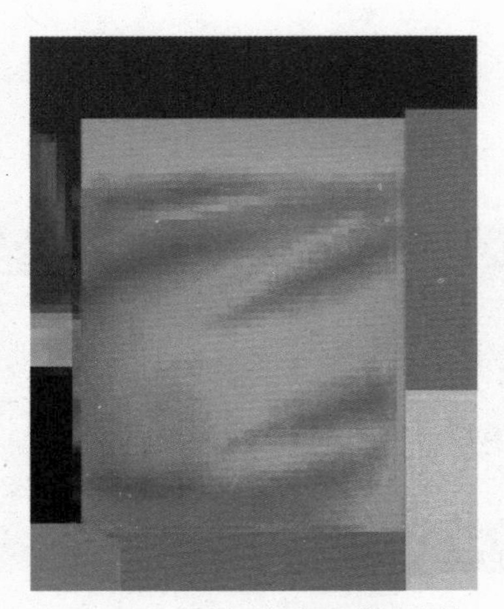

图 3-199　对围脖贴图进行涂抹

（30）回到 3ds max 7.0 中，在“编辑 UVW”窗口中调整围脖 UV 的形状，如图 3-200 所示。

图 3-200　调整围脖 UV 的形状

（31）绘制裤子的贴图。方法是：回到 Photoshop 中，在裤子底色所在的“图层 12”上方新建“图层 29”，如图 3-201 所示；然后利用画笔工具根据原图绘制裤子的贴图，如图 3-202 所示。

（32）回到 3ds max 7.0 中，在“编辑 UVW”窗口中调整裤子 UV 的形状，如图 3-203 所示。

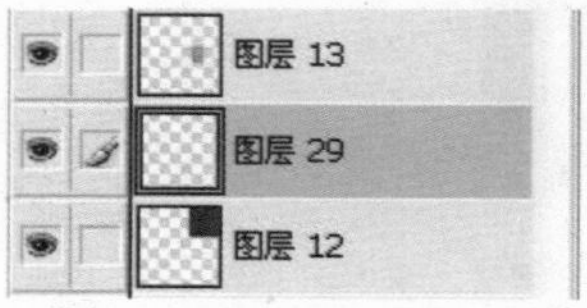

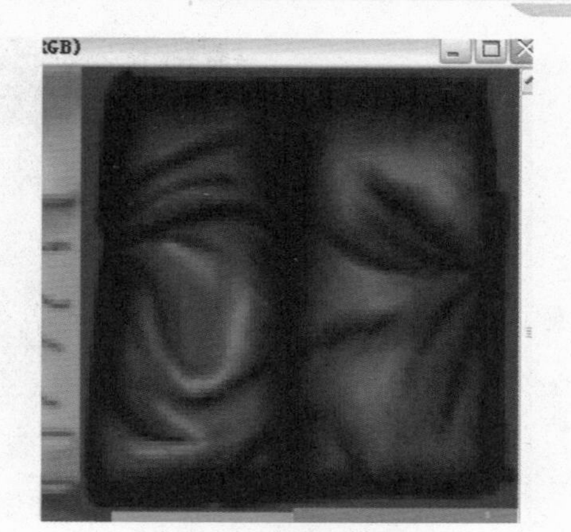

图 3-201　新建“图层 29”

图 3-202　绘制裤子的贴图

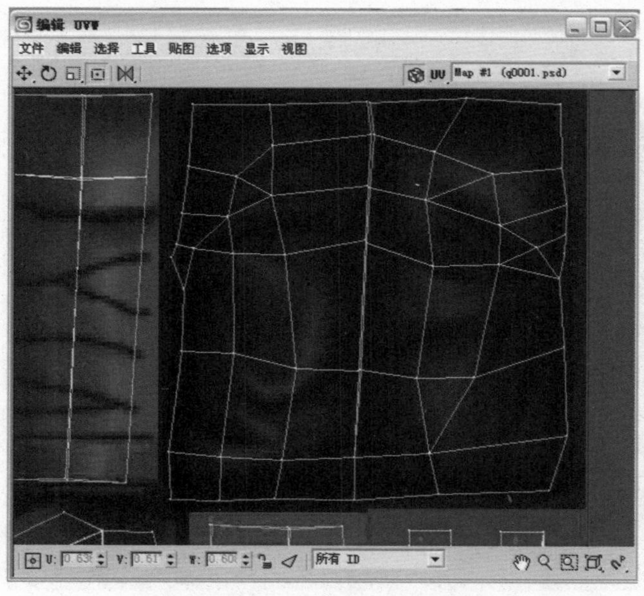

图 3-203　调整裤子 UV 的形状

（33）绘制护腕的贴图。方法是：回到 Photoshop 中，在护腕底色所在的“图层 14”上方新建“图层 30”，如图 3-204 所示；然后利用画笔工具根据原图绘制护腕的贴图，如图 3-205 所示；接着利用涂抹工具对其进行涂抹，结果如图 3-206 所示。

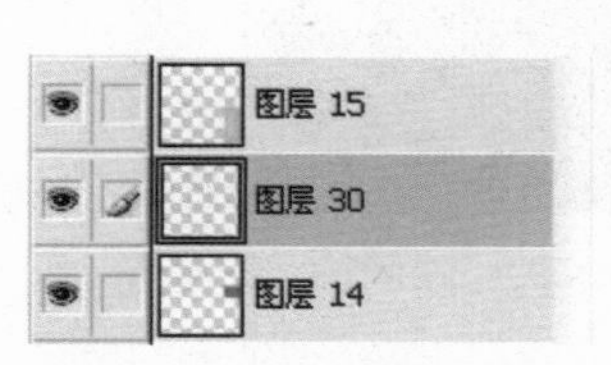

图 3-204　新建“图层 30”

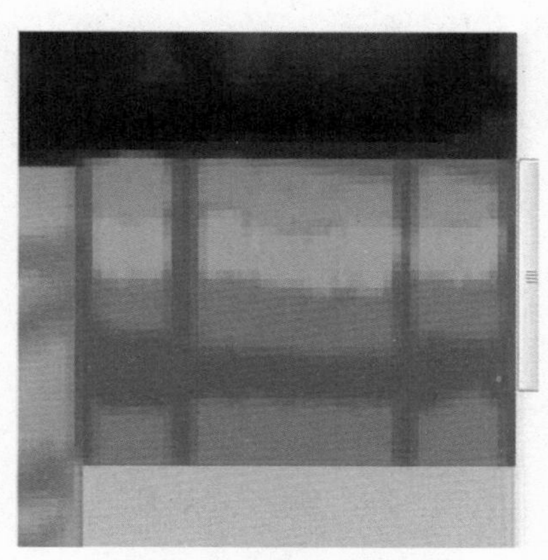

图 3-205　绘制护腕的贴图

图 3-206　对护腕的贴图进行涂抹

（34）回到 3ds max 7.0 中，在“编辑 UVW”窗口中调整护腕 UV 的形状，如图 3-207 所示。

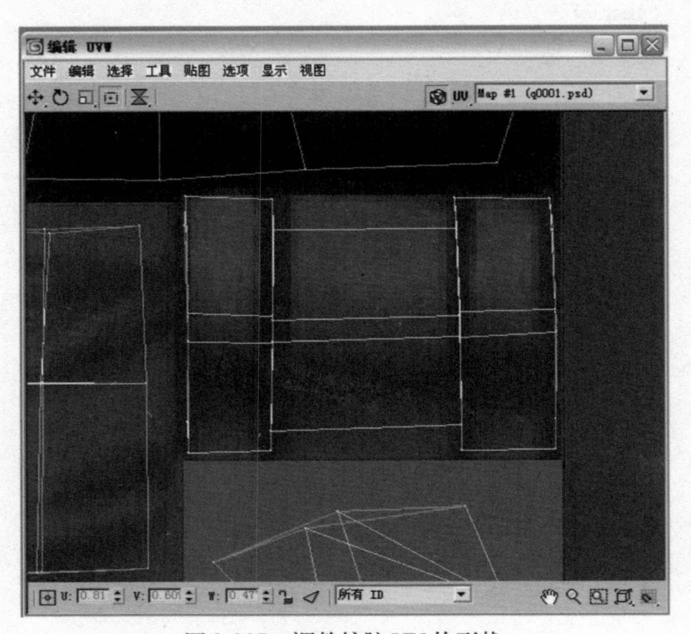

图 3-207　调整护腕 UV 的形状

（35）绘制护臂的贴图。方法是：回到 Photoshop 中，在护臂底色所在的“图层 16”上方新建“图层 31”，如图 3-208 所示；然后利用画笔工具根据原图绘制护臂的贴图，如图 3-209 所示；接着利用涂抹工具对其进行涂抹，结果如图 3-210 所示。

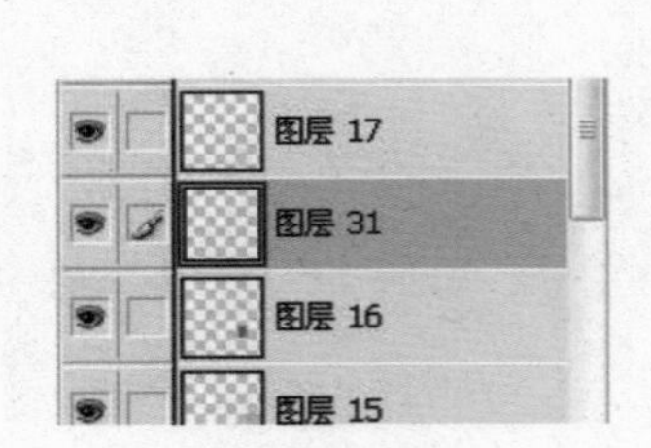

图 3-208　新建“图层 31”

图 3-209　绘制护臂的贴图

（36）回到 3ds max 7.0 中，在“编辑 UVW”窗口中调整护臂 UV 的形状，如图 3-211 所示。

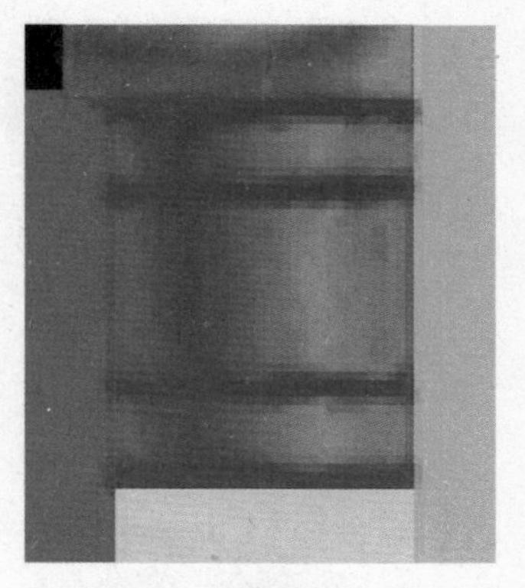

图 3-210　对护臂贴图进行涂抹

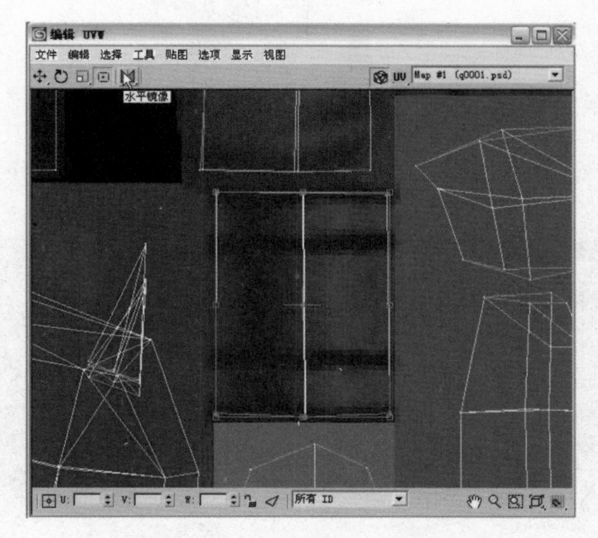

图 3-211　调整护臂 UV 的形状

（37）绘制腰带扣的贴图。方法是：回到 Photoshop 中，在腰带扣底色所在的“图层 17”上方新建“图层 32”，如图 3-212 所示；然后利用画笔工具根据原图绘制腰带扣的贴图，如图 3-213 所示。

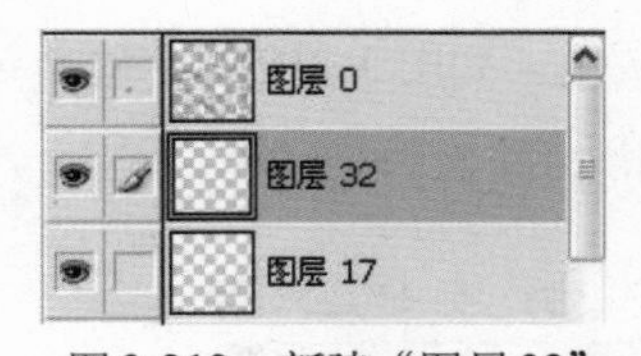

图 3-212　新建“图层 32”

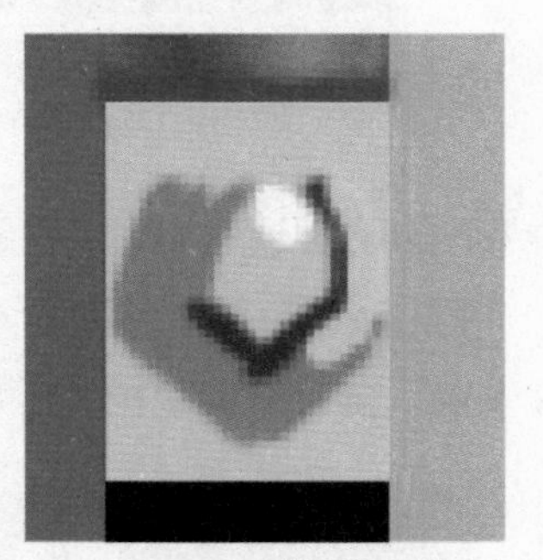

图 3-213　绘制腰带扣贴图

（38）绘制上臂皮肤和护手的贴图。方法是：在上臂皮肤和护手底色所在的“图层 15”上方新建“图层 33”，如图 3-214 所示；然后利用画笔工具根据原图绘制上臂皮肤和护手的贴图，如图 3-215 所示；接着利用涂抹工具对其进行涂抹，结果如图 3-216 所示。

（39）回到 3ds max 7.0 中，在“编辑 UVW”窗口中调整腰带扣、护臂 UV 和护手的形状，如图 3-217 所示。

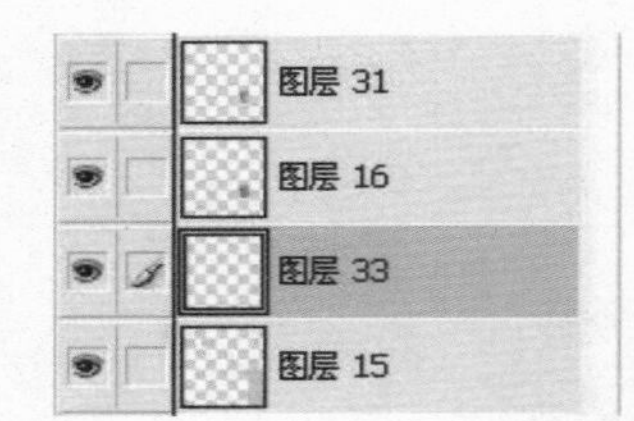

图 3-214　新建“图层 33”

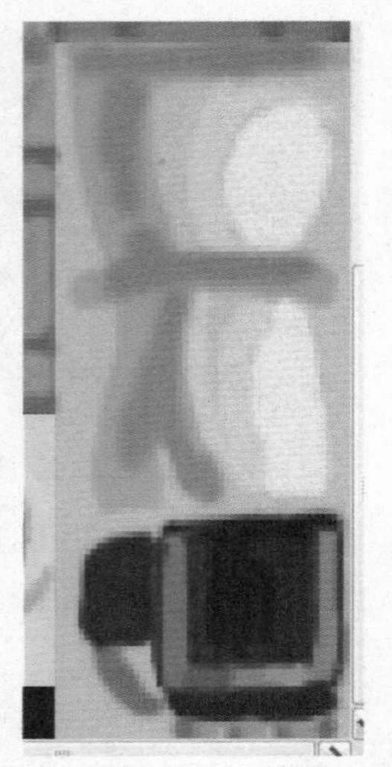
图 3-215　绘制上臂皮肤和护手的贴图

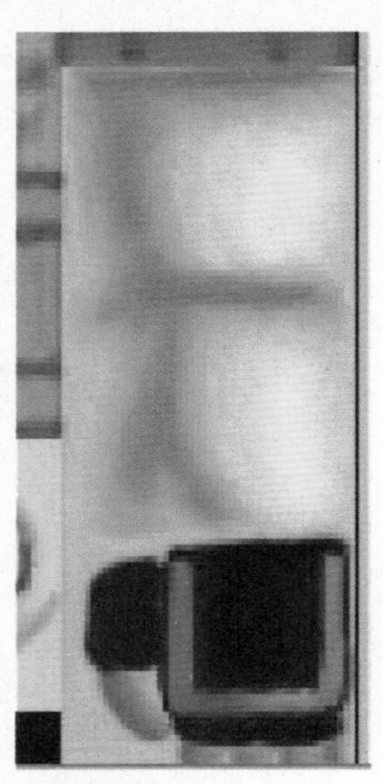
图 3-216　涂抹贴图

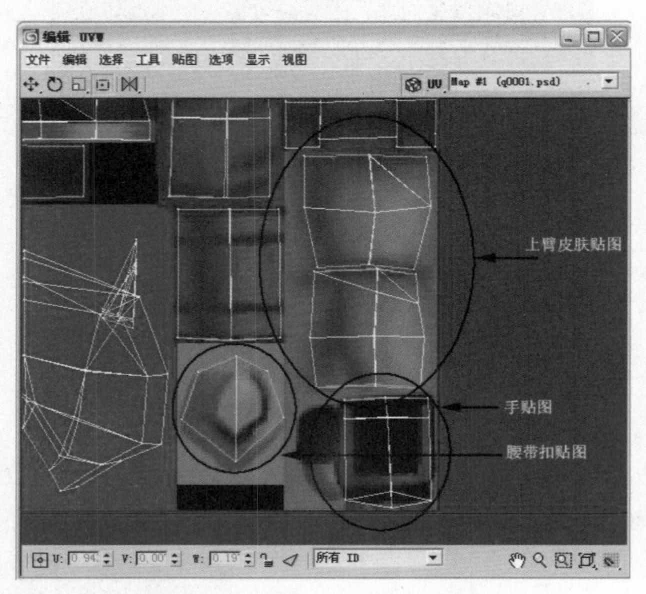

图 3-217　调整上臂皮肤和腰带扣的 UV

（40）护手手心和手背的贴图是不相同的，调整护手手心部分的 UV。方法是：选择护手手心的面，如图 3-218 所示；然后选择“平均法线”单选按钮后单击“平面贴图”按钮，如图 3-219 示；接着单击“编辑”按钮，在弹出的“编辑 UVW”窗口中调整护手手心 UV，如图 3-220 所示。

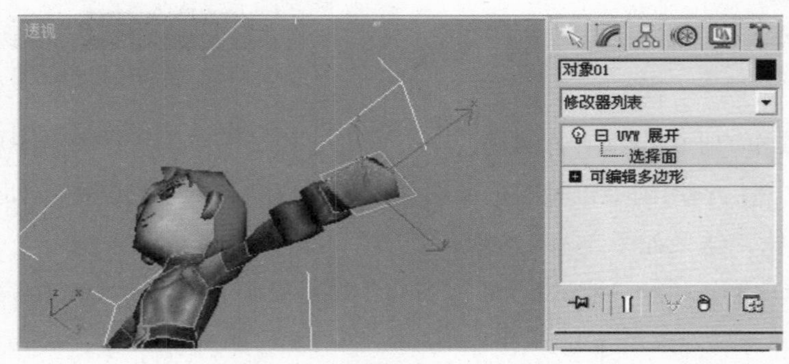

图 3-218　选择护手手心的面

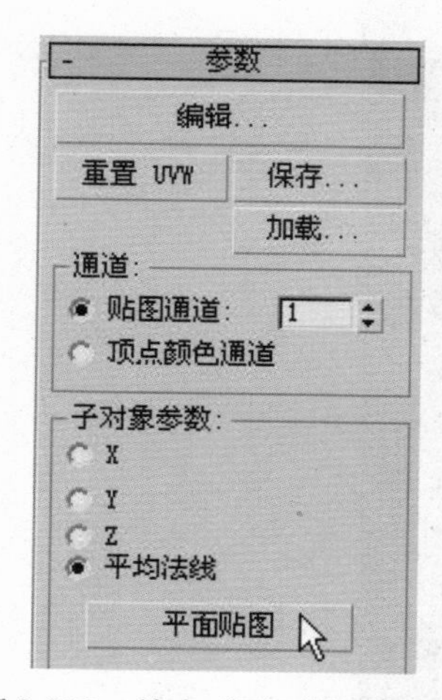

图 3-219　单击“平面贴图”按钮

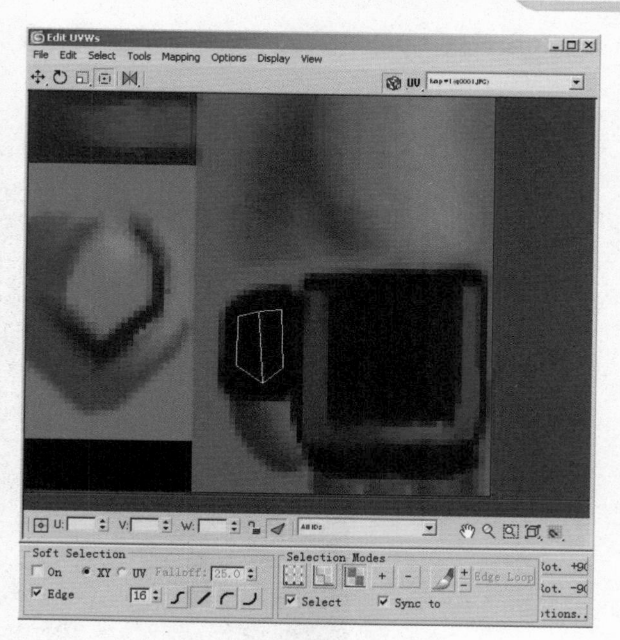

图 3-220　调整护手手心的 UV

（41）绘制头发的贴图。方法是：在头发底色所在的“图层 9”上方新建“图层 34”，如图 3-221 所示；然后利用画笔工具根据原图绘制头发的贴图，如图 3-222 所示；接着利用涂抹工具对其进行涂抹，结果如图 3-223 所示。

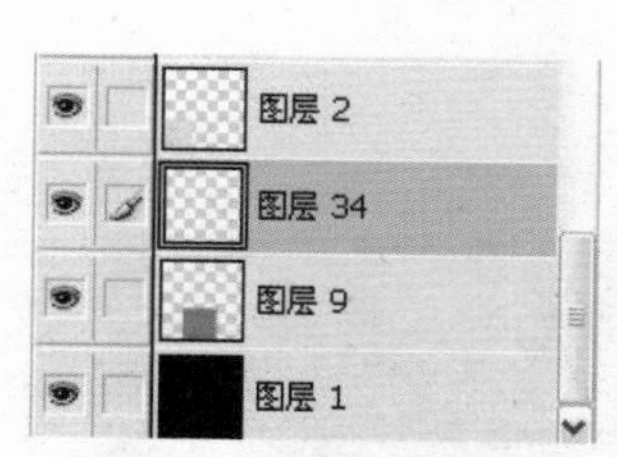

图 3-221　新建“图层 34”

图 3-222　绘制头发贴图

图 3-223　对头发贴图进行涂抹

（42）回到3ds max 7.0中，进入“选择面”级别，分别对各部分的头发进行UV展开，如图3-224所示。

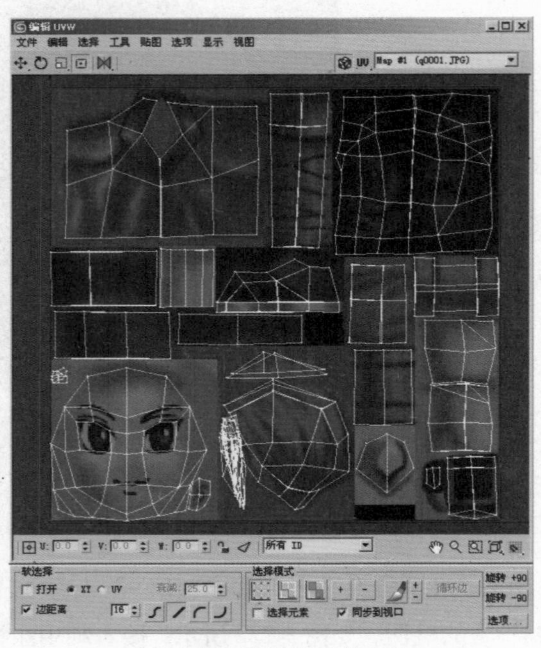

图3-224　调整头发的UV

（43）由于游戏中不支持PSD格式的贴图，下面将PSD格式文件转换为游戏中支持的JPG格式的文件。方法是：在Photoshop中单击“文件”→“另存为”命令将文件另存为q0001.jpg文件；然后回到3ds max 7.0中，单击“材质编辑器”中“漫反射”右侧的按钮，如图3-225所示；接着在弹出的面板中将贴图更改为q0001.jpg文件，如图3-226所示。

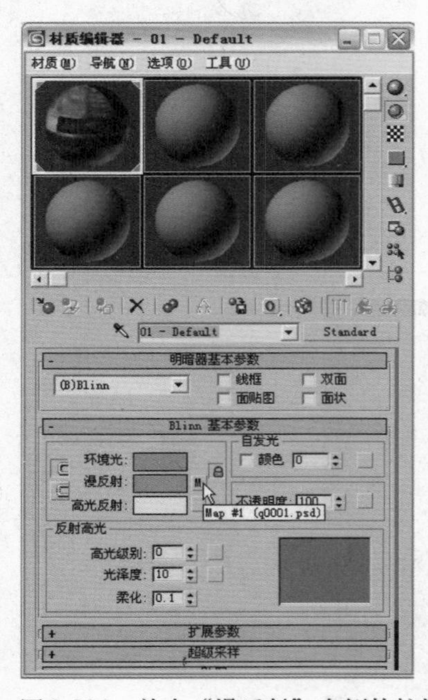

图3-225　单击“漫反射”右侧的按钮

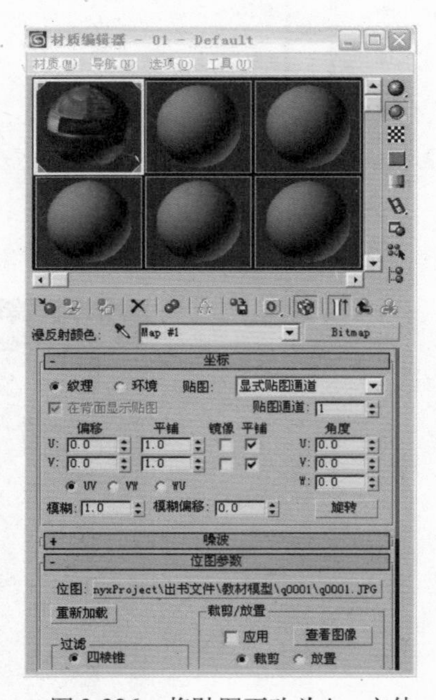

图3-226　将贴图更改为.jpg文件

第 4 章

游戏角色模型——女主角制作

创建女主角的原画依据如图 4-1 所示，创建过程可分为“创建女主角人物模型”、“ 展开女主角 UV”和“绘制女男主角贴图” 3 部分。

图 4-1　女主角原画

4.1　创建女主角人物模型

女主角人物模型分为头颈部、上衣包裹部位、腰部和裙子部分、上肢、下肢、头发和耳朵 7 部分。

4.1.1 制作头颈部

（1）单击“文件”→“重置”命令，重置场景。

（2）创建一个正方体，然后将其转换为可编辑的多边形；接着删除模型的一半并利用修改器中的“对称”命令对称出另一半，如图 4-2 所示。

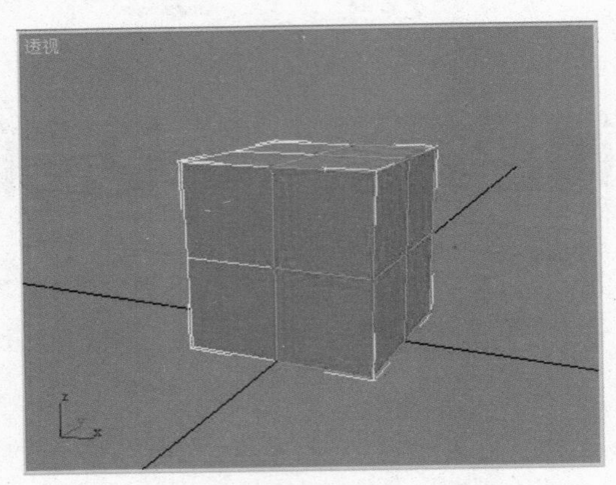

图 4-2　利用“对称”命令对称出另一半模型

（3）调整头部的大体形状。方法是：首先在前视图中调整顶点的位置，如图 4-3 所示，然后在右视图中调整形状，如图 4-4 所示。

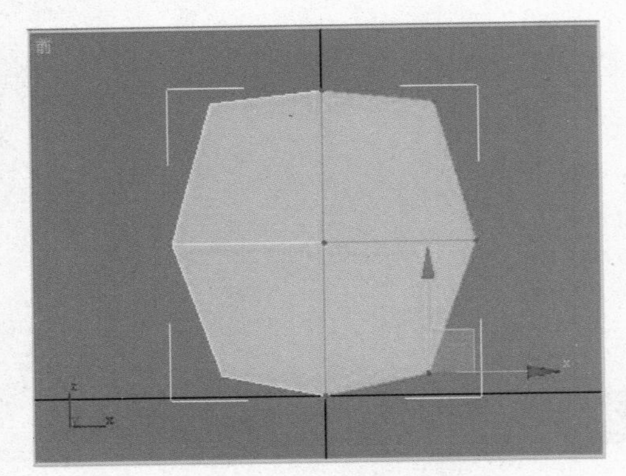

图 4-3　在前视图中调整形状

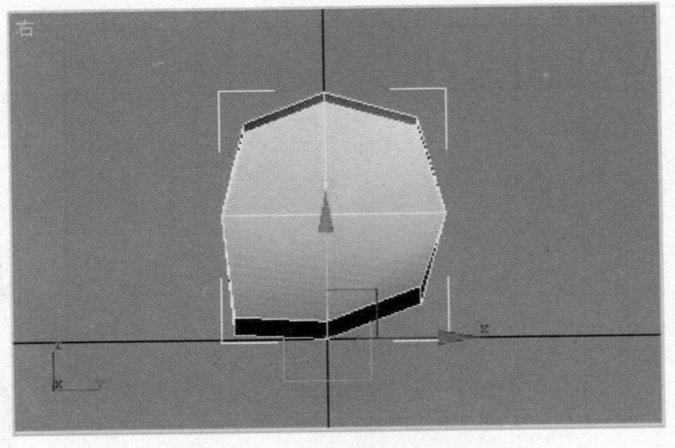

图 4-4　在右视图中调整形状

（4）在透视图和前视图中进一步调整正面顶点的位置，如图 4-5 所示。

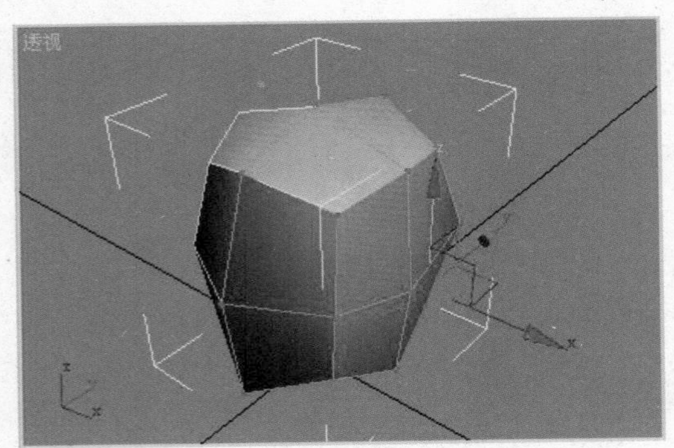

图 4-5　在透视图中调整形状

（5）利用工具旋转视图，如图 4-6 所示。

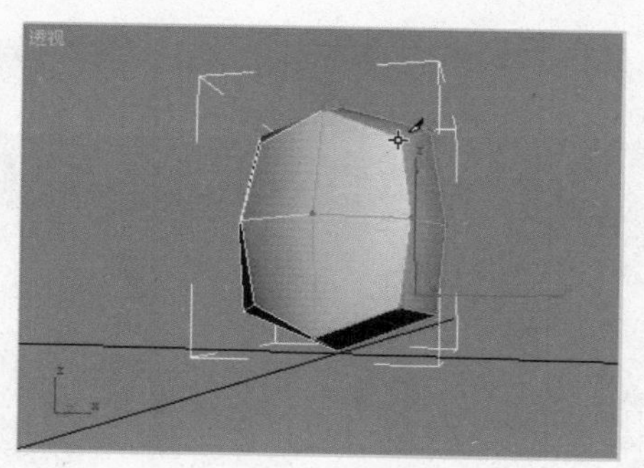

图 4-6　旋转视图

（6）利用切割工具切割出一圈线，如图 4-7 所示。

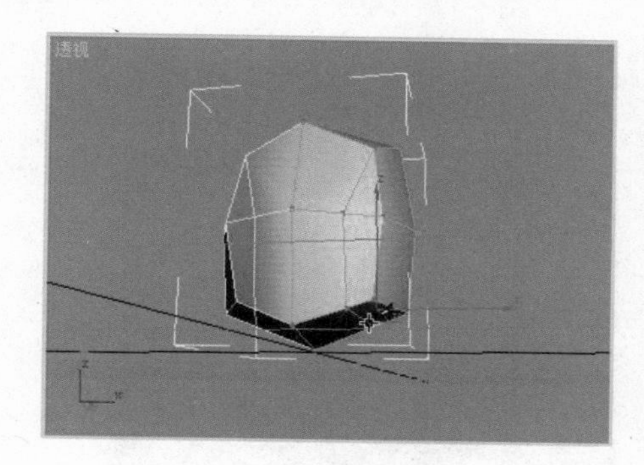

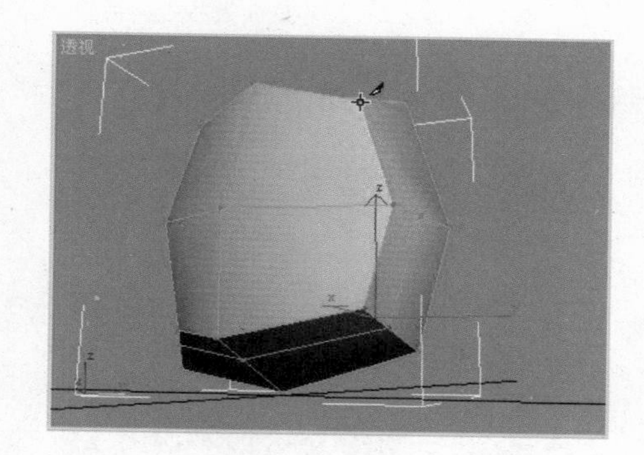

图 4-7　切割出一圈线

（7）在各个视图中调整水平顶点的位置，如图 4-8 所示。

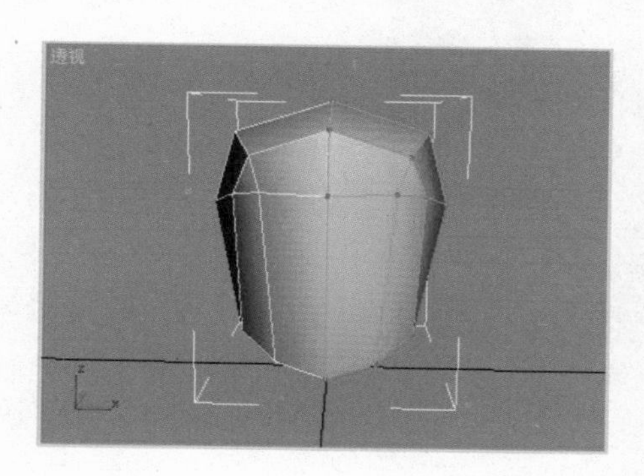

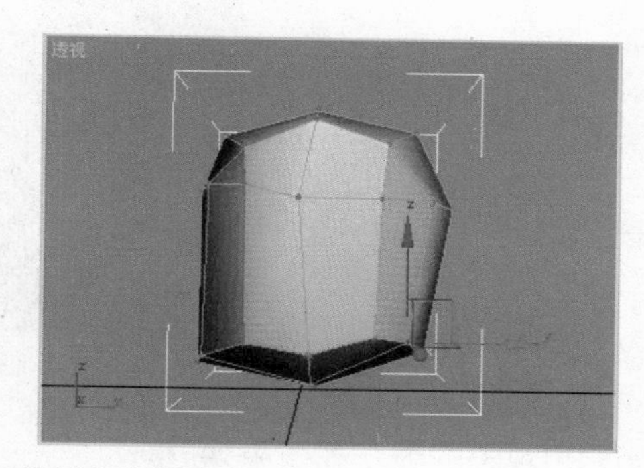

图 4-8　在视图中调整顶点的位置

（8）调整出下颌的形状。方法是：利用切割工具切割线，如图 4-9 所示；然后调整形状，如图 4-10 所示。

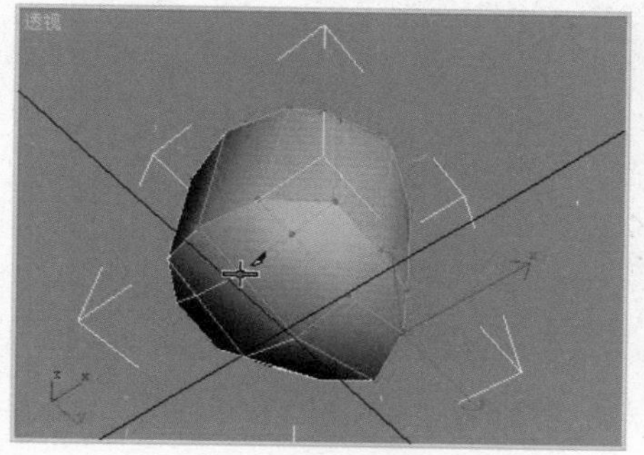

图 4-9　切割出下颌的线

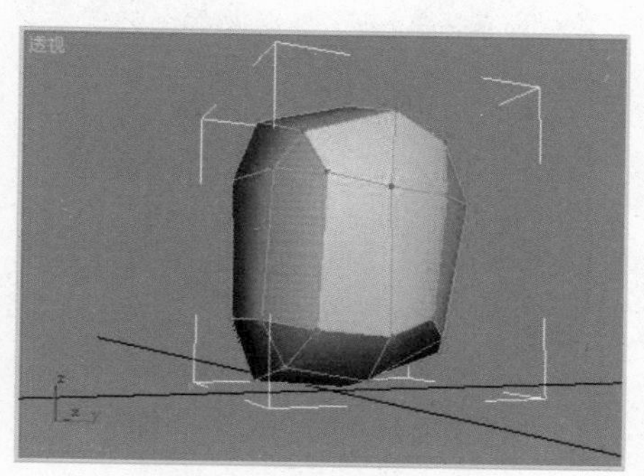

图 4-10　调整出下颌

（9）利用快速切片工具切出一条线，如图 4-11 所示；然后调整顶点的位置，如图 4-12 所示。

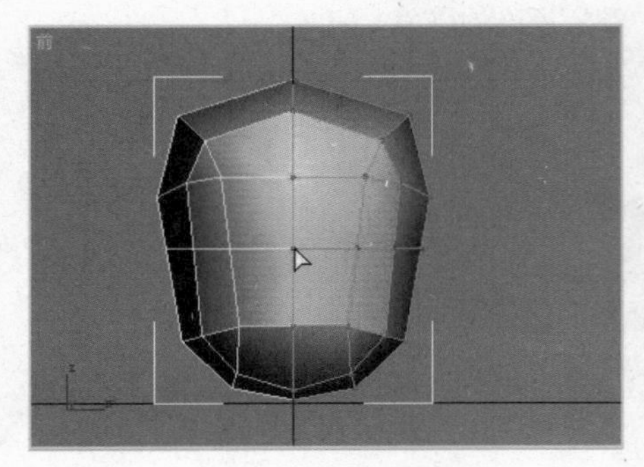

图 4-11　加一条线

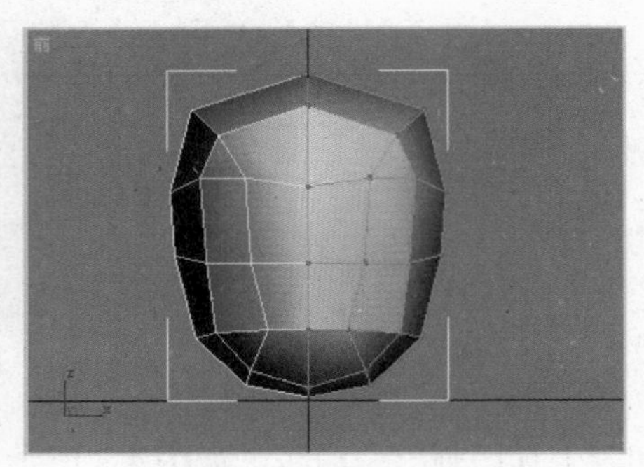

图 4-12　调整顶点的位置

（10）继续布线，如图 4-13 所示。

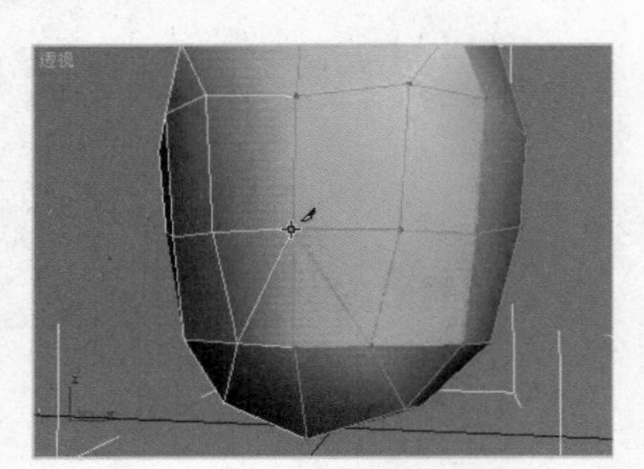

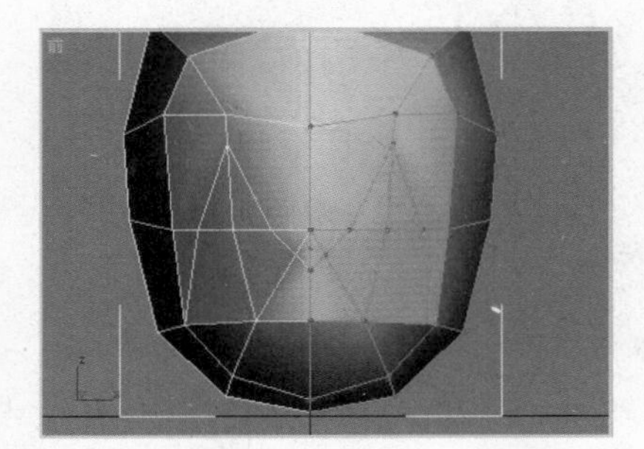

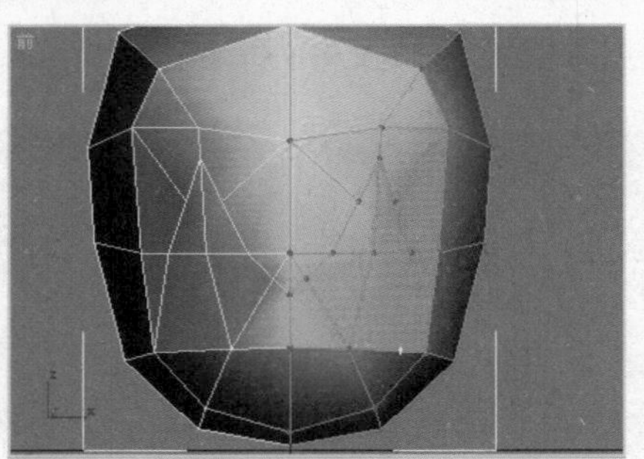

图 4-13　继续布线

（11）切割出鼻子的线，如图 4-14 所示。

（12）切割出嘴位置的线，如图 4-15 所示。

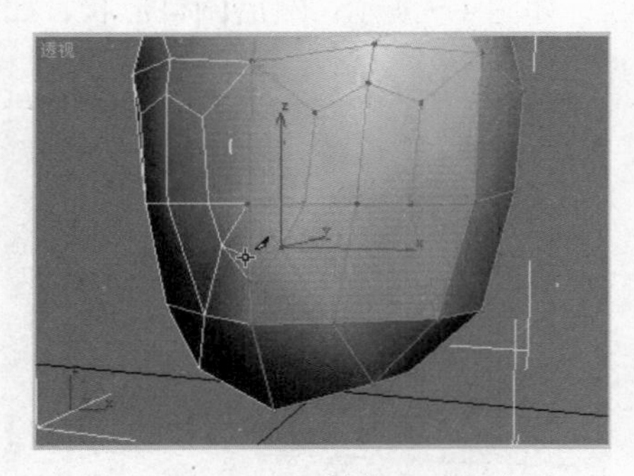

图 4-14　切割出鼻子的线

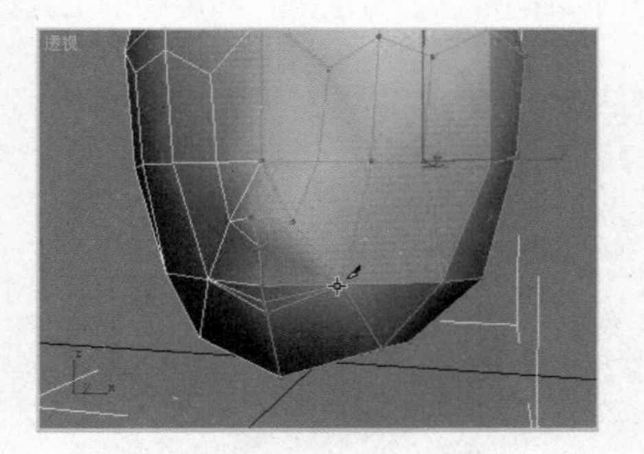

图 4-15　切割出嘴位置的线

（13）调整嘴和鼻子位置的顶点，如图 4-16 所示；然后旋转视图，继续切线，如图 4-17 所示。

图 4-16　调整顶点位置

图 4-17　旋转视图并继续切线

（14）继续切线并调整相应顶点的位置，如图 4-18 所示。

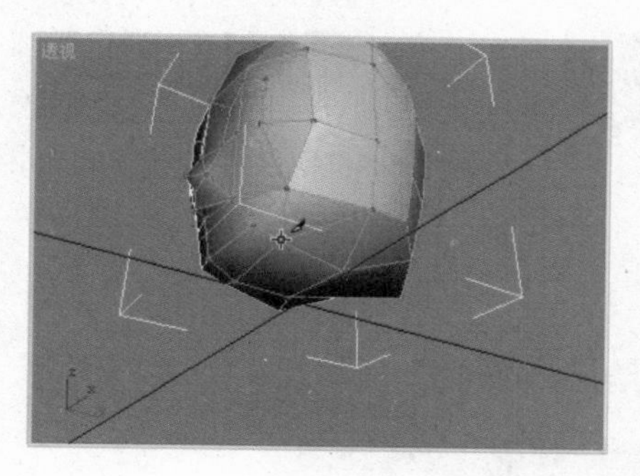

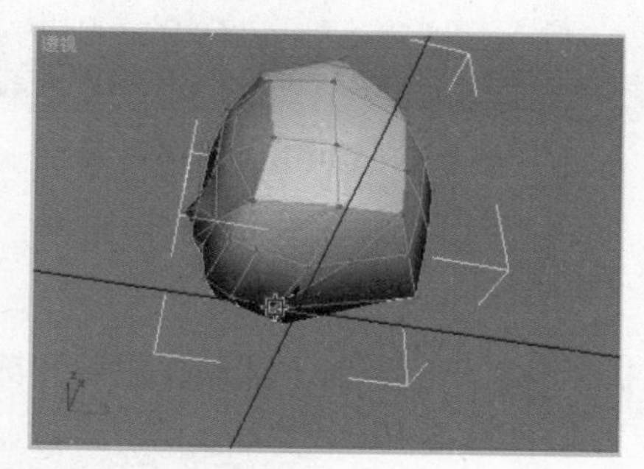

图 4-18　继续切线并调整位置

（15）选中如图 4-19 所示的顶点，进行目标焊接，结果如图 4-20 所示。

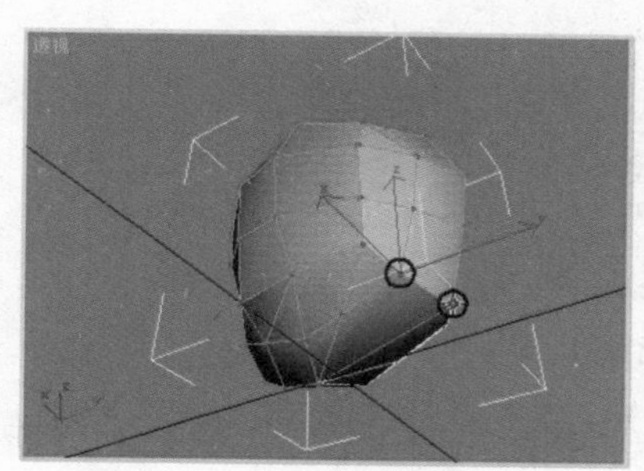

图 4-19　选中需要焊接的顶点

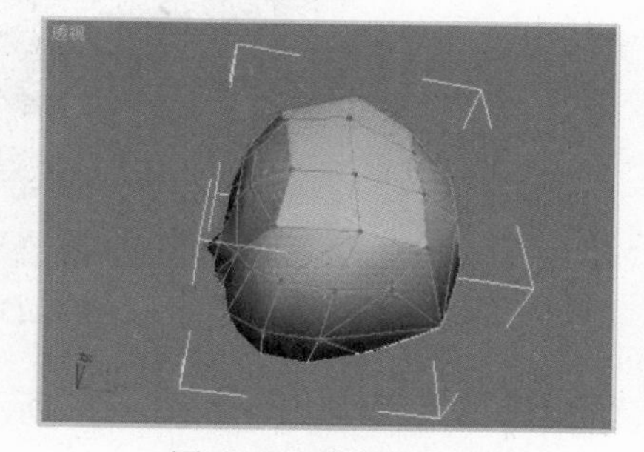

图 4-20　进行顶点焊接

(16) 挤出脖子。方法是：选中如图 4-21 所示的脖子位置的多边形，然后进行“挤出”处理，结果如图 4-22 所示。

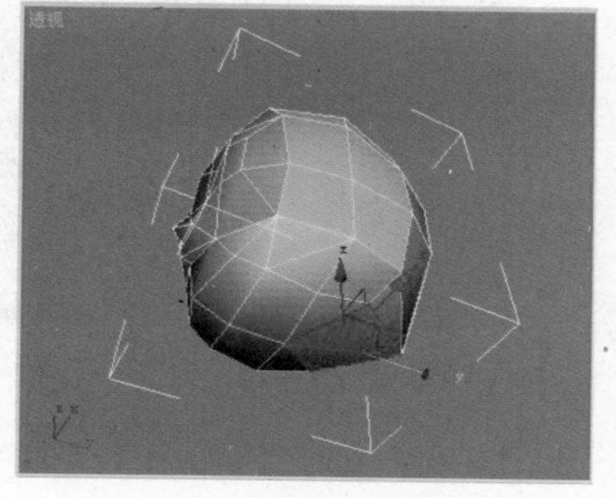

图 4-21　选中脖子位置的多边形

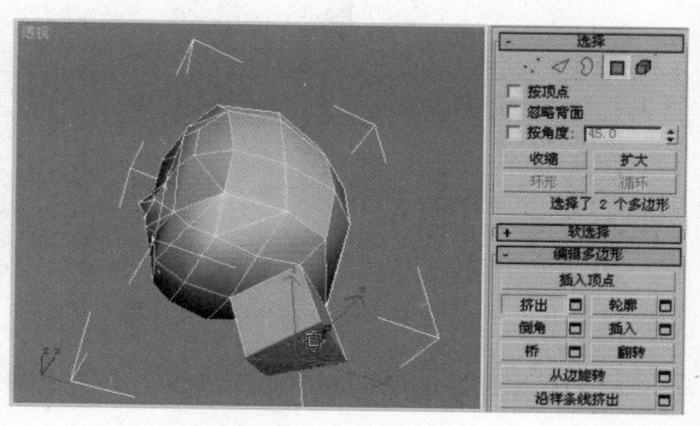

图 4-22　挤出脖子

（17）对模型进行平滑处理。方法是：将模型直接转换为可编辑的多边形，然后选中所有的多边形，如图 4-23 所示，给一个统一的光滑组，如图 4-24 所示。

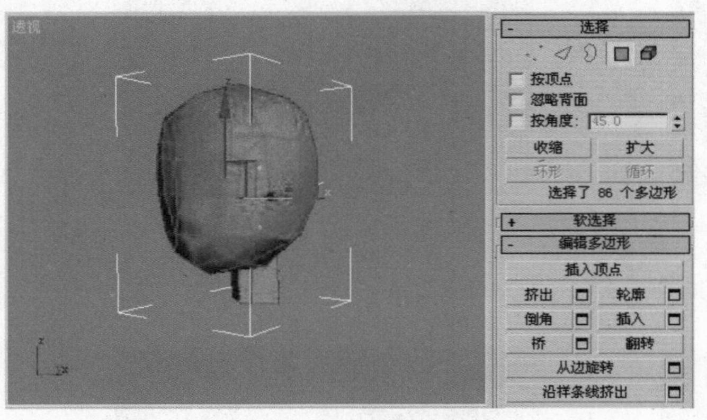

图 4-23　选中所有的多边形

图 4-24　给一个统一的光滑组

4.1.2　制作上衣包裹部位的模型

（1）采用制作男主角围脖的方法制作出围脖部分，结果如图 4-25 所示。

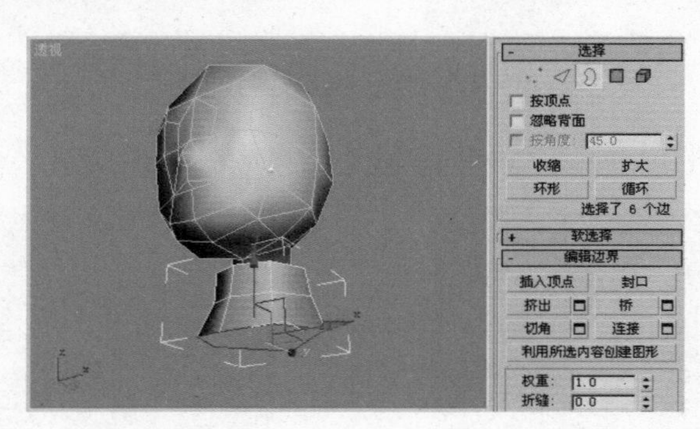

图 4-25　制作出围脖

（2）同理，挤出躯干主体部分，如图 4-26 所示；然后根据原画调整形状，如图 4-27 所示。

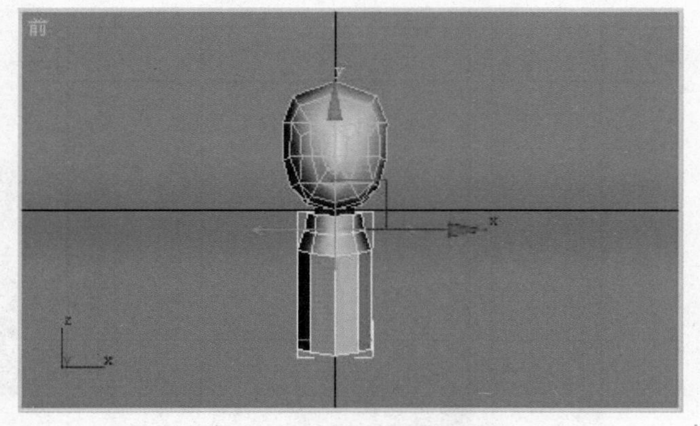

图 4-26　挤出躯干主体

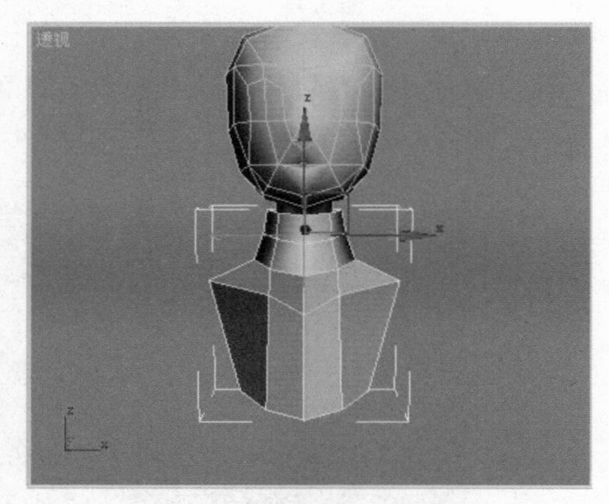

图 4-27　根据原画调整躯干主体的形状

（3）根据原画继续切割出胳膊的线，如图 4-28 所示。

（4）将胳膊处的顶点向外拉出，结果如图 4-29 所示。

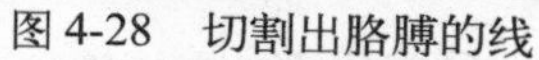

图 4-28 切割出胳膊的线

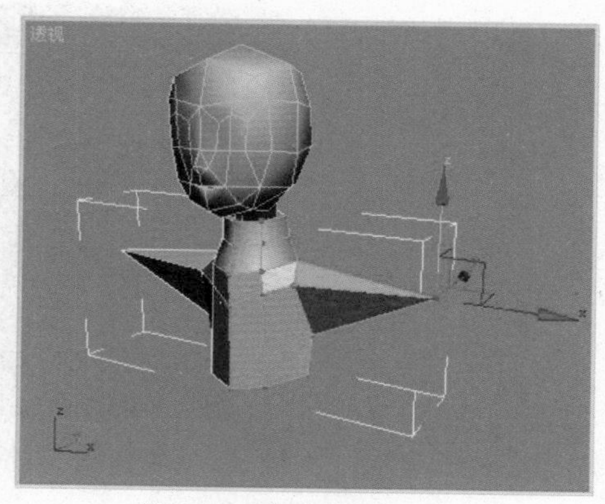

图 4-29 向外移动顶点

(5) 根据原画对躯干上部结构线进行细化。方法是：利用切割工具切割出垂直一圈线和背部一条线，如图 4-30 所示。

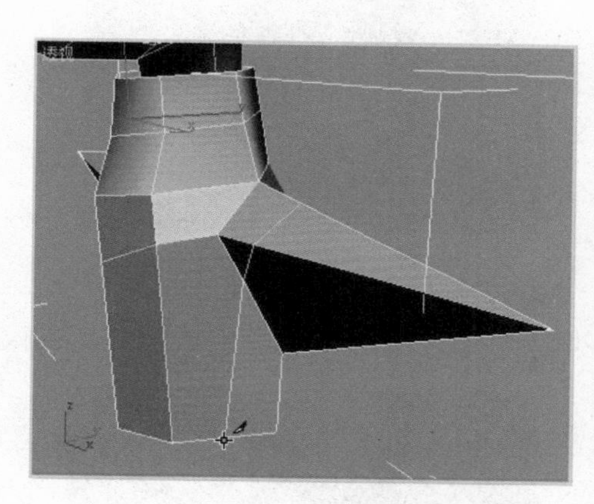

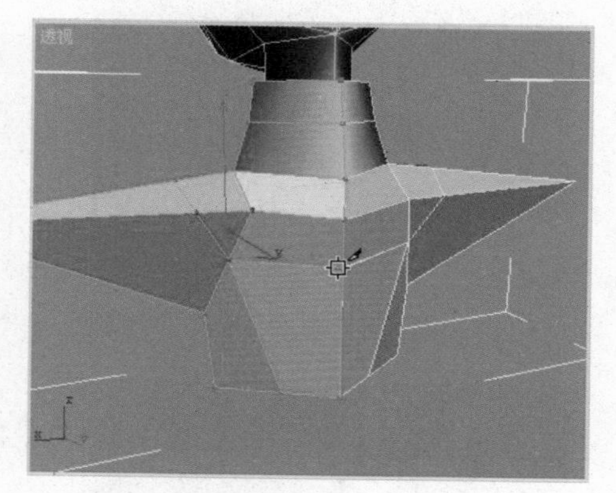

图 4-30 切割出垂直一圈线和背部一条线

(6) 切割出女性胸部的大体范围，如图 4-31 所示。

图 4-31 切割出女性胸部的大体范围

(7) 为了丰富胸部的结构，进一步进行切割，如图 4-32 所示。

(8) 调整出胸部的轮廓。方法是：首先根据原画调整胸部顶点的位置，如图 4-33 所示；然后利用切割工具进行切割并进一步调整形状，如图 4-34 所示。

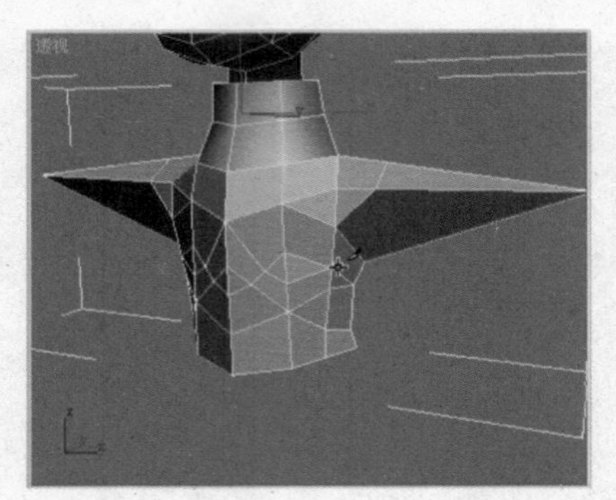

图 4-32　对胸部进一步进行切割

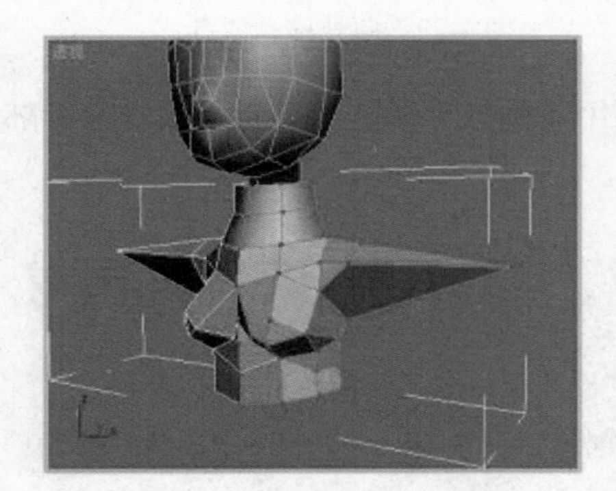

图 4-33　调整胸部的大体形状

图 4-34　对胸部进行细致刻画

（9）首先利用快速切片工具切割出一圈线，如图 4-35 所示；然后删除多余的部分，如图 4-36 所示。

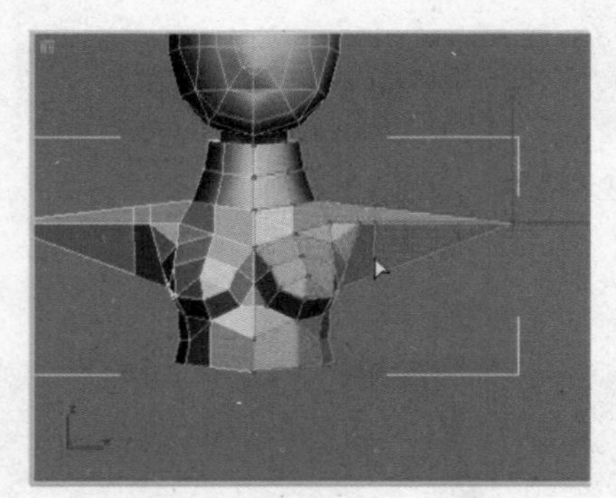

图 4-35　切割出一圈线

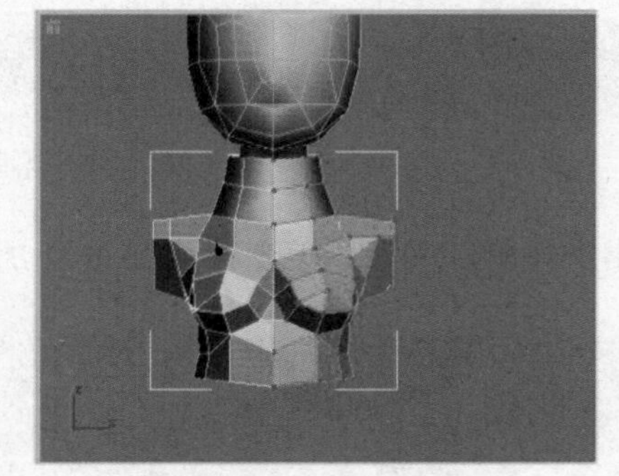

图 4-36　删除多余的部分

（10）继续切线，如图 4-37 所示；然后调整接口处顶点的位置，如图 4-38 所示。

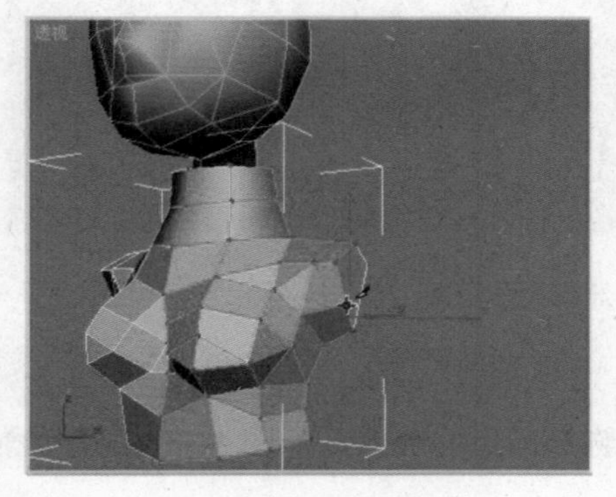

图 4-37　继续切割

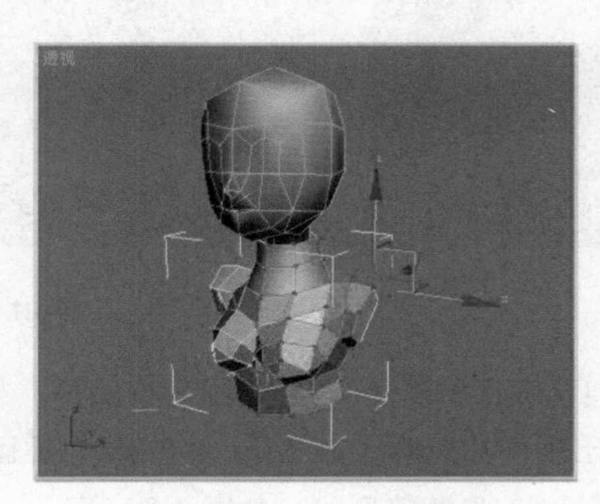

图 4-38　调整接口处顶点的位置

（11）将接口处的边界进行挤出，结果如图4-39所示。

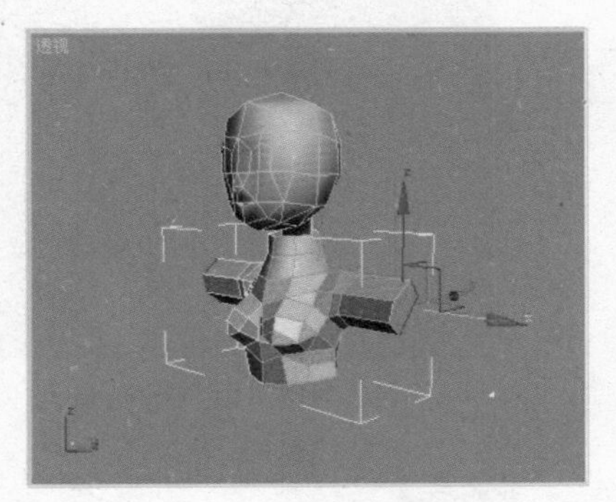

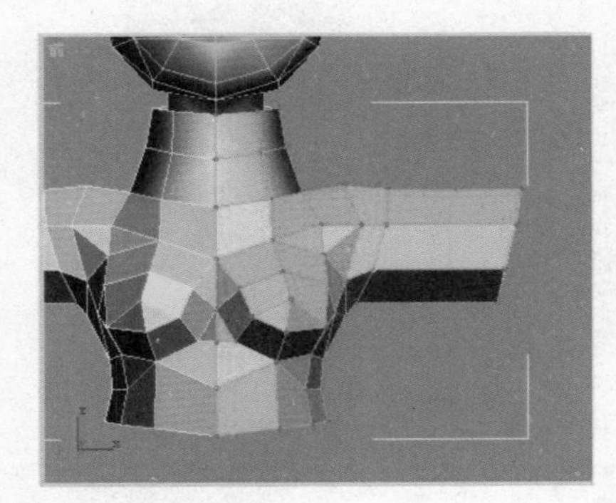

图4-39　将接口处的边界进行挤出

（12）利用快速切片工具继续切割出两圈线，如图4-40所示；然后调整形状，如图4-41所示。

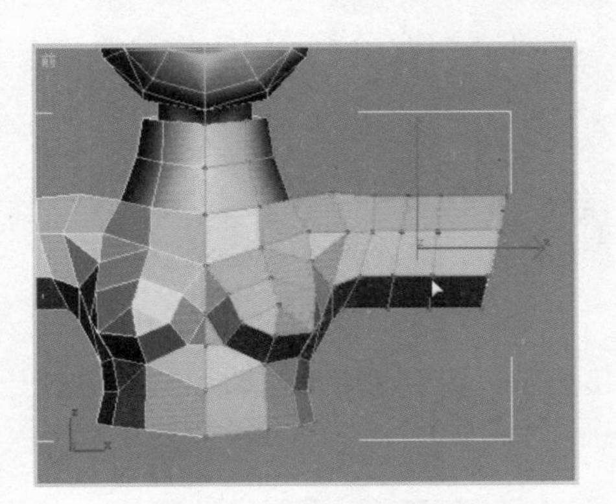

图4-40　切割出两圈线

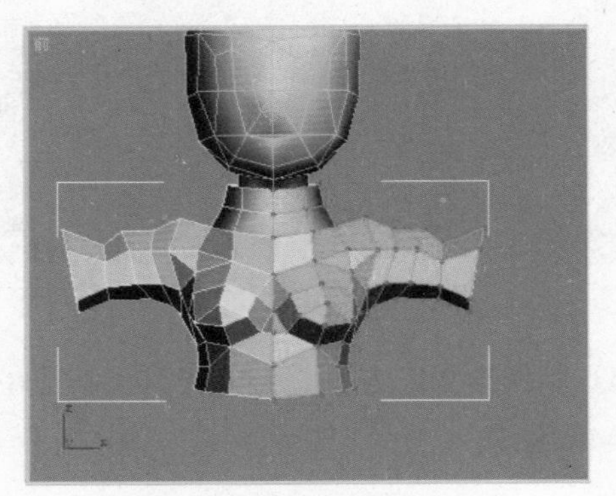

图4-41　调整形状

(13) 旋转视图后继续切割，如图4-42所示。

（14）将其转换为可编辑的多边形，如图4-43所示。

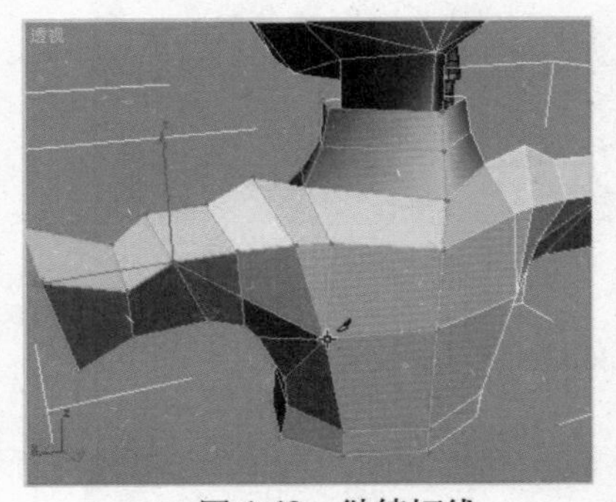

图4-42　继续切线

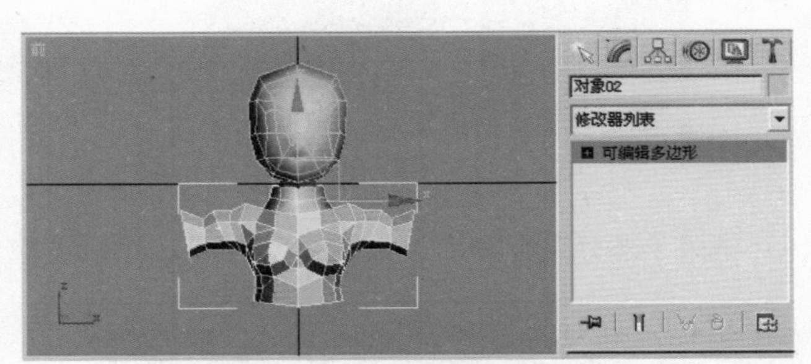

图4-43　转换为可编辑的多边形

4.1.3　制作腰部和裙子部分的模型

（1）利用工具，配合Shift键将躯干继续挤出，如图4-44所示；然后利用快速切片工具切割出上衣和裙子间皮肤的区域，如图4-45所示。

（2）调整出腰部的形状。方法是：利用分离工具将挤出的部分进行分离，如图4-46所示；调整分离后的模型形状，如图4-47所示。

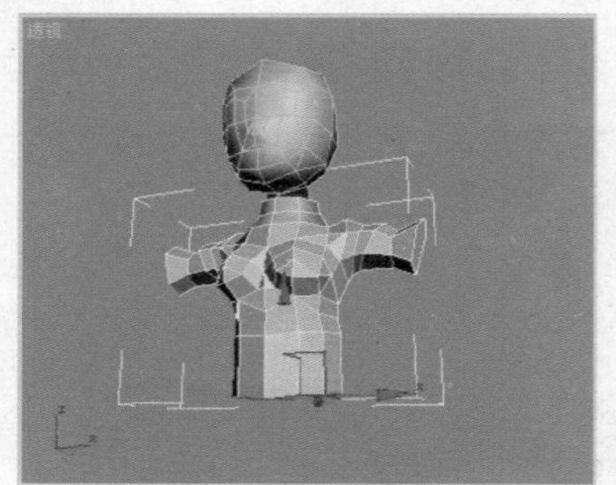

图 4-44 继续挤出

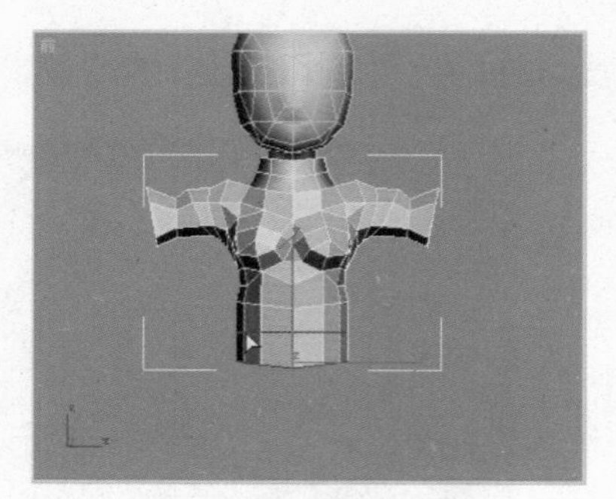

图 4-45 切割出一圈线

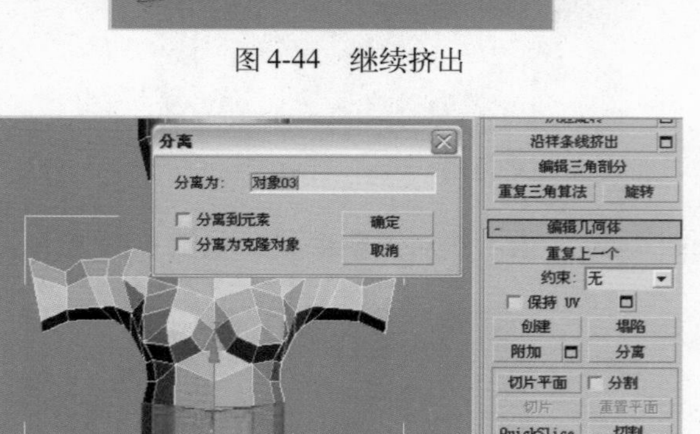

图 4-46 将挤出的部分进行分离

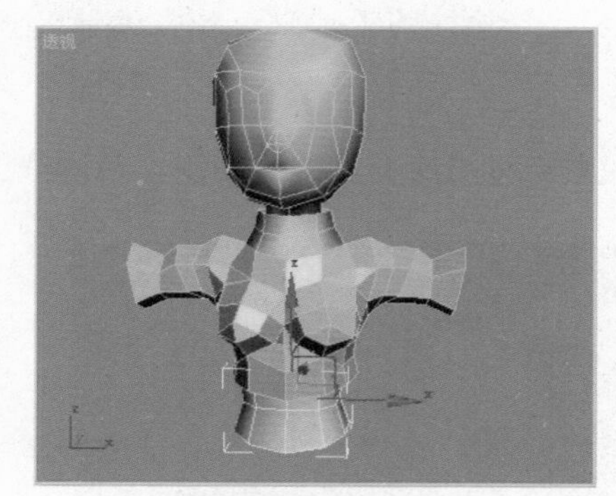

图 4-47 调整腰部的形状

（3）制作裙子。方法是：首先挤出裙子的长度，如图 4-48 所示；然后利用快速切片工具切割出 5 条线，如图 4-49 所示。

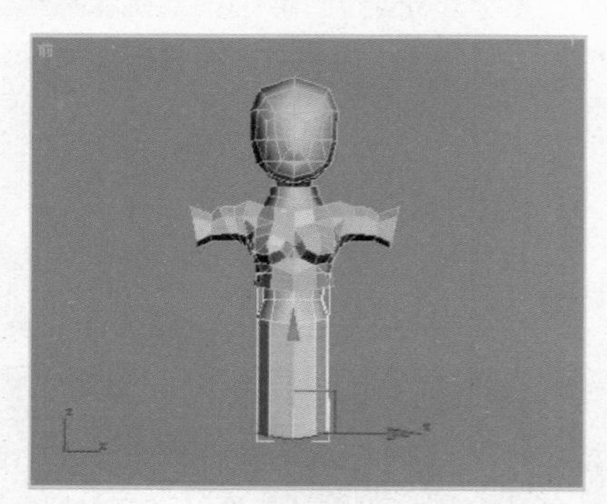

图 4-48 挤出裙子的长度

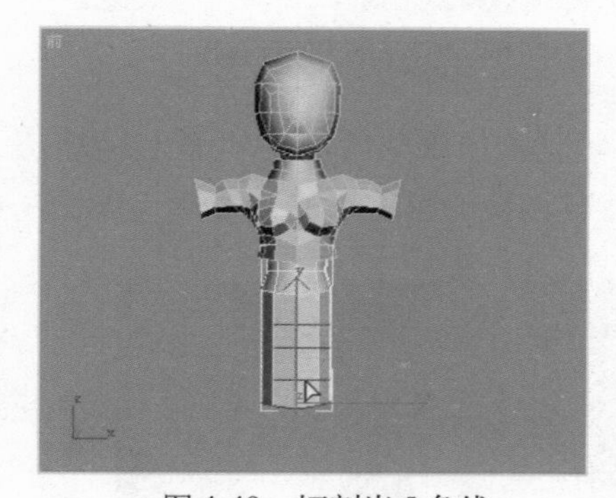

图 4-49 切割出 5 条线

（4）将裙子部分进行分离，如图 4-50 所示，然后调整形状如图 4-51 所示。

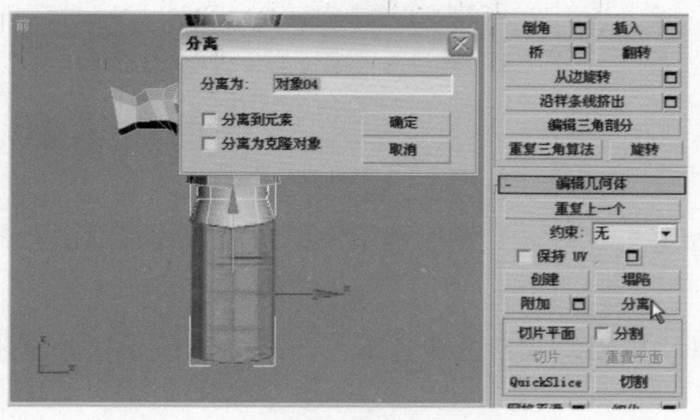

图 4-50 分离裙子模型

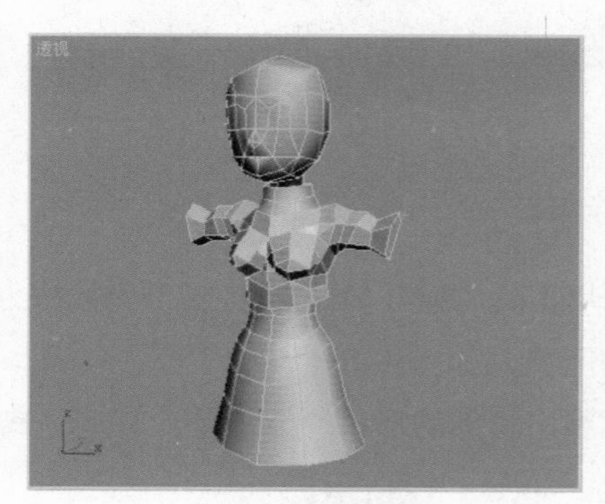

图 4-51 调整裙子的形状

4.1.4 制作上肢

（1）从上肢接口处挤出手臂，如图 4-52 所示；然后切割出 5 圈线，如图 4-53 所示。

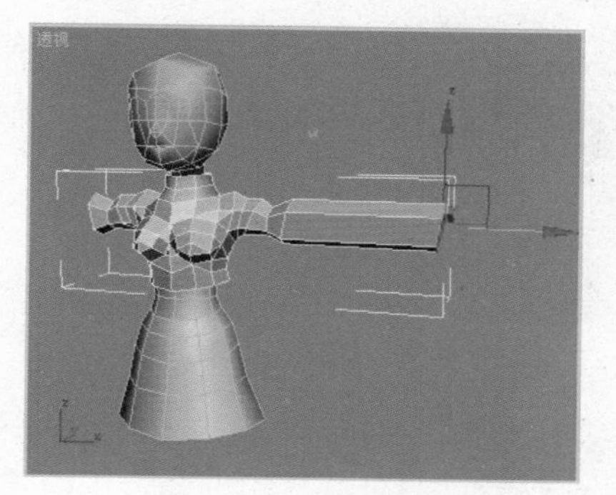
图 4-52 挤出手臂

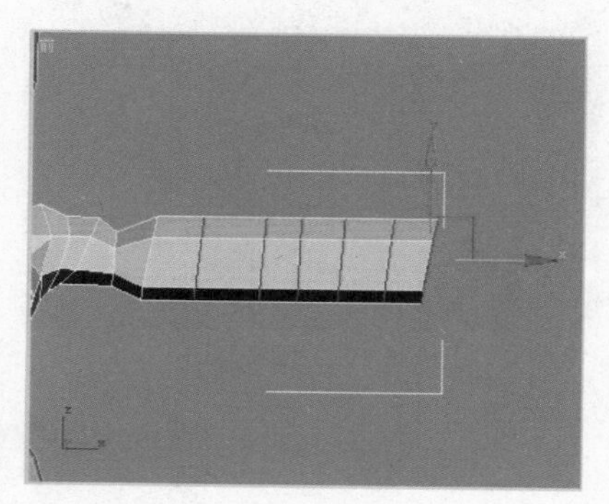
图 4-53 切割出 5 圈线

（2）将上肢与躯干进行分离，如图 4-54 所示。

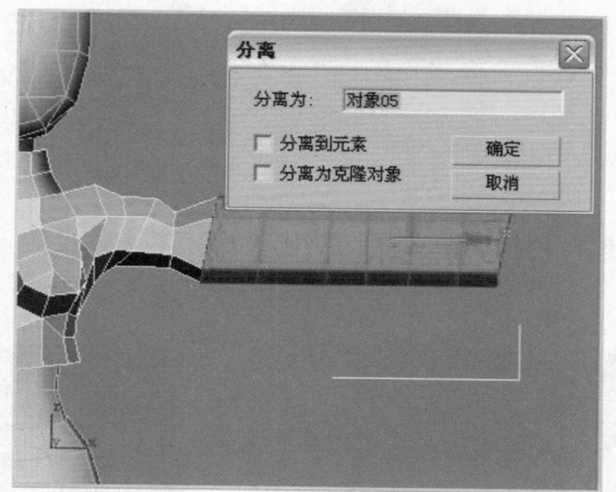

图 4-54 分离上肢与躯干

（3）调整出肘部的形状，如图 4-55 所示；然后利用挤出工具挤出护腕的形状，如图 4-56 所示。

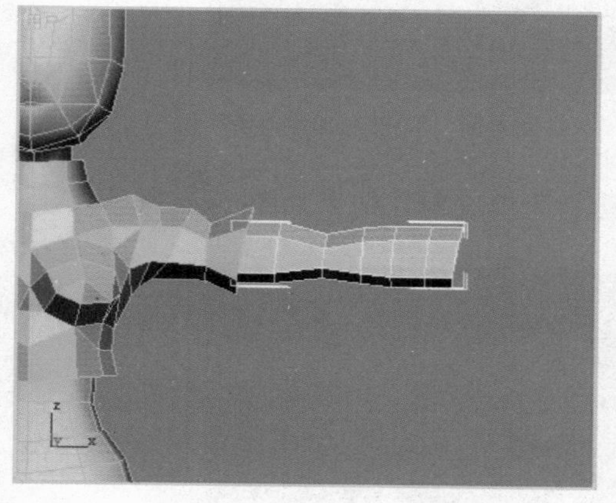
图 4-55 调整出肘部的形状

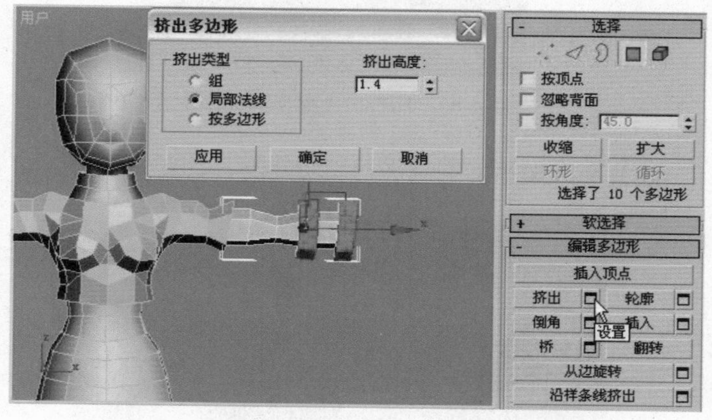

图 4-56 制作出护腕

（4）制作手。方法是：首先进行挤出，如图 4-57 所示；然后利用封口命令将末端进行封闭；接着利用快速切片工具切割出两圈线，如图 4-58 所示。

（5）调整手的形状，如图 4-59 所示。

图 4-57　继续挤出

图 4-58　切割出两圈线

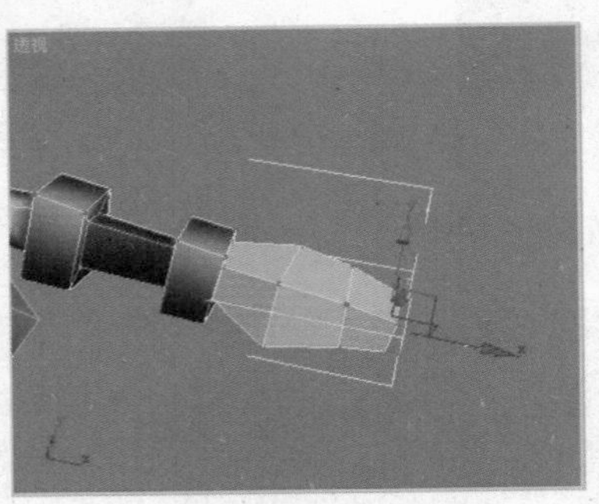

图 4-59　调整手的形状

（6）制作大拇指。方法是：利用切割工具切割出大拇指的大体位置，如图 4-60 所示；然后调整形状，如图 4-61 所示。

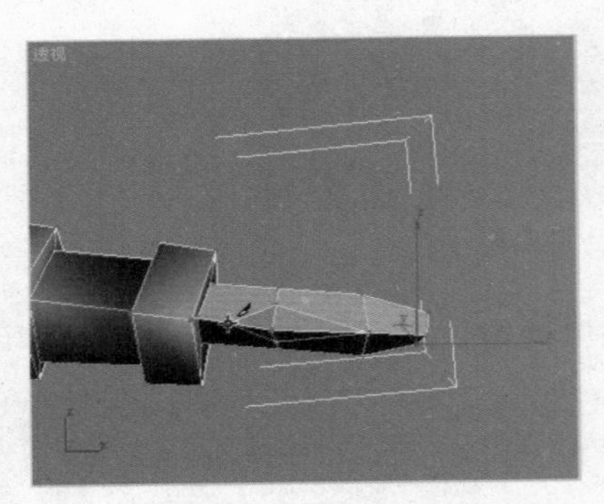

图 4-60　切割出大拇指的大体位置

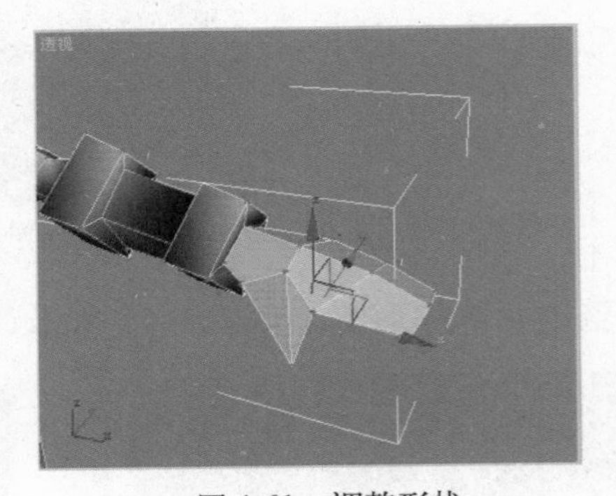

图 4-61　调整形状

（7）对大拇指的端点进行切角处理，如图 4-62 所示；然后进行平滑处理，结果如图 4-63 所示。

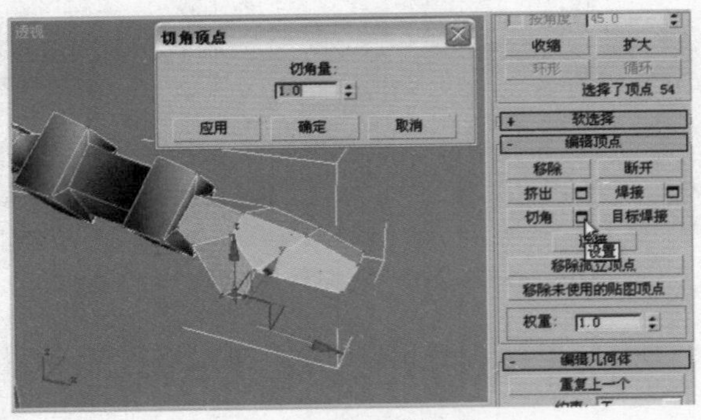

图 4-62　进行切角处理

图 4-63　平滑后的效果

4.1.5　制作下肢

（1）在顶视图中创建一个圆柱体，如图4-64所示，然后将其转换为可编辑的多边形。

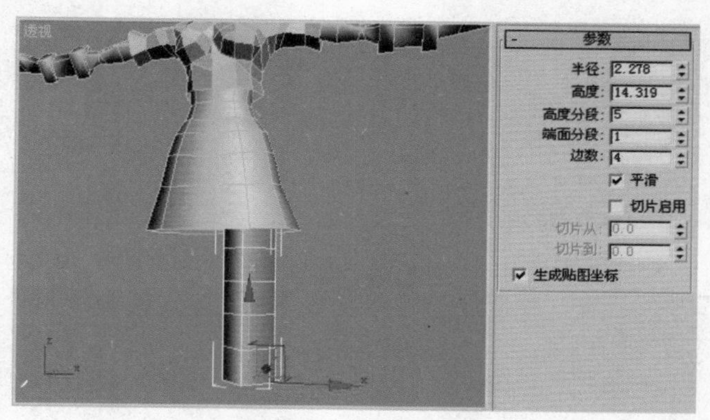

图4-64　创建圆柱体

（2）根据原图调整腿部的形状，如图4-65所示。

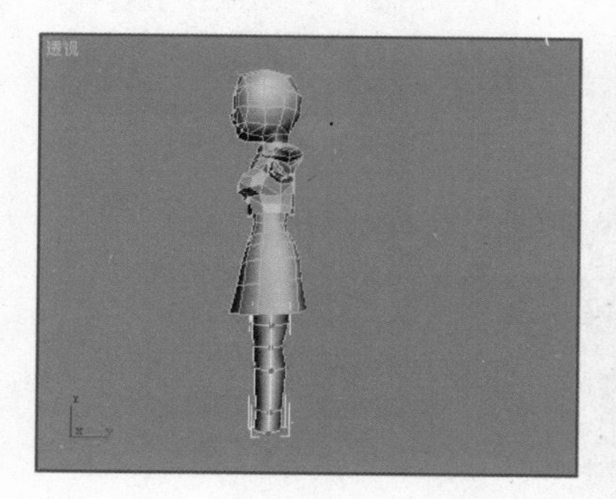

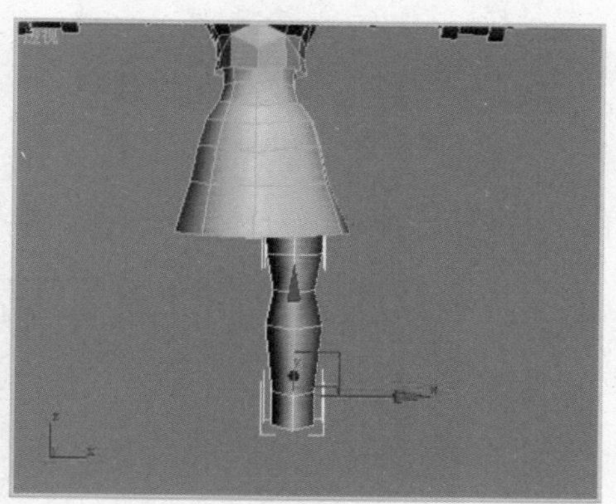

图4-65　调整腿部的形状

（3）继续切线，如图4-66所示。

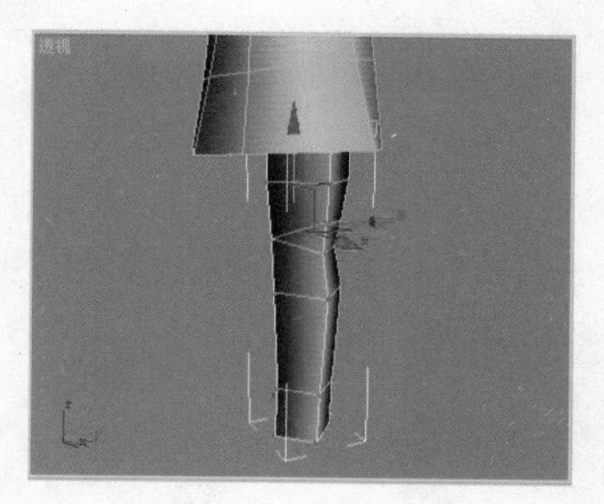

图4-66　继续切线

（4）制作鞋。方法是：利用挤出工具挤出鞋的高度，如图4-67所示，然后再次挤出，如图4-68所示；调整顶点的位置，从而形成鞋尖，然后切割出两条线，如图4-69所示；接着利用与制作男孩鞋子相同的方法制作鞋子，如图4-70所示。

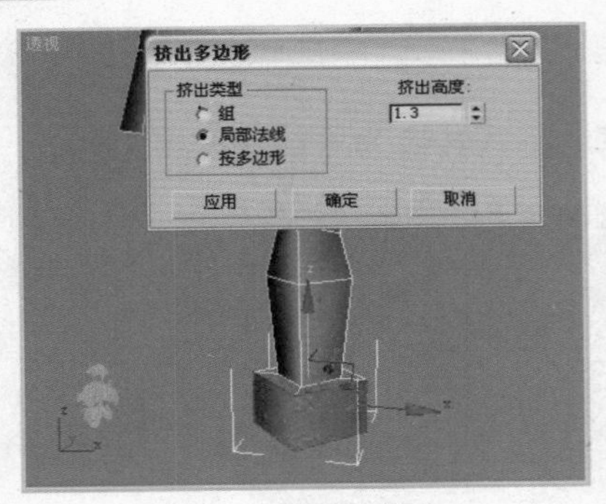

图 4-67　挤出鞋的高度

图 4-68　再次挤出

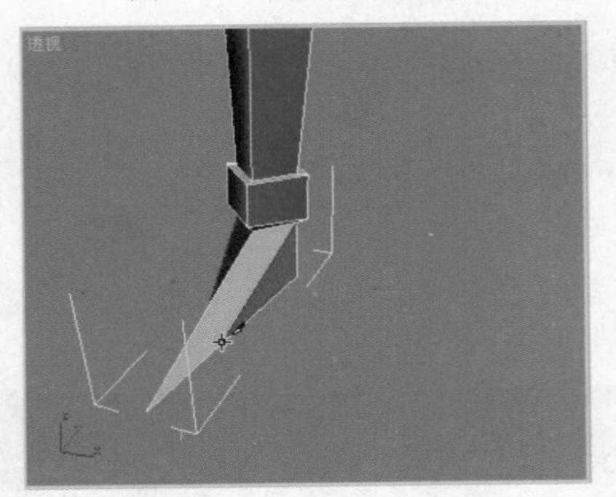

图 4-69　制作鞋尖

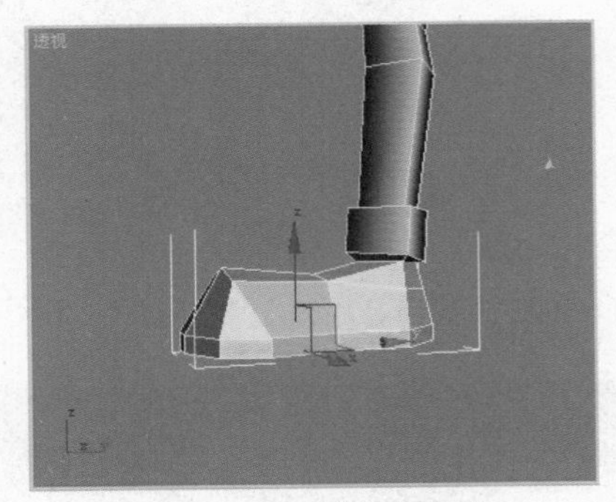

图 4-70　制作出鞋子

（5）利用“对称” 命令将腿对称到另一侧，结果如图 4-71 所示。

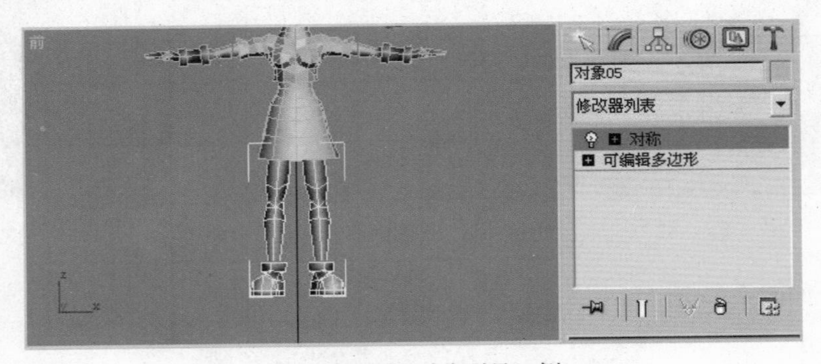

图 4-71　将腿对称到另一侧

4.1.6　制作头发

（1）选中头发的多边形，如图 4-72 所示；然后通过分离命令将它们进行分离，如图 4-73 所示。

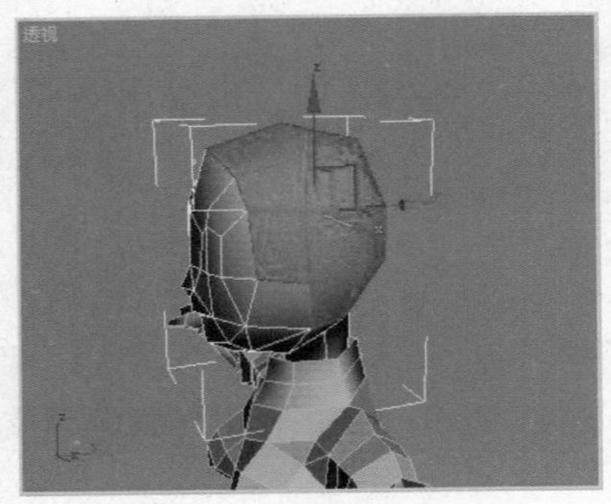

图 4-72　选中头发的多边形

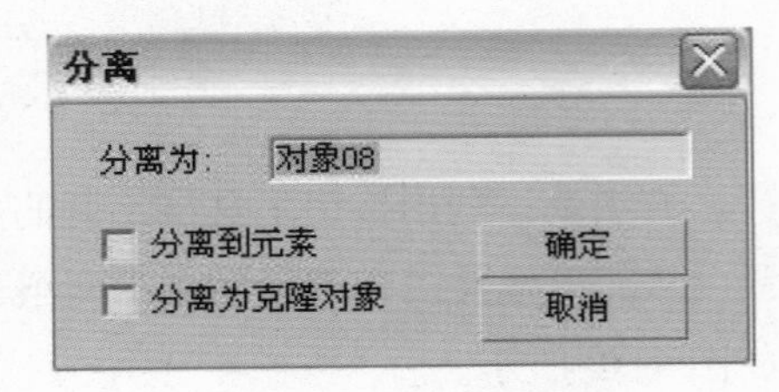

图 4-73　分离头发

（2）通过“挤出”命令挤出头发的厚度，结果如图 4-74 所示。

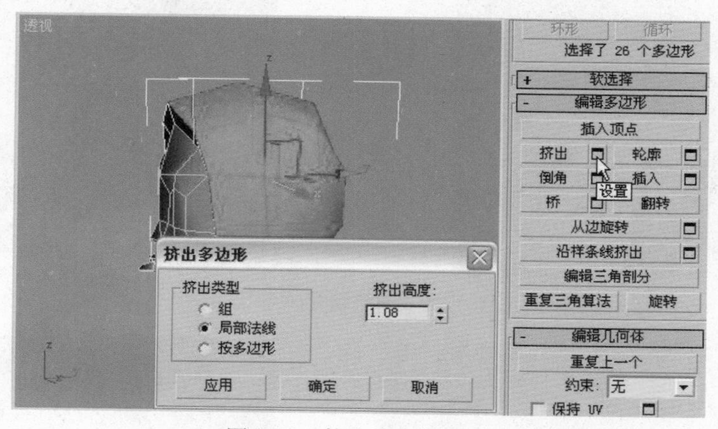

图 4-74　挤出头发的厚度

（3）调整顶点的位置，如图 4-75 所示。

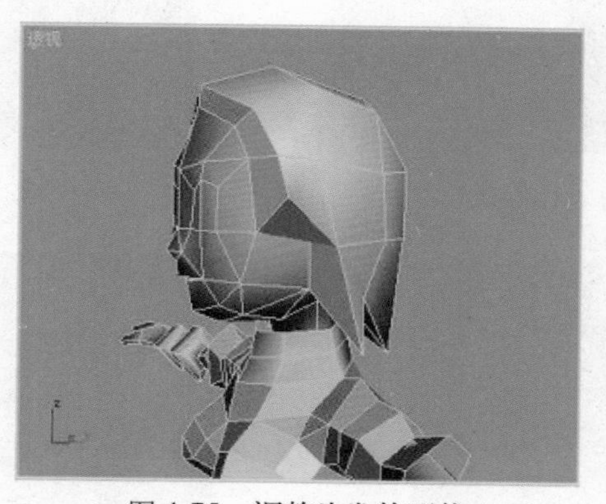

图 4-75　调整头发的形状

（4）选中头发前面的多边形，如图 4-76 所示；然后进行挤出处理，结果如图 4-77 所示。

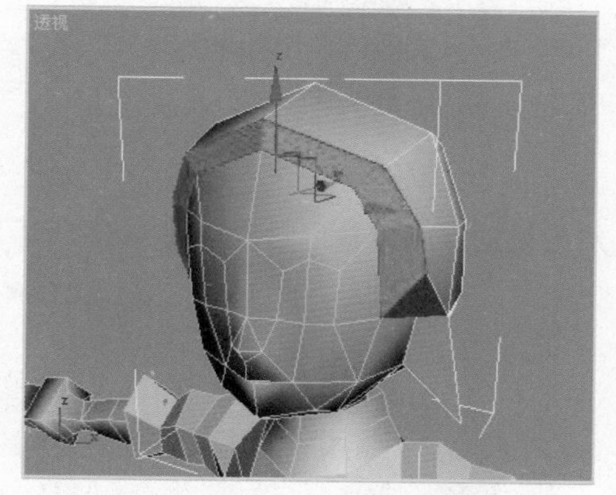

图 4-76　选中头发前面的多边形

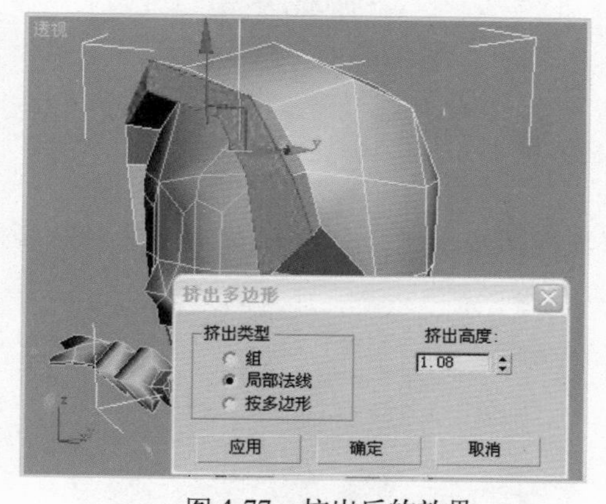

图 4-77　挤出后的效果

（5）调整鬓角部分的形状，如图 4-78 所示。

（6）对边缘顶点进行挤出处理，如图 4-79 所示；接着根据原画调整焊接后顶点的位置，如图 4-80 所示。

（7）利用切割工具切割出头发的中缝线，如图 4-81 所示；调整中缝的形状使之与原画相匹配，如图 4-82 所示。

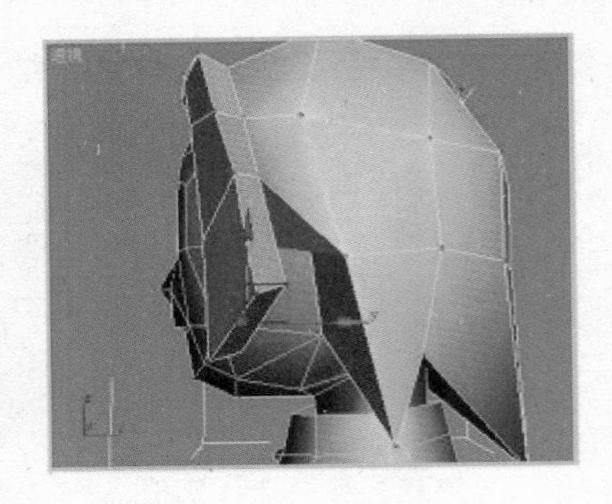

图 4-78　调整鬓角的形状

图 4-79　对边缘顶点进行焊接处理

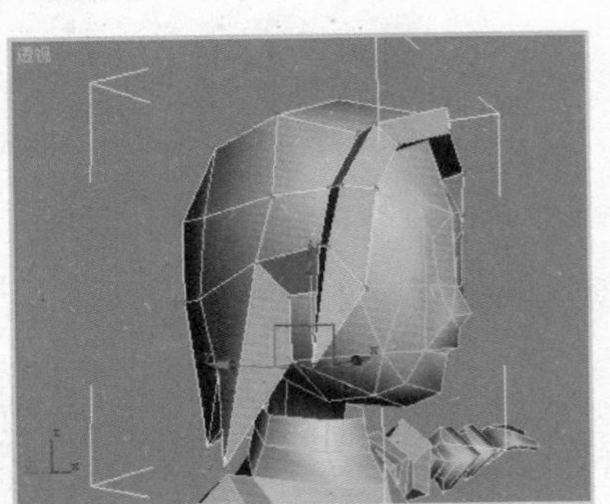

图 4-80　调整顶点的位置

图 4-81　切割出中缝线

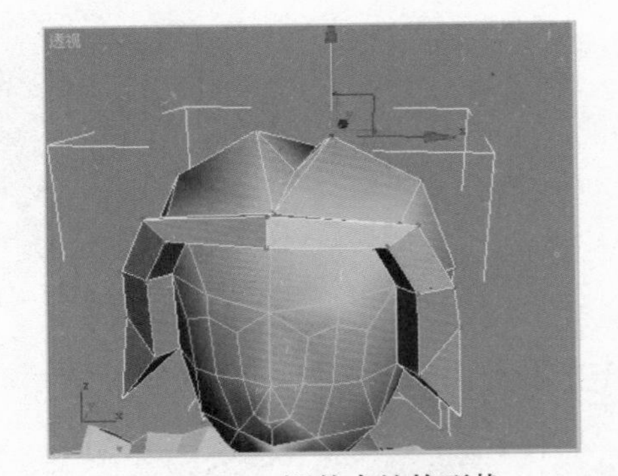

图 4-82　调整中缝的形状

4.1.7　制作耳朵

（1）在顶视图中创建一个长方体，如图 4-83 所示；然后根据原画调整形状，如图 4-84 所示。

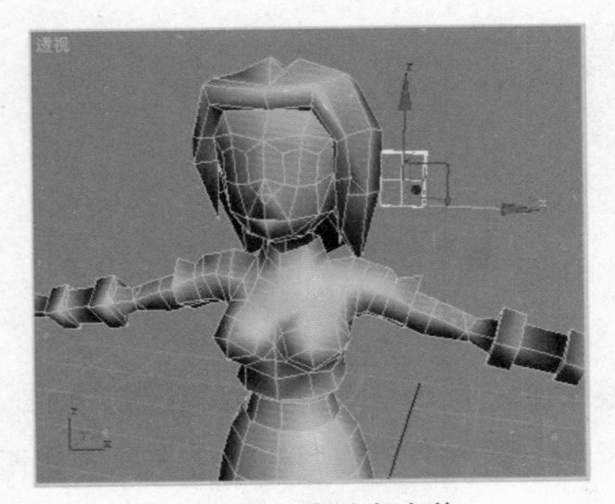

图 4-83　创建长方体

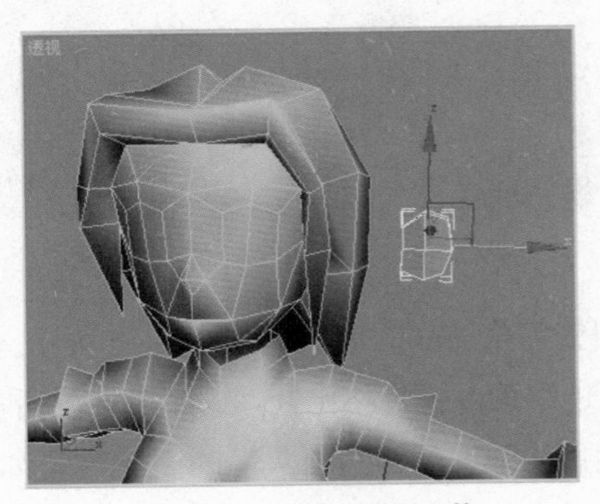

图 4-84　调整耳朵的形状

（2）删除看不到的多边形，然后将耳朵移动到相应位置，接着镜像复制到另一侧，结果如图 4-85 所示。

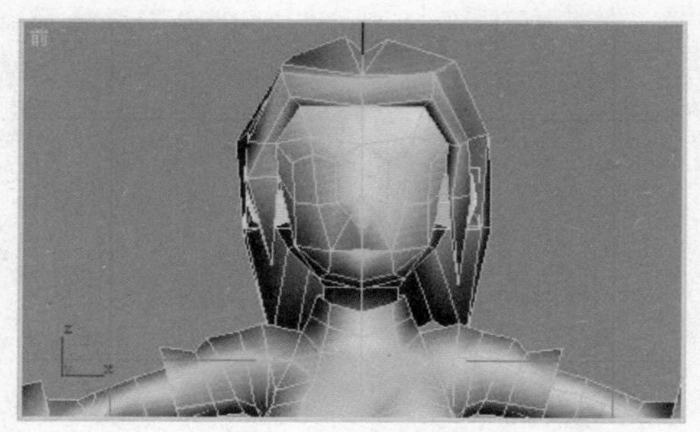

图 4-85 制作耳朵

（3）将各部分模型结合成整体，结果如图 4-86 所示，然后对其进行平滑处理。

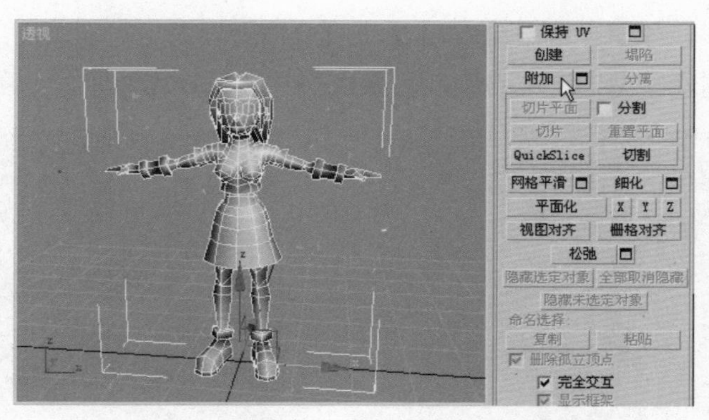

图 4-86 将各部分模型结合成一个整体

至此，整个女主角的模型创建完毕。

4.2 展开女主角 UV

本节将根据原图对模型进行 UV 展开，展开 UV 包括分离模型和对分离后的模型分别进行 UV 展开两个环节。

4.2.1 将各部分的模型进行分离

（1）选中头发部分的多边形，如图 4-87 所示，然后进行分离。

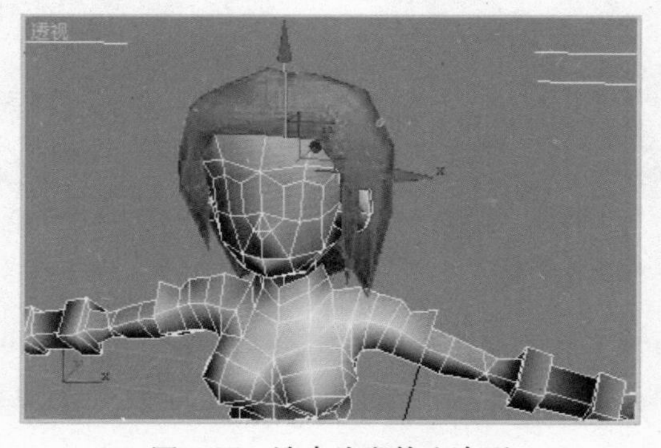

图 4-87 选中头发的多边形

（2）选中左侧的耳朵进行删除，然后选中右侧的耳朵进行分离，如图 4-88 所示。

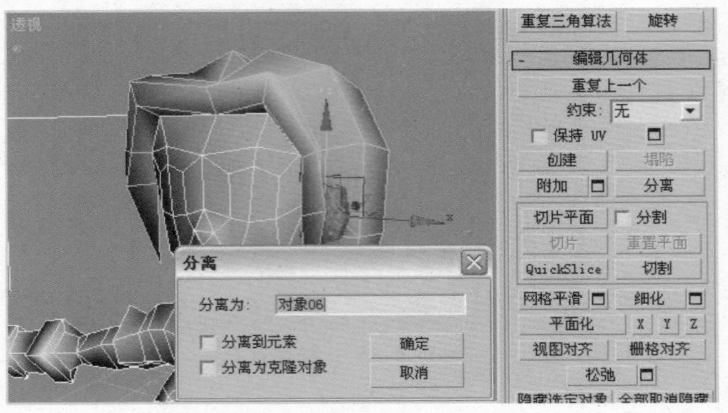

图 4-88 对耳朵进行分离

（3）选中脸部的多边形，如图 4-89 所示，然后进行分离处理。

（4）选中左上肢进行删除，然后选中右上肢的多边形并进行分离处理，如图 4-90 所示。

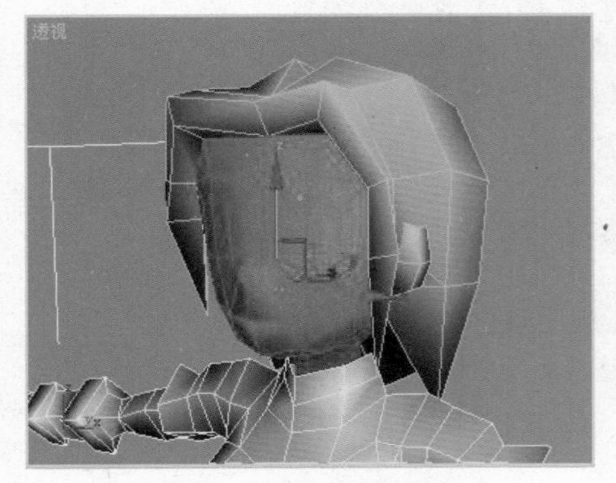

图 4-89 选中脸部的多边形

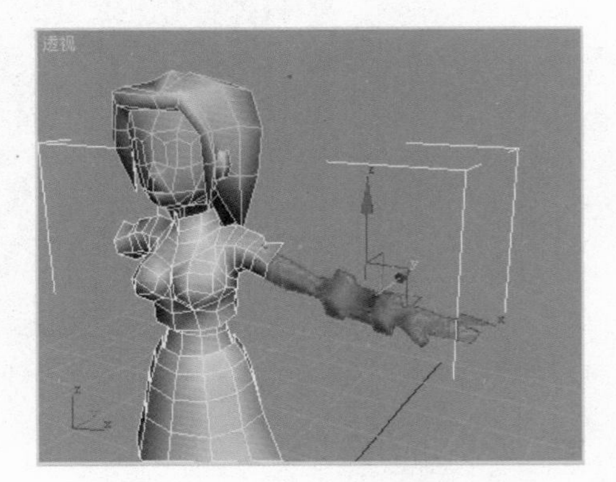

图 4-90 选中右上肢的多边形

（5）选中腰部皮肤的多边形并进行分离处理，如图 4-91 所示。

（6）选中裙子部分的多边形并进行分离处理，如图 4-92 所示。

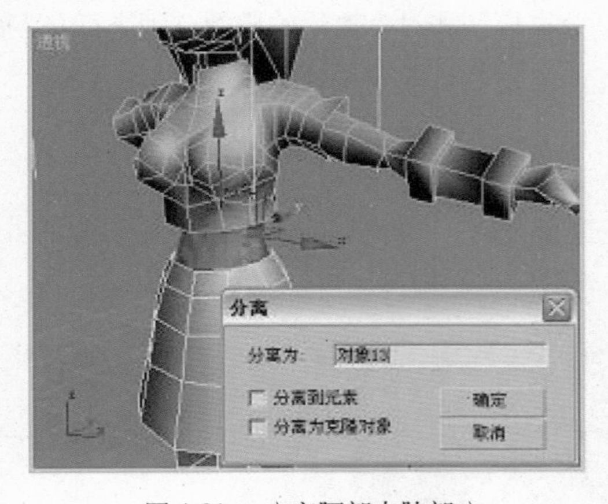

图 4-91 分离腰部皮肤部分

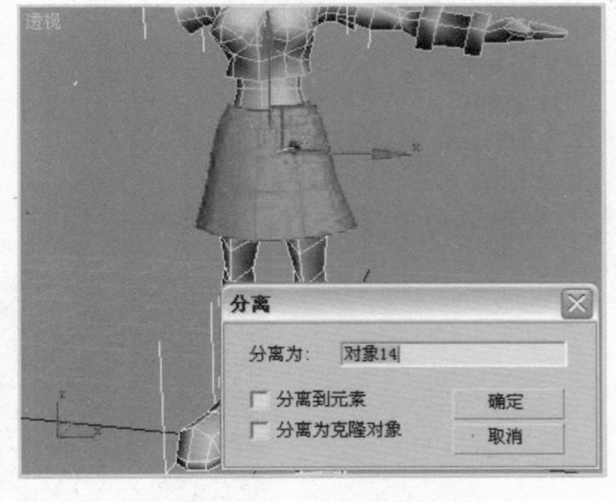

图 4-92 分离裙子部分

（7）删除左下肢，然后选中右下肢的多边形并进行分离处理，如图 4-93 所示。

（8）删除上衣左侧的袖子，然后选中上衣右侧袖子的多边形并进行分离处理，如图 4-94 所示。

（9）选中围脖的多边形并进行分离处理，如图 4-95 所示。

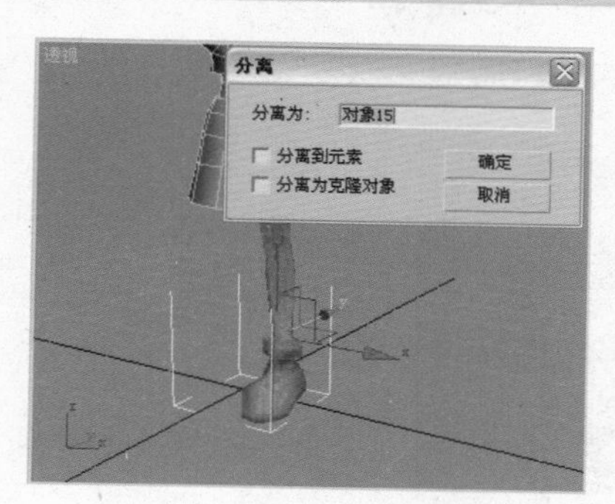

图 4-93 分离右下肢

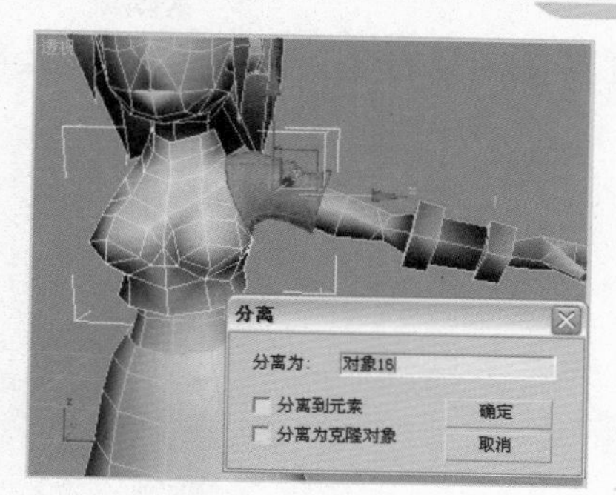

图 4-94 分离右侧袖子

（10）选中左侧上衣的多边形，如图 4-96 所示，进行删除。

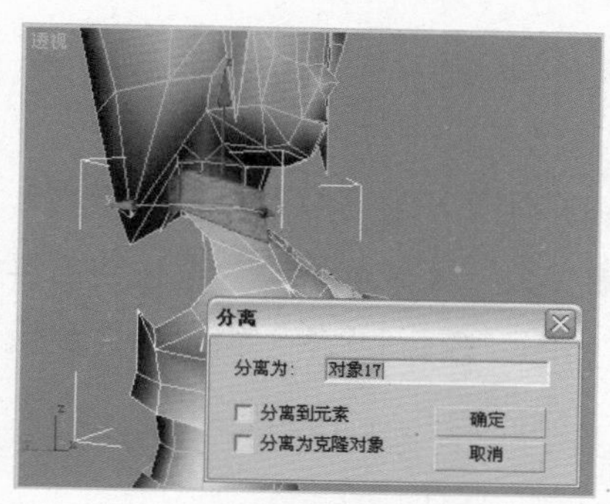

图 4-95 分离围脖

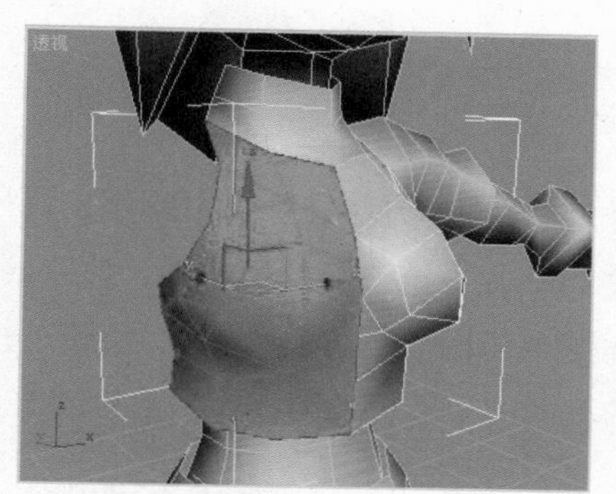

图 4-96 选中左侧上衣部分

（11）选中左侧裙子的多边形，如图 4-97 所示，进行删除。

(12) 选中裙子裙带上部的多边形并进行分离处理，如图 4-98 所示。

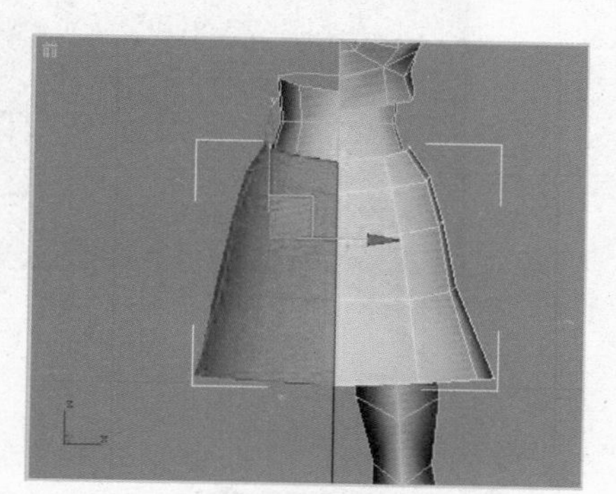

图 4-97 选中左侧裙子的多边形

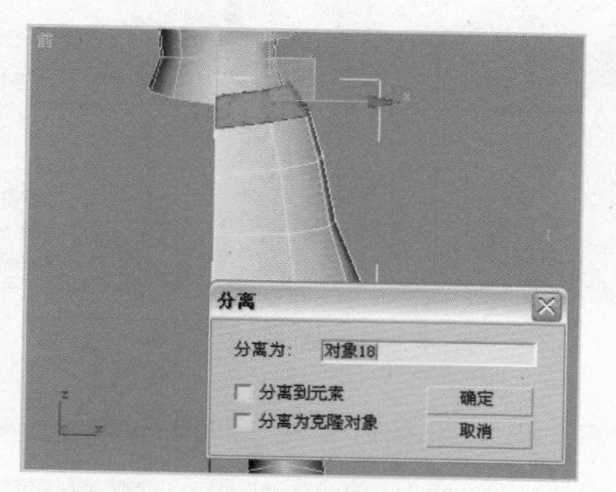

图 4-98 分离裙带上部的多边形

（13）选中裙带部分的多边形并进行分离处理，如图 4-99 所示。

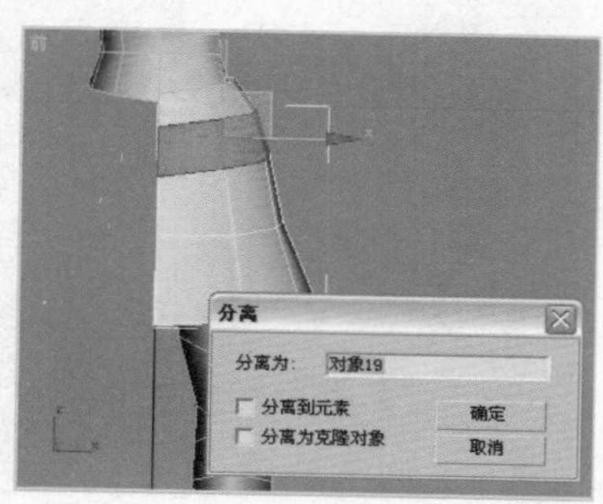

图 4-99 分离裙带部分的多边形

(14) 选中脖子部分的多边形并进行分离处理，如图 4-100 所示。

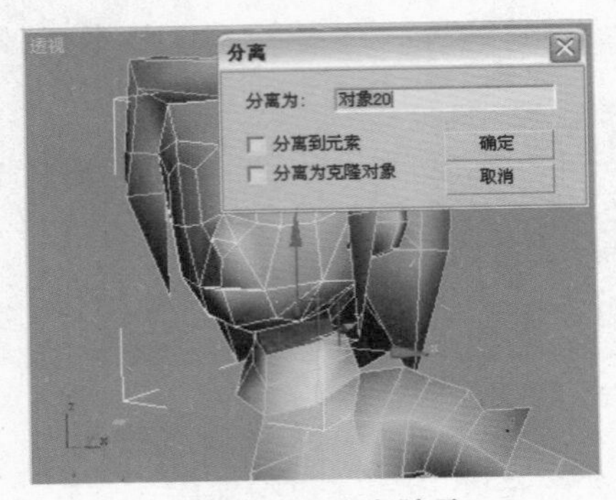

图 4-100　分离脖子

4.2.2　进行 UV 展开

(1) 展开脸部 UV。方法是：选中脸部，执行修改器中的“UVW 展开”命令，然后进入“选择面”级别，按快捷键 Ctrl+A 全选脸部的所有面；接着单击“子对象参数”区域中的 Y 单选按钮后再单击“平面贴图”按钮，如图 4-101 所示；最后单击“编辑”按钮，在弹出的“编辑 UVW”窗口中，利用“自由形式模式”按钮对脸部的 UV 进行缩放操作，如图 4-102 所示。

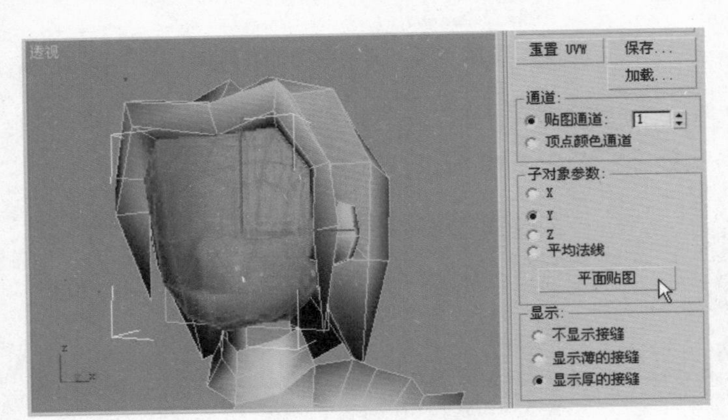

图 4-101　展开脸部 UV

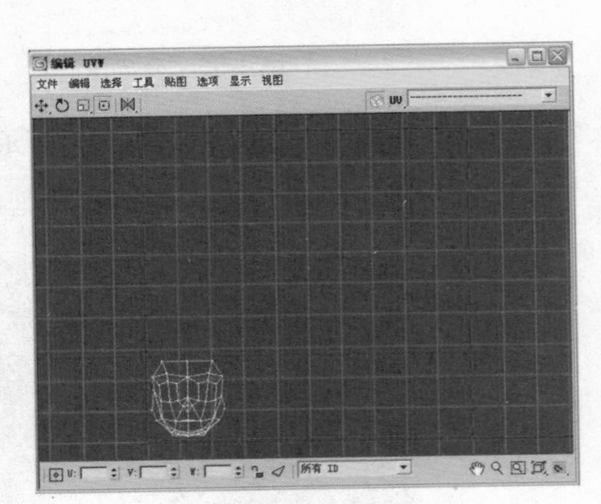

图 4-102　编辑脸部 UV

(2) 同理，展开耳朵的 UV，如图 4-103 所示。

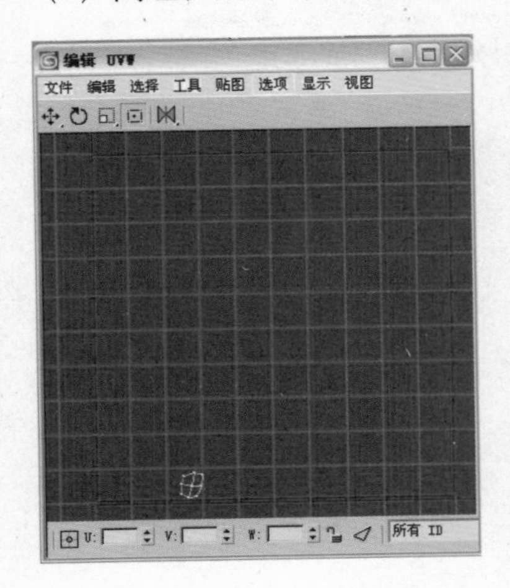

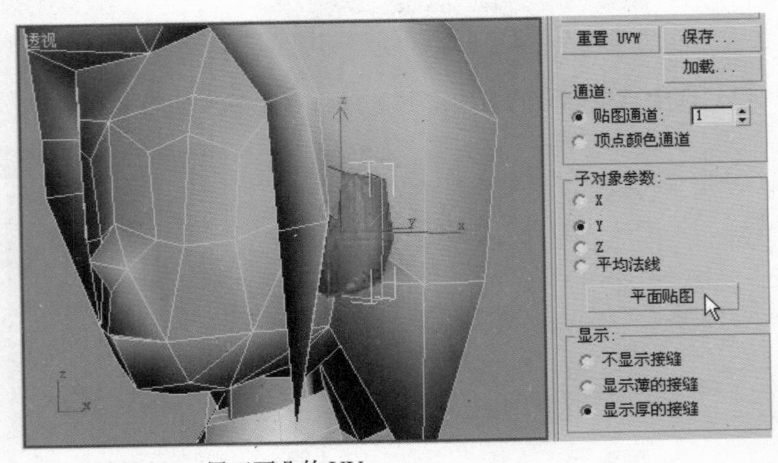

图 4-103　展开耳朵的 UV

（3）同理，展开脖子的UV，如图4-104所示。

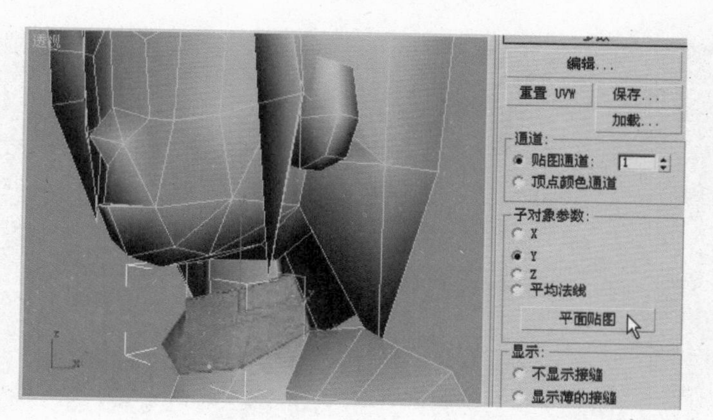

图4-104　展开脖子的UV

（4）将上衣前面的多边形进行分离，如图4-105所示；然后进行UV展开，如图4-106所示。

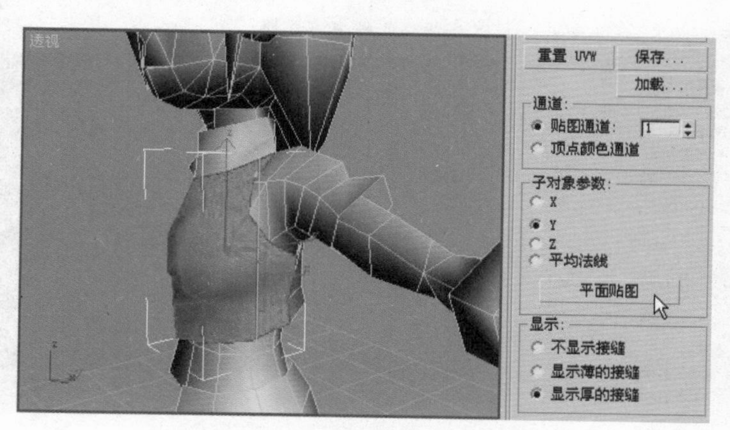

图4-105　分离上衣前面的多边形

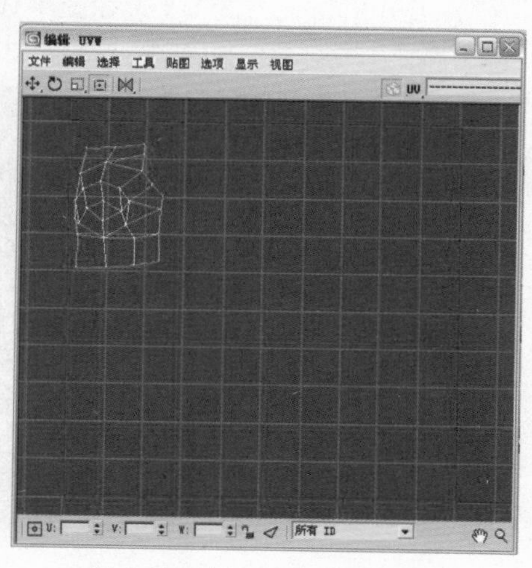

图4-106　展开上衣前面的UV

（5）展开上衣后面多边形的UV，如图4-107所示。

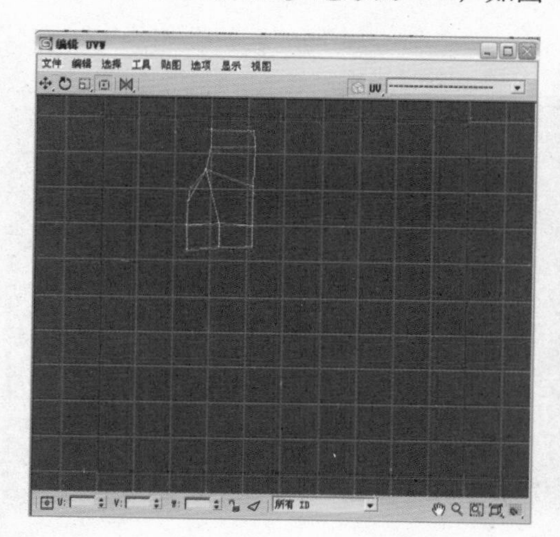

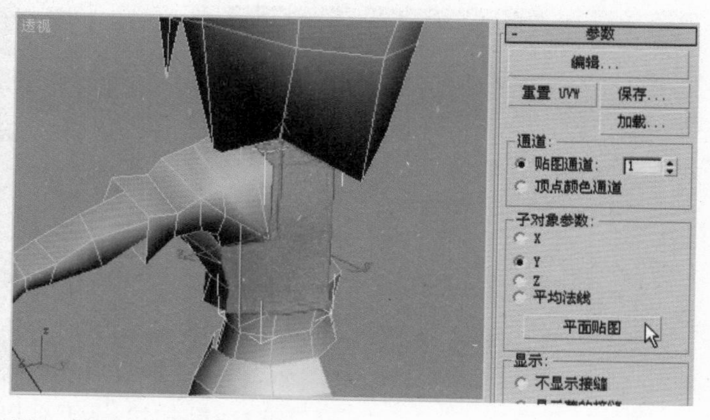

图4-107　展开上衣后面的UV

（6）展开腰部皮肤多边形的 UV，如图 4-108 所示。

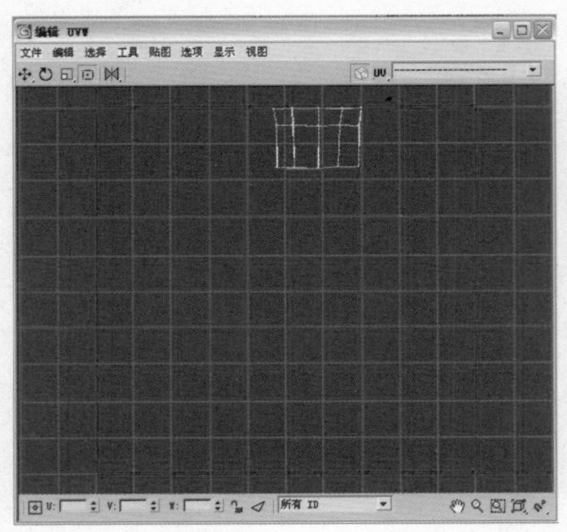

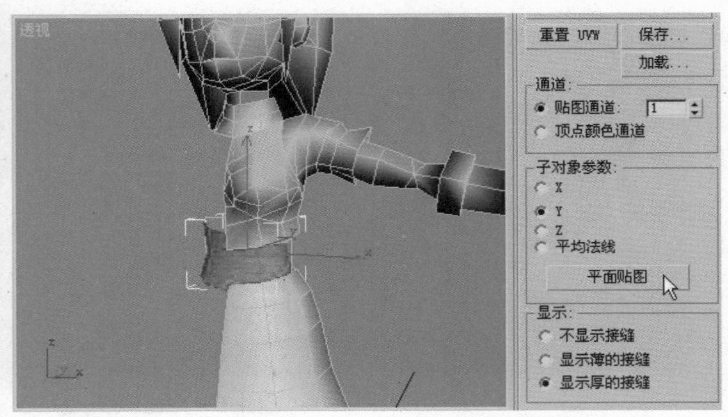

图 4-108　展开腰部多边形的 UV

（7）展开裙带上方的 UV，如图 4-109 所示。

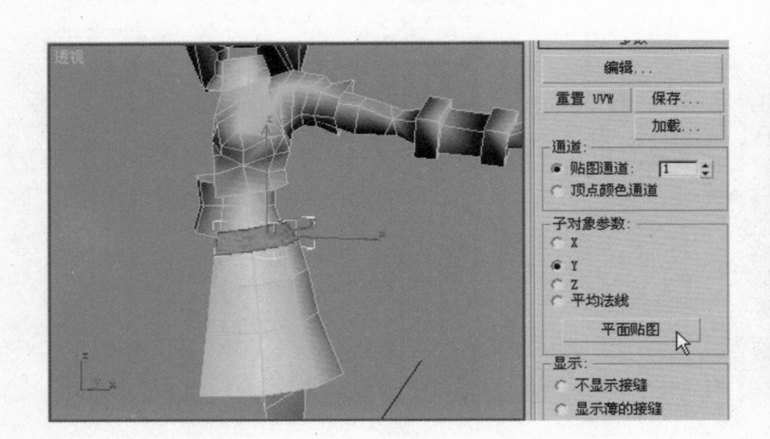

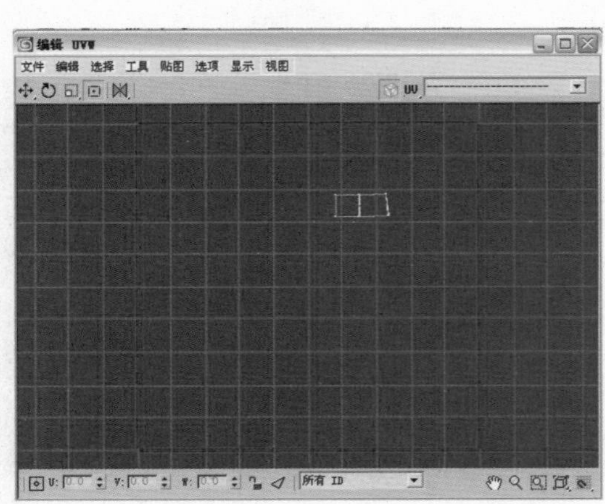

图 4-109　展开裙带上方的 UV

（8）展开裙带的 UV，如图 4-110 所示。

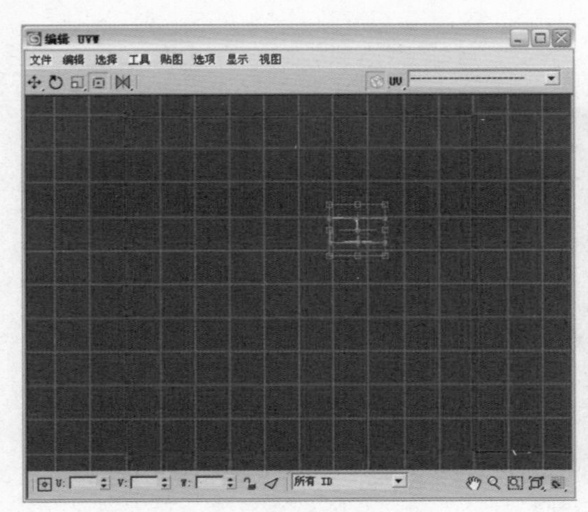

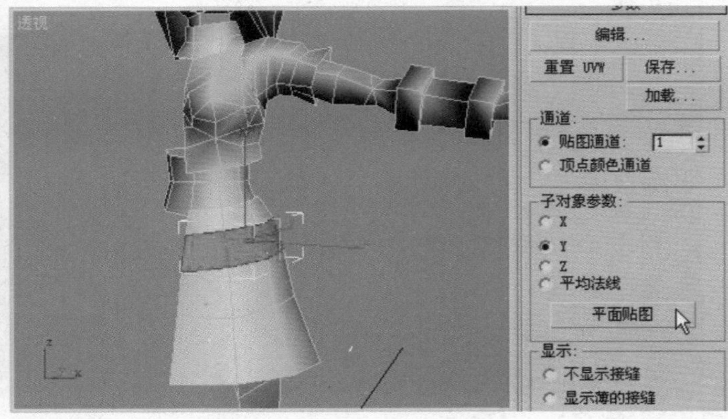

图 4-110　展开裙带的 UV

（9）展开裙带下方裙子的 UV，如图 4-111 所示。

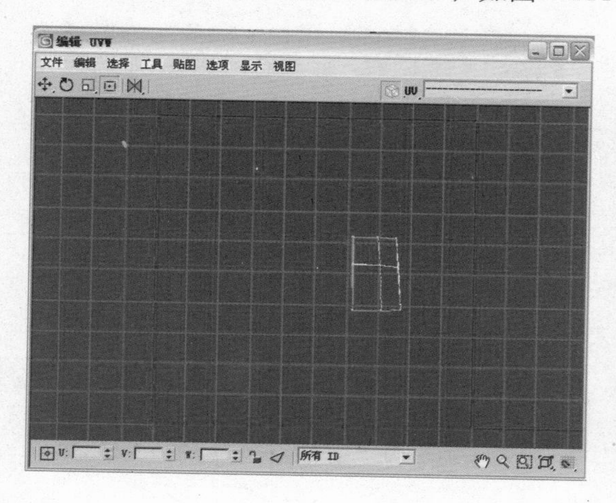

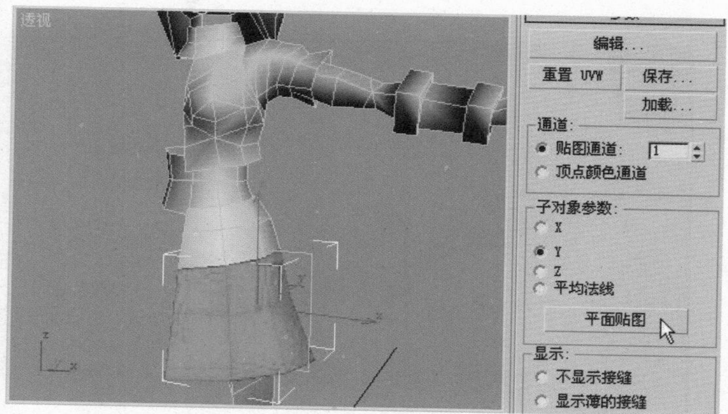

图 4-111 展开裙带下方裙子的 UV

（10）展开上衣袖子的 UV，如图 4-112 所示。

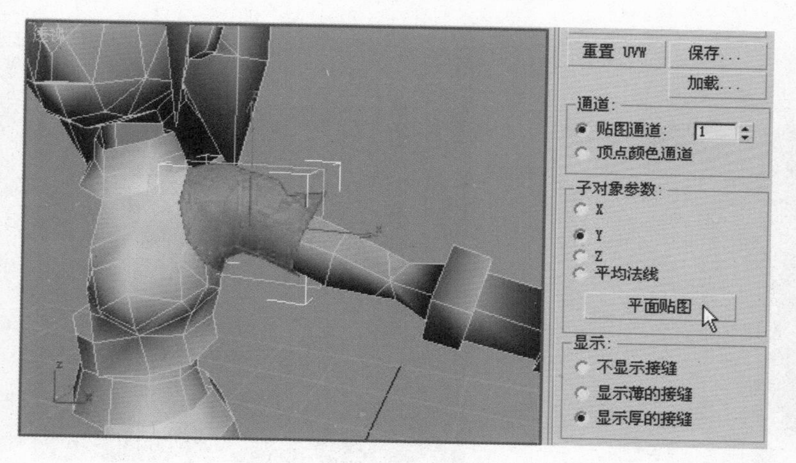

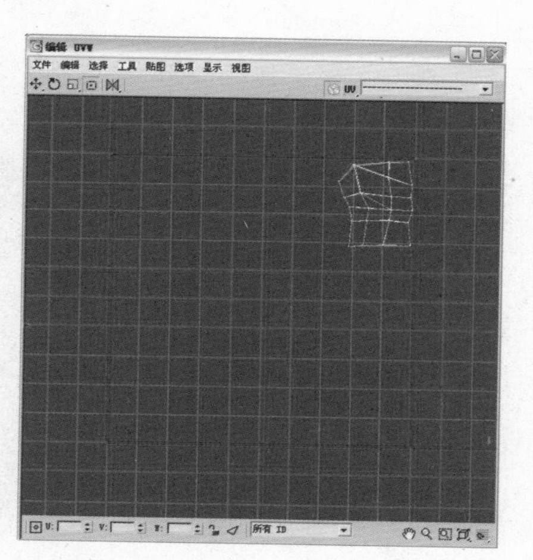

图 4-112 展开上衣袖子的 UV

（11）将护腕和手从上肢中分离出来，如图 4-113 所示。

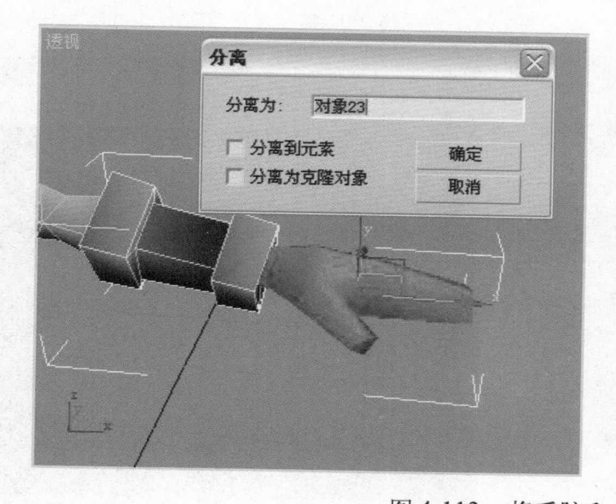

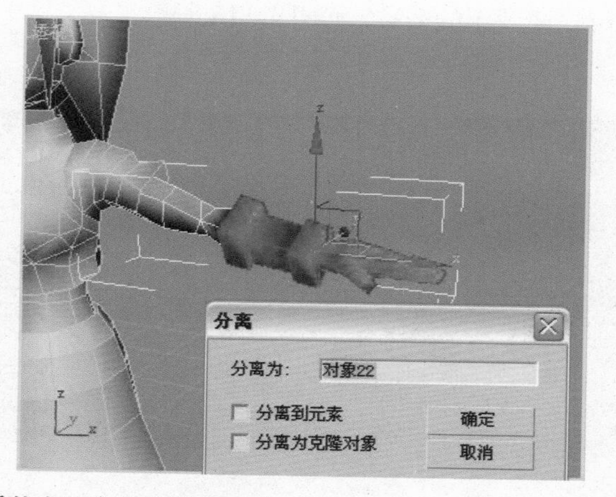

图 4-113 将手腕和手从上肢中分离出来

（12）对上臂进行 UV 展开，如图 4-114 所示。

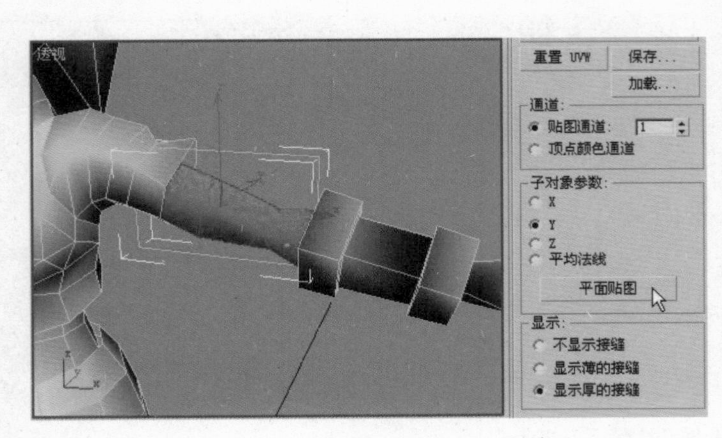

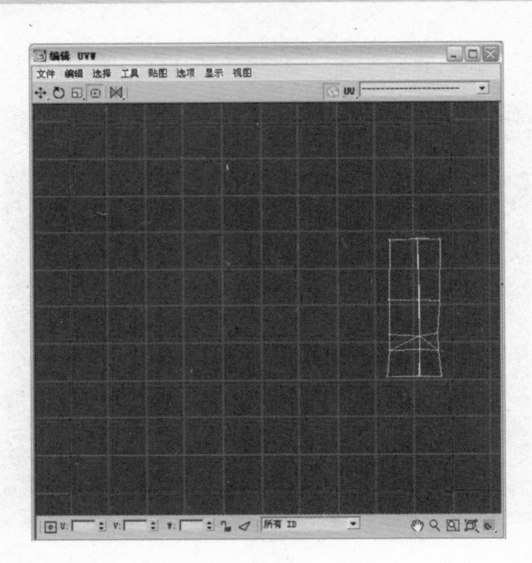

图 4-114　展开上臂的 UV

（13）展开护腕的 UV，如图 4-115 所示。

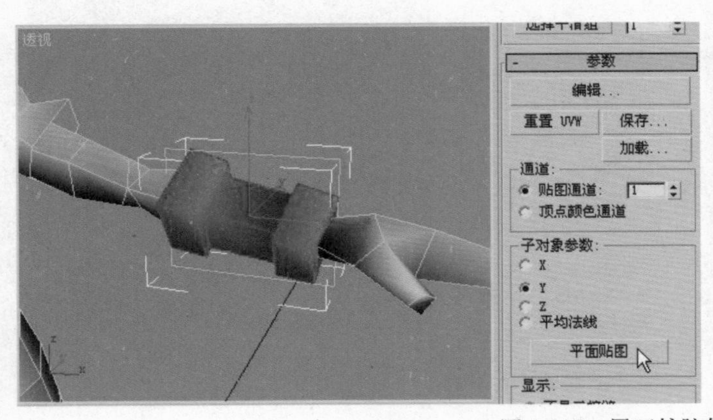

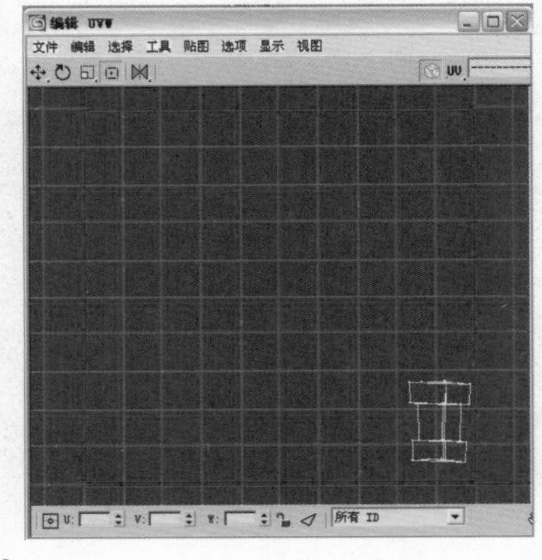

图 4-115　展开护腕的 UV

（14）展开手的 UV，如图 4-116 所示。

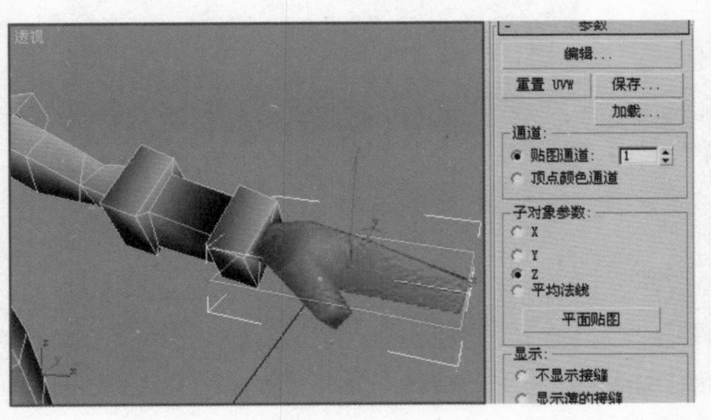

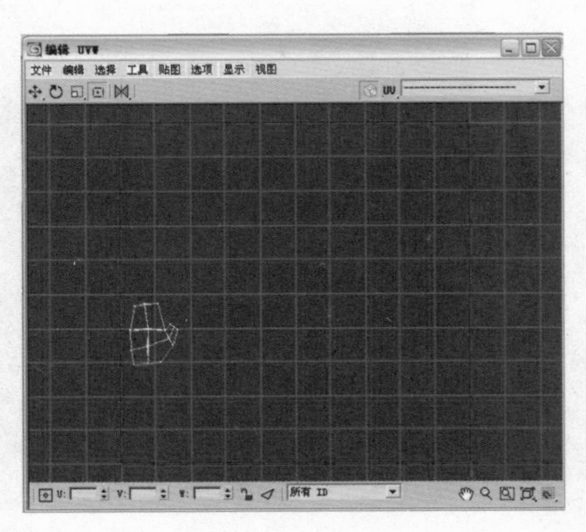

图 4-116　展开手的 UV

（15）将腿和脚分离出来，结果如图4-117所示。

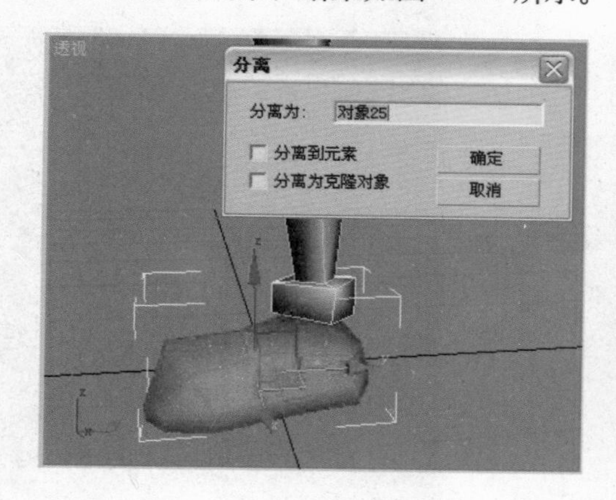

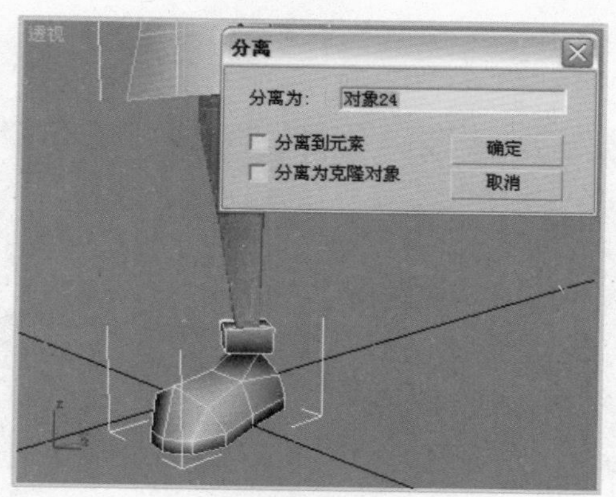

图4-117 将腿和脚分离出来

（16）展开腿的UV，如图4-118所示。

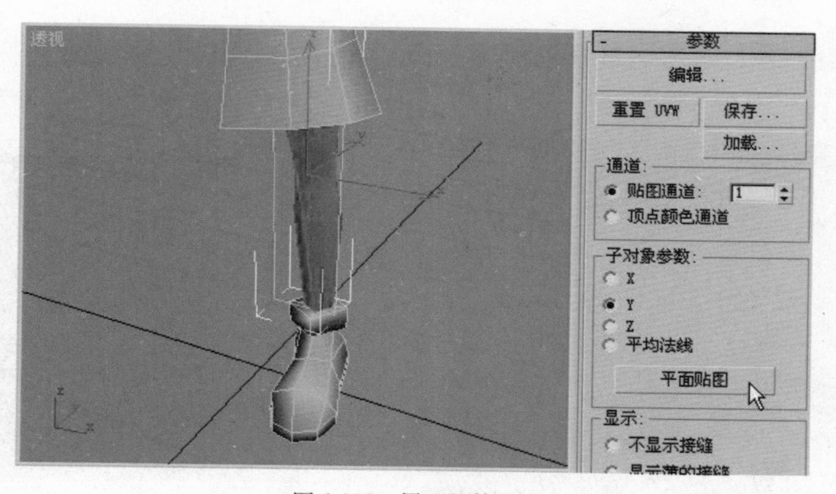

图4-118 展开腿的UV

（17）展开鞋边的UV，如图4-119所示。

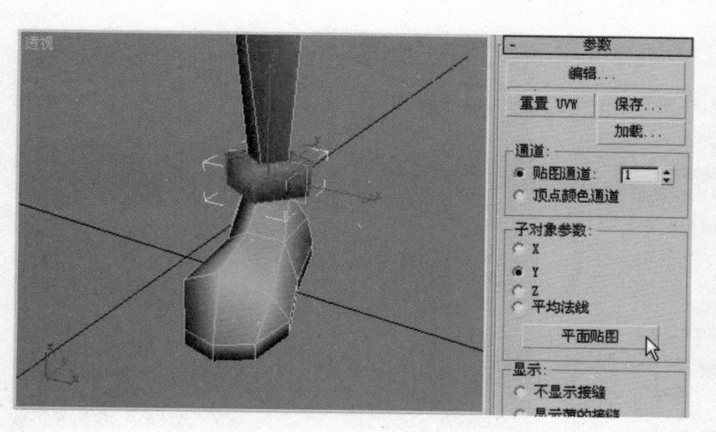

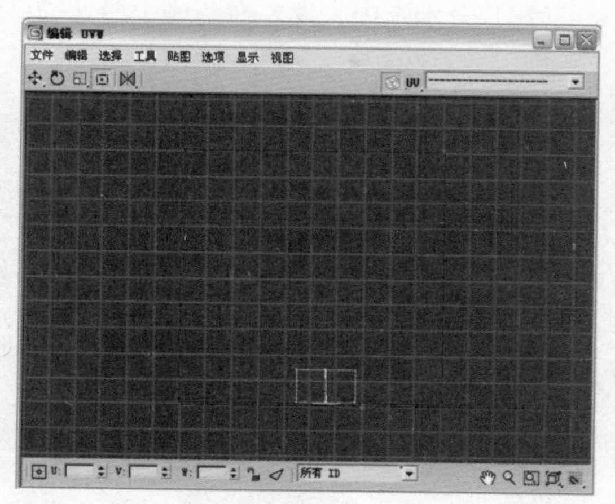

图4-119 展开鞋边的UV

（18）展开鞋的UV，如图4-120所示。

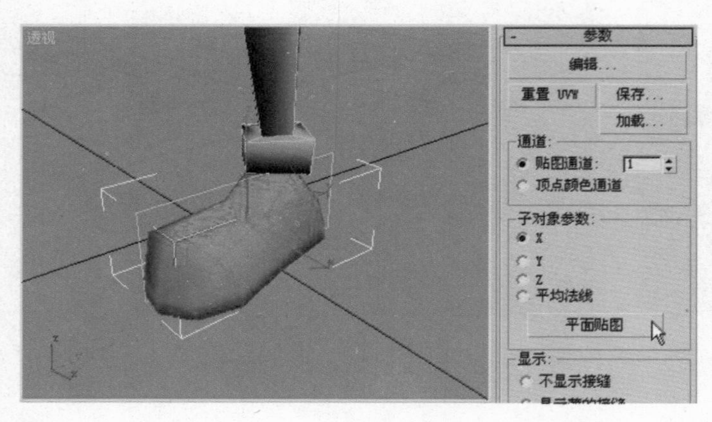

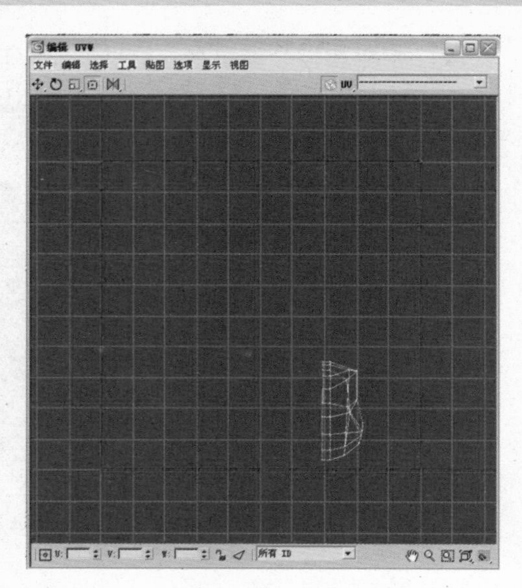

图 4-120 展开鞋的 UV

（19）展开头发的 UV，如图 4-121 所示。

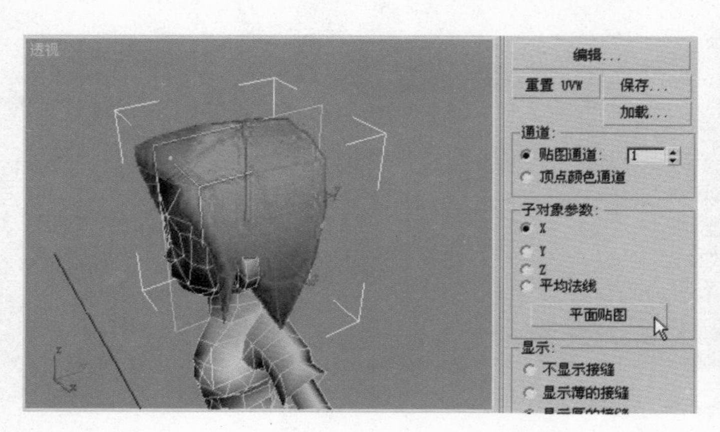

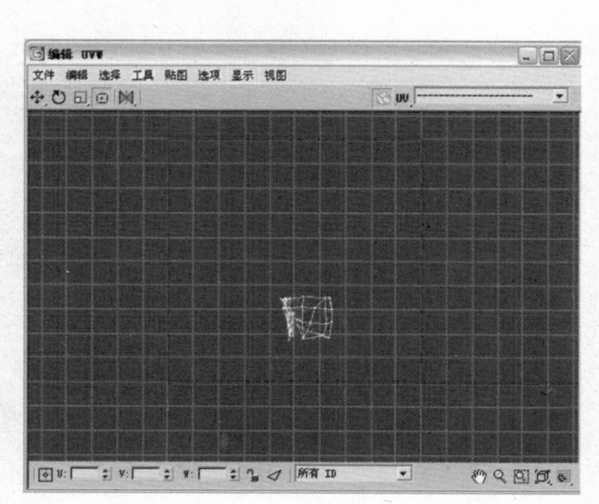

图 4-121 展开头发的 UV

（20）分别选中头发左右两侧中缝处的多边形并进行 UV 展开，如图 4-122 所示。

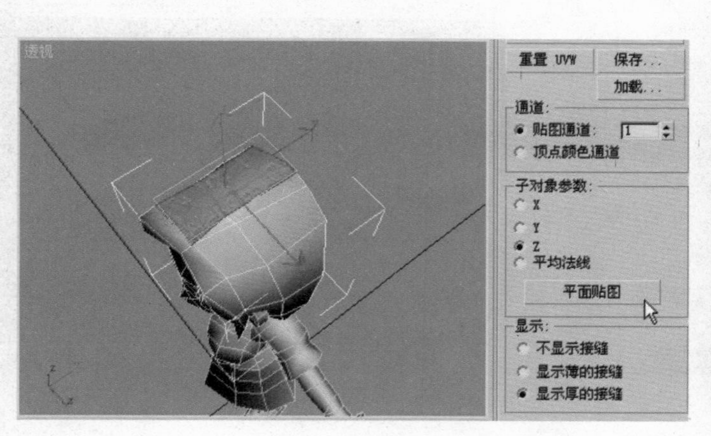

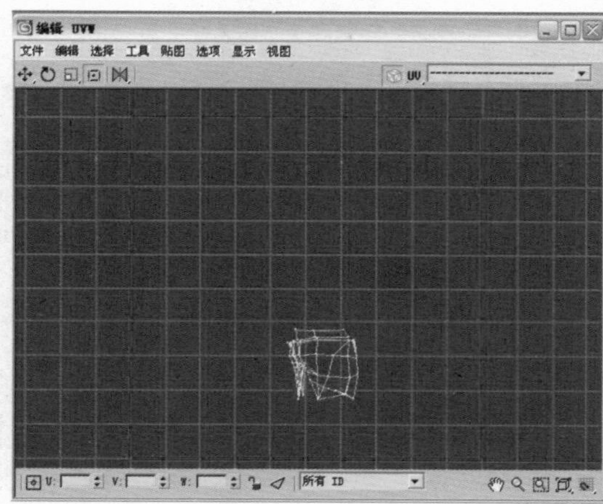

图 4-122（一） 展开头发中缝处的 UV

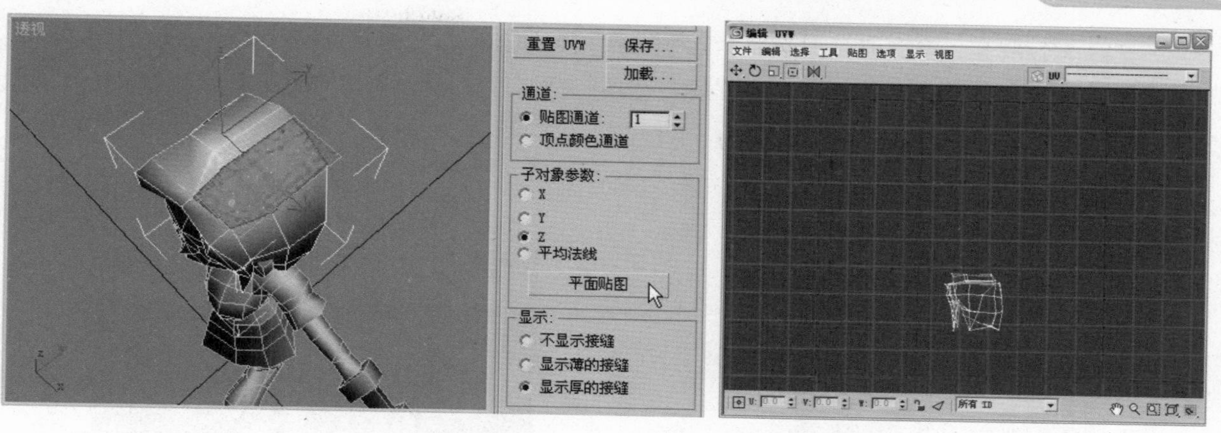

图4-122（二） 展开头发中缝处的UV

（21）选择上衣模型，将其转换为可编辑的多边形；然后利用附加工具将头颈部以外的模型结合成一个整体；接着利用修改器中的“对称”命令对称出另一侧，结果如图4-123所示。

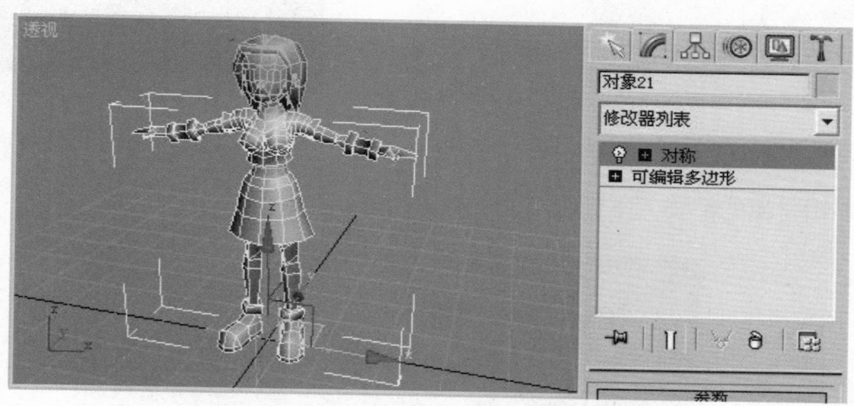

图4-123 对称出另一侧模型

（22）将对称后的模型转换为可编辑的多边形，再将头颈部结合起来；接着执行修改器中的“UVW展开”命令，如图4-124所示，展开后的效果如图4-125所示。

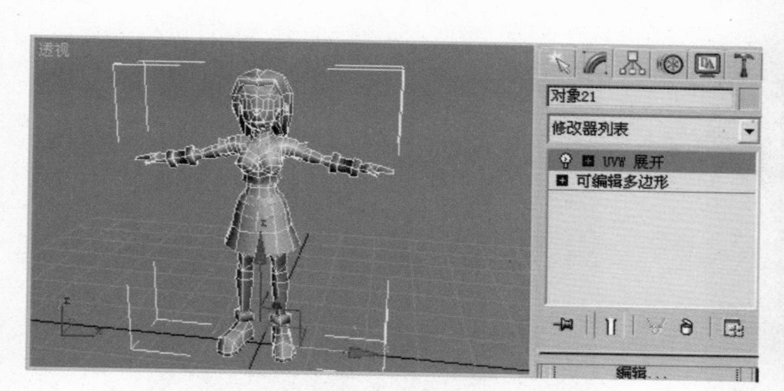

图4-124 将模型整体执行“UVW展开”命令

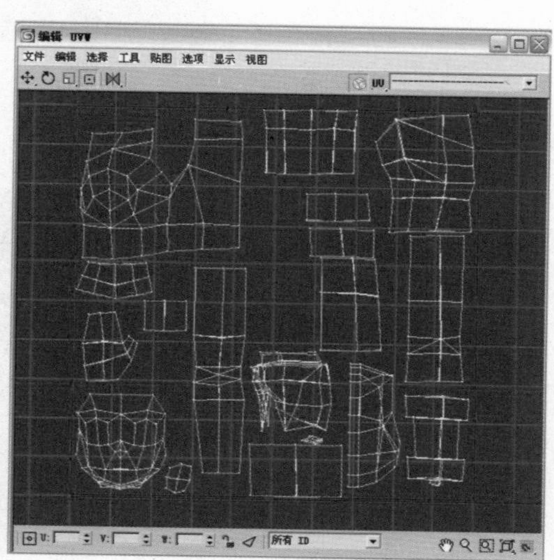

图4-125 展开UV

（23）为了编辑观察，下面取消栅格显示和平铺位图选项。方法是：在“编辑 UVW”窗口中单击“选项”→“高级选项”命令，然后在弹出的“展开选项”对话框中进行设置，如图 4-126 所示，效果如图 4-127 所示。

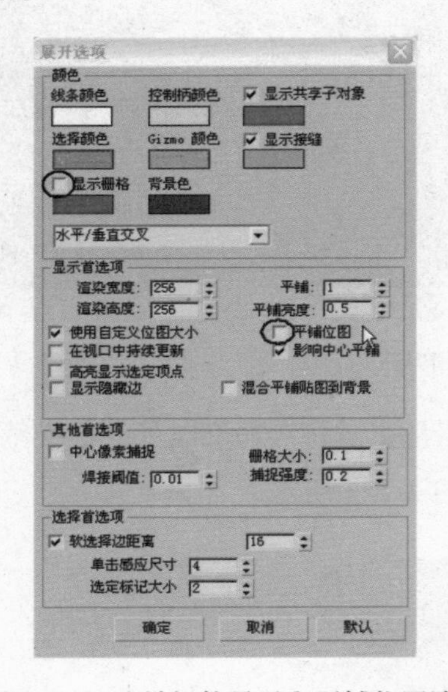

图 4-126　取消栅格显示和平铺位图选项

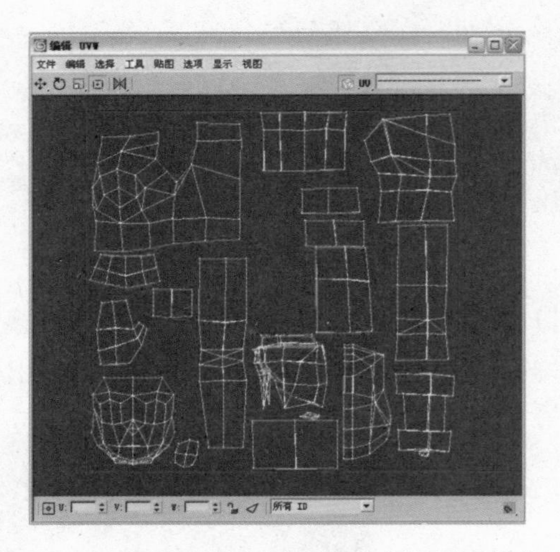

图 4-127　取消栅格显示和平铺位图选项后的效果

（24）根据贴图材质的需要，下面将裙子部分进行分离，如图 4-128 所示。

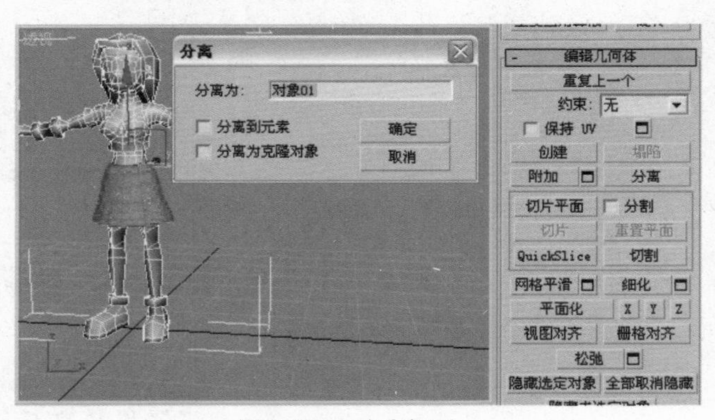

图 4-128　分离裙子

（25）将裙带上部和裙带分别进行分离，如图 4-129 所示。

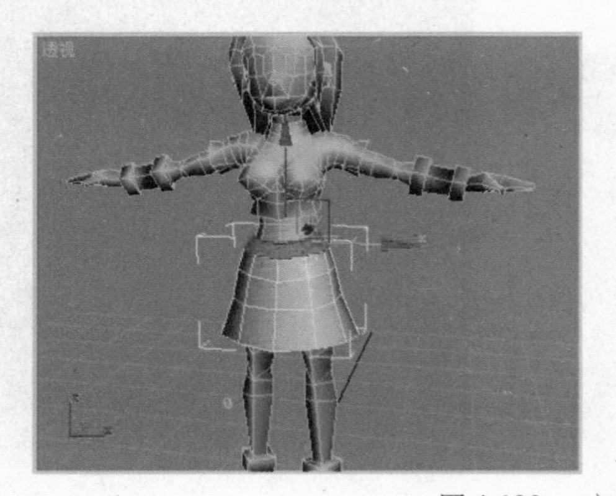

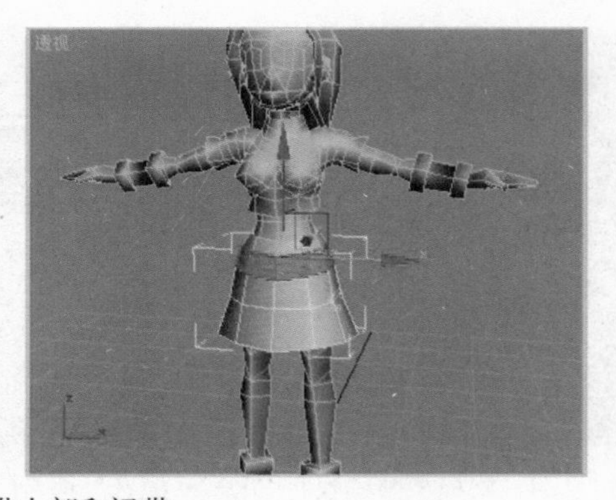

图 4-129　分离裙带上部和裙带

（26）展开裙带上部裙子的 UV，如图 4-130 所示。

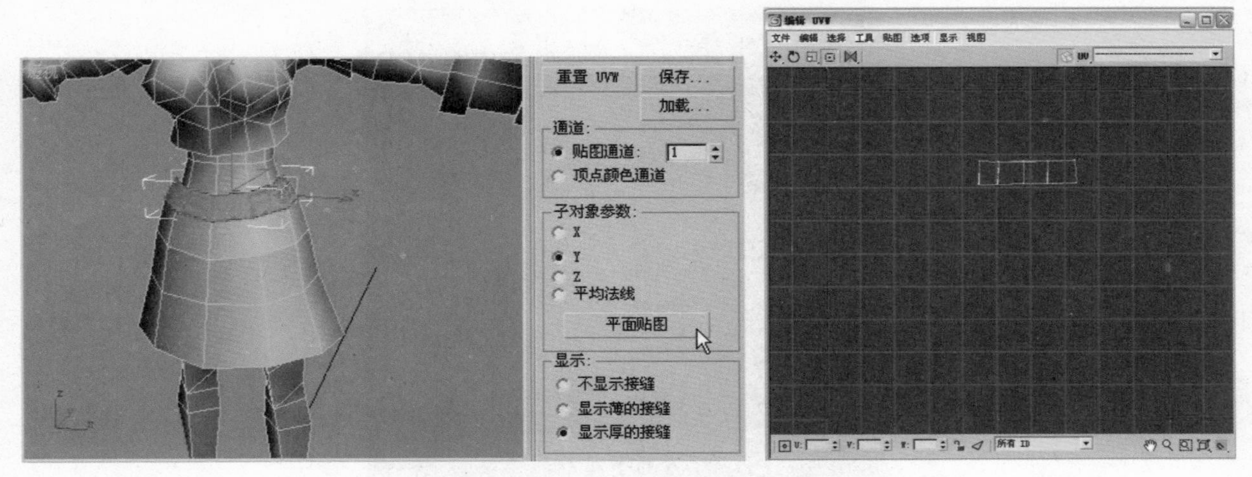

图 4-130　展开裙带上部裙子的 UV

（27）展开裙带的 UV，如图 4-131 所示。

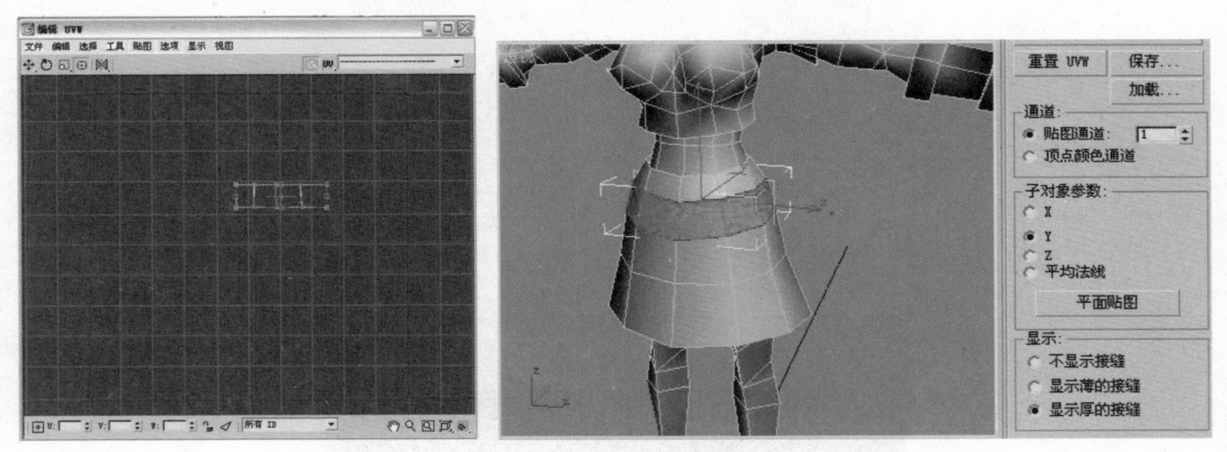

图 4-131　展开裙带的 UV

（28）展开裙带下部裙子的 UV，如图 4-132 所示。

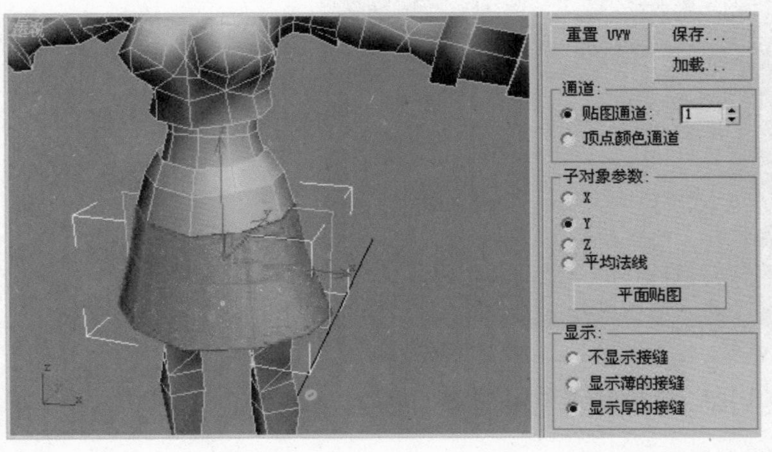

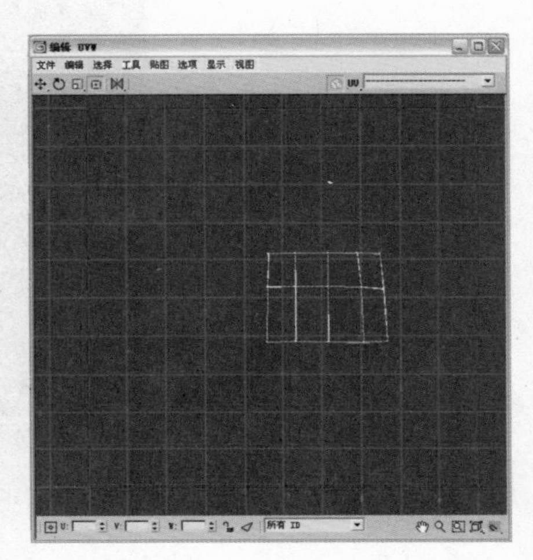

图 4-132　展开裙带下部裙子的 UV

(29) 再次将各部分的模型结合成一个整体，然后展开UV，如图4-133所示。

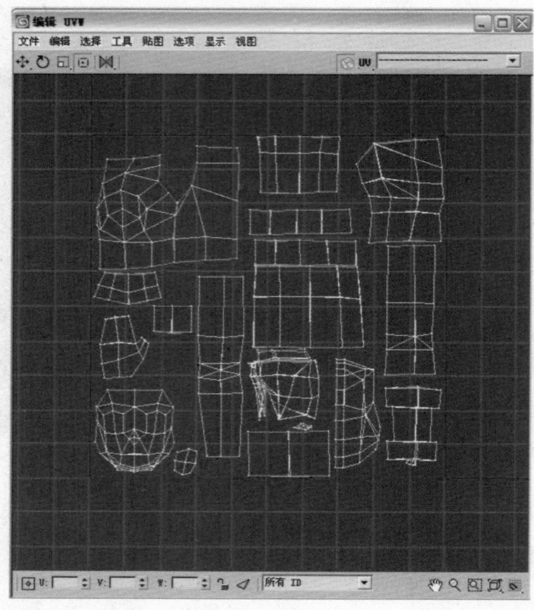

图4-133　展开UV

4.3　绘制女主角贴图

(1) 取消栅格显示，如图4-134所示。

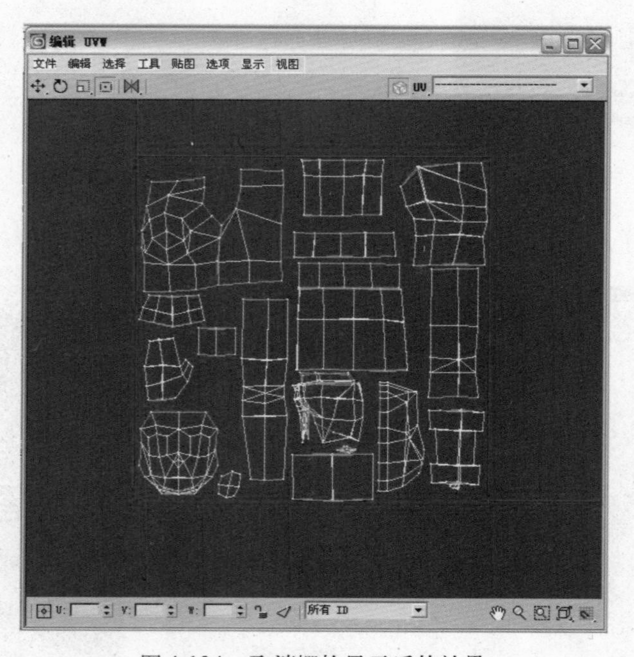

图4-134　取消栅格显示后的效果

(2) 利用PrintScreen键拷屏。

(3) 启动Photoshop CS，单击“文件”→“新建”命令新建一个文件，接着按快捷键Ctrl+V将拷贝的文件粘贴到当前文件中，最后利用工具栏中的裁切工具裁切出所需部分，结果如图 4-135 所示。

图 4-135 裁切所需部分

（4）单击“图像”→“图像大小”命令，在弹出的对话框中调整大小，如图 4-136 所示，单击“好”按钮。

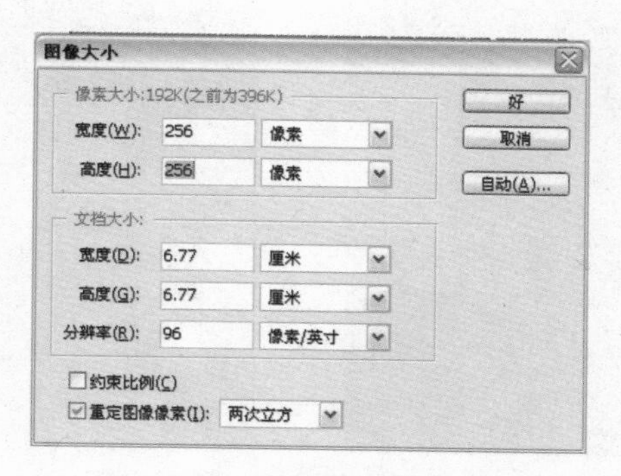

图 4-136 调整图像大小

（5）提取线框。方法是：复制“背景”层，然后用黑色填充原来的“背景”层，如图 4-137 所示；接着单击“选择”→“色彩范围”命令提取出线框，如图 4-138 所示。

图 4-137 用黑色填充“背景”层

图 4-138 提取线框

（6）分层铺底色，如图 4-139 所示。

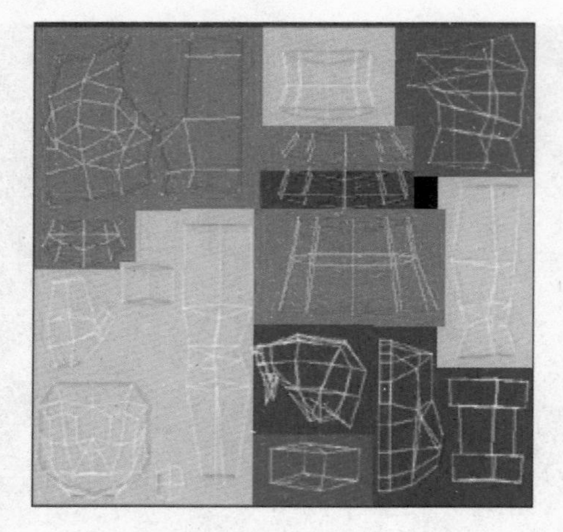

图 4-139　分层铺底色

（7）新建图层，绘制脸部和耳朵的贴图，如图 4-140 所示。

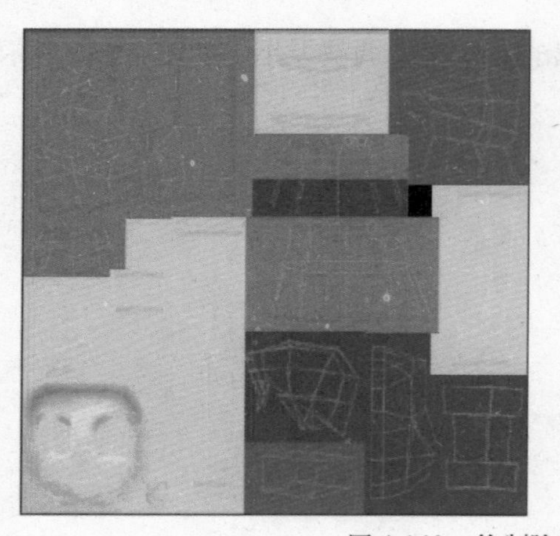

图 4-140　绘制脸部和耳朵的贴图

（8）新建图层，绘制手的贴图，如图 4-141 所示。

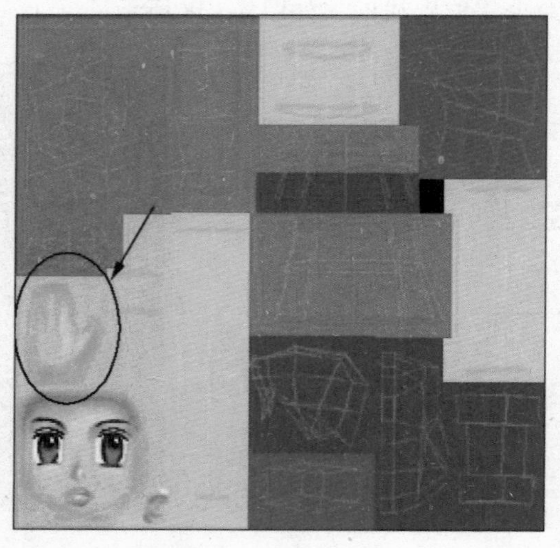

图 4-141　绘制手的贴图

（9）新建图层，绘制围脖的贴图，如图 4-142 所示。

（10）新建图层，绘制上衣的贴图，如图 4-143 所示。

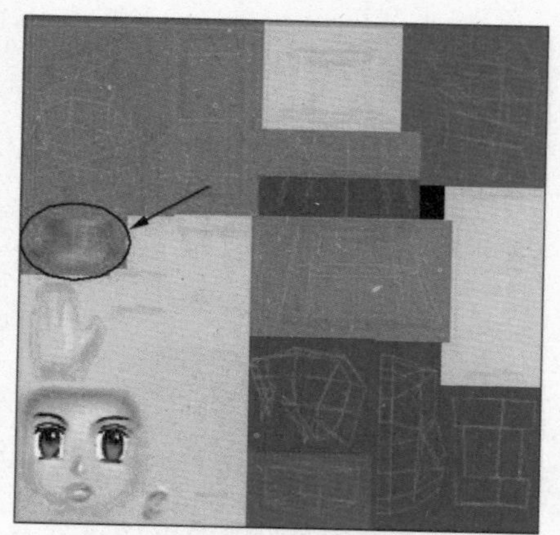

图 4-142 绘制围脖的贴图

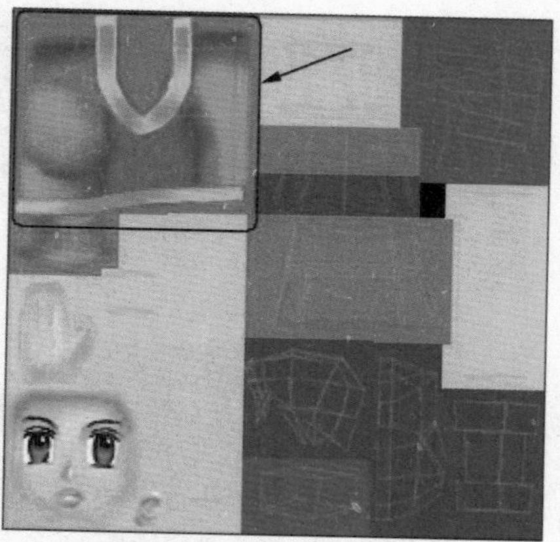

图 4-143 绘制上衣的贴图

（11）新建图层，绘制腿的贴图，如图 4-144 所示。

（12）新建图层，绘制脖子的贴图，如图 4-145 所示。

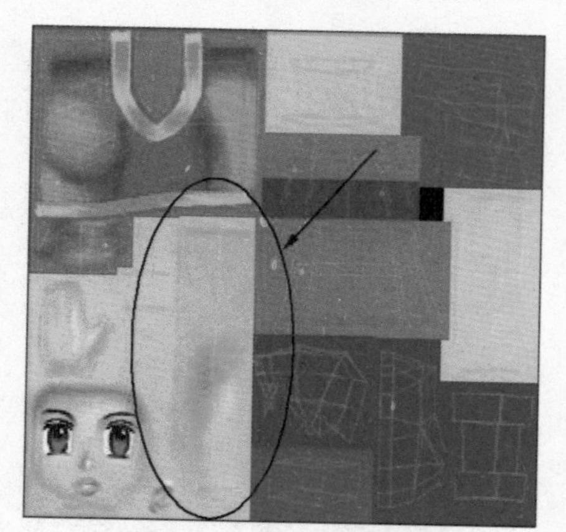

图 4-144 绘制腿的贴图

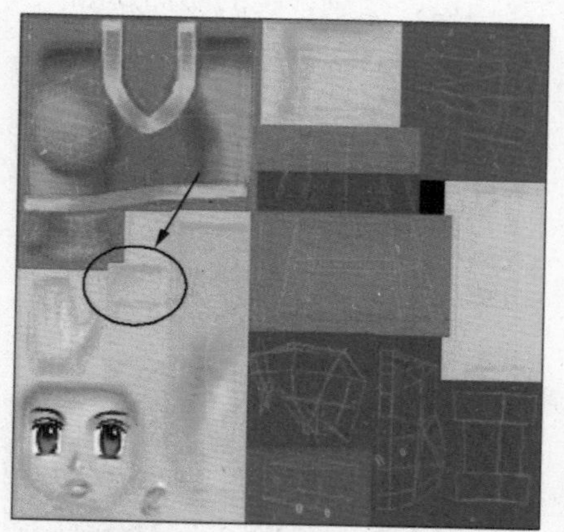

图 4-145 绘制脖子的贴图

（13）新建图层，绘制裙带上部的贴图，如图 4-146 所示。

（14)）新建图层，绘制裙带的贴图，如图 4-147 所示。

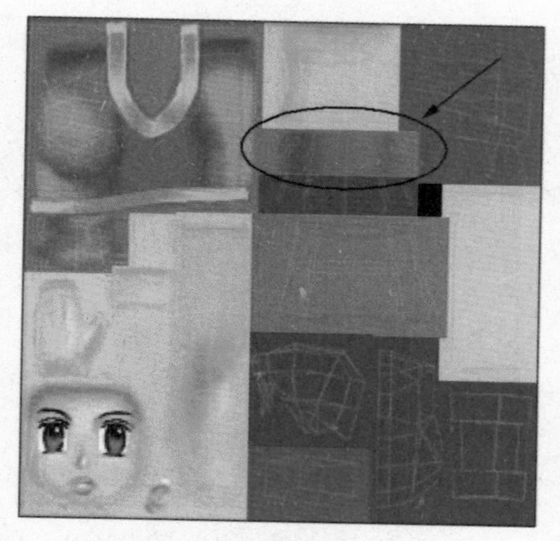

图 4-146 绘制裙带上部的贴图

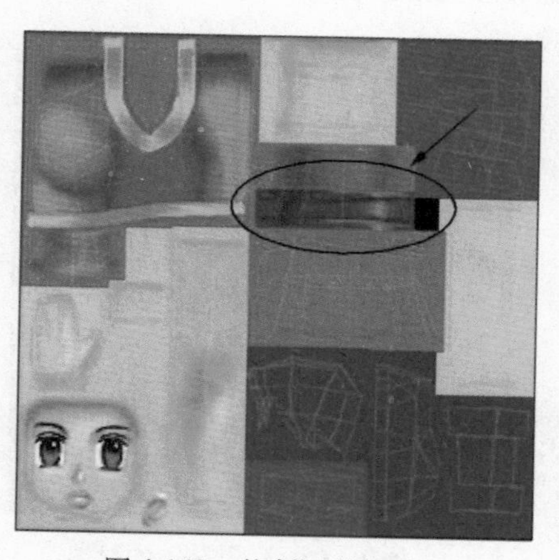

图 4-147 绘制裙带的贴图

（15）新建图层，绘制裙带下部的贴图，如图 4-148 所示。

（16）新建图层，绘制袖子的贴图，如图 4-149 所示。

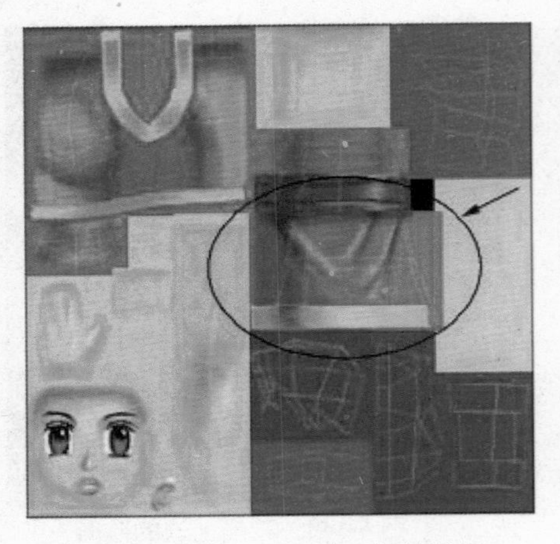

图 4-148 绘制裙带下部的贴图

图 4-149 绘制袖子的贴图

（17）新建图层，绘制上臂的贴图，如图 4-150 所示。

（18）新建图层，绘制护腕的贴图，如图 4-151 所示。

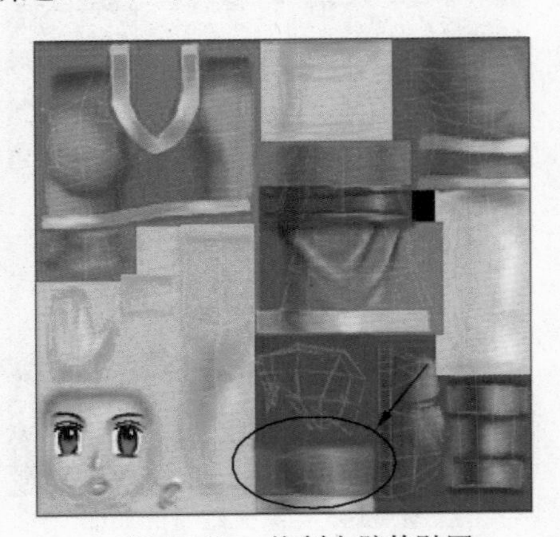

图 4-150 绘制上臂的贴图

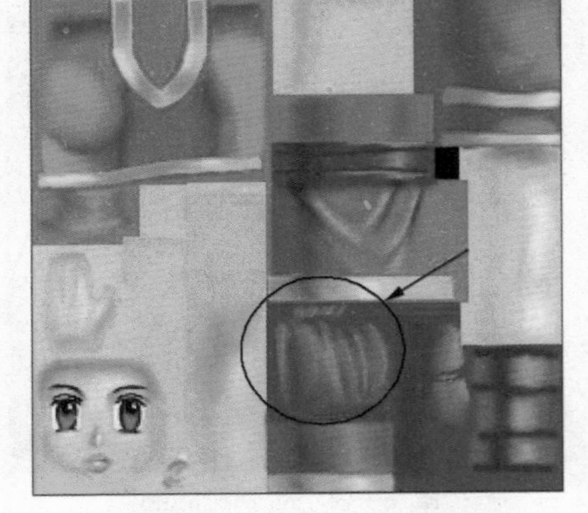

图 4-151 绘制护腕的贴图

（19）绘制鞋边的贴图，如图 4-152 所示。

（20）绘制头发的贴图，如图 4-153 所示。

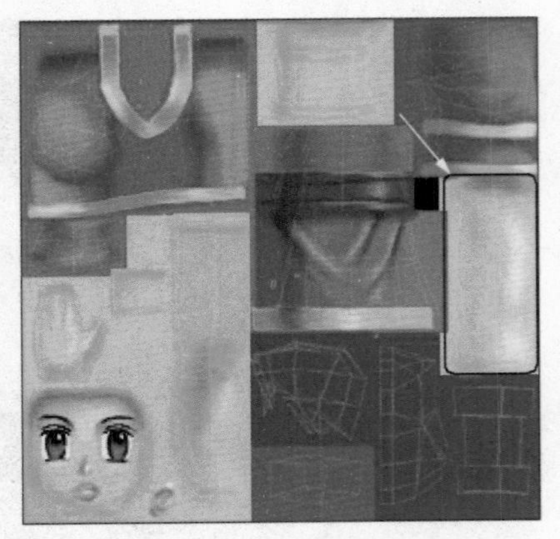

图 4-152 绘制鞋边的贴图

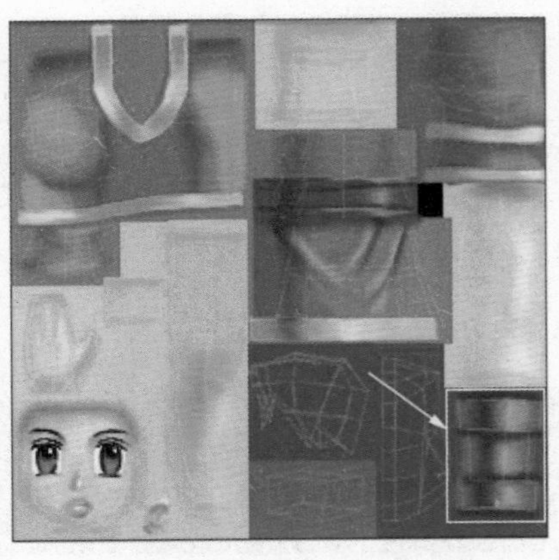

图 4-153 绘制头发的贴图

（21）回到 3ds max 7.0 中，将贴图赋予模型，然后将顶点进行焊接，如图 4-154 所示。至此，整个女主角制作完毕，如图 4-155 所示。

图 4-154 将顶点进行焊接

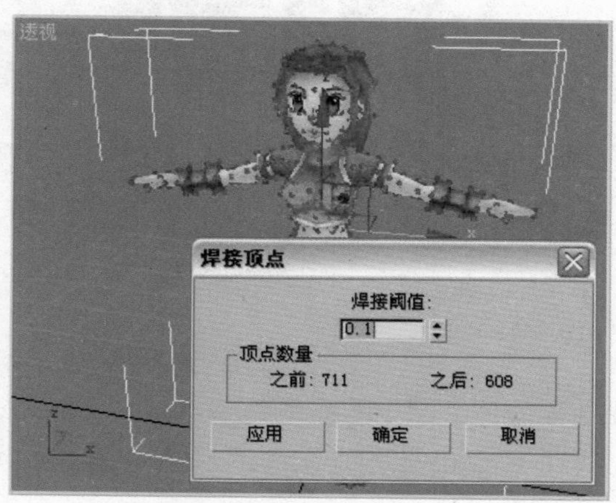

图 4-155 最终效果

第5章

游戏角色模型——NPC（恐龙）制作

创建恐龙的原画依据如图5-1所示，创建过程可分为“创建恐龙模型”、“展开恐龙UV”和“绘制恐龙贴图”3部分。

图5-1　恐龙原画

5.1　创建NPC——恐龙模型

恐龙模型分为头部、躯干、前肢、后肢、犄角和羽翼6部分。

5.1.1 制作头部

（1）单击“文件”→“重置”命令，重置场景。

（2）单击（创建）/（几何体）中的 长方体 按钮，在前视图中创建一个长方体，将其转换为可编辑多边形，删除模型的一半，利用修改器中的“对称”命令对称出另一半。

（3）调整形状，并利用“快速切片”工具切割出一条线，如图5-2所示；继续调整形状，如图5-3所示。

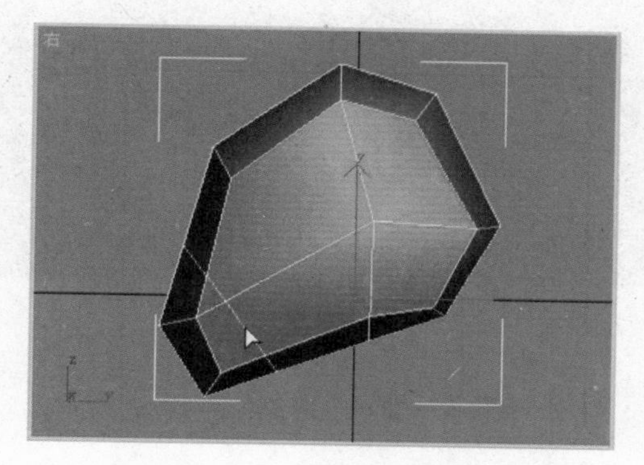

图5-2 调整形状并切割出一条线

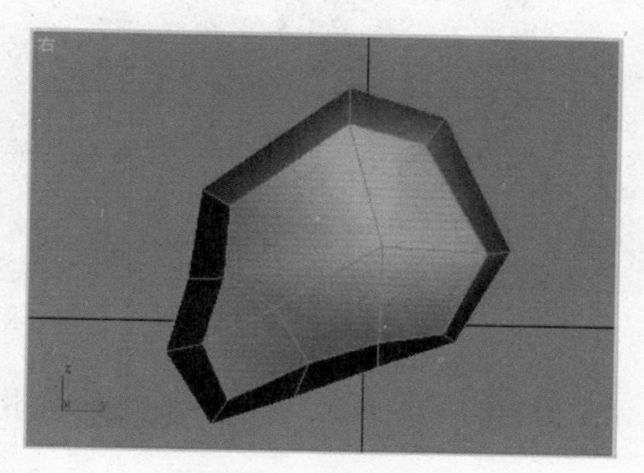

图5-3 继续调整形状

（4）根据原画切割出额头的线，如图5-4所示。

（5）根据原画切割出下颚的线，如图5-5所示。

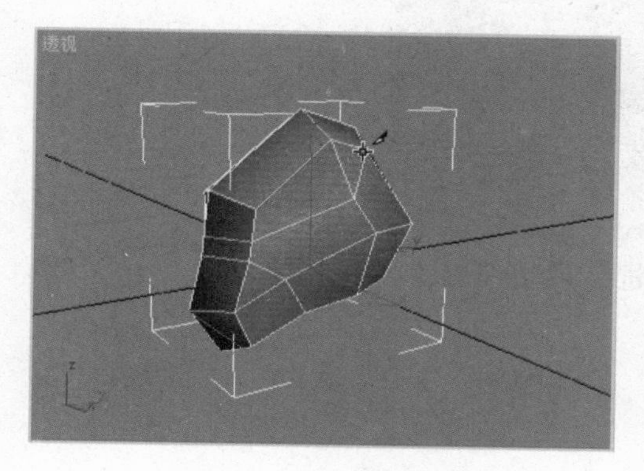

图5-4 切割出额头的线

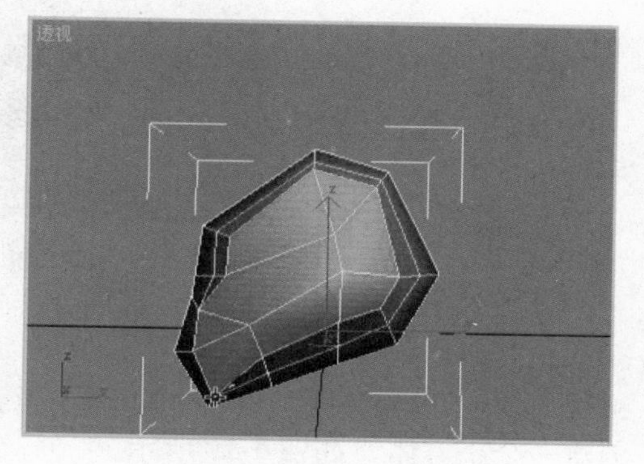

图5-5 切割出下颚的线

（6）调整形状，如图5-6所示；焊接相应的顶点，如图5-7所示。

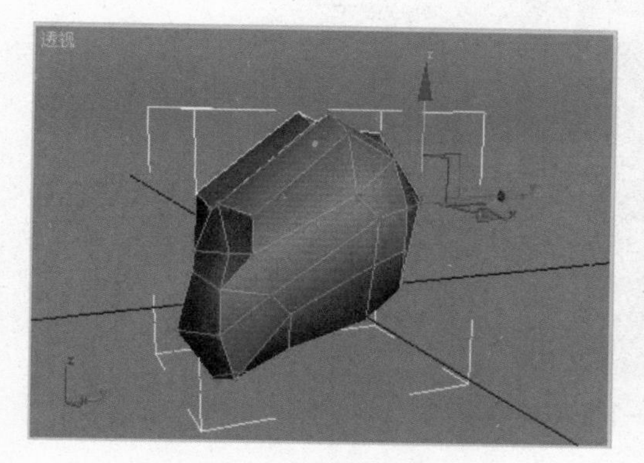

图5-6 调整形状

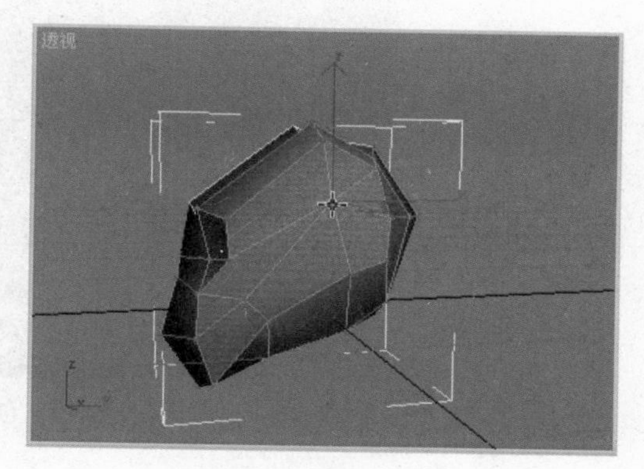

图5-7 焊接相应的顶点

（7）继续切线，如图 5-8 所示。

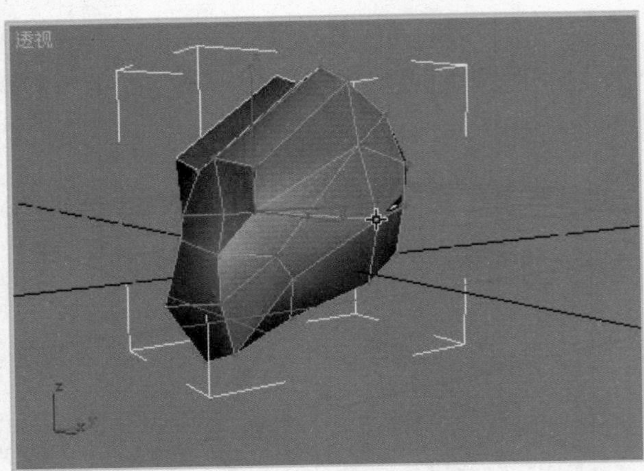

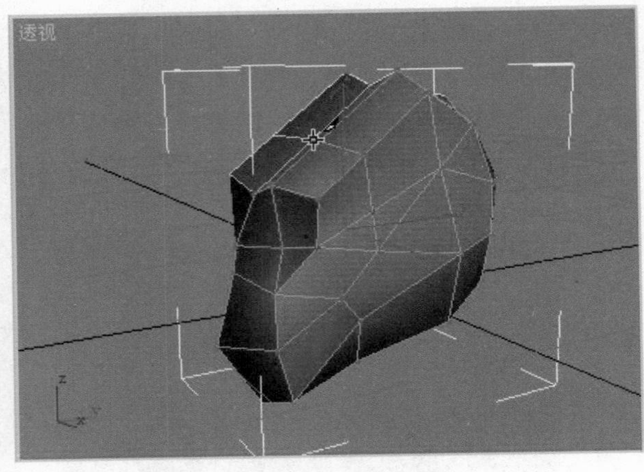

图 5-8　继续切线

（8）调整出角的大体形状，然后给它一个平滑处理，结果如图 5-9 所示。

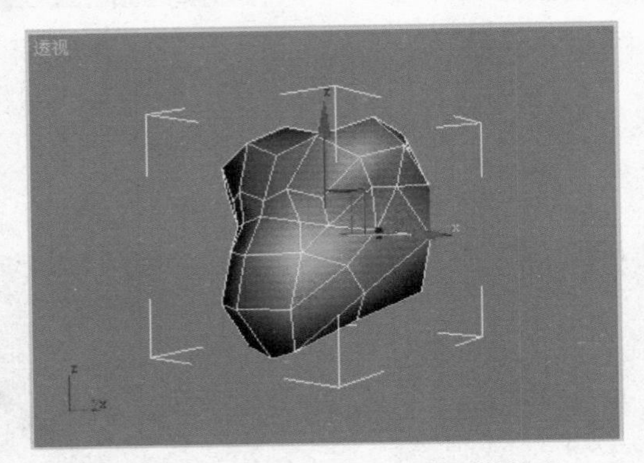

图 5-9　调整角的形状进行并平滑处理

5.1.2　制作躯干

（1）创建一个正方体，如图 5-10 所示。

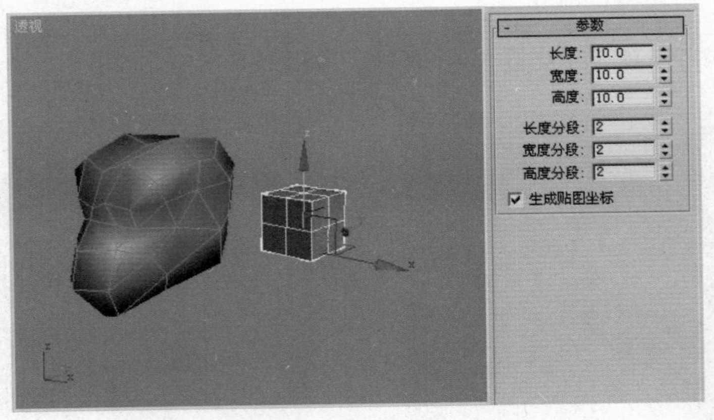

图 5-10　创建一个正方体

（2）删除正方体的一半，利用“对称”命令对称出另一半，删除看不到的面后调整形状如图 5-11 所示。

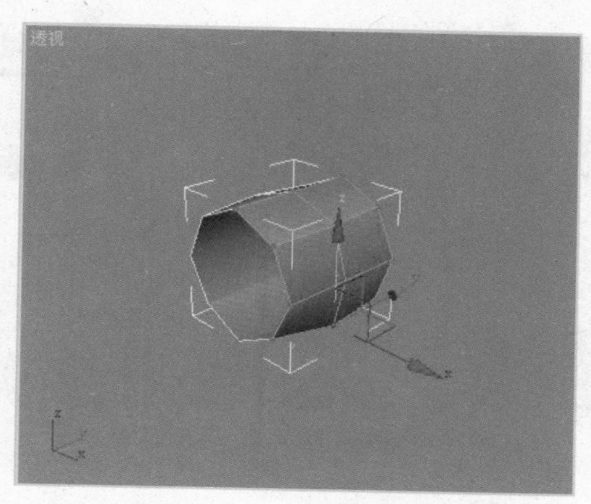

图 5-11　删除看不到的面后调整形状

（3）拉长躯干的长度，如图 5-12 所示；利用“快速切片”工具切割出 5 圈线，如图 5-13 所示。

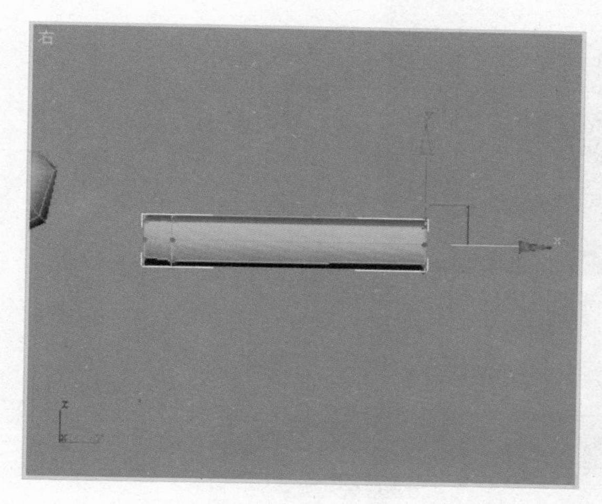

图 5-12　拉长躯干的长度

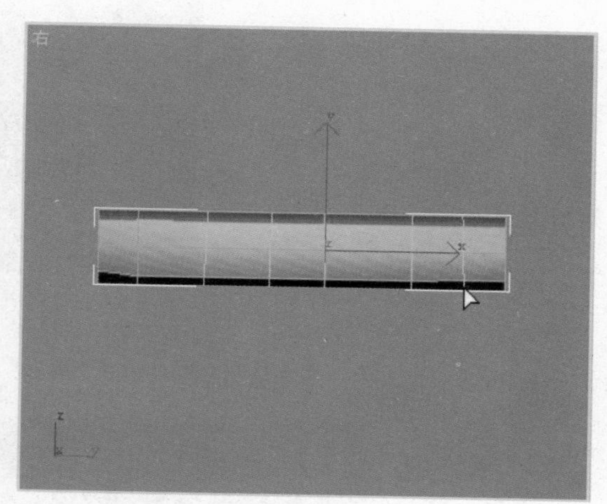

图 5-13　切割出 5 圈线

（4）在右视图中调整出恐龙躯干的大体形状，如图 5-14 所示。

（5）根据原画进一步调整形状，如图 5-15 所示。

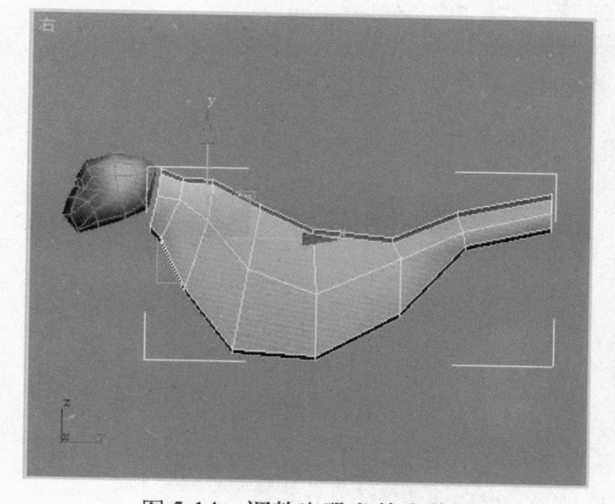

图 5-14　调整出恐龙的大体形状

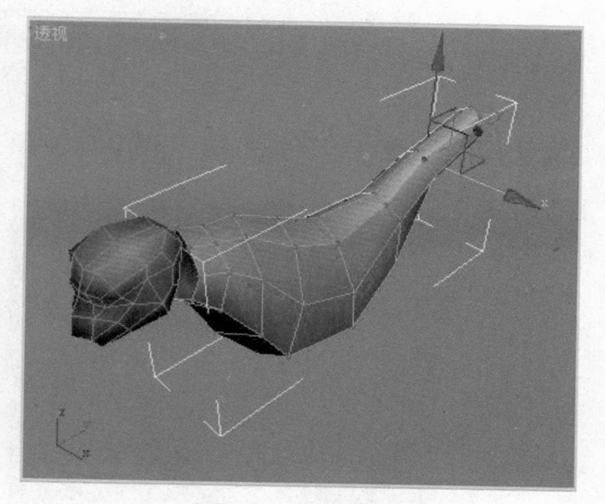

图 5-15　进一步调整形状

（6）将躯干转换为可编辑的多边形，如图 5-16 所示。

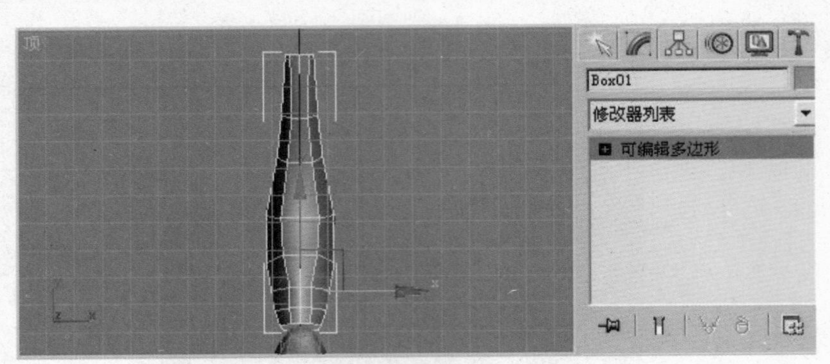

图 5-16　将躯干转换为可编辑的多边形

（7）对尾部顶点进行塌陷处理，如图 5-17 所示。

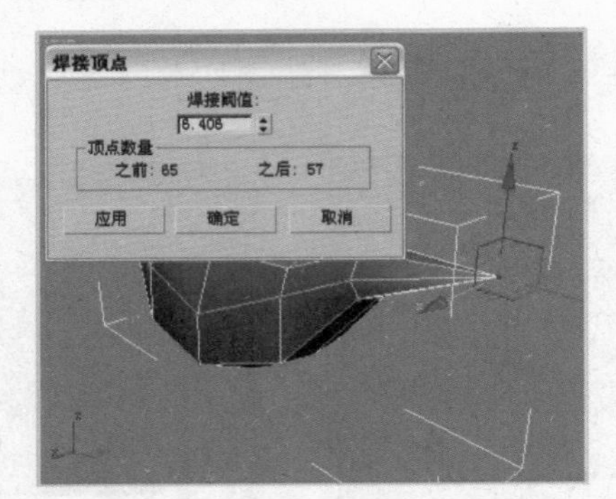

图 5-17　将尾部顶点进行塌陷

（8）删除模型的一半，利用修改器中的“对称”命令对称出另一半，结果如图 5-18 所示。

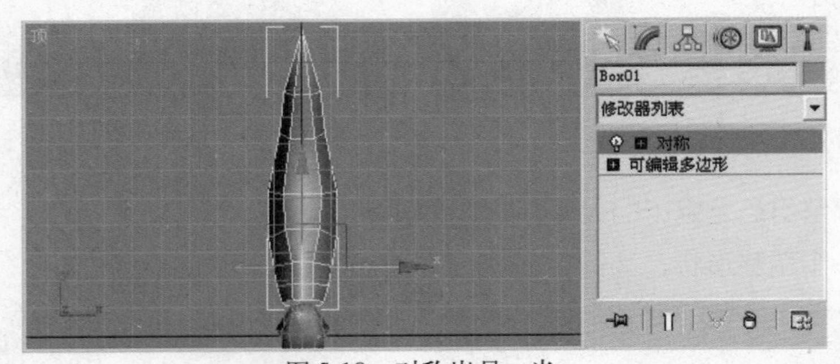

图 5-18　对称出另一半

（9）对相应的顶点进行目标焊接，如图 5-19 所示。

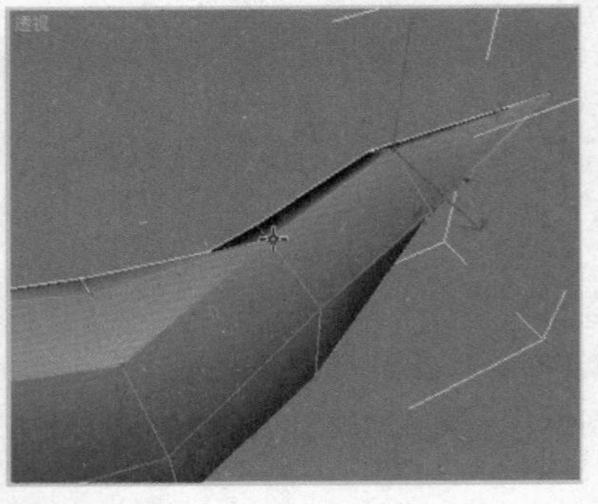

图 5-19　目标焊接相应的顶点

至此，整个躯干制作完毕，如图 5-20 所示。

图 5-20　躯干模型

5.1.3　制作前肢

（1）在顶视图中创建一个圆柱体，参数设置及结果如图 5-21 所示。

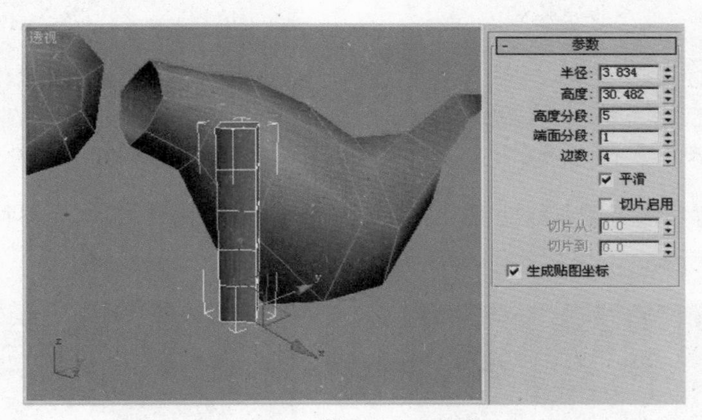

图 5-21　创建一个圆柱体

（2）调整出前肢的大体形状，如图 5-22 所示。

（3）为了丰富结构，下面根据原画利用“切割”工具切割出一条线，如图 5-23 所示。

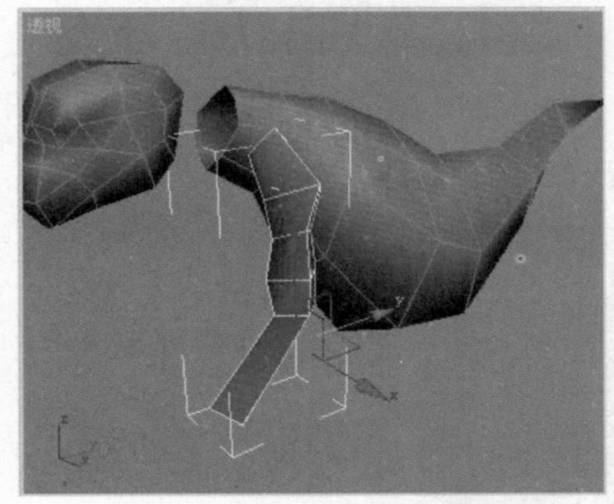

图 5-22　调整出前肢的大体形状

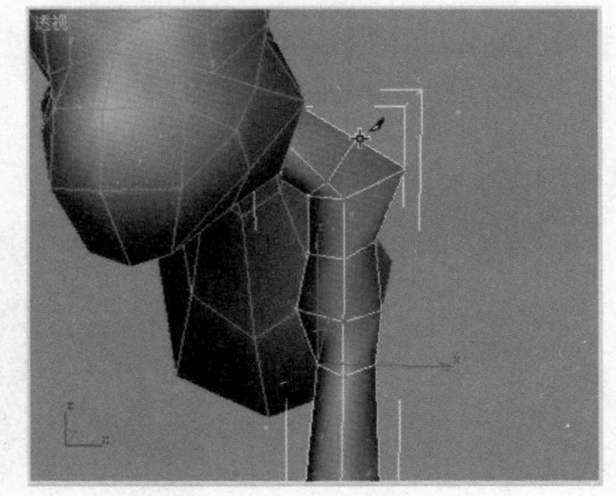

图 5-23　切割出一条线

（4）利用“切割”工具在前肢转折处画切割线来制作前肢的弯曲，如图 5-24 所示。

（5）将末端多边形进行挤出，如图 5-25 所示；将挤出后的多边形进行塌陷，结果如图 5-26 所示。

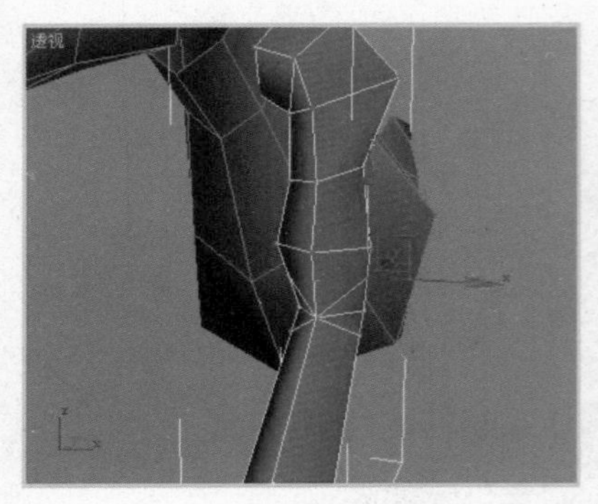

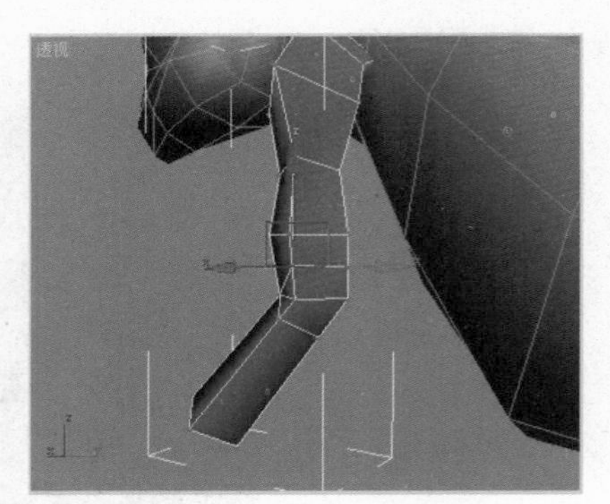

图 5-24　在前肢转折处画切割线

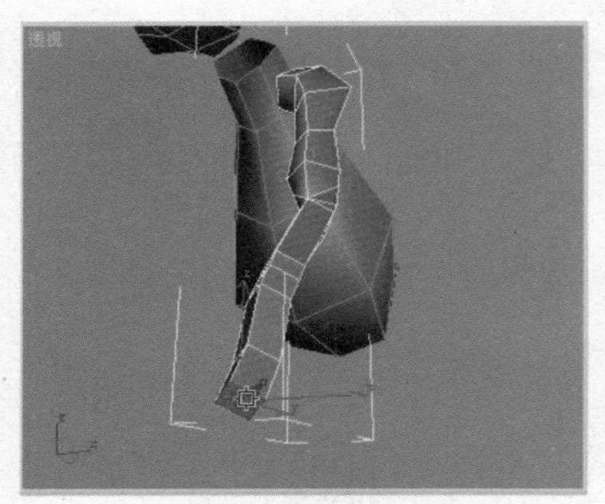

图 5-25　挤出多边形

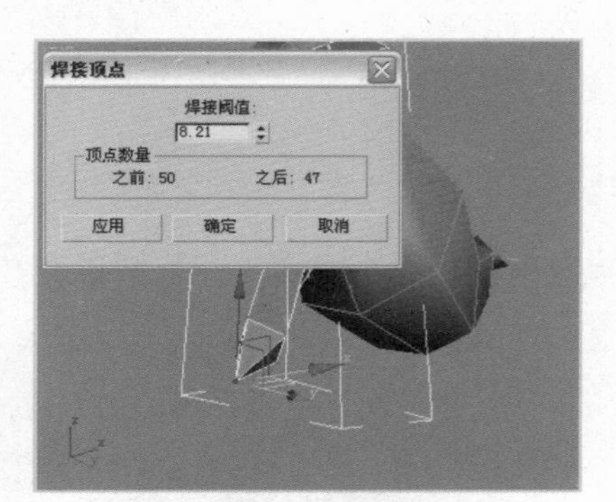

图 5-26　塌陷顶点

（6）拖动顶点的位置后进行切割线处理，结果如图 5-27 所示；然后根据原图利用“快速切片”工具切割出两圈线，如图 5-28 所示。

图 5-27　拖动顶点并进行切割处理

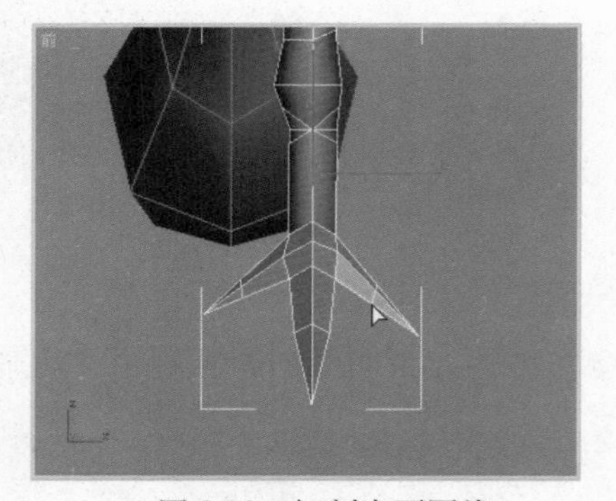

图 5-28　切割出两圈线

（7）根据原画进一步调整前爪的形状，如图 5-29 所示。

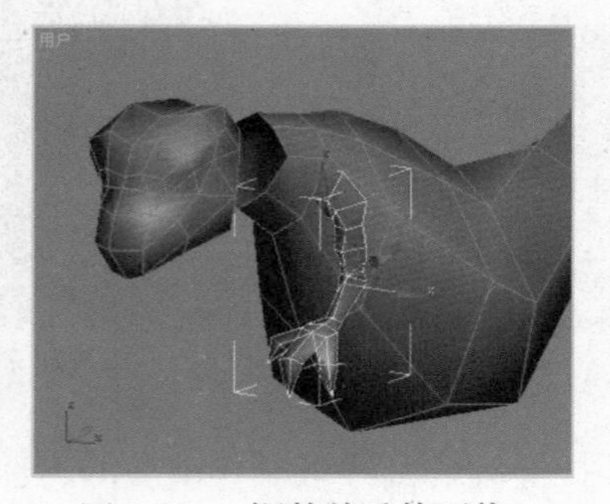

图 5-29　调整前爪的形状

5.1.4 制作后肢

（1）在顶视图中创建一个圆柱体，如图 5-30 所示。

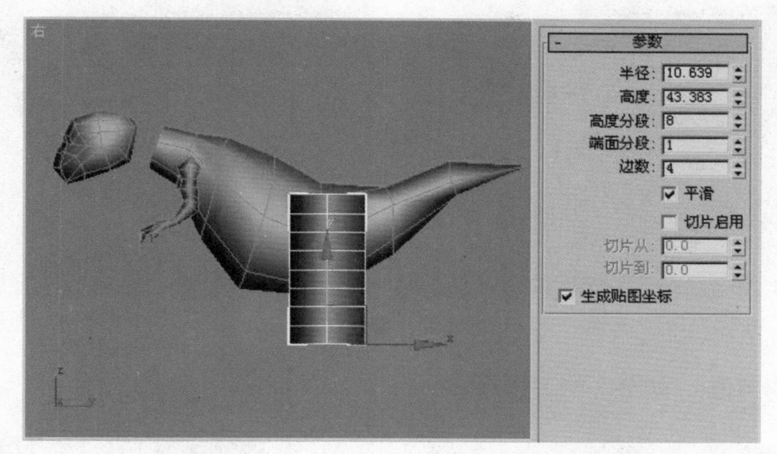

图 5-30 创建一个圆柱体

（2）调整出后肢的大体形状，如图 5-31 所示。

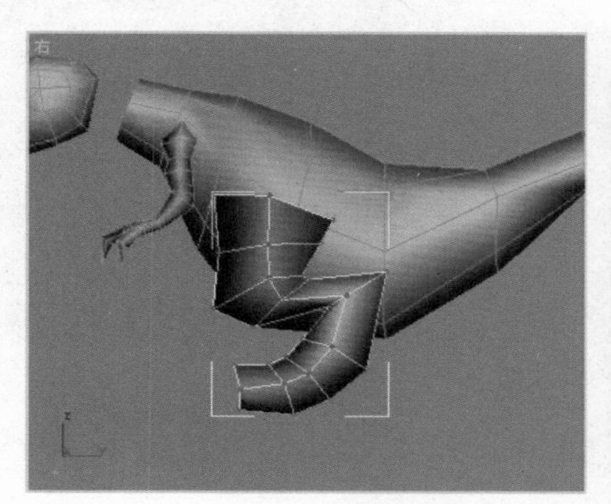

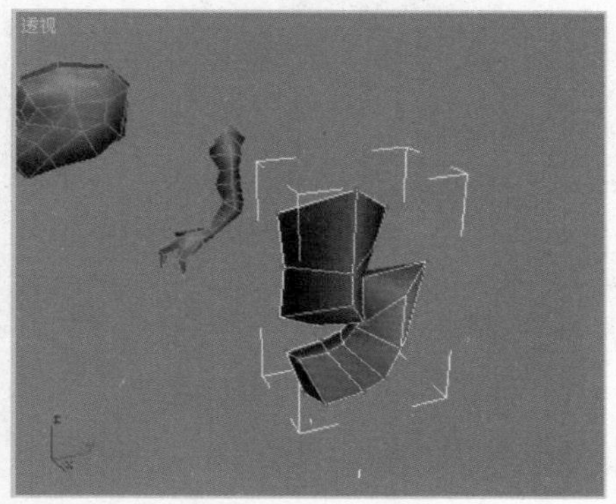

图 5-31 调整出后肢的大体形状

（3）根据原画进行切割，如图 5-32 所示。

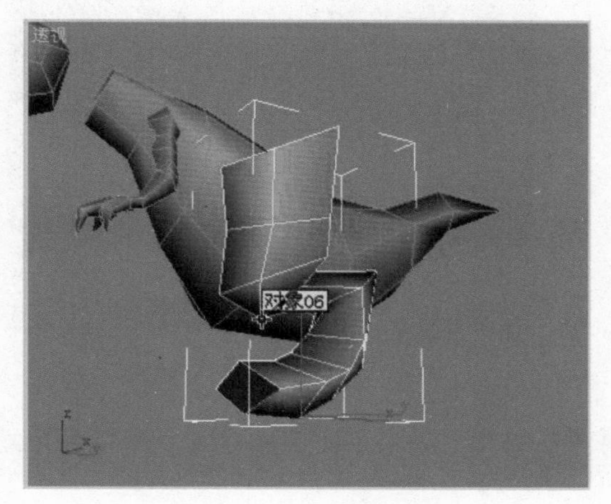

图 5-32 进行切割

（4）继续切线，如图 5-33 所示。

图 5-33　继续切线

（5）根据原画继续切割，如图 5-34 所示。

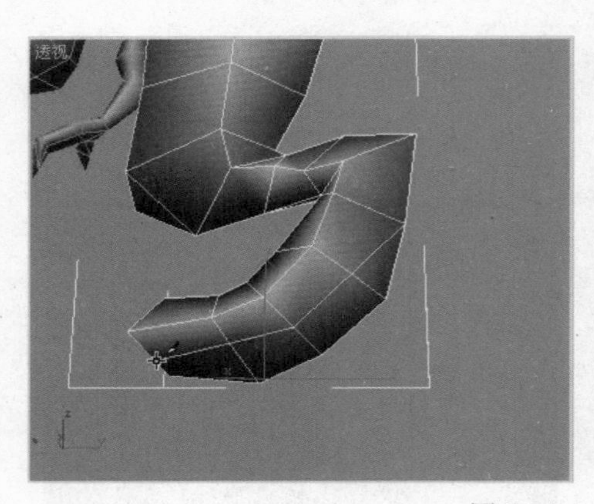

图 5-34　继续切割

（6）进一步调整形状，如图 5-35 所示。

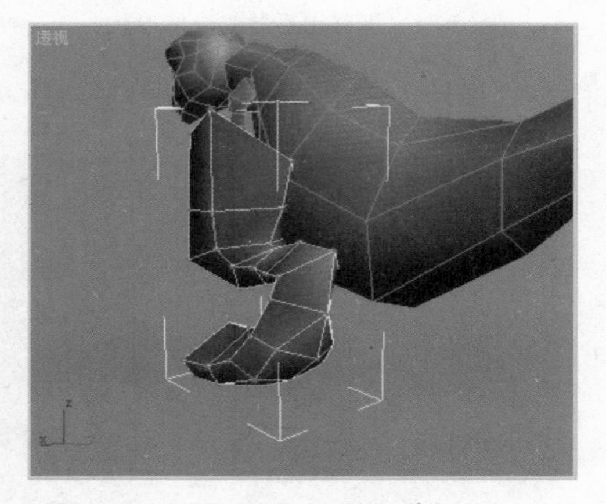

图 5-35　进一步调整形状

（7）选中末端的多边形并进行挤出，结果如图 5-36 所示；然后将末端的顶点进行塌陷，结果如图 5-37 所示。

（8）根据原画切割出两圈线，然后调整形状，如图 5-38 所示；选中两侧的面进行两次挤出，接着将挤出后的多边形进行塌陷，结果如图 5-39 所示。

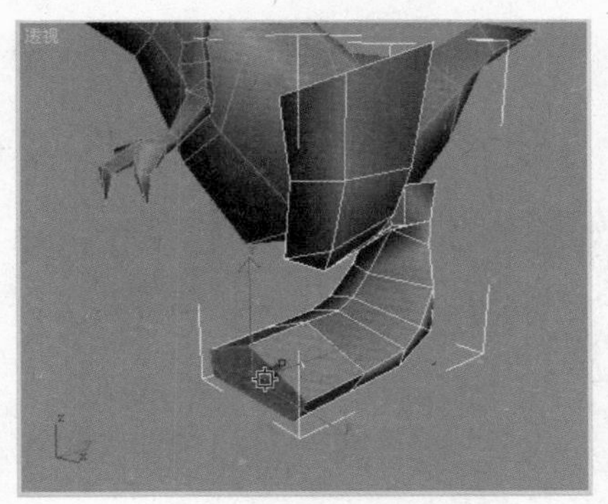

图 5-36　挤出多边形

图 5-37　对末端进行塌陷

图 5-38　切割出两圈线

图 5-39　对挤出后的多边形进行塌陷

（9）选中后肢上面的多边形，如图 5-40 所示，调整大体形状如图 5-41 所示。

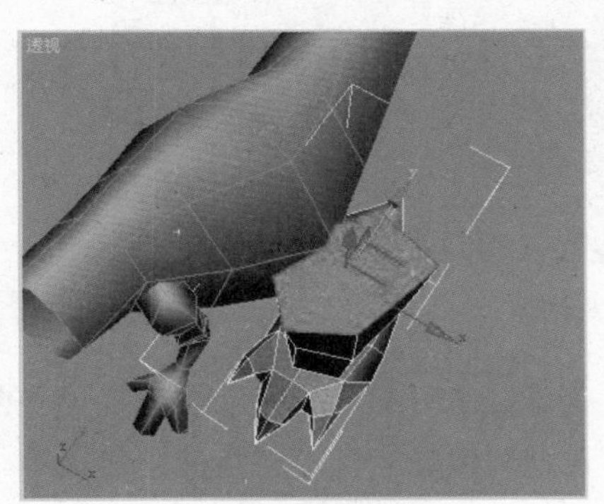

图 5-40　选中后肢上面的多边形

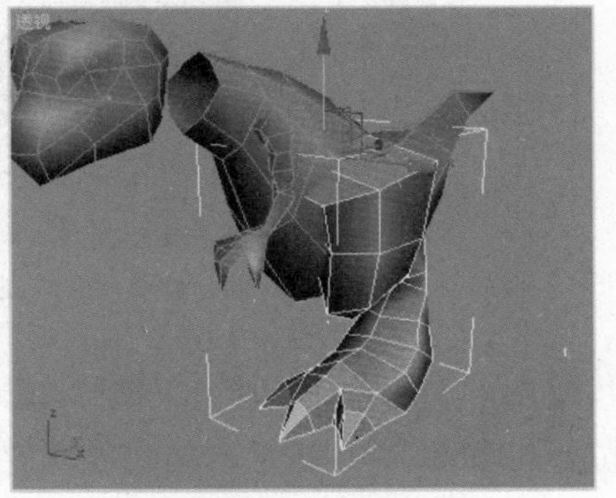

图 5-41　调整形状

（10）进一步调整形状并进行平滑处理，结果如图 5-42 所示。

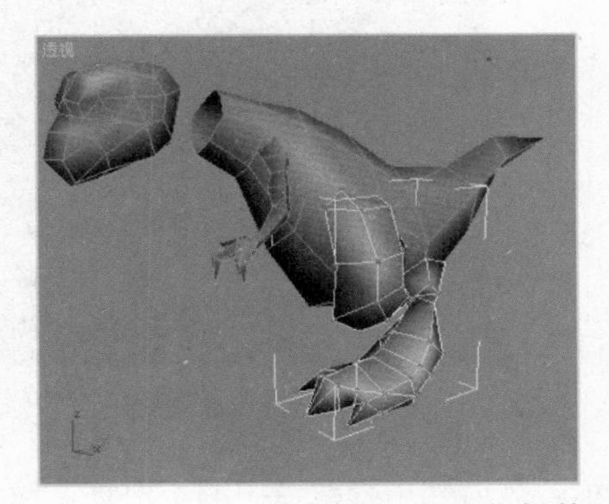

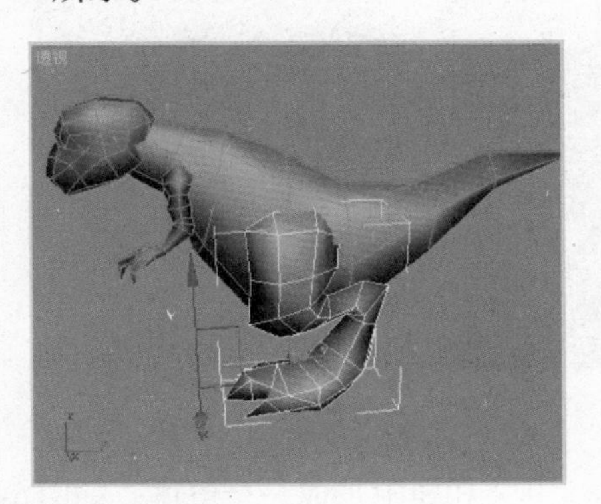

图 5-42 调整形状并进行平滑处理

5.1.5 制作犄角和耳朵

（1）在前视图中创建一个平面，将其转换为可编辑多边形后调整形状，如图 5-43 所示，耳朵制作完成。

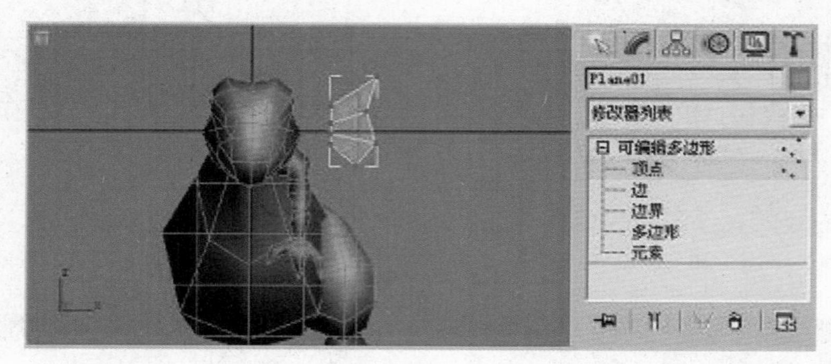

图 5-43 调整出耳朵形状

（2）创建圆柱体，如图 5-44 所示。

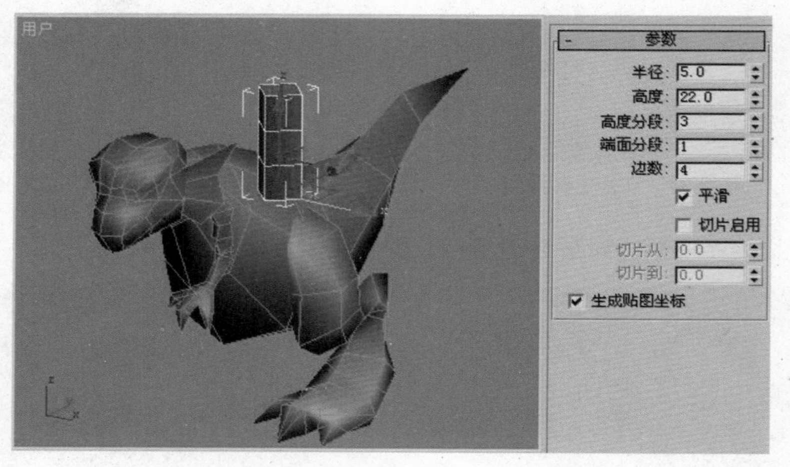

图 5-44 创建圆柱体

（3）将其转换为可编辑的多边形后调整出角的形状，如图 5-45 所示；删除底端看不到的多边形，将角放置到适当的位置，如图 5-46 所示，犄角制作完成。

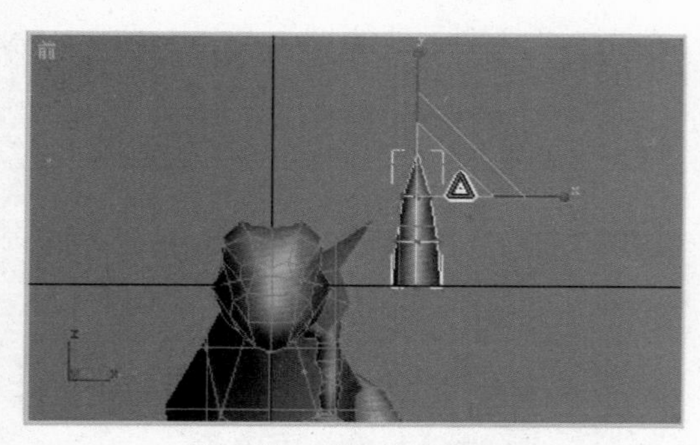

图 5-45 调整角的形状

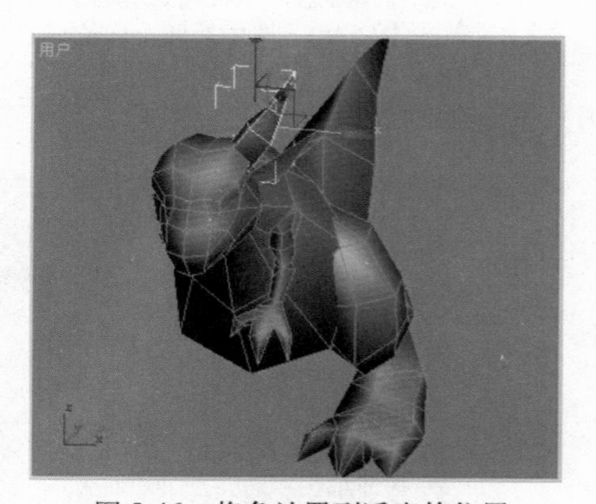

图 5-46 将角放置到适当的位置

（4）将角、耳朵和腿附加成一个整体，如图 5-47 所示，然后利用修改器中的“对称”命令对称出另一侧的模型，即制作出另一侧的角、耳朵和腿部分，结果如图 5-48 所示。

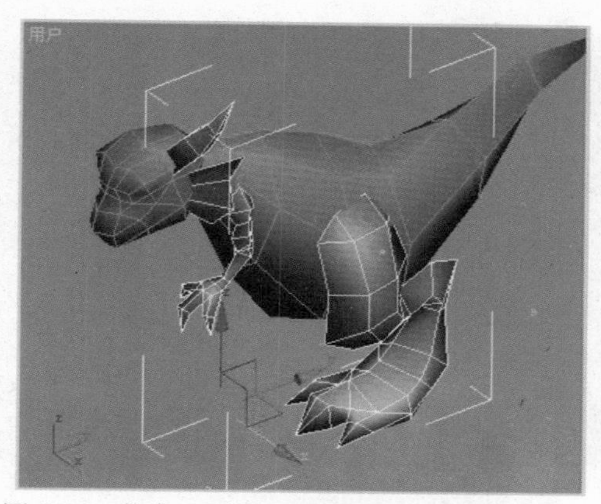

图 5-47　将角、耳朵和腿附加成一个整体

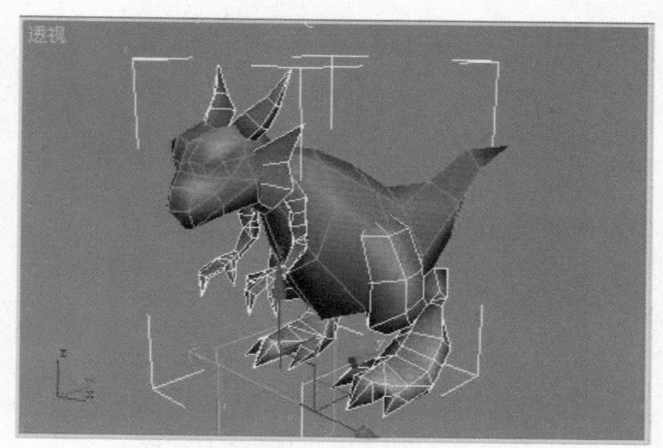

图 5-48　对称出另一侧模型

5.1.6　制作羽翼

（1）创建羽翼基本模型。在顶视图中创建一个长方体，将其转换为可编辑的多边形后删除看不到的多边形，接着将其移动到适当的位置，如图 5-49 所示。

图 5-49　创建羽翼基本模型

（2）调整出羽翼的大体形状，如图 5-50 所示。

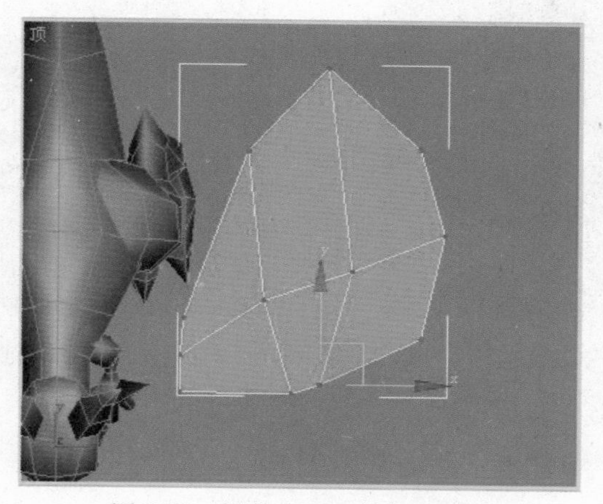

图 5-50　调整出羽翼的大体形状

（3）选中相应的顶点进行焊接，如图 5-51 所示。同理，焊接其余顶点，如图 5-52 所示。

（4）选择羽翼边缘的多边形进行挤出，结果如图 5-53 所示；然后进行塌陷，如图 5-54 所示。

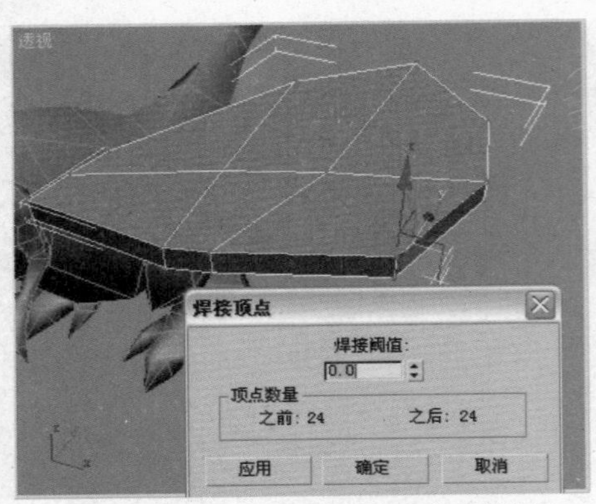

图 5-51　选中相应的顶点进行焊接

图 5-52　焊接其余顶点

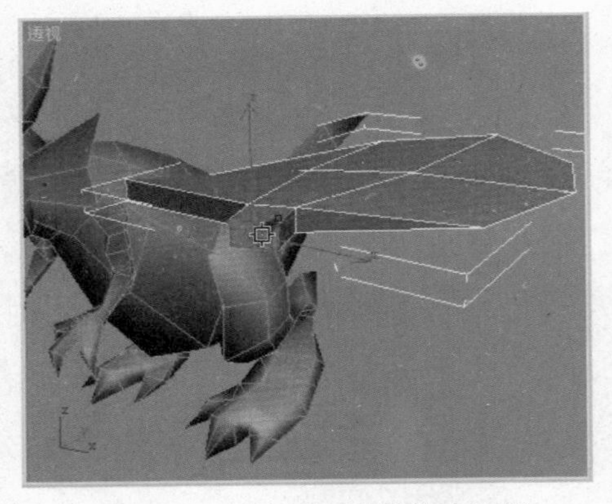

图 5-53　挤出羽翼边缘的多边形

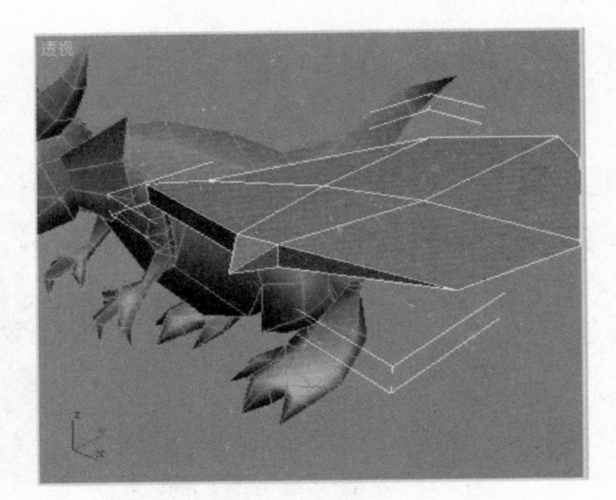

图 5-54　塌陷多边形

（5）调整羽翼的形状并将轴心点定在头部，如图 5-55 所示。

（6）利用修改器中的“对称”命令对称出另一侧羽翼，然后将所有模型附加成一个整体，结果如图 5-56 所示。

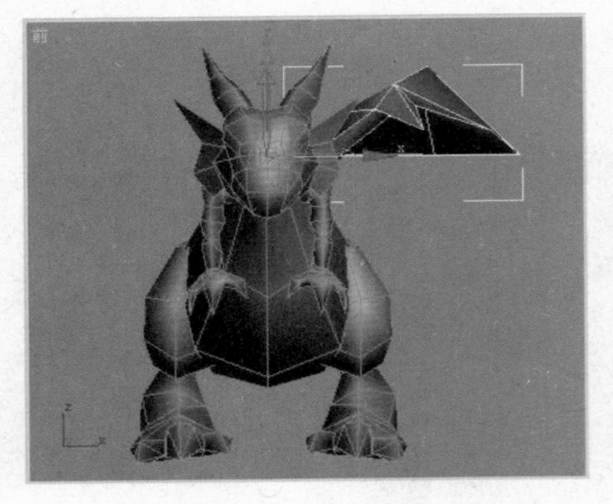

图 5-55　调整羽翼形状

图 5-56　将各部分附加成一个整体

5.2　展开恐龙 UV

本节将根据原图对模型进行 UV 展开，展开 UV 包括分离模型和对分离后的模型分别进行 UV 展开两个环节。

5.2.1　将各部分的模型进行分离

（1）删除一侧的犄角和耳朵，然后分别选中另一侧的犄角和耳朵的多边形，通过“分离”工具进行分离，如图5-57所示。

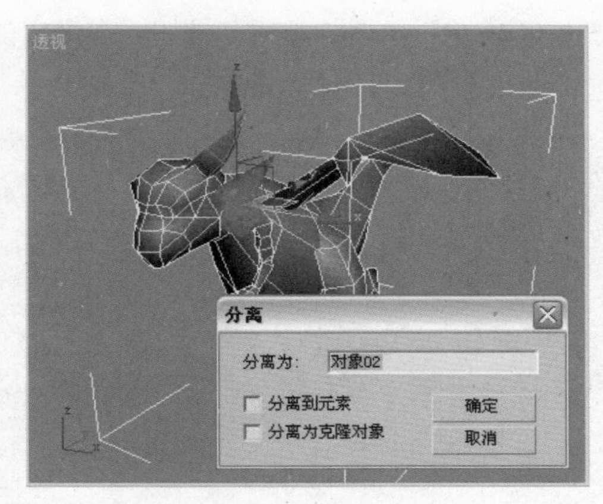

图5-57　分离犄角和耳朵模型

（2）同理，将一侧的前肢进行删除，然后将另一侧的前肢进行分离，如图5-58所示。

（3）选中头部的多边形，通过“分离”工具进行分离，如图5-59所示。

图5-58　分离前肢

图5-59　分离头部

（4）同理，分别选中羽翼和后肢的多边形，通过“分离”工具进行分离，如图5-60所示。

图5-60　分离羽翼和后肢

5.2.2 进行UV展开

（1）展开头部UV。方法是：选中头部，执行修改器中的“UVW展开”命令，然后进入“选择面”级别，按快捷键Ctrl+A全选头部的所有面；单击“子对象参数”区域中的X单选按钮后再单击“平面贴图”按钮，如图5-61所示；单击“编辑”按钮，在弹出的“编辑UVW”窗口中利用“自由形式模式”按钮对脸部的UV进行缩放操作，如图5-62所示。

图5-61 展开头部的UV

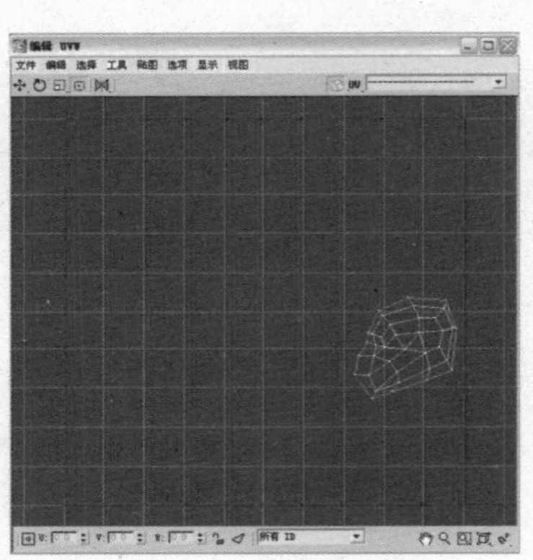

图5-62 编辑脸部的UV

（2）同理，展开犄角的UV，如图5-63所示。

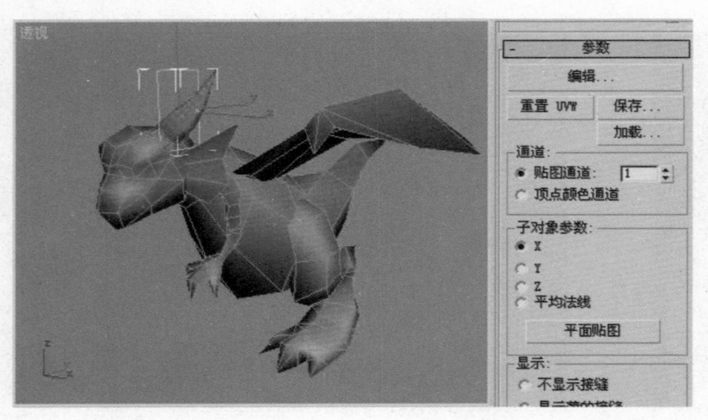

图5-63 展开犄角的UV

（3）展开耳朵的UV，如图5-64所示。

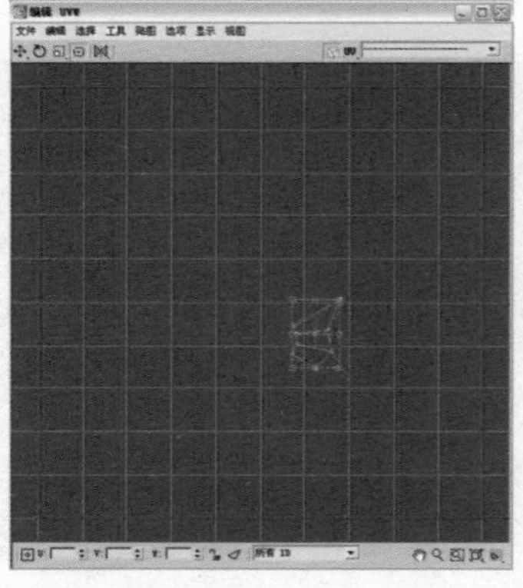

图5-64 展开耳朵的UV

（4）展开躯干顶部的UV，如图5-65所示。

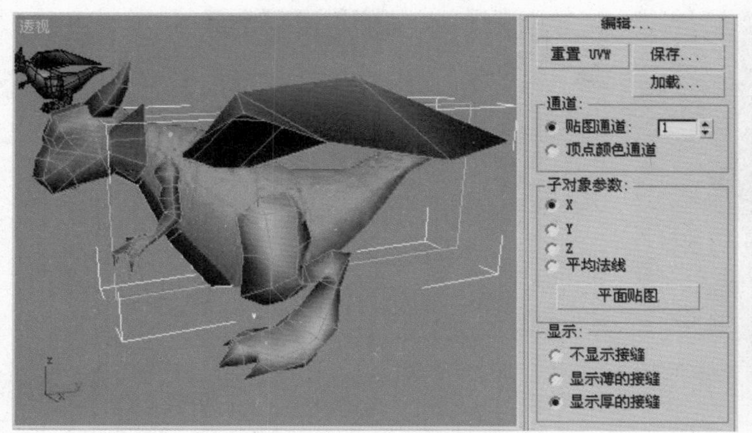

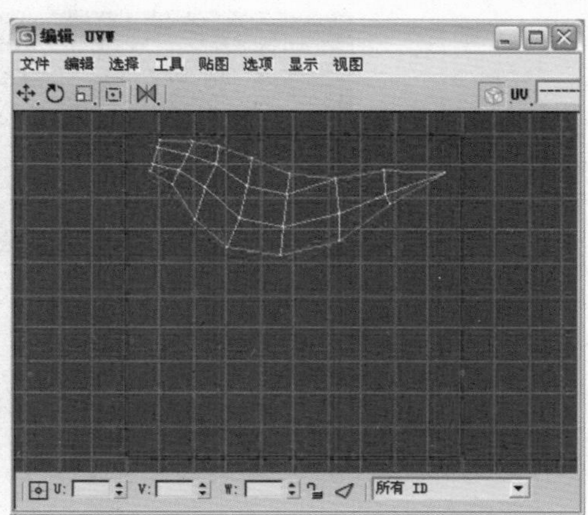

图 5-65　展开躯干顶部的 UV

（5）展开躯干底部的 UV，并删除躯干的另一半，如图 5-66 所示。

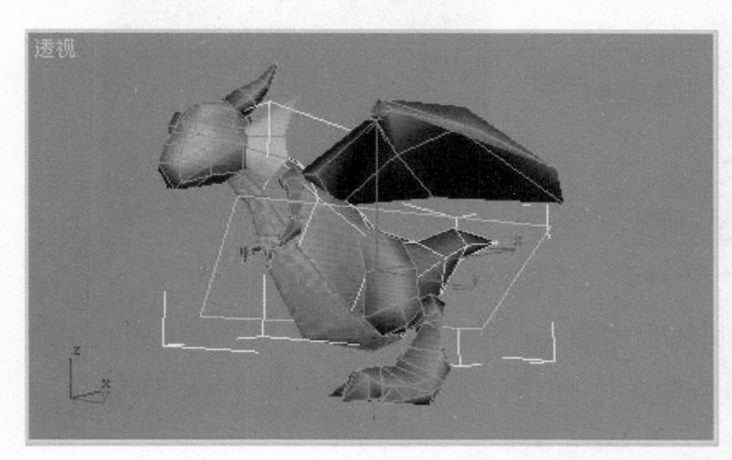

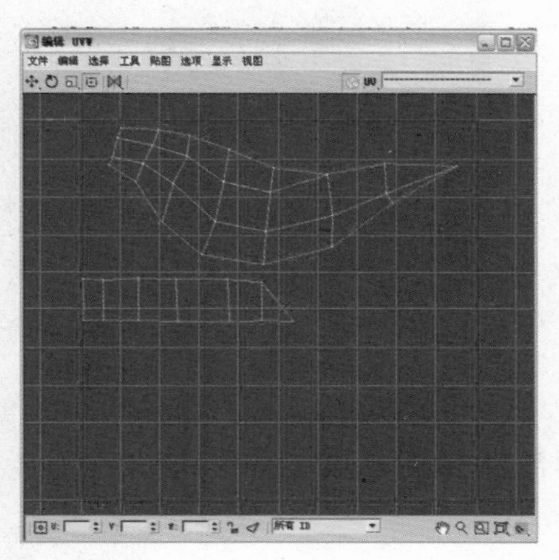

图 5-66　展开躯干底部的 UV

（6）将躯干转换为可编辑的多边形，然后将躯干底部的多边形进行分离，如图 5-67 所示；接着利用修改器中的“对称”命令对称出躯干的另一半，结果如图 5-68 所示。

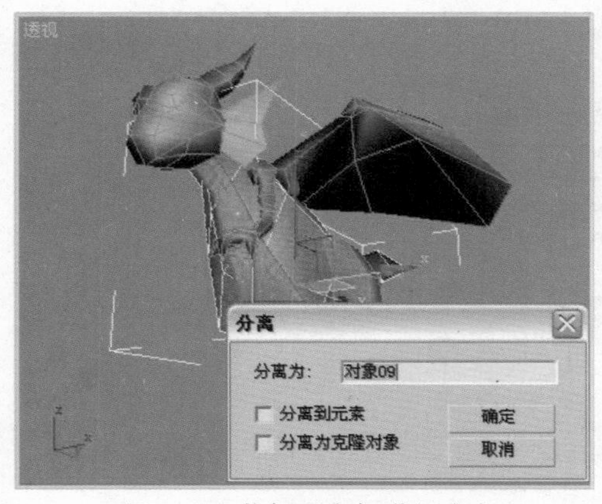

图 5-67　将躯干底部进行分离

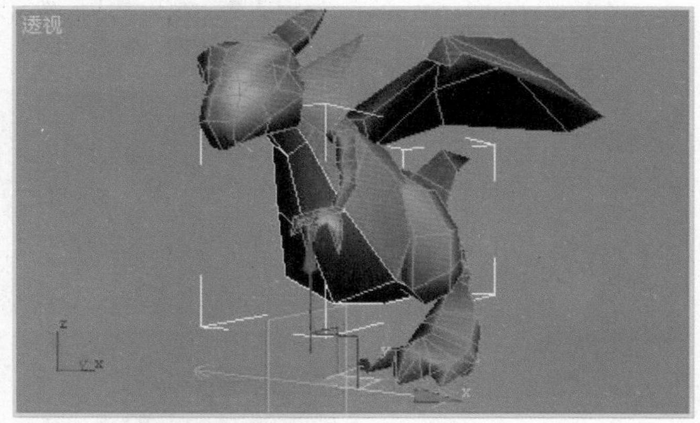

图 5-68　对称出躯干的另一半

（7）分别将前爪脚趾和前肢通过“分离”工具进行分离，如图 5-69 所示。

（8）将前爪的 3 个脚趾分别分离出来，然后选中一个脚趾进行 UV 展开，如图 5-70 所示。

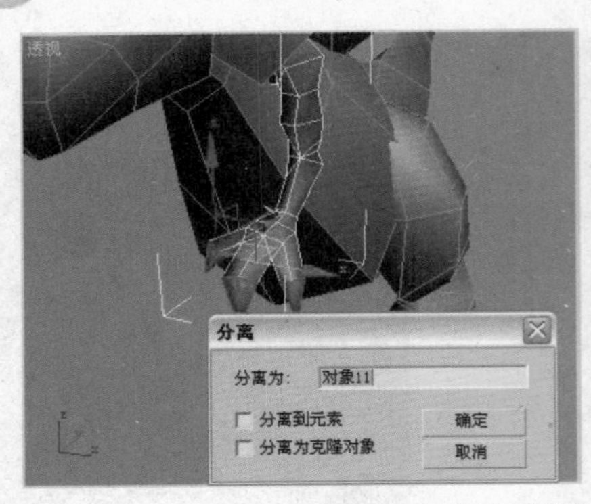

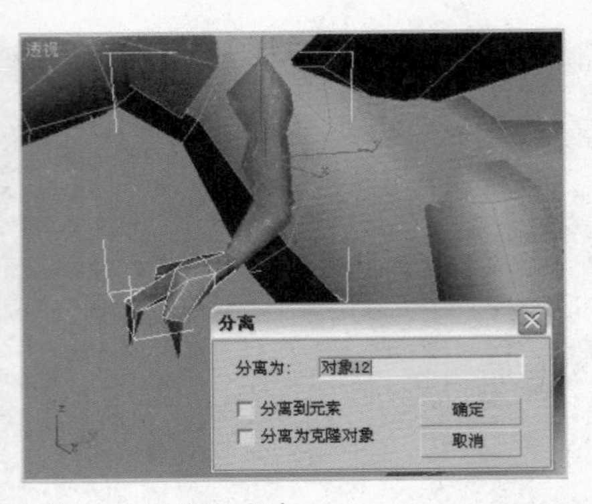

图 5-69　将前爪脚趾和前肢分别分离出来

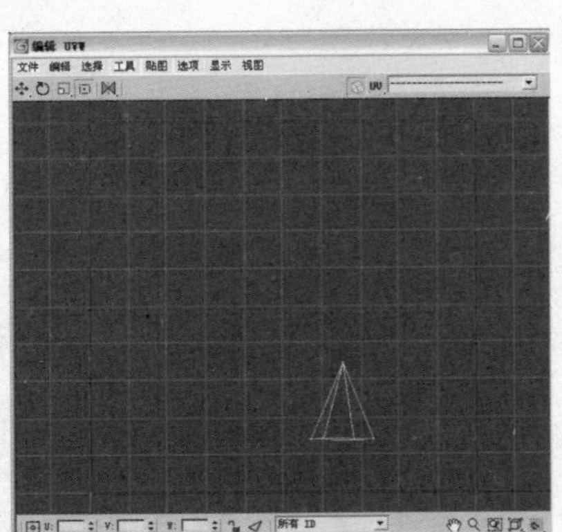

图 5-70　展开一个脚趾的 UV

（9）将展开的前爪脚趾 UV 粘贴到其他脚趾上。方法是：右击“UVW 展开”命令，从弹出的快捷菜单中选择“复制”选项，如图 5-71 所示，然后分别选中另外两个脚趾进行粘贴，如图 5-72 所示。

图 5-71　复制“UVW 展开”命令

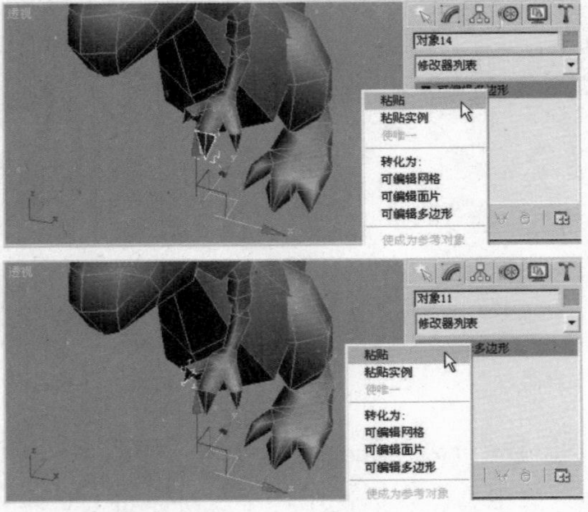

图 5-72　粘贴“UVW 展开”命令

（10）展开前爪的UV，如图5-73所示。

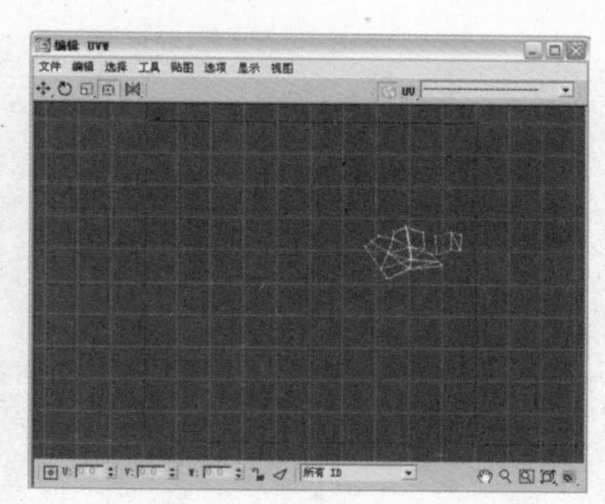

图5-73 展开前爪的UV

（11）同理，展开前肢的UV，如图5-74所示。

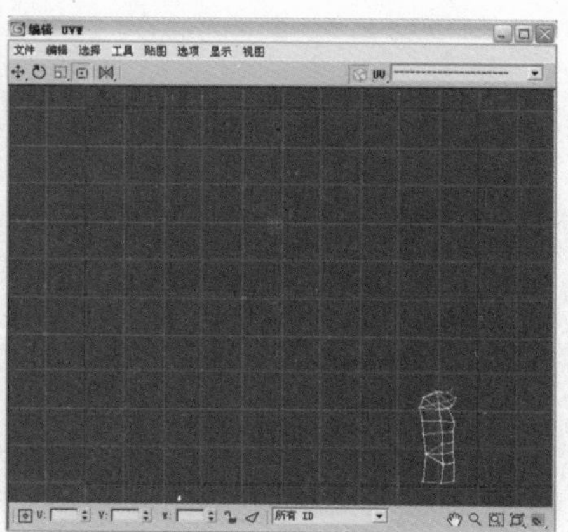

图5-74 展开前肢的UV

（12）将羽翼上的凸起分离出来，如图5-75所示；然后展开UV，如图5-76所示。

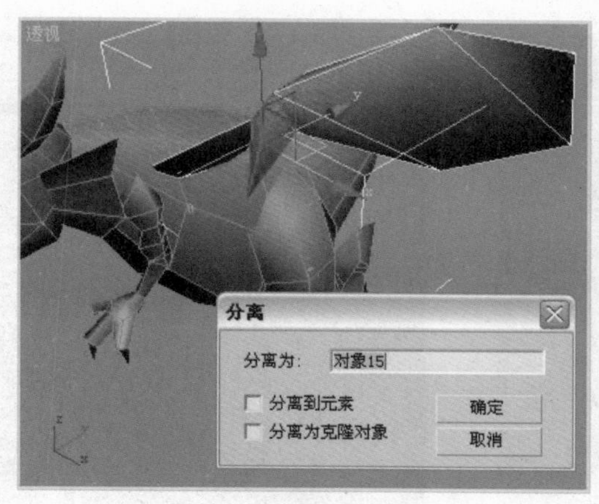

图5-75 分离羽翼上的凸起

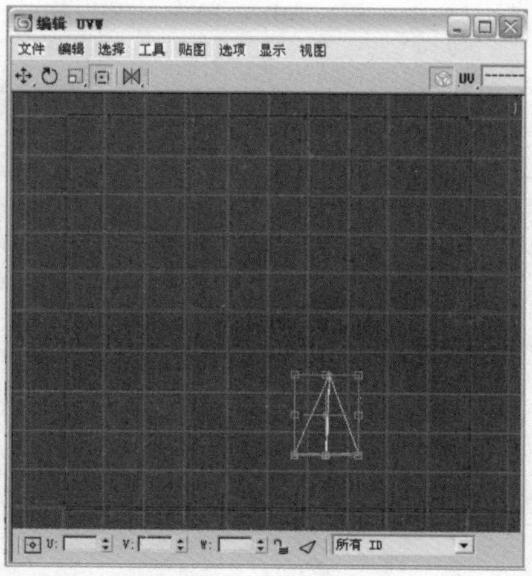

图5-76 展开UV

（13）展开羽翼的UV，如图5-77所示。

（14）同理，展开后肢的UV，如图5-78所示。

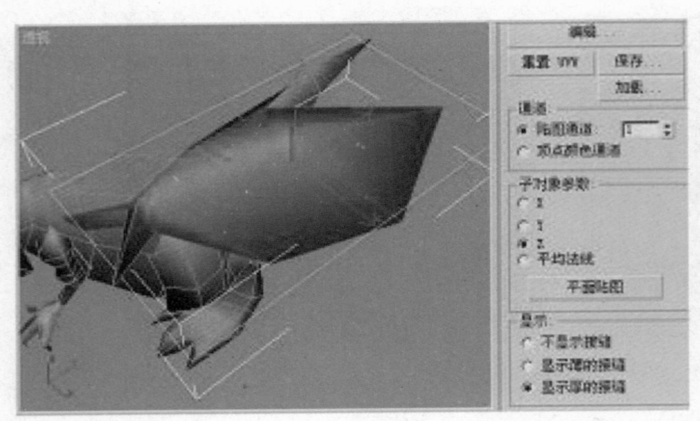

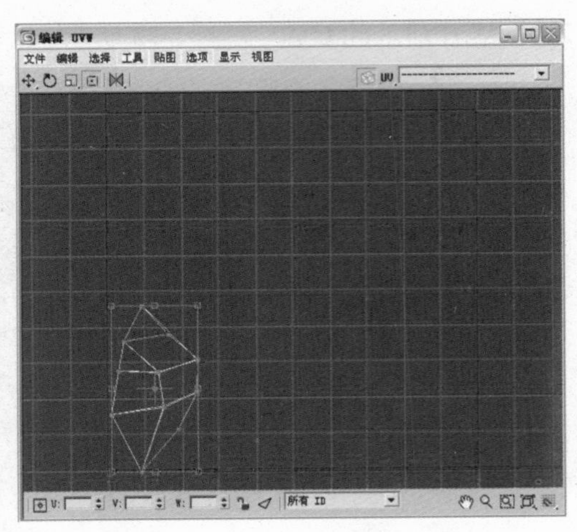

图 5-77　展开羽翼的 UV

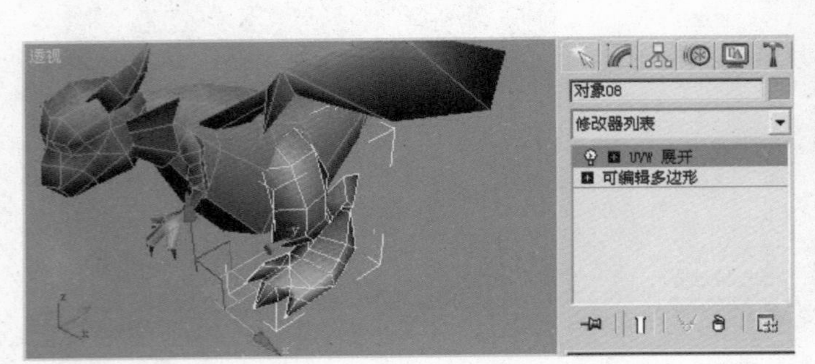

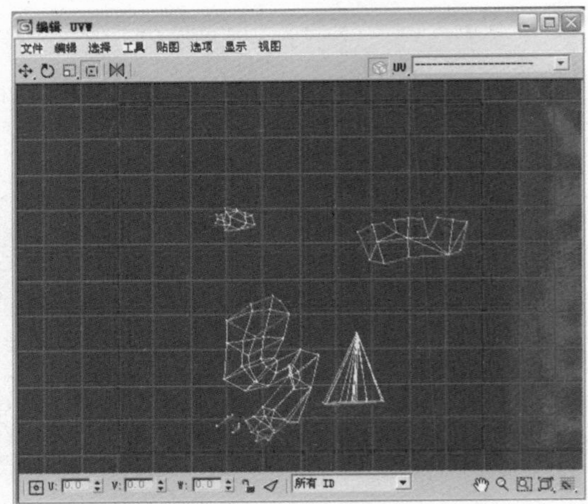

图 5-78　展开后肢的 UV

（15）将后肢转换为可编辑的多边形，对称出另外的部分；接着将各部分的模型附加成一个整体，如图 5-79 所示；最后展开 UV，如图 5-80 所示。

图 5-79　将各部模型附加成一个整体

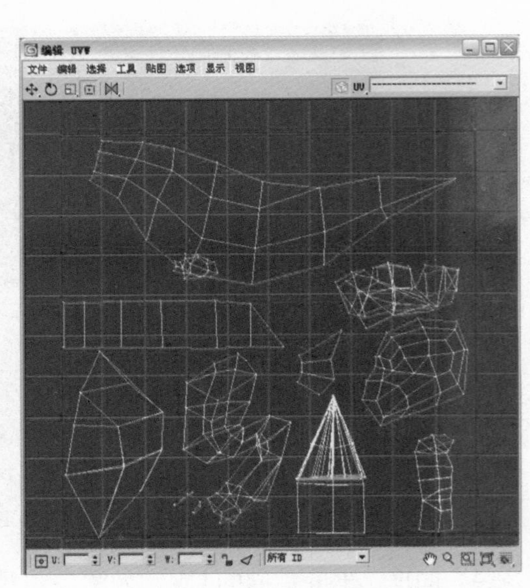

图 5-80　展开 UV

5.3 绘制恐龙贴图

（1）在3ds max 7.0中隐藏栅格显示，如图5-81所示；提取线框后新建“图层2”，进行铺底色，如图5-82所示。

图5-81 提取线框

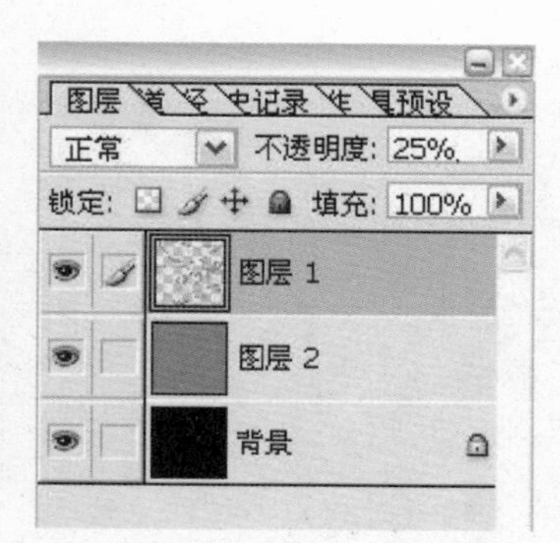

图5-82 提取线框并铺底色

（2）分层绘制贴图，贴图的绘制和前面两个实例的绘制方法相同，结果如图5-83所示。

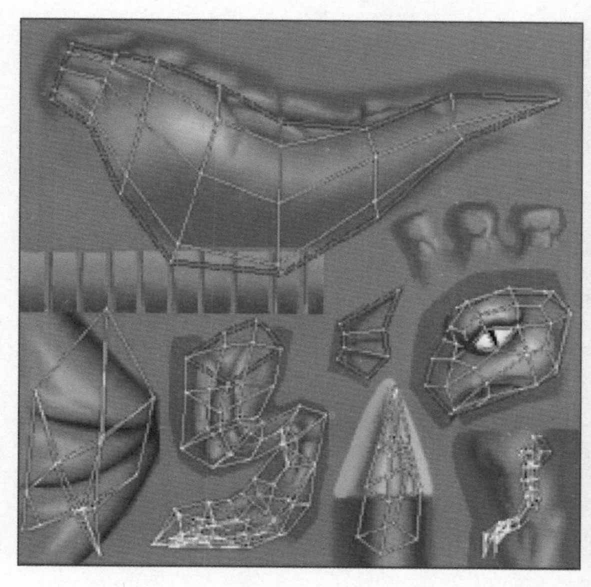

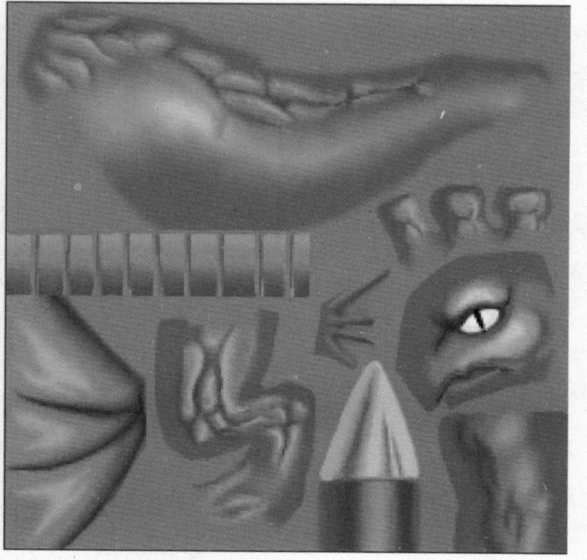

图5-83 显示和隐藏线框的效果比较

（3）将贴图赋予恐龙模型，如图5-84所示，然后将模型转换为可编辑的多边形。

（4）将顶点进行焊接，如图5-85所示。

（5）对模型进行平滑处理，如图5-86所示。至此整个恐龙制作完毕，如图5-87所示。

图 5-84　将贴图赋予恐龙模型

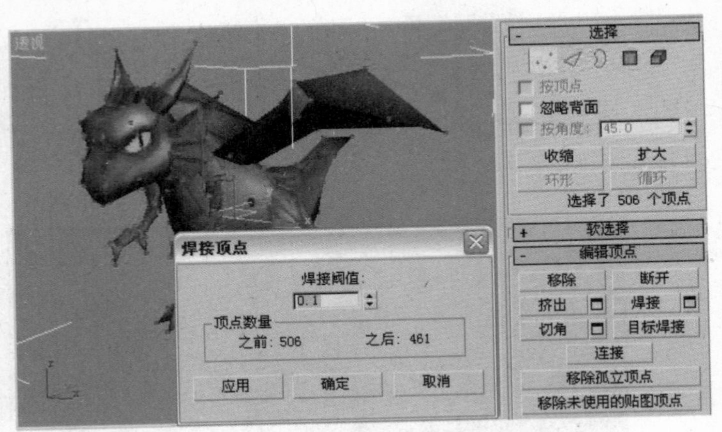

图 5-85　将顶点进行焊接

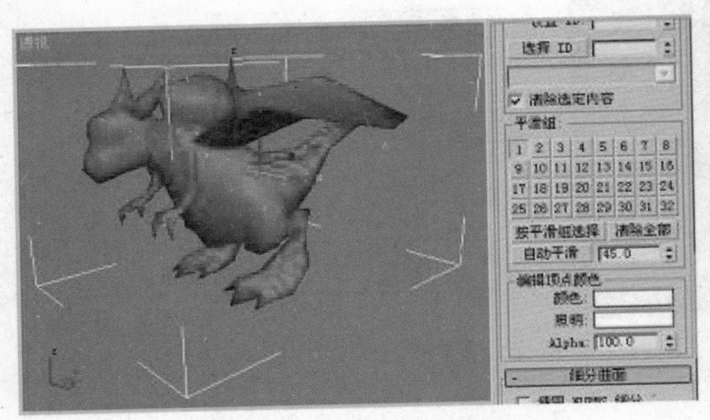

图 5-86　对模型进行平滑处理

图 5-87　最终效果

课后练习

1．创建一个动物的模型。

2．对动物模型进行展开 UV 和贴图绘制。